Causeur la Couverture

PAUL FÉVAL

7306

SOUVENIRS D'UN AMI

PAR

CHARLES BUET

PARIS

LETOUZEY ET ANÉ, ÉDITEURS

17, RUE DU VIEUX-COLOMBIER

PAUL FÉVAL

PAUL FÉVAL

SOUVENIRS D'UN AMI

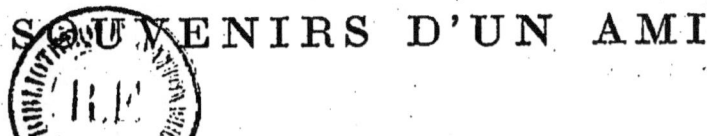

PAR

CHARLES BUET

PARIS

LETOUZEY ET ANÉ, ÉDITEURS

17, RUE DU VIEUX-COLOMBIER

A

HIPPOLYTE VIOLEAU

———▷─✳─◁———

Vous souvenez-vous, mon cher Maître, d'une lettre que vous adressait, — hélas! il y a tantôt un quart de siècle! — un enfant de dix-huit ans, énamouré d'idéal et tout fleuri d'illusions, qui rêvait de dompter la Chimère et de s'en aller vers les cieux; emporté sur les ailes rapides du cheval des poètes, ce Pégase que Rossinante eût dédaigné, car il ne court jamais, lui, et désarçonne son pitoyable cavalier, tandis que la bête efflanquée, se traînant par les chemins, touche quelquefois au but?

Assurément, vous ne vous rappelez pas cette lettre, inspirée par la secrète sympathie de lecteur à auteur: celui qui l'écrivait savait par cœur, en effet, vos Veillées bretonnes, votre Amice du Guermeur, et tant de récits chevale-

resques où vivait l'âme de votre patrie. Il vous
disait, — car j'ai gardé le « brouillon » de cette
missive écrite dans la petite étude d'un petit
avoué de province, et c'est une relique pour
mes vieux jours, — il vous disait :

« De grandes affinités, une destinée presque
identique, lient, vous le savez comme moi, votre
Bretagne à notre Savoie. Nous aimons, nous,
ces vieux Bretons du temps de la bonne Duchesse, ces nobles chevaliers des croisades, et
même ce légendaire roi Grallon, enseveli sous
les eaux avec la cité d'Is. Mais nous aimons
bien davantage les Bretons de 1793, les pri-
sonniers du Bouffay et les noyés de la Loire :
pour nous ce sont des martyrs; et nous donnerions beaucoup pour sacrifier comme eux notre
vie à la cause qui résume tout en deux mots :
Dieu et le Roi.

« Aussi avec quel plaisir lisons-nous ces
splendides récits de Bretagne qui font briller
aux yeux de toute la France la fidélité, le
dévouement, la bravoure de vos compatriotes.
Souvent notre croix blanche s'est unie à votre
hermine sans tache, et les derniers descendants
de la maison de Savoie s'enorgueillissent d'avoir
dans les veines du sang de vos ducs. Mori potius
quam fœdari ! Cette devise fut aussi celle de nos
princes, bien qu'elle ne s'enroulât point autour
de leur écusson.

« Vous êtes un digne fils de l'Armorique :

elle fut de tout temps la terre des bardes et des
poètes. Aujourd'hui, j'entre dans cette ingrate
et laborieuse carrière des lettres, et je viens
vous offrir, à vous poète, à vous historien, à
vous Breton, à vous royaliste, l'hommage sincère, ardent, cordial de mon admiration. Je
viens vous demander de m'accorder votre appui
et vos conseils. Vous avez dans le cœur quarante quartiers de noblesse, et je sais combien
vous êtes bon et indulgent. Nous combattons
sous le même drapeau, nous avons tous les
deux le même symbole à glorifier, la même
cause à défendre, et tous les deux nous disons
haut le front : Vive le roi quand même !

« Ce sont là autant de motifs pour que j'ose
vous demander votre protection, et autant de
sympathies qui nous unissent, comme est uni
au chêne le lierre qui grimpe autour de son
tronc. »

J'ai recopié cette lettre naïve, ingénue, d'un
style de collégien, semblable à tant de lettres
que depuis lors j'ai reçues, et auxquelles je ré-
pondais à peu près comme vous le fîtes ; car
voici la réponse [1] que je reçus de vous et que je
transcris également sans retouches :

« S'il me faut bien reconnaître que la Bre-
« tagne de nos jours n'est pas tout à fait aussi
« poétique, aussi chevaleresque qu'on peut la

---

[1] Datée de Morlaix, 31 janvier 1866.

« rêver à vingt ans, je vois pourtant avec un
« véritable plaisir un enfant de la Savoie se
« plaire à lui trouver des rapports chers à son
« patriotisme. C'est aussi avec le prisme de
« la jeunesse que vous jugez mes écrits, et,
« j'en ai bien peur, que vous jetez un regard
« curieux à l'entrée de la pénible carrière des
« lettres. Cette carrière, je l'ai parcourue pen-
« dant un quart de siècle, et je vous étonnerai
« sans doute en vous disant que je ne conseil-
« lerai jamais à personne de s'y hasarder, à
« moins d'y être poussé d'une manière irrésis-
« tible. Nulle part les mécomptes ne sont plus
« fréquents, le désenchantement plus amer. Des
« raisons de santé, depuis trois ans, ne me
« permettent plus d'écrire que très rarement;
« j'ai dû même réduire de plus de moitié ma
« correspondance; eh bien! croyez-le, avec
« l'expérience que j'ai faite des hommes et des
« choses, j'ai vu sans regret l'heure de la re-
« traite arriver pour moi, et ma solitude gran-
« dir. Abreuvé de dégoûts, j'ai soif de silence;
« et je ne regrette la publicité que pour les
« marques de sympathie telles que les vôtres.
« Longtemps souffrant, et toujours à l'écart,
« je me suis donc isolé de plus en plus du
« mouvement littéraire dont le centre est à
« Paris; j'ai négligé toutes mes relations de
« confraternité. J'ai donné aux consolations
« austères de l'oubli la place qu'occupaient

« naguère à mon foyer de douces illusions.
« Vous voyez s'il m'appartient maintenant de
« donner des conseils aux jeunes littérateurs :
« ils sont l'avenir, et je ne suis plus que le
« passé, un passé hâté par une invincible las-
« situde.

« Cherchez donc parmi ceux qui ont au ser-
« vice de leur bonne volonté la santé, les rela-
« tions, le pouvoir d'être utile ; cherchez un
« nom sympathique et digne de votre confiance.
« Moi, je ne puis qu'applaudir de loin aux
« sentiments que vous m'exprimez, et vous
« souhaiter du fond de ma solitude une autre
« vocation que celle des lettres ou des arts,
« persuadé que les chances de bonheur sont
« moins grandes ici que dans les autres car-
« rières. »

Mon cher Maître, ce n'était pas l'enfant plein
d'enthousiasme juvénile qui avait raison, mais
vous. Pourtant il suivit sa destinée. Il vint à
Paris. Il fit le métier littéraire. Il combattit,
sans vaincre ; il lutta, et ne fut pas un vaincu.
Il apprit la grande science de la vie, qui est
de savoir souffrir. Il pleura des larmes amères,
et ne connut que des minutes de bonheur. Il
eut des heures d'enivrement, et peut-être quelques jours de gloire, mais il paya de leur prix
les heures et les jours : et c'est cher ! Il entra
dans les boutiques du journalisme, et si l'honnêteté se pouvait désapprendre, il l'eût désap-

prise ; il eut la joie de se connaître des rivaux, et l'honneur de se créer des ennemis. Il travailla beaucoup pour en arriver à se dire, contemplant l'amas énorme de ses productions : Cui prodest ? *Il compta peu d'amis, ne résista jamais aux tempêtes, finit enfin par reconnaître qu'il est bon parfois de se reposer, et vint demander à la terre natale le calme, la quiétude, la paix, que Paris ne lui pouvait plus donner : Paris, la ville immense, qui est un désert ! Paris, le paradis des artistes, ces grands inutiles, — qu'il tue et qu'il dévore !*

Un quart de siècle a passé, disais-je, depuis qu'il se fit entre nous, mon cher Maître, cet échange de lettres que vous avez oubliées. Votre réponse était datée de Morlaix ; je me souvins de la devise de cette fière cité bretonne : S'ils te mordent, mords-les ! *Et que de fois cette devise dès lors fut la mienne ! On ne compte pas plus les morsures, — données ou reçues, — que le soldat, à la bataille, ne compte les balles qui lui sifflent aux oreilles. Mais on amasse volontiers les souvenirs, on les garde précieusement ; à l'heure voulue on les évoque, et même sans qu'on le veuille ils reviennent, impérieux, dominateurs, irrésistibles, à la mémoire. Ainsi m'est venu votre nom quand j'ai eu le projet du livre que voici, et que je vous dédie. Ma plume l'a tracé presque à mon insu à la première page. Elle ne se pouvait qu'à vous, cette dédicace de l'his-*

toire d'un Breton, d'un lettré, d'un catholique, d'un ami. Vous m'aviez appris à épeler mes lettres dans vos chers livres, tant de fois relus, et inspiré l'amour de cette Bretagne que j'allai ensuite chercher dans les livres de Paul Féval, et que j'aimais si ardemment, parce qu'elle ressemblait à ma Savoie par la fidélité aux traditions du passé, par le respect des aïeux, par la foi éclatante et sans limites, par la tristesse d'être asservie après avoir été triomphante, par la gloire de ses princes, la probité de son peuple, la conscience et la fierté de ses grandeurs défuntes.

On dit communément que « péché avoué est à moitié pardonné ». Permettez-moi donc de vous faire une confession. C'est à douze ans que je commençai à lire les romans de Paul Féval, et je tomberai d'accord avec qui voudra qu'ils n'étaient point de mon âge. Rome ne les avait soumis à aucune censure : il ne s'y trouvait ni peintures licencieuses, ni propos de libre penseur, ni rien qui pût flétrir le cœur, souiller l'esprit, contaminer l'âme d'un enfant. Je reconnais toutefois que j'eusse mieux fait de n'échapper point aux surveillances, et de ne pas dissimuler sous ma blouse ces volumes à la verte couverture, que le nommé Michel Lévy répandait alors à des milliers d'exemplaires sur la surface du monde entier.

Mais c'était mon goût. Je lisais et relisais

avec une ardeur inextinguible, une curiosité
toujours en éveil, un sens du merveilleux et de
l'impossible qui n'a pas cessé de me charmer,
ces multitudes de récits bretons qui m'ont appris la Bretagne, qui m'ont appris la Vendée,
qui m'ont fait royaliste, et qui, pour tout dire,
ont préservé ce qui me reste d'illusions des
rafales où elles sont emportées, comme, à
l'heure où j'écris, les feuilles des arbres de
mon jardin par les orages d'automne.

Et ne croyez pas, mon Maître, que cet en-
gouement des contes de Paul Féval, — dont
plusieurs sont à dormir debout, si l'on écoute,
ce qu'il ne faut pas, les gens sérieux, — n'ait
duré qu'aux ans de l'adolescence évaporée. A
l'âge mûr, je me délecte encore de ces lectures
dont on me blâme. Le Féval n'est plus du tout
« moderne », et ne fut jamais « naturaliste ».
Quand une mélancolique journée se prépare,
que le ciel est noir, la nature, assombrie par
ces voiles de brume dont elle s'enveloppe parfois
comme d'un linceul; quand je me sens envahi
par ces spleens malsains, d'où naissent les
regrets et la peine, je prends un livre de Féval,
et j'endors mon inquiétude ou ma douleur en
relisant un de ces récits poétiques et railleurs,
invraisemblables ou vrais, dans lesquels il me
semble retrouver la physionomie, les gestes et
la voix du conteur, que tant de fois j'entendis,
narquois ou pathétique, réciter ses étranges

inventions, ou combiner ses fantastiques pro-
blèmes.

Oui, j'aime encore Paul Féval, et je le pré-
fère à tel et tel que je pourrais nommer: il
me guérit, il me ravit, il me ressuscite. Il a
pour mon intelligence des attraits infinis. Je
découvre en lui tant de choses, que, j'ai l'or-
gueil de le penser, d'autres n'ont pas su trouver!
Sa malice ou sa moquerie m'amusent ; il a des
délicatesses de sentiment qui m'émeuvent, et
des trouvailles de « métier », des finesses de
« procédé », qui me ravissent. Il m'est toujours
agréable et toujours nouveau.

Le livre que j'écris sur lui, et que je vous
offre, ne pouvait être dédié qu'à un Breton, et
qui dit Breton dit ici catholique. Je ne sais
pas si vous avez connu Paul Féval, je sais que
vous l'avez aimé. En associant votre souvenir
au sien, le sien au vôtre, en réunissant vos
deux noms aimés et que j'ai toujours unis, je
vous paye ma dette de reconnaissance.

Non pas que les pages que vous lirez com-
posent un livre tel que je l'aurais voulu : ceci
est fait, comme on dit, de pièces et de mor-
ceaux. Mais j'ai remarqué, et vous aussi,
n'est-ce pas? que l'on est ingrat bien souvent
pour les combattants du bon combat. Il en est
que Féval a enrichis, tout au moins aidés à

vivre, et qui auraient dû élever à sa mémoire
le pauvre monument d'un Memento destiné à
faire connaître l'homme à tous ceux qui con-
naissaient les œuvres. Hélas! on s'est servi de
cette intelligence tant qu'elle a pu alimenter,
par un travail obstiné, les trop grandes usines
où se fabrique et se débite la littérature. Et
quand, succombant à la tâche, le pauvre vieil
écrivain disparut, puis mourut, on se hâta de
faire l'oubli sur sa tombe, laissant au hasard
le soin de le venger de cette ingratitude.

Ah! certes, je n'ai pas la prétention de le
venger, mais simplement celle de lui rendre
l'hommage de mon respect, de ma sympathie,
de mon affection. Cet homme, je l'ai aimé,
parce qu'il était bon. Cet écrivain, je l'ai estimé,
parce qu'il était honnête. J'apporte ici le tribut
de mon admiration, de ma gratitude, et je
n'ose rien de plus.

La suprême consolation d'assister à ses derniers moments, de suivre son cercueil au cimetière, m'a été refusée. J'étais à deux cents
lieues de Paris, aux bords de ce lac Léman,
si beau par les soleils éclatants de l'été, si
lugubre par les jours d'hiver, luisant comme
une nappe d'argent liquéfié au fond d'un cirque
d'Alpes chargées de neige. La mort n'avertit
pas. Je ne pus de loin que m'associer au deuil
des quelques amis qui s'acheminèrent, derrière
le corbillard, vers le champ de l'éternel repos.

Mais dès ce moment l'idée d'écrire ce livre naquit, et en même temps la pensée de le mettre sous votre patronage. Daignez donc l'accepter comme le témoignage de l'antique alliance entre l'hermine de Bretagne et la croix blanche de Savoie.

Votre ami,

CHARLES BUET.

Villa Floret, en la fête de saint Michel, archange, 29 septembre 1887.

PAUL FÉVAL

———✧———

I

O sublime ouvrier ! seul maître du fertile travail,
Dieu bon, cher Dieu, amour infini, patiente miséricorde; Jésus, fruit divin de la fleur immaculée, pain de salut, vin de miracle ! baume et
rayon ! douceur, humilité, toute-puissance ! Jésus,
ô Jésus de Marie ! vous êtes partout et encore dans
le sentier perdu, où la nuit d'un pauvre malheureux
s'égare. A l'heure bénie vous prenez la traverse
qu'il faut, à l'heure juste ; nul n'a entendu le pas
de votre arrivée, et vous voilà, Seigneur Jésus,
debout, au bord même de la mort : c'est pourquoi
l'abîme recule [1] !...

[1] Paul Féval, *le Coup de grâce,* 1881. — L'auteur de ces
pages fut l'un des premiers à connaître la grande, la
bonne nouvelle. Il fera bientôt le récit de cet événement;
mais n'est-il pas utile qu'il dise tout d'abord comment
il vit pour la première fois Paul Féval, ce maître qu'il
s'était choisi dès ses jeunes années, et qu'il devait avoir
la joie inespérée de voir revenir à Dieu ?

Qui donc glorifiait si magnifiquement, si tendrement, le « sublime ouvrier », nos saintes croyances, notre Dieu, le Dieu de miséricorde et de salut ? Qui ?... Le romancier populaire, Paul Féval !... Était-ce chose possible que désormais il fût des nôtres ? Humainement, non ; divinement, oui. Comme Saul sur le chemin de Damas, comme le fils de Monique, éclairé par le coup de foudre de la grâce, terrassé dans ses orgueils, retrempé par le malheur, il allait être vraiment grand, à présent qu'il « aimait son âme ».

En septembre 1866, j'arrivais à Paris comme tant de jeunes gens y viennent incessamment, dans le simple but de conquérir la grand'ville. Ceux qui viennent du Midi y réussissent, à ce que prétendent les méridionaux ; mais il en est beaucoup, parmi ces candides néophytes de la vie, qui s'en retournent Gros-Jean comme devant, un peu plus tôt, un peu plus tard. Et parmi ceux qui restent, les uns tombent au long du chemin, épuisés de fatigue ; d'autres vont de chute en chute jusqu'à la misère noire ; d'autres encore se souviennent que le journalisme mène à tout, à la condition d'en sortir. Les plus sages se réfugient dans les carrières lucratives ; les mieux avisés font de la politique, tant et si bien qu'il ne reste au Minotaure littéraire qu'un

petit nombre de victimes à dévorer, et il les
dévore.

Que faire à Paris quand on a dix-huit ans,
de l'entrain, l'ambition d'arriver, le désir de
briller, une confiance en soi à toute épreuve,
sinon de fonder une revue? Un libraire savoyard
comprit que rien n'était plus facile, et s'imagina que rien ne serait plus productif. A nous
deux nous voulions bouleverser le monde; et
qui sait? Nous y serions peut-être parvenus si
cette malheureuse *Revue de Savoie* avait eu plus
de quatre numéros; car nous fîmes une *Revue
de Savoie* à Paris! C'était original autant qu'audacieux. Nous voulions défendre notre pays de
l'irrévérence des boulevardiers. Le moyen de
douter de soi-même, quand on a de ces idées-là!

Pour faire une revue, il faut avoir des articles.
Mon associé voulut frapper un grand coup, moi
aussi. Lui, s'était souvenu qu'Alexandre Dumas
père venait de publier, avec sa verve inépuisable,
une série de romans plus ou moins historiques
sur la maison de Savoie, dont la récente guerre
d'Italie venait de changer les destinées : il fallait
donc faire visite à Alexandre Dumas, et solli-
citer sa collaboration. Moi, je caressais depuis
longtemps l'espoir chimérique de voir face à
face le créateur des héros familiers de mon
imagination, Paul Féval. Il ne s'agissait que de
lui proposer d'écrire, gratuitement, dans notre
livraison hebdomadaire. Avec ces deux rédac-

teurs, on pouvait se passer de la foule des plumitifs, et se contenter de grossir la liste par un choix de pseudonymes variés.

On alla donc chez Dumas, qui travaillait, en « bras de chemise ». Il nous reçut à merveille, promit plus que nous ne demandions, mais fit l'aveu que certain roman signé dé lui, sur Mme de Verrue, la Maintenon de Victor-Amédée II de Savoie, était dû à la plume de la spirituelle comtesse Dash.

Pour Féval, ce fut une autre affaire. J'y allai seul. Il habitait alors rue Saint-Maur-Popincourt, 80. Un affreux quartier d'un faubourg populeux de Paris ; des maisons noires, enfumées ; d'immenses manufactures, avec d'énormes cheminées, des usines, des docks, tout le tohu-bohu d'une tribu de travailleurs. Et sur le pavé gras de la rue, la multitude affairée et effarée, qui trépignait et pataugeait, dans un silence morne.

Le logis devant lequel j'arrivais était une de ces tristes maisons lépreuses, crevassées, brunies, avec des linges séchant aux fenêtres. Quoi ! l'auteur de cent romans à succès habitait ce taudis ?

Que non pas ! Au delà d'une allée sombre, et quand on avait dépassé la loge du concierge, on voyait s'étendre, entouré du rempart de hautes murailles, un vaste et beau jardin planté d'arbres ombrageant de vertes pelouses et de larges corbeilles de fleurs. Au milieu de cette oasis, ainsi cachée dans ce faubourg, comme l'Eldorado de Fortunio, s'élevait un joli pavillon blanc, de style rococo, l'ancienne *Folie* d'un grand seigneur de l'autre siècle.

Introduit dans un élégant salon Pompadour, tendu de verdures flamandes, orné des mille bibelots que l'écrivain aime à voir autour de lui, j'y vis bientôt entrer un homme dans la force de l'âge, bien charpenté, de bonne santé et de bonne humeur, dont le visage rouge s'encadrait d'une barbe grise, et dont les yeux, pétillants de malice, me dardèrent un regard narquois. On devinait bien qui j'étais, et pourquoi j'étais là, fort embarrassé de ma personne.

Féval était habillé d'un « complet » en tartan vert et bleu. Sans doute, il travaillait à quelque roman dont l'action était dans la brumeuse Écosse. Je l'eusse préféré en costume de paysan breton. Je cherchais de l'œil, sous les tables, les sabots de la forêt de Rennes, qu'il chaussait, m'avait-on dit, pour composer le *Loup blanc*.

Ne croyez pas qu'il m'écouta tranquillement, avec la froide bienveillance, l'austère dignité d'un maître recevant l'hommage d'un disciple. Point. Il se mit à causer avec le petit Savoyard comme s'il le connaissait de vieille date, riant, *blaguant* (c'est le vrai mot), jamais en place, toujours remuant: il ne quittait le divan sur lequel il venait de s'étendre que pour bondir sur un fauteuil, et s'il ne s'accrocha pas au lustre et ne marcha pas les jambes en l'air, ce fut seulement pour ne pas m'effaroucher. Je l'ai su depuis.

Nous causâmes donc. De quoi? De tout, et de beaucoup d'autres choses encore. Il eut quelque pitié de mes ignorances. Il me parla de mon pays et du sien, de mes croyances, de mes espoirs, puis tout à coup il sortit, et rentra au bout de cinq minutes vêtu de pied en cap. Il allait à ses affaires et m'emmenait. Je pris place à son côté, rouge de plaisir; il me semblait que tous les passants me regardaient, et combien j'étais surpris qu'on ne fît pas la haie! Mais je payai cher cette joie: de midi à six heures, ce fut une course insensée à travers Paris; les rues, les places, les carrefours, les boulevards, les avenues défilaient comme les peupliers d'un paysage qu'on regarde d'une lucarne de wagon. Et lorsqu'à la tombée de la nuit, haletant, harassé, épuisé, je serrai la main de « mon auteur », je tombai sur un banc, devant le théâtre où il venait d'entrer, et cette nuit-là je la passai à la belle étoile, songeant à tant de choses, que ce fut vraiment pour moi la « veillée des armes » des anciens chevaliers.

Ce fut la première entrevue. Elle date de loin. Les années ont passé, lentes à s'écouler, rapides, quand il n'en reste que la mémoire. Le petit disciple n'a pas fait grand honneur à son maître, mais l'amitié est venue de l'un à l'autre, et n'a jamais été dérangée, pas même par l'acharnement des vicomtesses littéraires qui soufflent du biniou, grattent le papier, et font de leurs jupes tachées d'encre les aimables couvertures de leurs livres.

Depuis ce jour-là une amitié véritable m'unit à ce grand charmeur, que j'aimais malgré ses brusqueries, ses violences, que je supportais d'ailleurs bien plus volontiers que ses railleries. En quelques occasions, il essaya de me rendre service, notamment dans une circonstance très grave de ma vie ; mais il n'était point diplomate. Sa façon de ménager consistait à empoigner le taureau par les cornes. Il était, comme les gars de son pays, toujours prêt à jouer du *pen-bas;* et, quand il rencontrait l'obstacle, il se précipitait pour le renverser tête baissée, ne voulant user d'aucun des moyens de conciliation qui sont à la portée des gens habiles.

Après la guerre, et quand Paris fut redevenu sinon le Paris des anciens jours, du moins une bourgade habitable, j'allais souvent voir Féval, qui demeurait alors avenue des Ternes, 88, encore à l'un des bouts de la ville, mais du moins dans un quartier paisible, gai, propre et sans tapage. Il me souvient que je publiai en ce temps-là, dans la *Revue du Monde catho-*

lique, un article où je décrivais ainsi le *home* du romancier :

Au fond d'un faubourg de Paris, non loin du quartier aristocratique des Champs-Élysées, et derrière une de ces vastes maisons que la spéculation a converties en ruches à bourgeois, s'élève un pavillon coquet, entre cour et jardin. Éloigné du bruit, caché sous de beaux ombrages, on y accède par un perron de quelques marches. Si vous sonnez à la porte, c'est une Bretonne, vêtue de son costume national, qui vient entr'ouvrir l'huis. On vous fait traverser un couloir tendu de vieilles tapisseries, puis un salon de style Louis XVI, orné de deux beaux portraits, et l'on vous introduit enfin dans un vaste cabinet de travail. Cette pièce révèle aussitôt les goûts et le caractère de celui qui l'habite. Les rideaux et les portières, en velours cramoisi, sont bordés de larges bandes sur lesquelles une main patiente a brodé en laines de couleurs vives, et sans faillir aux règles de l'art héraldique, les écussons de toutes les familles nobles de cette illustre et vénérée terre de Bretagne, qui tient si fort au cœur du maître de céans. De toutes ? Non. Il faudrait avoir à soi les salles des Croisades, de Versailles. Mais vous y reconnaîtrez les neufs mâcles de Rohan, les chevrons d'argent de Machecoul, le lion de Clisson, les écus d'Avaugour, de Malestroit, de Goazvenon, de Beaumanoir, de Laval, de Goulaine, de Guébriant, de Kerven, de cette foule enfin de gentilshommes aussi nobles que Bretagne : et, comme chacun sait, Bretagne valait Bourbon ! Les sièges offrent les mêmes écussons brodés sur un velours rouge qu'encadre richement le vieux chêne sculpté. Dans des vases de faïence bleue et blanche, s'entassent des touffes de genêt. C'est donc un patriote qui habite là.

Mais des livres nombreux garnissent les rayons de deux beaux meubles sculptés; une table énorme, chargée de papiers, de livres, d'épreuves, de cartons et de journaux, occupe le centre de la pièce: le patriote est donc un travailleur. Aux murs sont suspendus des tableaux, des statuettes, des faïences; des objets d'art se montrent partout : le travailleur est un artiste. A la place la plus apparente, on voit un crucifix de bois modeste, une relique de famille sans doute; une branche de buis béni, à demi desséchée, s'entrelace au bois sacré; l'artiste est un catholique.

Ce patriote, ce travailleur, cet artiste, ce catholique, c'est Paul Féval.

Après sa conversion, Paul Féval voulut être tout près de la basilique du Sacré-Cœur, parce que c'était là que, dans son cœur à lui, s'était allumée la première étincelle de la foi, de cette foi qui le soutenait dans ses épreuves et ses angoisses. Loin, bien loin du bruyant Paris des boulevards, du Paris artiste du parc Monceau, du Paris financier de la Bourse, du Paris savant du quartier latin, du Paris aristocratique de ce faubourg Saint-Germain que le baron Haussmann fit éventrer, avec le secret espoir d'éventrer aussi les vieilles fidélités et les antiques souvenirs; loin du Paris ouvrier qui travaille, du Paris orphelin et pauvre qui prie, s'élève la montagne des Martyrs, d'où saint Denis aspergea la plaine sillonnée par la Seine du sang vermeil jaillissant de sa tête fraîchement coupée. Cette montagne des martyrs, Montmartre, se couronne, on le sait, d'un prodigieux monument de pierre et de marbre, qui dit à toute la chrétienté que la France veut expier ses fautes et se voue au sacré Cœur de celui qui a tant aimé les hommes.

C'est au sommet de cette colline chargée de maisons, c'est à l'ombre de la basilique naissante que Paul Féval avait choisi son logis : un riant pavillon entre cour et jardin ; une cour bien étroite, et un jardin sans ombrage et sans fleurs. On y voyait moins de luxe qu'à l'avenue des Ternes, mais entre le salon et le cabinet de travail il y avait un petit oratoire au Sacré-Cœur, tendu de velours cramoisi, tout illuminé de cires et rempli de bouquets.

Féval vivait dans cet ermitage fort isolé, très loin des rumeurs du Paris littéraire, et si l'on se veut bien rendre compte de l'existence qu'il y menait, on lira avec intérêt le récit d'une visite que lui fit un des rédacteurs du *Figaro*, M. Charles Chincholle, qui la raconte dans un de ses livres[1]. Son récit, finement humoristique, va nous introduire dans l'ermitage de la rue Marcadet :

[1] *Femmes et Rois,* ch. XLIII.

Nous recevions hier une lettre spirituellement étrange où il y avait :

« ... Si vous possédez un jarret brillant, vous monterez la rue Tholozé et tournerez à droite par la rue Lepic jusqu'au bal de la Galette, où vous trouverez la rue Girardon, qui tombe juste chez moi par la rue Fontaine-du-But. Ce n'est pas une jolie promenade, etc. »

La lettre était signée Paul Féval. — Quoi ! Féval, l'ermite des Ternes, domicilié à Clignancourt ! Quelle raison avait bien pu le déterminer, lui qui aimait tant l'Arc de Triomphe et les Champs-Élysées, à s'enfouir derrière la butte Montmartre ? — Une heure après la réception de sa lettre, nous étions devant sa porte. L'itinéraire était on ne peut plus exact, seulement Féval ne nous avait pas informé de l'enseigne archinaturaliste qui s'étale sur son mur d'entrée : *Mort aux vaches !*

« Comment ne faites-vous pas enlever cela ? lui disions-nous quelques instants après.

— Parce que c'est si bon d'être insulté ! »

La réponse nous peint tout de suite l'homme tel qu'il est devenu. On va en juger ; mais, avant de poursuivre, nous sommes pris d'un scrupule. Ce que nous avons à dire est si surprenant s'appliquant à un de nos confrères, que nous avons peur de ne pas avoir la plume assez respectueuse. Jamais nous ne pourrons parler de l'auteur des *Mystères de Londres* comme d'un saint évêque. Et pourtant... Ma foi, faisons-le parler lui-même :

« Oui, mon cher, je viens de quitter les Ternes. C'était trop loin du Sacré-Cœur, tandis qu'ici j'en suis à un quart d'heure. Si vous saviez comme il est doux de prier et de ne plus penser qu'à l'amour de Dieu quand on a passé la vie à célébrer l'amour des

autres ! Vous me demanderez alors pourquoi je ne
me suis pas logé encore plus près du Sacré-Cœur.
Que voulez-vous ? je ne suis pas assez saint. Je
n'aurais pas le courage de ces moines sublimes qui
couchent sur la pierre et qui se frappent avec des
cordes à nœuds. Il me fallait donc une autre mortifi-
cation : je l'ai. Je me fais vieux, je ne peux plus marcher : alors je me suis mis au pied de la butte Montmartre. Cela me force à monter. Le chemin est dur ;
il l'est moins que le chemin des Oliviers. Il ne l'est
pas assez pour un homme qui a fait tant d'abomi-
nables choses ! Heureusement toutes vont dispa-
raître, toutes ! Dieu permettra que je vive pour les
convertir, comme je suis converti. S'il ne le permet
pas, mon testament est fait. On détruira à jamais
ce que je n'aurai pu corriger... »

Pendant qu'il parlait, nous regardions le jardin :
un vaste carré qui, aboutissant à un terrain vague,
est clôturé par des planches mal jointes. Des rôdeurs
de barrière jouaient dans ce terrain.

« Venez, reprit Féval ; vous aussi, vous avez besoin d'être mortifié. Venez. »

Déjà nous étions dans le jardin. En nous voyant,
tous les voyous se collèrent contre les planches :

« Ohé, jésuites, calotins !... Dis donc, Auguste,
il ne les empêche pas de bien manger, leur bon
Dieu ! Regarde donc le vieux, comme il est rouge !
Bon appétit, otages ! »

Féval rayonnait :

« Vous entendez, mon ami ? Ils voient quelquefois des prêtres dans le jardin, ils prennent ma
maison pour une abbaye. Ils me flattent. »

N'aimant pas à exciter les animaux féroces, nous
proposâmes de rentrer. Déjà nous avions vu le
salon, qui nous avait semblé peu luxueux à côté de

celui des Ternes. Nous passâmes par une petite
pièce froide et sombre, dont l'unique fenêtre était
garnie de carreaux de couleur. Le premier objet
que nous vîmes, quand nos yeux furent habitués à
l'obscurité, fut une statue de la Vierge entourée de
plantes.

« Mon oratoire, fit Féval. Tenez, c'est sur ce
prie-Dieu que j'ai trouvé mon meilleur livre, mon
œuvre véritable, *le Coup de grâce...* »

Une porte entr'ouverte donnait sur le cabinet de
travail, qui, quoiqu'étant bien mieux que le salon,
était également moins orné que celui des Ternes.
Beaucoup de tableaux et d'objets qui nous étaient
familiers manquaient. Ici comme dans le salon, nous
cherchions vainement quatre tapisseries dont jadis
Féval était fier. Un jour que, du temps où il était
profane, il se promenait au Temple avec Hostein,
— souvenir abominable! — il vit des tapisseries qui
lui semblèrent superbes.

« Combien?

— Neuf cents francs.

— Envoyez-les donc chez moi. »

L'année d'après, Fournier lui en offrait quatre
mille francs pour son château de la *Biche-au-Bois.*
En 1872, nous ne savons quel amateur voulait les
lui payer le double.

« Ah! vous cherchez mes tapisseries? fit Féval.
J'étais peut-être né pour être brocanteur. Je viens
de les vendre avec mes meubles et mes tableaux.
Fournier, lui aussi, était un malin. Tenez, on vient
de me les payer. »

Et il jeta devant nous dix billets de mille francs.

« Oui, mais cela, dit-il, ce n'est pas pour moi,
c'est pour ma femme. J'ai beau être ermite, je

suis comme beaucoup de maris : j'ai une femme qui me coûte cher.»

Mme Féval, en effet, est patronne de nombreuses œuvres de charité, et c'est pour ces œuvres que Féval a vendu ses tableaux, ses meubles, ses tapisseries. C'est pour elles qu'à sept heures du matin il est à son bureau, et qu'il a publié, depuis un an, quatorze volumes...

... Et, à tout instant, l'on sonnait. C'étaient de pauvres gens qui venaient chercher, qui dix sous, qui cinq francs.

« Ce sont mes amis d'à présent, nous dit Féval. Je crois qu'ils m'aiment encore mieux que les autres; mais je n'en répondrais pas. »

Nous venions de reconnaître à ce mot notre Féval d'autrefois, le Breton malicieux et sceptique qui doit souvent encore reparaître dans celui d'aujourd'hui.

« Ah! mon ami, reprit-il, je sais bien que tout le monde ne peut pas être moine; seulement, vous aussi, vous devriez vous convertir... Je vous jure que Dieu vous aime...

— C'est pour cela qu'il tient certainement à ce que je déjeune. Adieu.

— Oui, c'est cela. A Dieu. Mais écrivez-le en deux mots; toujours en deux mots. A Dieu. Ah! les Français... mes chers Français... quelle admirable formule de salutation ils ont trouvée! »

Et déjà nous étions loin quand nous entendîmes encore la voix du nouvel ermite répéter ces deux mots :

« A Dieu... »

* * *

A l'époque où le feuilleton régnait sur le journalisme, Paul Féval partageait avec Alexandre Dumas les faveurs du public et jouissait d'une immense popularité. L'abondance de ses productions, l'originalité de son talent, lui donnaient la première place. Tel de ses romans mettait Paris en émoi.

Livres, drames, conférences, il abordait tout avec un égal succès. Le *Bossu* menait aussi grand tapage que les romans actuels du plus célèbre des naturalistes, et la fameuse querelle avec Victorien Sardou passionnait la foule au même degré que les célèbres volées de bois vert distribuées si libéralement par Louis Veuillot à M. de Labédollière, aux « cacographes » du *Siècle*, à M. J. Labbé (non Dollière).

C'est que Féval possède les dons séducteurs : l'invention qui enfante, l'imagination, reine des facultés artistiques, qui revêt l'idée de la vie et de la couleur. Il voit juste et bien., il est varié, il a de l'entrain, de la verve. Il sait tour à tour épouvanter, émouvoir, charmer. Il a le don du rire et le don des larmes. Franc, gai, amusant, il est le sarcasme et l'ironie incarnés.

Tout le monde peut le lire, écrivait un critique délicat, malgré la vivacité de ses peintures, où l'on ne coudoie rien de corrupteur, rien qui déchire les voiles intimes de la pensée. Quand on peint la vie sociale, celle d'hier ou celle d'aujourd'hui, on ne s'y heurte pas évidemment qu'à d'honnêtes gens,

mais il y a une manière de mettre en scène les co-
quins et les scélérats : l'enseignement est contenu
au fond du livre, comme la moelle dans l'os. Chez
M. Féval, le récit est toujours éclairé par un rayon
d'en haut, car il est catholique et Bréton, ce soldat
de la pensée écrite, quoique souvent l'on sente en
lui la poésie des landes aux genêts d'or greffée sur
la jovialité mâle de Rabelais.

C'est la vérité. Paul Féval n'a pas écrit une
seule ligne hostile à l'idée religieuse. Il était,
dans toute la force du terme vulgaire, ce qu'on
appelle un honnête homme, et il avait l'horreur de la vulgarité.

« Ma foi en la puissance immortelle de l'Église,
a-t-il pu dire avec une catholique fierté, subsistait,
presque intacte, malgré mes défaillances, je ne sais
en quel coin de moi. C'était, à la fois, un instinct
et un ressouvenir de ma famille chrétienne. Ma première communion était si loin, que je ne l'apercevais
plus, même à perte de vue ; mais je la sentais encore, et les tendres enseignements de mon frère
Charles persistaient à mon insu dans un repli de
ma conscience malade, comme ces parfums qui
s'obstinent aux doublures d'un vêtement. De là
vient qu'aux plus mauvaises époques de ma vie,
j'ai toujours passé pour être un catholique. En dépit
de ma longue indifférence et des oscillations de ma
morale privée, *je n'ai jamais ni écrit une ligne ni
prononcé une parole contre la Religion*, et le rédacteur en chef de tel journal franc-maçon, où je
publiais mes romans sous l'Empire, me disait :
« Vous suez le catholicisme et le légitimisme. »

C'était vrai, quoique je parlasse bien rarement de l'un ou de l'autre.

Ce chef de cuisine maçonnique, Paul Féval nous révèle plus loin son nom :

Le bon M. Havin, un des plus doux pharisiens que j'aie jamais rencontré, dirigeait alors le *Siècle*, selon des tendances quasi-républicaines qu'il ne partageait pas du tout au fond. Il m'avait demandé un livre ; je publiai chez lui cette chose de bonne humeur, *le Bossu*, avec un succès monstrueux qui a été un des étonnements de ma carrière. Il me dit une fois, alléché par l'ébullition tempétueuse de sa marmite aux abonnements : « Si vous voulez venir à nous tout à fait, nous vous dorerons un pont. Seulement, méfiez-vous, ces messieurs disent que vous sentez le carliste et le *clérical !...* » A la suite de quoi, il ne me cacha point qu'*en Normandie* il était bon paroissien et au mieux avec son curé. Ce qui désole dans le paysage de notre temps, c'est l'étendue et la qualité touffue de l'immense forêt des farceurs [1].

La foi avait réconcilié Féval avec la charité ; mais la charité, comme on voit, ne l'empêchait pas de frapper ferme et juste. Appelé patiemment par un apostolat intime, il y résistait de moins en moins, mais, comme Augustin, se roulant dans ses liens, sans avoir encore la force de les rompre ; l'habitude, la routine, le dominait et le tenait : il lui fallait l'avertissement de la souffrance, et la bonté de Dieu le lui donna,

---

[1] *Le Coup de grâce.*

miséricordieusement cruel, au soir de ses jours,
à cette heure mystérieuse où la raison épurée
cherche instinctivement la lumière, non plus par
en bas, du côté de la terre, mais par en haut,
du côté du ciel. La pauvreté, — peste noire qui
fait le vide autour des vaincus, — l'assaillit à
l'improviste; c'était une vieille connaissance de
sa jeunesse; il la retrouvait au déclin de ses
ans, dix fois plus terrible, car il avait à présent
charge d'âmes, et quelle charge : une femme
et huit enfants! Le chef de famille n'avait pas le
droit de sombrer dans le désespoir, ressource
ordinaire et commode de l'égoïsme et de la
lâcheté. Il fallait savoir être pauvre, d' « une
pauvreté mâle », comme dit bellement Boileau.
Mais où puiser ce savoir, cette force, ce courage? « Quand on est chrétien, a dit Fénelon,
il n'est pas permis d'être lâche. » Paul Féval
allait être chrétien. Un jour, enfin, se dégageant
de ses derniers liens, rejetant, non sans un long
déchirement, tout son clinquant de gloire et de
populrité, il se rend, avec la foi simple et vive
d'un enfant, à la voix d'en haut : « Dieu vous
tend les bras, jetez-vous dans son sein; il ne
se retirera pas et ne vous laissera pas tomber.
Jetez-vous y donc hardiment, il vous recevra et
vous guérira[1]. »

---

[1] Oscar de Poli, article de la *Revue du Monde catholique* (1887).

Il y a bien longtemps qu'un homme d'un rare esprit, et dont plus d'un trait se retrouverait aisément dans la physionomie de Paul Féval, — c'est Charles Nodier que je veux dire, — a écrit cette page charmante et d'une observation si vraie :

La vie intime de la province a un charme dont on ne conçoit aucune idée à Paris, et qui se fait surtout sentir dans les premières années de la vie. On peut aimer le séjour de Paris dans l'âge de l'activité des passions, du besoin des émotions et des succès; mais c'est en province qu'il faut être enfant, qu'il faut être adolescent, qu'il faut goûter les sentiments d'une âme qui commence à se révéler et à se connaître. Ce n'est pas à Paris qu'on éprouvera jamais ces émotions incompréhensibles que réveillent au fond du cœur le son d'une certaine cloche, l'aspect d'un arbre, d'un buisson, le jeu d'un rayon de soleil sur la ferblanterie d'un petit toit solitaire. Ces doux mystères du souvenir n'appartiennent qu'à la province. J'entendais l'autre jour une femme de beaucoup d'esprit se plaindre amèrement de n'avoir point de patrie : « Hélas ! ajouta-t-elle en soupirant, je suis née sur la paroisse Saint-Roch[1]. »

Nodier avait raison. « Faites tous vos vers à Paris, » disait Voltaire. Soit; mais si vos premières années se sont écoulées dans cette grande ville, où la vie intime n'existe pas, dans une de ces maisons de passage où les habitants se

[1] Charles Nodier, *la Neuvaine de la Chandeleur.*

succèdent comme dans une hôtellerie, et dont l'on peut dire, avec un poète plus grand que Voltaire :

> Ma maison me regarde et ne me connaît plus,

ou si vous n'êtes pas né, si vous n'ayez point passé votre enfance en province, vous ne posséderez jamais quelques-unes des qualités les plus précieuses du romancier : la naïveté du sentiment, la variété des types, l'originalité des caractères. Vos œuvres refléteront peut-être les rayons brûlants du soleil à son midi; elles ne seront pas trempées des larmes de l'aurore, elles n'auront pas la fraîcheur du matin.

Paul Féval a eu cette heureuse fortune de naître, non à Paris, *sur la paroisse Saint-Roch,* mais à Rennes, sur la paroisse de Toussaints [1]. Il a grandi dans sa ville natale, au sein d'une de ces vieilles familles royalistes qui gardaient fidèlement, avec les anciennes mœurs, la double foi politique et religieuse de nos pères, et qui pouvaient prendre pour devise celle qu'un autre Breton, Chateaubriand, avait inscrite en tête de son journal *le Conservateur :* «Dieu, le Roi et les honnêtes gens!» C'étaient d'honnêtes gens, en effet, dans toute la force du terme, que le grand-père, M. Lebaron de Létang, et le père de Paul Féval, l'un ancien procureur général, l'autre conseiller à la cour royale de Rennes.

[1] Il naquit le 28 novembre 1817.

Son père, en particulier, était un homme de savoir éminent et de haute vertu. Sa mère était une sainte. Les frères et les sœurs se pressaient nombreux autour du foyer de famille. On était pauvre, d'ailleurs, surtout depuis la mort du père, qui eut lieu en 1827, et c'était à grand'-peine si la veuve et les enfants du conseiller pouvaient avoir une domestique. Mais n'était-on pas en Bretagne, dans un pays *arriéré*, où le *progrès* commençait à peine à poindre, et où une servante trouvait tout naturel de servir ses maîtres sans gages, sous prétexte qu'elle était de la maison ?

Paul Féval vécut jusqu'à vingt ans dans ce milieu chrétien, dont le souvenir ne le quittera plus. Ce sont ces influences bénies de la religion et de la famille qui, plus tard, à Paris, à l'époque de ses plus grands succès, quand il sera le rival des Frédéric Soulié, des Alexandre Dumas, des Eugène Sue, le préserveront de faire, comme eux, de lâches concessions aux bas appétits du public. C'est grâce à elles que les romans sortis de sa plume, de 1843 à 1876, n'auront besoin que de très légères modifications pour pouvoir être mis entre les mains de la jeunesse. Enfin si, en 1876, le romancier tout à coup se transforme et devient un apôtre, s'il ne veut plus travailler que pour la gloire et pour la grandeur de Dieu, c'est parce que ces influences l'ont ressaisi avec une force nouvelle ;

parce que leur souffle l'a puissamment soulevé et l'a transporté sur les hauteurs[1].

Féval a laissé de son père un admirable portrait dans le *Drame de la jeunesse,* le livre dont il était le plus fier, et qu'il regardait comme la meilleure de ses œuvres, sans doute parce qu'elle est, dans beaucoup de ses parties, une autobiographie.

Mon père me paraissait être un homme doux et froid, pressé toujours de quitter les bruits du foyer pour se réfugier dans le travail. Les jeudis, quand je sortais du collège, où l'on m'avait obtenu une demi-bourse, il me donnait une tape sur la joue en me promettant une longue promenade pour le jeudi suivant. Le vrai jeudi de la promenade n'arriva jamais. Je n'ai pas connu mon père de son vivant. Quand je m'agenouille devant son souvenir, c'est que je le vois au travers des récits de ma mère.

Un soir, pourtant, il me ramena lui-même au collège. Comment exprimer cela? Il prononça seulement quelques paroles, et il me semble que c'est maintenant une longue et mélancolique histoire. Il me dit : « Fernand, ne vous endormez pas sur votre examen de bachelier; cela coûte de l'argent, et nous ne sommes pas à l'aise. » — Les choses modérément exprimées me frappent à l'excès. Si mon père avait parlé de pauvreté, j'aurais eu le cœur moins gros. *Nous ne sommes pas à l'aise!* Cette larme furtive qui s'échappe d'un œil fier ne touche-t-elle pas

---

[1] EDMOND BIRÉ, *Paul Féval,* étude parue dans l'*Univers.*

bien plus que le torrent banal, toujours prêt à s'é-
chapper de certaines paupières?

Dans les trop courts chapitres de ce roman
« vécu », M. Féval parle de la famille comme
un chrétien seul en peut parler. C'est de son
cœur que se sont échappées ces pages brûlantes
où il décrit tour à tour les joies calmes du foyer,
ses espiègleries d'enfant, les tristesses de la médiocrité, pire que la misère, noblement sup-
portée néanmoins; tout ce qui encadra enfin
son enfance austère, studieuse, un peu mélancolique. On voit défiler toute cette galerie de
famille, la mère, humble, sainte et candide :
« Je n'aime pas parler longuement de ma
mère, *peut-être parce que je pense à elle toujours;* » les sœurs, qui ne veulent point « se
marier dans le commerce », un peu fières de
la noblesse de leur parenté; les frères, simples
et bons.

Au moment de la révolution de 1830, Paul
Féval était au collège; il y manifesta hautement
des croyances royalistes. Sa mère l'emmena
dans un vieux château du Morbihan; là il
entendait narrer chaque jour les chroniques et les
légendes de la terre natale. On lui parlait de ces
guerres héroïques soutenues contre la Révolution française par cette poignée d'hommes que
Napoléon appelait, non sans quelque jalousie,
un *peuple de géants;* on lui parlait des siècles

passés, de ces grands ducs bretons, si indépen-
dants et si bons princes; on lui contait cette
histoire si tragique, et il voyait passer tour à
tour dans ses rêves d'enfant le petit Arthur
de Bretagne égorgé par son oncle Jean Sans-
Terre, le terrible du Guesclin, batailleur in-
trépide, le maréchal de Raiz, l'homme *à la
Barbe bleue* : tous ces héros, tous ces soldats,
ces meurtriers, ces fantômes, qui se succèdent
dans les pages brûlantes des annales armori-
caines.

Lorsque notre collégien de treize ans, conte M. de
Mirecourt [1], quittait la veillée pour monter à sa
chambre, il avait la tête remplie de terreurs et se
couchait avec la fièvre. Si la servante emportait la
lumière, Paul sentait un frisson courir par tout son
corps; ses dents claquaient. Il lui semblait voir son
lit entouré de cierges, et des voix lamentables réci-
taient à son chevet les versets funèbres du *De pro-
fundis*. Chose bizarre ! une de ses cousines, qui
occupait avant lui cette même chambre, avait eu
des visions analogues. A minuit sonnant, elle aper-
cevait sept chandelles disposées en croix au point
central du parquet. De profonds soupirs s'échap-
paient des murs. Elle croyait entendre un comman-
dement de l'autre monde. Jeune, belle, riche, aimée,
elle se fit religieuse.

[1] Eugène Jacquot, *dit* de Mirecourt, un biographe qui
eut maille à partir avec la justice, mais qui mourut converti.

Récemment encore, la famille a eu le bonheur
de donner à Dieu encore deux servantes, car
les deux filles aînées du romancier sont entrées
au couvent.

Quoi qu'il en ait été de ces visions, que le
biographe a peut-être inventées, il est certain
que Paul Féval n'a pu se soustraire à cet attrait,
à cette curiosité mêlée d'effroi que le monde
surnaturel inspire aux imaginations un peu
ardentes. On trouve dans tous ses livres la trace
de ses frayeurs d'enfant et comme un reflet
de l'esprit superstitieux de sa terre natale. Il
aime les fantômes, les fées, les lutins, les êtres
innomés qui, la nuit, peuplent les landes désertes, les forêts pleines de ténèbres.

Dans le *Drame de la jeunesse*, le héros, qui
s'appelle Fernand, fait un aveu bien candide :
il confesse l'amour immodéré qu'il a de la
pose, la vanité sotte et puérile qui lui dicte
toutes ses actions. « Il jouait, dit-il, un rôle de
comédien, ramenant tout à son thème. » Les
jeunes gens ne sont-ils pas tous ainsi, un peu
plus, un peu moins ? Paul Féval n'a pas eu assez
de compassion pour Fernand Leprieur : il l'a
trop sévèrement jugé. Combien est touchante
la scène où l'on voit ce jeune homme quitter
sa famille pour aller à Paris ! Il n'est personne
qui ne verse des larmes sincères en lisant ces
quelques pages qui rappellent à tous un souvenir. Féval, comme Fernand, vint aussi à

Paris. On le voulait avocat; et quel avocat il eût fait! Demandez-le à ceux qui ont subi, deux heures durant, le charme de sa parole éloquente, imagée, vive, un peu railleuse, bonhomme en apparence, et si fine, si spirituelle, si polie!

Mais il perdit la première cause qu'il plaida. Il jeta l'épitoge aux orties. Le lendemain il partait pour Paris afin d'y chercher fortune.

Paris le tentait :

Paris, mon Paris! autel splendide où je voulais m'agenouiller devant toutes les gloires! patrie de ma jeune passion! Argos dont je me souvenais sans l'avoir vu! Paris, mon pays, mon paradis! Écoutez! Toutes ces poétiques paroles rendent bien la poésie de mes désirs, mais elles ne disent pas tout, et il faut un dernier trait qui est peut-être de la prose. Dans ce lointain où je cherchais Paris, à cet horizon poudroyant et lumineux, je voyais quelque chose comme un gigantesque mât de cocagne, autour duquel se rangeait la multitude des combattants de la vie. Les forts montaient; les faibles tombaient; au couronnement de l'arbre mystique, il y avait tout ce que l'homme adore sur la terre.

Mais pour première étape dans la voie des honneurs et de la gloire, notre héros dut se contenter d'une maigre place chez un banquier. Il ne tarda pas à être congédié.

On lui saisit un jour entre les mains un livre de Balzac, ouvert à un chapitre abominable. Notre grand peintre de mœurs osait y donner une analyse très exacte, très vive, et surtout très satirique, des *commissions* et des *comptes de retour*. Chez un banquier, jugez de l'esclandre ! A la vue de ces pages sacrilèges, le chef de correspondance pâlit, le teneur de livres se voile la face, le caissier fait un geste d'épouvante, et les expéditionnaires croient à la fin du monde [1].

Pendant quelque temps, il essaya de divers moyens de gagner sa vie, mais chacun d'eux ne le conduisait qu'à mourir de faim. Trompé, dupé, joué par d'habiles industriels, sans amis, sans argent, sans espérances et presque sans illusions, il arriva bien vite au bout de ses ressources. Il essaya alors de la littérature, mais ce fut d'abord sans aucun succès.

Un jour, il rentra chez lui, l'âme brisée, l'esprit découragé, complètement abattu, et le corps fatigué par les plus pénibles privations. Il monta donc, chancelant, faible, à la mansarde qu'il occupait, rue de la Cerisaie, aux environs de la Bastille. Le lendemain on ne le vit pas descendre.

On grimpa l'escalier, on écouta à la porte : on n'entendit aucun bruit, et finalement on pénétra dans la misérable retraite, où l'on vit Féval gisant inanimé, un livre entre les mains. Ce livre, c'était l'*Imitation de Jésus-Christ*, seul et dernier bien que le pauvre n'eût point vendu. Aussitôt, comme

[1] Mirecourt.

il arrive à Paris, où la foule rit du moindre accident, mais où vingt mille bras s'offrent pour porter un enfant malade chez le pharmacien, aussitôt l'on s'émeut; on court chercher un médecin, et le médecin déclare que ce jeune homme se meurt d'inanition. Le reste se devine. Des amis improvisés soignèrent le malade : l'aventure fit du bruit dans le quartier, et, peu de jours après, Paul Féval faisait le premier pas de sa vie littéraire.

C'est du moins la version donnée dans la biographie de Mirecourt, mais que Féval n'acceptait pas volontiers, comme en témoigne la lettre suivante qu'il m'adressait :

Cher ami,

Au point de vue de l'influence, et du *commerce*, prenez garde de me faire du mal (vous qui me voulez tant de bien !) en mettant les *femmes* hors de moi. Glissez au moins un mot disant que, malgré tout, la sympathie des lectrices m'est toujours et partout restée fidèle [1].

Revoyez aussi le passage de M. de Mirecourt (je crois), où le portier monte chez moi, rue de la Cerisaie. Cela a un peu trop l'air de la « collecte » faite pour le « petit savoyard ». La convenance n'est pas le côté brillant de M. de Mirecourt. Ce ne fut pas d'ailleurs le portier qui monta... Mais toute cette histoire est un peu romantisée en beau dans le

---

[1] A propos d'un article que je devais publier, et qui parut dans une revue.

Drame de la jeunesse, comme elle est abîmée dans M. de Mirecourt. Glissez.

Et cela dit, merci de tout cœur. Vous êtes bien trop indulgent pour moi presque partout et même partout.

Mes romans de pure étude sont assez nombreux: outre *Bouche de fer* et le *Drame de la jeunesse*, il y a *Annette Laïs, Aimée*, qui a tant réussi, la *Province de Paris*, et une chose assez singulière que j'ai oublié de vous donner : *Corentin Quimper*, qui paraît ces jours-ci. — Un mot sur la fameuse conférence du *théâtre moral* irait bien, et sur l'effrayant succès du drame *le Bossu*. — Mais c'est déjà si long! non pas *fait long*, entendons-nous, car l'article est bien beau à mon sens, mais long d'étendue.

A vous et à bientôt.

P. FÉVAL.

Peu de jours après cette aventure, il obtint un petit emploi de correcteur au *Nouvelliste*, où il réussit à faire paraître quelques articles, et se fit connaître de plusieurs vaudevillistes, auxquels il fournit une collaboration anonyme qui le tira de la misère, sinon de l'obscurité.

Enfin un récit original, *le Club des Phoques*, inséré dans la *Revue de Paris*, en 1841, et le roman des *Chevaliers du firmament* lui donnèrent accès dans les journaux de l'époque: *le Commerce, la Quotidienne, la Chronique* et *l'Époque;* et un éditeur catholique, M. Waille, qui venait de publier les *Contes du bocage*, d'Édouard Ourliac, lui demanda des *Contes de Bretagne*.

Entre temps, Féval fit un voyage en Bretagne. Il a raconté ce retour au bercail dans le *Drame de la jeunesse*. Mais il avait fait preuve d'énergie et de talent, et lorsqu'il revint à Paris, ce ne fut plus seul, isolé, sans appui.

Le doyen de la Faculté des lettres de Rennes lui donna trois lettres de recommandation : l'une pour Victor Hugo, l'autre pour M. Didron, la troisième pour Eugène Tourneux. Ces lettres ne furent probablement jamais remises, car on a eu la bonne fortune de les retrouver, et j'ai celle de les publier à titre de document intéressant[1]. Les voici :

Mon bon vieil ami,

Voici un souvenir de Cimber ; c'est une âme en peine qui vous écrit du fond de la Bretagne, et pour vous recommander un jeune Breton ; et vous qui avez

Un sang breton et lorrain à la fois,

vous accueillerez le Breton recommandé par un Lorrain.

Le Breton est un littérateur qui débute, un littérateur de bonne famille, aux fortes croyances, comme nous sommes en Bretagne ; veuillez donc le bien accueillir, et pour moi qui vous en prie, et pour lui qui le mérite.

[1] Ces trois lettres m'ont été confiées par M. Auguste Féval, fils aîné du romancier. Je n'ai pu déchiffrer la signature, qui doit être celle d'un grand lettré.

Je vous suis un peu éparpillés à la campagne ; un des débris de la famille est même, dit-on, lancé jusqu'à Rennes, où il est impatiemment attendu ; ceux qui s'y trouvent déjà y vont bien, et songent aux vacances. Moi, je me réjouis d'aller vous presser la main, et baiser celle de M^mo Hugo.

D'ici là, comme toujours,

A vous de cœur.

Monsieur Victor Hugo, 6, place Royale, Paris

Mon cher Didron,

Je vous adresse un jeune Breton, M. Féval, auquel je prends le plus vif intérêt. C'est un jeune littérateur de grande espérance à mon avis, et qui, voulant faire de la littérature son étude exclusive et sa carrière, désire être mis en rapport avec nos hommes littéraires. D'ailleurs M. Féval a déjà habité Paris, y a déjà travaillé à quelques journaux, mais il n'y a point perdu ses bons sentiments de Breton ; et à ce titre la connaissance qu'il désirerait le plus faire est celle de M. de Montalembert. M. Féval est assez bien né et assez bien doué pour que vous n'ayez aucune crainte à le présenter, ni moi à vous le recommander. Vous ferez cela pour moi, n'est-ce pas, mon bon vieil ami ? car j'espère que votre beau voyage en Grèce n'a rien diminué de votre obligeance, et que, pour avoir grimpé sur le mont Athos, vous n'avez pas oublié votre bienveillance pour ceux qui débutent. D'ailleurs ce n'est pas tout. Il faut qu'un jour où Victor [1] sera chez lui vous lui conduisiez M. Féval, et le lui présentiez.

[1] Victor Hugo.

Je lui donne une lettre aussi, mais vous savez qu'il vaut toujours mieux être accompagné...

A vous de cœur.

A monsieur Didron fils, rue d'Ulm, Paris.

Mon bon Eugène,

Je t'adresse un jeune Breton, plein de talent et d'impatience de se produire. Si tu peux quelque chose pour lui, c'est-à-dire l'aboucher avec quelques-unes de tes vieilles connaissances qui puissent lui être utiles, je t'en remercie d'avance. D'ailleurs je te dirai pour ta gouverne que c'est un homme à la Maricourt pour les croyances et les sympathies, et tu vois que je ne pouvais mieux l'adresser qu'à toi, le meilleur ami de Maricourt, à toi qui partages ses croyances et ses sympathies. Si Félix peut lui être utile par les journaux, je le lui recommande de même...

Tout à toi,

Monsieur Eugène Tourneux, 100 bis, rue du Bac, Paris.

* *

En ce temps-là, régnait sur le feuilleton le citoyen Eugène Sue, qui publiait dans le *Journal des Débats* les *Mystères de Paris*, cet immonde roman où l'auteur a donné libre carrière à son imagination dépravée, et qui obtenait un succès immense, précisément à cause du scandale qu'il renouvelait chaque jour.

Paul Féval, qui venait de publier le curieux récit intitulé *le Loup blanc*, dans le *Courrier français*, vit un matin entrer chez lui M. Anténor Joly, qui s'était créé la profession lucrative d'entrepreneur littéraire, et qui, du reste, rendait de véritables services aux débutants. Cet habile négociateur se chargeait de la fourniture des bons auteurs et des bons romans, les uns portant les autres, et lui proposa d'écrire les *Mystères de Londres*. On voulait opposer une concurrence sérieuse au mercantilisme du socialiste Sue, et le *Courrier français* exigeait, coûte que coûte, dix volumes de *Mystères*. Un auteur anglais, chargé de les écrire, avait broché une œuvre lourde et indigeste.

Paul Féval publia une quinzaine de chapitres, et ce fait, accompagné de secrétaires, escorté d'un train de maison complet, il partit pour Londres, où il termina ce premier récit de longue haleine, qu'il signait *sir Francis Trollope*, et qui lui fit une réputation bien méritée. Les *Mystères de Londres* sont, au dire d'un critique, « une œuvre considérable par ses dimensions, bien conduite et bien soutenue. Paul Féval s'y révèle avec toutes les qualités et tous les défauts de son talent. Écrivain d'une imagination vive, colorée, puissante; conteur habile,

chatoyant, intarissable, il est maître de tous
les fils de sa trame, et tient en main, comme
un réseau dont il enveloppe le lecteur, les
mailles les plus serrées de l'intérêt. »

C'est dans les *Mystères de Londres* que l'on
voit, pour la première fois, apparaître un type
singulièrement cher à leur auteur, celui du bri-
gand honnête homme. Le marquis de Rio-
Santo, ou plutôt le noble Irlandais de race
royale qui se déguise sous ce nom, est un héros
peu scrupuleux sur le choix des moyens, et
qui s'est donné la mission de venger sa patrie
des maux que la tyrannique Albion lui fait en-
durer. Rio-Santo est dominé sans cesse par un
sentiment d'autant plus impérieux qu'il ne peut
l'assouvir : une haine inextinguible de l'Angleterre. Il a donc formé une association secrète,
dont le double but est, d'une part, de faire le
plus de mal possible à l'ennemi, d'autre part
d'amener par un habile enchaînement d'efforts
diplomatiques la délivrance de la verte Érin,
terre catholique et libre.

M. Féval a exprimé ici, et de façon qu'on
n'en puisse douter, ses convictions person-
nelles.

Breton de la vieille roche, il déteste l'Anglais
avec autant de sincérité que celles de ses aïeules
qui, naguère, de Saint-Malo jusqu'à Guérande,
filaient pour fournir au roi Édouard le tonneau
d'or exigé pour la rançon de du Guesclin.

Catholique, il prend en pitié le sort de ses frères d'au delà de la mer, et c'est avec une éloquence farouche qu'il dépeint leur misère, et c'est avec une ardeur chevaleresque qu'il revendique leur liberté.

Les *Mystères de Londres* sont donc à la fois un roman d'aventures et un roman de thèse : la pensée dominante y revit sans trêve ni relâche, sous une forme ou sous l'autre, et quant aux Irlandais, il n'est point jusqu'au misérable Snail, le pire de tous les polissons, qui n'inspire un peu de sympathie. C'est que M. Féval a tant d'indulgence pour les défauts extérieurs, et tant de pitié pour les malheurs de ses héros, qu'il rejette sur l'oppresseur toute la responsabilité des crimes de l'opprimé. Que Snail ou Bob Lantern essayent de poignarder quelqu'un, c'est l'Angleterre qui leur a mis le couteau à la main ; et Rio-Santo serait-il devenu un bandit souillé de sang et gorgé d'or, si l'Angleterre avait épargné à l'Irlande son joug si pesant?

Pour donner une idée juste des sentiments que nourrit à l'égard de la protestante Angleterre notre cher romancier, il suffit de lire cette page empruntée du roman *les Deux femmes du roi :*

L'Angleterre, alors (en 1202) comme aujourd'hui, était *la plaie vive du monde.* Elle ne faisait point d'exposition cosmopolite pour rallier à son faux

libéralisme tous les trafiquants de l'univers, elle
n'usait point ses dents de serpent contre la lime
inaltérable du catholicisme, elle ne suçait point le
sang de l'Irlande, mais elle était déjà l'Angleterre,
c'est-à-dire l'égoïsme déguisé en nationalité, la per-
fidie politique couverte de cet oripeau : la probité
commerciale. Elle était la pierre d'achoppement de
la civilisation naissante. Depuis, elle s'est emparée
de la civilisation pour la sophistiquer et faire regretter la barbarie. L'Angleterre, cette oligarchie
empoisonneuse et empoisonnée, cette honte illustre
de l'histoire, ce fléau devant lequel s'agenouillent,
comme devant une idole, tous les menteurs de générosité, tous les hypocrites d'indépendance, tous les
Macaires de l'économie politique, tous les maqui-
gnons de l'industrie, tous les tripiers du Veau d'or,
toute l'armée des escamoteurs et tout le troupeau
des dupes... elle existait; donc elle vivait du sang
de quelqu'un.

Mettez cette prose en vers latins, et vous
pourrez hardiment les signer du nom de Juvé-
nal.

Dans un des chapitres de ce livre, je dirai, si
pauvre critique que je sois, ce que je pense de
l'œuvre de Paul Féval. Il ne faut point, assurément, s'exagérer et le mérite et l'influence
d'un romancier. Pourtant celui-ci eut d'abord
le mérite intrinsèque, l'art et le procédé; il eut
également l'influence, parce qu'il arriva dans
la littérature catholique avec des idées, des sentiments, — tranchons le mot : un procédé, —
qui, dans ce monde, avaient été jusqu'à lui

ignorés. Il sied donc d'examiner son œuvre, soit avant, soit après cet acte de retour à la foi catholique, si bizarrement reproché au maître, et qui le fit, d'indifférent feuilletoniste, polémiste catholique.

Il n'est rien de plus odieux que ce que mon ami Léon Gautier a justement appelé la « profanation de l'intime ». Dans la vie d'un homme, encore qu'il appartienne au public, il est des côtés qui devraient rester ignorés. Il faut bien, pourtant, que je parle de Féval époux et père. Je le veux faire avec le respect profond que j'ai pour sa mémoire, et pour ceux dont j'aurai sur ce sujet à parler. Au surplus, c'est lui-même que je prendrai, en ces délicates conjonctures, pour le témoin de sa vie.

Le mariage de Paul Féval eut lieu dans les circonstances les plus singulières; il semble que la Providence l'ait guidé par la main pour le jeter, naufragé de la vie parisienne, dans un port de salut. Il a lui-même, dans le dernier volume des *Étapes d'une conversion*, raconté ce grand événement auquel il ne songeait point. En plein succès, déjà célèbre, idole de la popularité, gagnant des sommes énormes, il fut tout à coup foudroyé par une immense douleur et par une terrible maladie. La douleur, il l'a chantée avec l'accent du plus sublime désespoir dans le *Drame de la jeunesse* (livre retiré de la circulation); la maladie, décrite dans le *Coup de grâce*, était la névrose, cette épouvantable névrose qui sature le siècle entier : maladie de peuple décadent, surmené, exacerbé, — disent les médecins et les naturalistes, — par toutes sortes d'abus et d'excès, par la violence des sensations, l'âpreté du travail, la recherche des jouissances, l'écrasante fatigue des efforts quotidiens.

Le romancier se mourait, frappé à la fois au moral et au physique. Il cherchait un asile : il le trouva chez le docteur Pénoyée, qui eut son heure de célébrité. Le docteur Pénoyée était un ouvrier serrurier, disent les uns, arquebusier, disent les autres, qui n'avait appris à lire qu'à trente-cinq ans passés. Il ne parlait pas correctement le français, mais il faisait des cures surprenantes. Ardent disciple d'Hahnemann, il exerçait, l'un des premiers à Paris, la médecine homœopathique, et son ordonnance verbale, un peu fantaisiste en la forme, affirmait à Féval ceci : « Vous n'êtes pas malade du tout, mais vous allez en mourir, et ce ne sera pas long. » Il emmena chez lui le névropathe, lui donna l'hospitalité au sein de sa famille, et commença le miracle de le guérir.

Or le docteur Pénoyée avait une fille « jeune personne très douce, très ferme, et très pieuse aussi, à mon insu, car elle n'avait point occasion de le montrer dans le milieu où nous étions; il me serait malaisé de dire à quel degré je la voyais peu et mal. Elle vivait beaucoup dans sa chambre, beaucoup à l'église, quoiqu'il n'en fût jamais question; elle parlait rarement et se montrait plutôt sereine que gaie.»

Paul Féval avoue ingénument qu'il n'accordait à cette jeune fille aucune espèce d'attention. Il fut amené à demander sa main par un sentiment bizarre : il voulait, en s'alliant avec lui, témoigner sa reconnaissance au bon docteur qui l'avait sauvé; il payait ainsi une de ces dettes que des montagnes d'argent ne payeraient point. Résolu, en outre, à mettre de l'ordre dans sa conduite, songeant à *faire une fin*, la trentième année ayant sonné, épris de la famille où tout le monde lui plaisait, hormis sa future, qui ne lui déplaisait pas, puisqu'il ne l'avait encore jugée ni en bien ni en mal, il se décida, mais sans réfléchir autrement à la grave détermination qu'il allait prendre.

L'idée du mariage, sacrement établi par Dieu, le principal des contrats que l'homme puisse signer en ce monde, effleura tout au plus mon esprit en passant, mais ne s'approcha même pas de mon cœur.

Voyez le joli portrait que le maître, après tant d'années, trace de sa fiancée au jour béni des fiançailles.

Quand Mlle Marie entra pour le déjeuner de midi, je la regardai enfin pour tout de bon. Elle n'était pas de celles qui se voient ainsi du premier coup, mais j'aperçus pourtant dès ce moment comme un reflet de l'or pur qui était au fond de son cœur, et je fus frappé comme tout voyageur qui, après avoir parcouru un pays en long et en large, y fait soudain une découverte inattendue. Elle était beaucoup moins timide que je ne croyais, et si elle ne se montrait pas entièrement dès le début, ce n'était assurément pas sa faute, car elle ne dissimulait rien d'elle-même. Cela me plut; mais avec mes mœurs de roman et de comédie, j'eus, dès ce moment, une vague inquiétude de n'être pas le plus fort, en cas de bataille contre elle dans l'avenir, et ce n'était point là une crainte tout à fait chimérique.

Dès ce temps-là déjà, dès ces belles années de jeunesse confiante et d'amour, aux heures joyeuses où naissait le premier-né, si l'époux se targuait avec orgueil d'apprendre à l'épouse la science de la vie, l'épouse préparait le retour de l'époux à la science du salut.

Chaque heure me la faisait mieux juger; elle s'enhardissait à me montrer les ferventes confiances de sa pensée, quand le bien-aimé petit ange dormait entre nous deux; et bien souvent je suis resté en admiration, littérairement parlant, devant les solidités enfantines de cette foi pleine de vaillance, mais aussi de discrétion, qui s'affirmait avec une simplicité si tendre, avec une si fière candeur... Nous ne parlions jamais religion, dans la rigueur du terme; je me croyais, en cela comme en tout, beaucoup plus

fort qu'elle; mais je fuyais néanmoins, évitant la
bataille par mes fameuses leçons entremêlées d'anec-
dotes ou de gaietés... Elle ne me poursuivait point
sur le terrain de mes déroutes, et j'aurais dû sentir,
dès lors, à quel point je me trompais sur sa prétendue faiblesse. En l'absence de tout apprêt et de
tout calcul, elle avait innée la victorieuse prudence
des conquérants de l'apostolat, qui laissent entrer
l'ennemi dans leurs retranchements et l'y renferment.
En ce temps, j'aurais éclaté de rire si quelqu'un
m'eût dit que Marie, ma femme-enfant, mon élève,
à qui j'apprenais l'*a b c* des petites choses mondaines, avait la prétention de convertir son maître.
Et pourtant il est bien certain qu'à cette école, dont
j'étais le professeur en titre, c'était moi seul qui
profitait.

C'est une opinion répandue que l'état du mariage ne convient pas aux hommes qui vivent
particulièrement de la vie intellectuelle. Sans
admettre absolument cette opinion, il faut néanmoins reconnaître que la régularité, les soins
de détail sont peu compatibles avec l'exercice
des facultés de l'imagination, et que les sollici-
tudes et les soucis du ménage, la tâche absor-
bante de l'éducation de la femme et des enfants,
ne peuvent que surexciter et troubler un esprit
déjà dominé à peu près uniquement par l'inquiétude du travail, le labeur obstiné, les veilles
prolongées. Autrefois les clercs, seuls à mener
cette existence intellectuelle où les satisfactions
et les besoins matériels n'existent que pour une

part minime, étaient voués au célibat : les magistrats, les médecins se mariaient rarement, les artistes mêmes évitaient de se donner les inquiétudes de la famille.

La vie de l'écrivain de profession est tout à fait anormale, et pour ainsi dire, factice. Il crée le monde dans lequel il gravite, et se meut avec ses créations. Il subit l'obsession continue de l'idée, la tyrannie de la pensée, hors des réalités vulgaires et des nécessités prosaïques. Il s'attache principalement à son œuvre, toujours en éveil, dès qu'il s'agit de son labeur, mais entièrement fermé aux conventions sociales, aux convenances mondaines, voire à ces habitudes quotidiennes qui constituent l'harmonie du foyer. Soumis à des études patientes, difficiles, à des observations de tous les instants et de toutes les situations, il rapporte au but de ses constants efforts tout ce qu'il voit, tout ce qu'il entend ; il se forme une idiosyncrasie spéciale qui en fait un être à part dans notre société, société comparable à un jeu de surfaces planes et polies qui se heurtent sans se choquer.

L'artiste, — qu'on me permette d'employer ce terme générique, — a sinon le mépris, du moins l'indifférence des intérêts mesquins, du gain forcé, de l'économie, de l'ordre domestique. Il obéit à des inspirations supérieures, souvent contraires aux obligations qu'il a contractées ; il se laisse emporter bien au delà du

cercle social où il devrait être fixé ; rien n'arrête
sa fantaisie vagabonde : il n'est pas le maître
de son caprice. Impressionnable au plus haut
degré, parce que tous les ressorts de la vitalité
sont en lui surexcités, il ressent profondément,
exaspère ses propres douleurs, exagère ses
joies, n'est jamais modéré dans ses sentiments,
outre ses sensations, souffre plus que le commun des hommes, possède de même plus facilement la plénitude du contentement.

Ainsi que le comédien sur ses tréteaux, il
est en vue, objet de discussion, admiré par les
uns, sifflé par les autres ; s'il n'a pas appris de
bonne heure à demeurer insensible au blâme
comme à l'éloge, il se plonge en des alter-
natives de colère et de bonheur, qui l'épuisent
également. Il est sujet à d'immenses découra-
gements, lorsqu'il voit ce que d'autres ont fait
qu'il ne peut faire : il s'efforce vainement d'atteindre le point culminant de son art. Toujours
il est arrêté par des obstacles qui l'irritent.

Le travail intellectuel produit les mêmes fatigues que le travail matériel ou musculaire,
fatigues encore augmentées par l'effort de la
création, aussi cruelles au point de vue psycho-
logique qu'au point de vue physiologique.
C'est, dans les deux cas, une déperdition de
forces considérable, qui n'est presque jamais
compensée, pour l'artiste, par un repos équi-
valent. En effet, la journée faite, l'ouvrier

s'amuse ou dort. L'artiste n'a pas de journée :
on peut dire qu'il travaille dans la veille et
dans le sommeil, partout où il est, où qu'il soit,
même lorsque sa présence en un lieu de plaisir
démentirait son dessein de travailler. En marchant, il pense ; en parlant, il étudie ; en lisant,
il amasse ; en priant même, il examine. Toutes
ses actions sont tendues vers le même but ; ses
pas, ses démarches, ses relations, les spectacles
de la nature ou de la rue, les rires, les douleurs et les deuils, tout enfin, ce qui est, pour
les autres *la vie,* n'est pour lui que la prépa-
ration à cette vie factice qui commence dès
qu'il prend la plume.

Et alors le résultat de cette énergique con-
centration des facultés de l'esprit est un en-
fantement laborieux, difficile : véritable lutte
symbolisée jusqu'à un certain point dans l'Écriture par la lutte de Jacob avec l'Ange. Et quel
que soit, d'ailleurs, le produit élaboré par une
si étrange et si puissante dépense de forces
physiques et morales, la conséquence demeure
identique. Il faut autant de peines pour écrire
un méchant roman que pour bâtir un chef-
d'œuvre, et les malheureux qui s'évertuent à
pasticher misérablement Shakespeare se donnent
autant de mal, sinon plus, que le vaste génie
qui concevait le *Roi Lear* ou *Macbeth,* et réussissait au premier coup.

L'artiste pénétré de sa mission, respectueux

des dons qu'il a reçus, convaincu par l'expérience et par la foi qu'il n'a pas droit au bonheur, ayant le génie, l'artiste a médiocrement cure des intérêts de fortune, de rang, d'avenir ; c'est le succès auquel il ne cesse de croire, et dont il est sûr. Si pénibles que soient les misères qu'il endure, il les supporte sans impatience, étant certain d'y mettre un terme ; il a oublié le passé, il dédaigne le présent, il espère. Il s'accoutume donc à cette existence au jour le jour faite de combats, d'espoirs, de déceptions, de travail interrompu, de longues rêveries, que des ignorants ont voulu stigmatiser du nom de bohême !

Il n'a point, certes, l'exactitude du commerçant, dont chaque ligne est portée sur quelque grand livre, dont chaque lettre est copiée dans un registre spécial, dont chaque signature est notée sur un carnet d'échéance. Il a inventé tant de coups de théâtre inattendus, tant d'heureuses péripéties, qu'il les attend pour lui-même, et se fait du hasard une sorte de fétiche. Il prend de là une insouciance persistante des soucis pécuniaires, un mépris souverain du « confortable » bourgeois, une haine formidable des hiérarchies qui le repoussent, refusant de lui assigner un rang déterminé, à lui, l'égal des princes, et que d'obscurs contempteurs écartent des voies bien entretenues où cheminent paisiblement les ambitions officielles.

2*

Telle est, prudemment esquissée, la vie de l'artiste. Ce siècle pourtant l'a un peu transformée. Un peintre n'est plus un gueux et gagne beaucoup d'argent, et tel littérateur fait envie à des banquiers. Mais il y a d'autres motifs pour justifier l'opinion que j'ai citée. Un écrivain, par exemple, souffrirait également d'épouser une femme qui lui serait supérieure, ou une femme qui lui serait inférieure. Dans le premier cas, son orgueil serait atteint ; dans le second, sa vanité aurait à souffrir. Il faut donc que cette femme soit assez intelligente pour comprendre son mari, assez habile pour le guider sans lui porter ombrage, assez sage pour se contenter du rôle modeste qui lui est attribué. Elle a le gouvernement de la maison, comme la femme forte de la Bible, mais ne s'immisce point dans les hautes spéculations et les hautes visées de celui dont elle est la compagne. Elle doit pourtant s'associer à ses travaux, lui donner par son commerce agréable et fidèle la sensibilité, l'attrait, le charme, qui manquent souvent aux penseurs, et le garder par sa propre influence des influences néfastes. Situation délicate, presque périlleuse, qui exige avec un tact infini une profonde connaissance du cœur.

Paul Féval régnait dans tous les journaux, célèbres et puissants, pendant toute la durée de l'Empire. Les choniqueurs citaient son nom en toute occasion ; les bibliographes s'épuisaient à louer ses livres ; la mode, divinité capricieuse, empruntait des noms à ses héros, et les bourgeois donnaient à leurs filles les noms de ses héroïnes. Il présidait la Société des gens de lettres ; une cour d'élèves et d'admirateurs l'entourait ; il avait autant d'amis qu'il pouvait en nourrir, et, comme chez les patriciens de Rome, ses antichambres étaient encombrées de clients.

Enfin l'empereur l'invitait à Compiègne, et attachait sur sa poitrine l'étoile de la Légion d'honneur. L'écrivain, devenu illustre, avait donc toutes les gloires et tous les privilèges ; il avait aussi la richesse. Je ferai plus loin l'analyse de son œuvre gigantesque par le nombre : plus de cent volumes, que dis-je ? peut-être deux cents. Cette facilité de production, cette étonnante puissance de travail, étaient, on le pense bien, récompensée par ces Crésus modernes, les journaux. Mais ce n'était pas encore assez que la littérature, et Paul Féval se mit au théâtre. De ses principaux ouvrages à succès, tels que le *Bossu* ou les *Mystères de Londres*, il tira des drames qu'une foule enthousiaste allait applaudir tous les soirs. C'était une source de bénéfices considérables, dont on ne se peut faire aucune idée quand on n'a point pénétré au fond de l'antre mystérieux des coulisses. Auteur dramatique, romancier, poète, publié à des centaines d'éditions, reproduit par

des milliers de journaux, traduit dans toutes
les langues parlées en pays civilisé, Paul Féval
n'avait, en vérité, rien à désirer, et pouvait
jouir en paix d'un bonheur légitime et bien gagné, car il était vraiment l'artisan de sa fortune.

Eh bien ! ce qui étonne plus encore que cet
amas de volumes, que ces montagnes de pages
entassées, — Pélions de romans sur des Ossas de
feuilletons, — ce qui surprend plus encore que le
talent prodigieux dépensé prodigalement à amuser pendant trente années ses contemporains,
c'est que dans tous ces livres et dans toutes ces
pièces l'auteur n'a pas tracé une seule ligne
contre la religion. Et c'est là que s'affirme l'influence de l'épouse, de la femme d'élite qui ne
voulait point heurter de front les préjugés du
romancier, ses idées maintenues dans une indifférence tiède par l'atmosphère intellectuelle
où il vivait, mais qui, sagement, avec prudence,
avec l'habileté des faibles, entretenait dans le
cœur et dans l'esprit de son mari les croyances
anciennes, endormies peut-être, mais non point
mortes.

Un mot dit à propos, un conseil voilé sous
un apologue, une critique spirituelle, un en-
couragement aimable ont peut-être épargné au
grand écrivain le regret d'avoir prononcé une
parole pernicieuse. Et c'est en voyant auprès de
lui cette femme qui, s'écartant des réunions
mondaines, se vouait à la tâche sacrée d'élever

ses huit enfants, lui conservait le respect des
choses saintes, lui donnait l'exemple de la prière,
qu'il garda le culte de l'honneur catholique.
Jamais un mot contre les enseignements de
l'Église, jamais une erreur volontaire, jamais
une moquerie. Sans doute, il sacrifiait aux
mœurs de son époque, et plus d'un de ses
livres portait l'empreinte d'un scepticisme léger :
il s'accommodait trop facilement peut-être des
théories commodes en matière de morale; mais,
au moins, il ne se complut jamais dans le vice
et n'en fit point l'apologie. On ne pouvait reprocher à ses romans qu'une certaine complaisance en fait d'amourettes; çà et là quelque
tableau un peu cru, un peu monté en couleur,
mais aucune maxime vraiment dangereuse,
aucune intention de nuire, aucune secrète satisfaction d'exciter les mauvais penchants du
lecteur.

C'est bien à Mᵐᵉ Paul Féval que le maître
dut cette circonspection qui le faisait traiter de
« clérical » longtemps avant son retour public à
la foi de ses jeunes années; ce fut aussi au souvenir de son admirable père, cet intègre et austère magistrat, dont il a tracé un si magnifique
portrait dans son premier volume des *Étapes
d'une conversion;* au souvenir encore de sa
mère et de cette noble famille si chrétienne et
si dévouée, qu'il avait naguère laissée en son
pays de Bretagne. Il conservait la mémoire de

son enfance, des premiers *Ave* balbutiés sur
les genoux maternels, de la première communion, des fêtes si touchantes qui ouvrent à
l'imagination des enfants de poétiques horizons. Et ces fêtes, ces joies intimes, ces événements heureux, il les revoyait, il les revivait
dans son foyer avec ses filles et ses fils, auxquels il donnait l'éducation la plus religieuse,
et qu'il n'avait eu garde de confier à l'*alma
parens* universitaire, aux lycées laïques, aux
pensionnats élégants.

Comme j'aurai, dans un chapitre prochain,
l'occasion de le dire, — mais il n'est point
inutile de s'exposer à le répéter, — la conversion de Paul Féval fut l'objet de commentaires
injurieux ou moqueurs. On l'attribua aux causes
les plus vulgaires; on s'imagina que, devenu
pauvre tout à coup, le grand homme avait cherché dans un autre camp la popularité et la fortune qui lui manquaient dans celui où il avait
jusqu'alors combattu. Non, Féval ne s'était
point dit: *Uno avulso, non deficit alter.* Les
petits esprits seuls se purent livrer à de petits
commérages, et fouiller de leur museau pointu,
ainsi que les taupes, dans un champ, fouillent
la terre.

La vérité est que la conversion vint au moment de la ruine, et que Mme Féval saisit cette
occasion de montrer à son mari l'unique consolation. Dieu veut qu'on pense à lui surtout

quand on souffre. Il est le suprême appui, la
seule espérance. Dans le *Coup de grâce*, les très
simples et très touchantes péripéties de ce drame
bourgeois sont racontées avec l'accent attendri
de la vérité. Pourquoi le père de famille avait
cherché à tirer le meilleur parti de l'argent qu'il
avait eu si grand'peine à gagner ; pourquoi il
l'avait placé au trésor de Sá Hautesse le Sultan,
très hospitalier à l'argent des chrétiens ; comment le sultan fit banqueroute à ses créanciers ;
quel désastre s'ensuivit pour la nombreuse famille du romancier : tout cela est dit avec douceur et résignation dans ce livre éloquent : *le
Coup de grâce.*

Lorsque Mᵐᵉ Féval apprit que tout était consommé, qu'il ne restait pas un sou de l'épargne
si longuement amassée, qu'il fallait restreindre
le budget du ménage, peut-être diminuer les
dépenses des enfants, supprimer une large part
de l'aisance dans laquelle on vivait, renoncer
à des habitudes de confortable, en un mot re-
commencer l'existence laborieuse, malaisée, des
jours d'antan, à un âge où l'on a le droit de
jouir du bien-être et de prendre du repos, cette
admirable femme n'eut pas le moindre sentiment de révolte ; elle ne récrimina pas, elle
n'accusa son mari ni de maladresse ni d'imprévoyance : elle l'aimait ; elle ne fit aucun reproche
et ne formula aucune plainte. Elle eut un instant
de regret, non pour elle, mais pour les enfants,

accoutumés à la certitude de la fortune, et qui auraient à souffrir peut-être. Puis, après ce premier mouvement si humain, elle se mit à genoux, pria, se releva fortifiée, et tenta de faire comprendre à son mari que dès lors il ne restait plus rien qui l'éloignât de Dieu. Ce fut sa première pensée : le retour au bon Dieu, qui éprouve ceux qu'il aime. « Dieu m'aime beaucoup, disait Féval avec un sourire, car il m'a rudement châtié. »

La grâce n'eut pas cependant un effet immédiat; la conversion ne fut pas spontanée. L'homme hésitait en face du grand problème; il avait cette forme particulière de vanité que le catéchisme appelle « le respect humain »: Il lui semblait pénible à lui, auteur illustre, applaudi par des foules pendant un quart de siècle, d'aller se mettre à genoux devant un pauvre prêtre, fort indifférent aux glorioles littéraires, et qui ne voudrait voir à ses pieds qu'un pénitent. Peut-être pensait-il aussi des catholiques ce que lui en disait un personnage en qui il est permis de reconnaître l'excellent baron Taylor :

Les catholiques comme vous prétendez l'être ne sont pas dans la circulation, ils forment un groupe à part. On ne les aime pas, et tout ce qui touche à la franc-maçonnerie, c'est-à-dire un peuple énorme, les déteste très activement, très mortellement. C'est à tort, je ne prétends pas le nier; c'est boutique contre église, mais rien n'est puissant comme la boutique. Moi qui vis près des catholiques, je les tolère supérieurement et me sers de leur charité pour venir en aide à ce qu'ils appellent avec dédain ma philanthropie. Cependant je les juge; il n'est pas contestable qu'ils manquent de charme tout à fait; ce ne sont point généralement de joyeux camarades ni dans l'art, ni dans les affaires, ni dans le plaisir. Ils passent, sauf certains moines très avisés, pour abhorrer le talent, et sauf certains grands évêques, humanisés par l'éclat de leurs propres dons, pour avoir une frayeur atroce du génie. Leurs écrivains, qui sèchent sur tige, faute de rosée, pourraient nous renseigner à cet égard. Ils ont de la vertu, c'est vrai, mais elle est restrictive et gênante; ils ont de la prudence, mais c'est celle qui glace; de la réserve, mais c'est celle qui garrotte et arrête. Bref, ce sont des saints désagréables, un tantinet cauteleux et jaloux, et, de plus, très mal cotés en Bourse.

On se défie d'eux, comme Athènes faisait pour Aristide, et peut-être avec plus de raison; le pli en est pris, d'ailleurs, profondément, et vous ne changerez pas cela. Je pourrais vous citer des exemples curieux et tristes de gens dans votre cas; j'en ai connu qui sont devenus les bêtes noires de leurs meilleurs compagnons, et suspects, vous m'entendez bien, sérieusement suspects à certains membres de leurs familles. Ami, le courant ne va pas de ce côté-là, au contraire. Il faut mourir en Dieu, c'est mon avis; mais il faut vivre sur la terre !

Ainsi parla le baron Taylor, et son langage ne différait pas sensiblement de celui d'un bourgeois lettré et sensé, nourri de bonnes intentions.

Je ne sais pas ce que dit M^mo Féval pour rétorquer ces arguments de sophiste; mais, à coup sûr, si l'un fut l'avocat du diable, l'autre fut l'avocat du bon Dieu. Assurément il y avait péril pour Paul Féval. Il abandonnait une haute situation, des amis puissants, des chances de fortune nouvelle; il allait exciter des colères, des haines, et, ce qui est encore plus terrible, des moqueries; peut-être aussi pouvait-il craindre de se trouver en face de certaines défiances, de certains doutes. La question des intérêts, qu'il fallait bien aborder, avec huit enfants à élever, se présentait défavorablement; les journaux catholiques ne sont pas riches, et ils sont encombrés; la librairie catholique, en pleine persécution religieuse, avec des expulsions et des suppressions de traitement, était menacée de la crise qu'elle traverse.

Vivre de sa plume est un problème que peu d'écrivains résolvent, surtout quand il y a de si lourdes charges qu'une grosse famille. Que faire?

Pour traiter de toutes ces choses, que je dis ici brutalement, car la vérité est toujours brutale, il n'y avait qu'un esprit fin, délié, expert; il s'agissait de rassurer un hésitant, de rompre les derniers liens qui l'enchaînaient, d'adoucir le sacrifice, d'encourager une âme troublée, de verser un peu d'espérance dans un cœur près de sombrer dans le désespoir.

M^mo Paul Féval fut l'ange visible qui opéra

ces prodiges. Et pourtant, même après ces prodiges accomplis, même après la résolution
prise de dépouiller le vieil homme, selon l'admirable expression du Livre sacré, l'œuvre
n'était pas achevée. Il y manquait la sanction
divine, l'irrésistible contrition, la grande poussée
qui jette le pénitent aux pieds de la croix et
sous la main du prêtre. Il fallait un miracle. Il
eut lieu : non pas le miracle absolu, défini,
tout à fait d'ordre surnaturel, même par la
forme apparente; mais une rencontre provi-
dentielle, un lointain souvenir évoqué, la céleste et invisible influence de ce frère de Paul
Féval, ce « Charles » de la *Première Communion,* qu'il a peint si grand et si saint, qu'on
est tenté de croire à un caractère imaginé, inventé. La scène qui raconte ce mystérieux événement forme le chapitre ix du *Coup de grâce.*
C'est un acte de grande vertu que de l'avoir
imprimée. L'humilité étonne toujours les orgueilleux que nous sommes.

Paul Féval revint donc à Dieu tout entier.
Il voulut que tous ceux de ses livres qui pourraient être corrigés le fussent. Il se soumit à
des mutilations cruelles pour un auteur qui a
le respect de son art. Quant aux autres livres,
qu'il eût été difficile de corriger, il les racheta.
Il sacrifia une somme considérable à les racheter
aux éditeurs, et il les détruisit héroïquement :
il ne voulait pas qu'une seule page restât qui

pût témoigner contre lui. Pour bien comprendre
la sublime abnégation d'une pareille obéissance,
il faut être artiste : il faut se représenter que
les œuvres d'un artiste sont ses enfants, il faut
savoir qu'il y a autant d'héroïsme chez un poète
qui brûle ses vers, ou chez un peintre qui efface
son tableau, que chez un Abraham couchant
son Isaac sur le bûcher. Ce douloureux sacrifice, la destruction de livres qu'il aimait, Paul
Féval, on le voit, le fit courageusement.

Mᵐᵉ Féval mourut peu de temps avant son
mari, qu'elle laissait malade, éloigné déjà de
tout ce qui faisait naguère sa joie : le travail, le
commerce des lettrés, l'apostolat de la plume.
Elle laissait quatre filles, dont deux ont revêtu
les livrées du Seigneur, et quatre fils. Elle
laissait d'autres parents, moins proches, mais
aimés, et de nombreux amis : parmi ces amis,
beaucoup d'humbles et de pauvres.

Je vois encore, au jour de ses funérailles,
dans l'église, près du cercueil, une ouvrière
portant le deuil des veuves, le visage ravagé
par les misères et les combats de la terrible vie
des laborieux, pleurant à chaudes larmes; elle
conduisait un garçonnet chétif, et quand ils
jetèrent l'un et l'autre l'eau bénite sur la bière
chargée de couronnes, ils sanglotaient, et la
mère défaillante dit en serrant étroitement l'enfant sur son cœur : « Elle est au ciel! mais
nous, qu'allons-nous devenir? »

Il se trouve que, presque sans avoir parlé d'elle, j'ai fait ici toute l'histoire de Mᵐᵉ Féval. J'ai montré l'œuvre de sa vie : la conversion de son mari. Trente ans d'efforts et de prières couronnés par la plus glorieuse victoire! On juge l'arbre à ses fruits. L'arbre, ayant donné sa récolte, s'est desséché, puis est tombé. L'épouse chrétienne, ayant achevé sa tâche, a pu chanter le *Nunc dimittis* du patriarche, et Dieu l'a entendue. A quoi bon, maintenant, dire qu'elle fut charitable; qu'elle donnait beaucoup, et savait donner? Pourquoi parler de son zèle, de son dévouement aux œuvres charibles, de son ardente piété?

Faudrait-il encore révéler son amour infini pour le compagnon de sa vie, si cruellement frappé, ou raconter les nouvelles infortunes dont il fut assailli, la spoliation dont il fut victime, les souffrances endurées? Non. C'est bien inutile, puisque tout est fini. L'épouse et l'époux se sont rejoints dans la tombe, et tous deux jouissent de la récompense éternelle qu'ils ont cherchée.

La première fois que j'allai, après cette cruelle journée, voir mon maître Féval dans l'hospitalière et riante maison des religieux que le peuple de Paris appelle, — nom bizarre et si touchant! — *les Frères Sergents de Dieu*, je

3

l'embrassai. Nous parlâmes de celle qu'il avait perdue pour si peu de temps. Le vieillard se mit à pleurer, et mon cœur déborda : « Ah ! lui dis-je, ne pleurez pas : c'était une sainte ! » Alors, avec un sourire comme je n'en ai jamais vu de si beau, avec un regard qui allait par delà le ciel bleu rayonnant sur nos têtes, il murmura doucement :

« Oh ! oui, mon enfant, une sainte ! »

Le père de famille, je ne veux pas, et je ne peux pas en parler. Je me contente de reproduire ici une lettre qu'il adressait à son fils aîné, Auguste :

Mon chéri, tu veux une grande lettre que tu puisses relire ; voici une grande lettre qui va te dire combien je suis content d'avoir un bon petit garçon comme toi. Ta mère est enchantée. Elle m'a dit ce matin qu'elle se fâcherait avec moi si je ne t'écrivais pas bien vite ; aussi j'ai couru prendre ma plume, ne voulant pas être grondé. Et je n'avais pas besoin de cela, mon petit Auguste, c'est un grand plaisir pour moi que de t'écrire. Si je ne le fais pas plus souvent et plus longuement, c'est que je travaille comme un nègre pour tes petits frères et sœurs, ainsi que pour toi. Nous ne sommes pas bien riches, et vous êtes nombreux. Il faut que tout cela vive et reçoive une honnête éducation, aussi je ne passe pas mes jours à m'amuser.

Mais cette fois, tu as si bien mérité une longue lettre, que je te la fais de bon cœur. J'ai été bien content d'apprendre que tu as le ruban de diligence. Continue, mon chéri, et tu réussiras bien vite. Le bon Dieu ne manque jamais d'exaucer les prières de ceux qui le servent bien et qui aiment leurs parents comme toi.

Je suis sûr que les bons Pères t'aiment beaucoup. Tout le monde t'aimera si tu fais toujours de ton mieux. Quant à ta petite mère et à moi, nous remercions Dieu chaque jour d'avoir un si bon garçon, qui ne nous donnera jamais que du contentement.

Ta tante Laure, ta cousine Sophie et toute la petite maison t'embrassent bien; ta maman et moi nous attendons ta sortie avec impatience en t'embrassant aussi quatre fois sur chaque joue. Tu vois que le papier est fini, et que je n'ai plus que bien juste la place de mettre le nom de ton papa qui t'aime,

PAUL FÉVAL.

Je veux maintenant donner une partie importante de la correspondance de Paul Féval, après avoir raconté sa conversion et les divers événements qui s'y rapportent.

On me permettra une courte digression.

M. de Buffon, qui se mettait en habit de cour pour ciseler ses phrases merveilleuses, assure que *le style c'est l'homme,* vérité indiscutable pour un grand nombre de bas-bleus. L'écriture, c'est le caractère; le vice dominant, la passion maîtresse, l'incertitude, la force de volonté, la faiblesse ou la grandeur s'y retrouvent. On devine quelle impression a dicté telle page. On n'écrit pas de la même façon quand on est gai, quand on est triste, marié ou célibataire, aimable ou de méchante humeur, pauvre ou riche. Voilà pourquoi les petits papiers qui sont des autographes se payent si cher. Ils sont une émanation de l'homme : son esprit s'y reflète, sa physionomie s'y retrouve.

Car enfin les gens intelligents n'écrivent pas sottement à l'instar du *vulgum pecus*. Ils ont leurs manies. A tout cerveau qui produit et crée, il faut un excitant. L'opium, le hachisch, le café, l'alcool, le vin ou l'eau pure, n'ont-ils pas joué leur rôlet, bouffon ou tragique, dans la vie de Baudelaire, de Balzac, de Musset, de Gautier, de Murger? A d'autres suffit l'influence extérieure des choses. Tel veut le calme de son logis; tel cherche le tumulte des cabarets à l'heure de l'absinthe.

Louis Veuillot avait la grosse écriture allongée du XVIIe siècle ; ses lettres sont des chefs-d'œuvre pour la plupart : vives, incisives, bonhomme. Cet athlète est une âme tendre, et ce polémiste qui a cassé tant de cannes sur le dos de ses contemporains a la sensibilité très délicate. N'est-ce pas à lui qu'on disait : « Mme de C*** écrit ses lettres mieux que Mme de Sévigné, et presque aussi bien que vous? »

Théodore de Banville est un poète lyrique plein de grâce, le roi de la rime, un orfèvre en vers : il nielle, cisèle, guilloche, burine, émaille, sertit. L'écriture, menue, dit cela : fine, ronde, élégante. Style amène, la bienveillance du poète, le charme du causeur. Très parisien, trop chroniqueur, raffiné en prose jusqu'à l'excessif.

Et cette griffe pointillée, ce *taquetage* d'encre picotant le papier? C'est ainsi que fut écrit ce livre fameux des *Jeudis de Madame Charbonneau,* qui a brouillé M. Armand de Pontmartin avec tous ses héros à noms grecs.

On reconnaît le travailleur obstiné, toujours au labeur, dans l'écriture fluette, serrée, longue, pressée de M. Jules Claretie, qui a, je crois, abordé tour à tour avec succès tous les genres littéraires. Ce producteur infatigable est néanmoins partout où est la multitude intelligente. On avait, au surplus, inventé l'histoire d'un Sosie : il y avait le Claretie écrivain et le Claretie gentleman; le premier confiné dans son laboratoire, le second courant la ville.

Pourquoi M. Barbey d'Aurevilly met-il *Never more* sur la banderole de son papier, et *Trop tard* sur son cachet? « Trop tard! Jamais plus! » devises désolées de solitaire. Aquarelles par la couleur, eaux-fortes par le dessin, tableaux par le style, les lettres de cet écrivain sont peintes en bleu, rouge, vert, jaune et noir. Écriture large, grasse, ferme et hardie. Je sais un gros manuscrit relié en maroquin rouge, rempli de poésie, de prose, de notes et même

d'images, qui fera quelque jour grand tapage
dans cet immense Landerneau qu'on nomme
Paris...

Paul Féval, dit la légende, se déguisait en
paysan breton, perruque sur le chef, sabots aux
pieds, quand il écrivait ses jolis récits de la
Bretagne bretonnante. Son écriture, menue,
nette, pointue, trahit la malice, la raillerie, ce
joyeux sarcasme si amer que prodiguait un
peu le maître avant que la Foi l'eût mis en
relations avec la Charité. Mais c'est toujours la
même verve, soit qu'il narre ses aventures,
soit qu'il raille « les preux de l'écritoire caracolant sur leurs biques blanches dans le désert,
et qui, lorsque le roi parle français, trinquent
en bas-breton et croient qu'il suffit de boire
beaucoup d'esprit pour en avoir un peu ». Et ce
final d'une lettre à un désabusé : « Allons !
Beaumanoir, bois ton sang, mais avec la confiance que c'est un cordial souverain, et que
Dieu regarde les pochards de cette liqueur-là.
Les *audaces quos fortuna juvat* sont ceux qui
sourient à Dieu : une risette ! »

Lorsque, par suite d'un enchaînement de circonstances qu'il a lui-même racontées en quatre
volumes, mais sur lesquelles il y a certainement à revenir, Paul Féval se convertit, bien
qu'il n'eût jamais fait acte d'adversaire militant
des idées religieuses, cette aventure fit grand
bruit. Jamais il n'avait été d'une façon bruyante
l'ennemi de l'Église, et sous l'Empire il se
vantait d'être légitimiste, ce qui impliquait au
moins l'épithète de catholique. Cette *conversion*
ne fut donc que le retour à des pratiques de
dévotion depuis des ans négligées.

Jamais Féval n'avait perdu la foi. Un jour
que je lisais quelques pages, prises dans un
de ses romans, sur le rôle social du prêtre, à
l'évêque de Maurienne, feu Mgr Vibert, ce
prélat, un des esprits les plus distingués que
j'aie connus, et qui fut l'ami particulier du roi

Victor-Emmanuel, — ce prélat disert et lettré s'écria : « Cet homme agonise du désir de croire ! »

Depuis longtemps il était préoccupé de ce retour à la religion, qu'il aimait. Sa femme, extrêmement pieuse, souffrait de son indifférence. Dans nos fréquentes causeries, souvent à propos des livres de M. Ferdinand Fabre, il me parlait du monde et du parti catholique, des journaux, des revues, de la presse catholiques. Il me répéta plus d'une fois le mot que M. Octave Feuillet, non sans amertume, me dit un jour : « Vous êtes bien heureux d'avoir la foi ! »

Ce travail mental, ce retour sur lui-même qui le ramenait peu à peu dans une voie nouvelle, dura chez Féval plusieurs années, et, pour analyser les causes multiples qui le jetaient hors du chemin jusqu'alors parcouru, il faudrait une longue et patiente étude. Il l'a faite dans ses *Étapes d'une conversion,* et elle est sincère.

La cause déterminante, on ne l'a que trop dit, fut une catastrophe. Par un travail considérable, un labeur acharné, Féval avait peu à peu amassé une assez belle fortune : il avait huit enfants, dont quatre filles, à pourvoir. Cette épargne, lentement et péniblement accumulée, disparut tout à coup dans un désastre financier. Il est inutile d'insister, de dire quelle douleur ce fut pour le père de famille de voir son vaisseau échouer au port.

A peine osait-il avouer à la vaillante compagne de sa vie laborieuse cette terrible chute. Il l'osa enfin, et la noble femme ne lui fit pas d'autre réponse que celle-ci : « Tant mieux ! car désormais rien ne vous sépare de Dieu. »

Une douce fillette, la plus jeune, se jeta à son cou : les prières de la mère, les baisers de l'enfant, consolèrent ce pauvre grand cœur tout gonflé de larmes. Le lendemain, en me narrant cette scène, il m'exprimait en termes chaleureux son regret amer d'avoir vécu trop longtemps hors de l'Église, et son désir ardent d'y rentrer, non plus seulement fidèle, mais soldat militant. Il voulait dire à Dieu ce que le poète savoyard J.-P. Veyrat, rappelé de l'exil, disait au roi Charles-Albert :

Sire, voici ma plume : elle vaut une épée.

A peu de jours de là, il présidait je ne sais quelle assemblée de la Société des gens de lettres, et ses allures un peu étranges inquiétèrent ses amis. Je vins chez lui le soir, et le vis pâle, fatigué, plongé dans une méditation douloureuse. A mes questions il répondit :

« Qu'est-ce que le travail ? Qu'est-ce que les livres ? Qu'est-ce que l'intelligence ? Tout n'est rien, quand on fouille sa vie, qu'on revoit

le passé, qu'on revient sur ses pas. Il ne s'agit
plus de croire, mais de pratiquer ; la foi ne suffit
pas, il faut les œuvres. Ai-je été chrétien ?... »

Il parla ainsi longuement, avec une profonde émotion, une étonnante humilité, avec
l'éloquence véhémente d'un homme qui souffre
et qui se repent.

Et c'était, je vous l'assure, un spectacle touchant que l'émotion de cet homme, si profondément attendri par les souvenirs de son enfance,
dévoilant, avec la rude franchise des gens de
son pays, l'amer regret de n'avoir pas toujours
vécu selon sa foi, prêtant à cette foi le plus
sublime langage, et s'humiliant dans sa grandeur devant ce Dieu qu'il avait toujours adoré,
et que peut-être il n'avait pas toujours servi !

C'est que ce retour, espéré et prévu chez
Paul Féval, est plus rare qu'on ne pense parmi
ceux qui ont pu sonder la profondeur des
abîmes du cœur humain, qui ont connu toutes
les misères, analysé toutes les passions, disséqué bien des consciences, et rencontré sous
leurs pas le mal plus souvent que le bien.

A ce métier de peintre des folies humaines,
on devient parfois sceptique ; l'esprit satirique
étouffe la sensibilité ; le froid examen anéantit
l'enthousiasme ; l'observation, sans cesse pro-
longée, engendre l'habitude du mépris. Il n'y
a que la foi qui sauve, et combien la perdent
à vivre loin d'elle, ne connaissant des hommes

que leurs vices, leurs travers et leurs fautes,
ne connaissant, hélas! du Créateur que la créature, admirée pour elle et non pour lui.

Peu de temps après cette entrevue, on vit
Paul Féval parmi les pèlerins du Sacré-Cœur; il
communia avec eux, il chanta l'hymne d'actions
de grâces avec eux, et quelques jours plus tard,
entraîné par cet amour de la vérité dont il garda
le culte toute sa vie, il écrivait sur sa conversion une page éloquente, vrai chef-d'œuvre
inspiré par les plus nobles sentiments. Il y
disait simplement qu'il venait de se convertir.

Mes yeux et mes oreilles se sont ouverts...
J'éprouve, en approchant de Dieu, une angoisse et
une joie qui m'empêchent de rien voir, hormis
Dieu lui-même, à travers l'immense bonheur de
mes larmes.

Et il terminait par cet élan superbe :

Au moment où je sortais, Paris, malgré le grand
soleil, disparaissait derrière une brume; image frappante du combat qui incessamment se livre en ce
lieu illustre et fatal entre les ténèbres et la lumière.
Une seule lueur perçait le linceul du brouillard,
c'était l'étincelle arrachée par le baiser du jour à
une croix d'or au sommet d'une église. *O crux, ave!*
ô lueur, salut! *Spes unica!* rayon sans pareil! Il
suffira de toi, symbole de l'humilité qui éblouit et
de la victoire dans la mort, phare allumé par Dieu
même, pour guider notre France aveuglée vers les
clartés de l'avenir.

Cela est. J'y crois. — Pendant que je regardais à mes pieds Paris, le géant vautré dans son ombre, j'entendais au-dessus de ma tête votre voix inspirée, mon Père, qui implorait comme on ordonne, répétant au souverain cœur de l'Homme-Dieu : Ayez pitié, ayez pitié, ayez pitié! — Ayez pitié de la France.

Ce *manifeste,* — on eut l'ironie de l'appeler ainsi, — parut dans tous les journaux : il y eut quelque émoi dans le monde littéraire, où Féval tenait une si grande place, et M. Francisque Sarcey me dit, sans savoir qui j'étais [1], avec une indignation bien divertissante : « J'aime beaucoup Féval, mais je ne parlerai plus de lui. *Il a mal tourné... !* »

L'événement provoqua diverses plaisanteries qu'il sied de négliger, mais aussi des mensonges qu'il faut combattre.

Quelques méchantes plumes dénoncèrent ce retour du maître conteur aux croyances de sa jeunesse comme une sorte de spéculation. Si le mot ne fut pas prononcé, il fut pensé. Qui s'en étonnerait?

Nous sommes au siècle de l'égoisme, et qui dit égoïste dit sceptique. Il est si commode de croire au mal, ne serait-ce qu'au mal fait de l'absence du bien !

[1] Un jour que je lui avais porté les *Étapes d'une conversion,* en le priant d'en parler dans son feuilleton du journal *le XIX° Siècle.*

Paul Féval eut donc l'honneur d'être calomnié.
On le représentait comme devenu grand personnage dans le « parti catholique », et gagnant
autant d'argent qu'un prêtre en pourrait bénir.
On se trompait : nulle part on n'accueille sans
défiance les néophytes, et partout il y a des
intérêts que peut léser l'arrivée d'un *nouveau*.

Cette situation toute particulière est fort bien
mise en lumière par quelques lettres que Féval
m'écrivait à cette époque (1877-78); elles en
donnent la clef et font honneur à l'écrivain, qui,
au déclin de sa vie, semblait appelé à recom-
mencer la lutte dont ses jeunes années avaient
tant souffert. Il se peint franchement dans les
extraits que j'en veux citer. La première lettre
est relative à la réponse que je voulais faire à
un écrivain catholique, qui avait assez violemment attaqué le nouveau converti.

Ainsi, lorsqu'il publiait dans la *Semaine des
familles* le roman *la Belle Étoile*, Mlle Zénaïde
Fleuriot, lui renvoyant un jour des épreuves
d'imprimerie, lui fit remarquer, dans son texte,
le mot *luxure*, qui s'y trouvait : « mot, disait-
elle, qui, selon saint Paul, ne doit pas même
être proféré parmi les chrétiens. »

Féval prit la plume, entoura d'un trait le
vocable incriminé, avec cette apostille :

Luxure. — Prière à MM. les compositeurs de

prendre ce mot avec des pincettes, et de le reporter avec circonspection dans le catéchisme du diocèse de Paris, où l'auteur l'a trouvé.

Revenons à notre lettre, d'où nous a écarté une anecdote qui donne la mesure exacte des agressions dont Féval était l'objet. La voici, à peu près « in extenso ».

Paris, mercredi.

Mon cher ami,

J'ai écrit à Palmé tout de suite après votre lettre, et ne vous ai pas répondu parce que je voulais le voir. Je viens de relire votre article pour la troisième fois. Il me fait très grande envie à cause du talent dont il est plein, et encore pour autre chose; mais, par *son point de départ* même, il aggraverait mon mal. Je n'ai jamais mieux compris qu'en le lisant la gravité extrême de ma situation, ou plutôt il me l'a *révélée*. Je ne suis pas pressé de fournir ce renseignement à autrui. Notre public est-il assez généreux pour qu'un vieux comme moi consente à jouer cette partie terrible et *inutile* de se présenter devant lui *en vaincu, en accusé*? Ah! mais! gare au verdict de ces excellents jurés! Je n'irai devant eux que sur citation !!

Dans votre idée à vous, le mot *plaidoyer* [1] est plein d'amitié, et Dieu sait si vous le plaidez éloquemment! Mais vous *plaidez*. Ce n'est pas seulement le titre, c'est tout. Vous plaidez, vous pouvez perdre, d'autant que vous attaquez. Il y aurait là

Ah! mon ami, dans le monde qui nous entoure,

---

[1] Titre de mon article.

question de vie et de mort. Sapreminette ! j'en sue !
j'ai trop d'enfants. Il n'y a qu'un genre d'article possible dans ma situation assiégée, mais non pas du tout
entamée, c'est L'AFFIRMATION PURE ET SIMPLE, sans
attaque, à moins qu'on ne s'écrie tout à coup dans
un coin : « Il a eu jusqu'à cet honneur d'être attaqué
et calomnié à propos du plus bel acte de sa vie, la
revision laborieuse et consciencieuse de son œuvre ; »
sans faire l'honneur à aucun tartempion de le nommer. Affirmation haute et sereine si c'est vérité ; si
ce n'est pas vérité, rien. Je ne vous demande pas
de refaire votre article, c'est déjà bien assez de
vous avoir fait perdre d'excellente copie, mais j'espère assez en votre affection pour être sûr que vous
m'excuserez et me pardonnerez. C'est d'une gravité
incomparable. Crier misère à cause d'une diminu-
tion de vente, quand on est entouré de marques de
sympathies générales et croissantes, ce serait un
suicide. Il y a là des multitudes de choses que je
regrette ; mais, pour vous donner une idée de notre
divergence par rapport au point de départ, je ne
vois *d'argument* possible, pour un article, que celui-ci : « Voilà l'œuvre de revision entamée et déjà
consacrée, accueillie par des cris de colère d'un côté,
et de l'autre par la gratitude, où se glissèrent quelques réserves timorées, qui n'ont duré qu'un jour,
— qu'un jour. —

« Les colères de l'incrédulité sont un hommage ;
les réserves, isolées au milieu de l'acclamation générale, très rares, et couvertes par l'approbation
des compétents ; » et citer carrément leurs appro-
bations et l'*Univers* lui-même ; si nombreuses, en
face d'un seul blâme glissé sans l'approbation du
rédacteur en chef (ce que rien ne force à rappeler,
au contraire).

souvenez-vous de ce que je vous dis là : rien ne serait
plus facile que de se casser à soi-même les reins,
comme à un lapin. C'est là qu'il ne faut pas bron-
cher. Mes affaires semblent reprendre. Je me moque
absolument des voltairiens; leur haine est mon lot
naturel, je n'ai qu'à fermer les yeux et les oreilles
pour avoir raison d'eux. Les autres..., dame!...
Soyez tranquille, nous ne les apaiserons pas. L'excellent homme qui m'a attaqué, dit-on, a cédé à un
besoin de santé ou de nature, c'est incurable. Aller
se remettre sous son marteau si bien mort en le
ressuscitant, ce serait fou. Songez que je n'ai que
vous ! Personne au monde n'emboîterait le pas.

M'aimez-vous assez pour ne m'en pas vouloir?
voilà toute la question. Moi, je ne suis pas assez
riche pour ne pas regretter amèrement votre article.

A vous,

P. FÉVAL.

Cette première lettre ne tarda pas à être
suivie d'une seconde, plus explicite encore, et
que voici.

Mon cher Buet,

J'ai causé justement de vous très longtemps hier
avec Palmé, lui expliquant *mon cas tout personnel*,
et lui disant combien je regrettais votre article vraiment bien fait, bon et beau, mais qui me mettait
un peu en posture de battu. Les lecteurs ne voient
que le fait. Ils vont au vainqueur, ils tirent leur
révérence au vaincu. Vous connaissez des gens très
grands, bien plus grands que nous, qui, après une
volée de coups de poings de la fin, se relèvent sur
un genou pour « rendre grâce aux dieux » de leur

triomphe. Nous ne ferons pas cela, mais c'est la logique d'affaires, la seule.

Palmé m'a montré hier une lettre qui n'a pas l'air de vous faire glisser hors de la *Revue*. Palmé n'en a pas l'air non plus, au contraire. Cette lettre contenait un vif éloge de la *Papesse Jeanne*, et Palmé n'a pas un autre avis. Je crois qu'avec lui il faut suivre son chemin. Vous êtes presque son voisin, et bien placé pour ne jamais abandonner votre propre cause, qui est bonne et bien venue près de lui. Moi, je le vois un peu moins; mes fameux pieds, qui étaient ma gloire, deviennent mauvais. Je me suis cru très abandonné, et même par vous. Vous savez à quel point le malheur rend défiant. J'ai été un instant très malheureux, et j'ai cru que la très petite conspiration du constipement allait me tuer net. Il y avait des symptômes curieux, mais terribles, pour moi qui connais si douloureusement tout cela ! La fameuse phrase à tiroir : « Ce bonhomme est très bon, bien converti, doué de quelque talent ; mais ne donnez pas ses livres à lire aux jeunes filles, aux jeunes gens, aux ouvriers, aux employés, aux nègres, aux blonds, aux dentistes, aux malades, ni surtout à personne ; » cette phrase sortait de terre. On venait me l'apporter : « Ah ! que ce bonhomme est pieux ! est honnête ! et bien converti ! Pourquoi faut-il qu'on ne puisse donner ses livres aux notaires ! »

Eh bien ! je vous avoue que j'ai cherché en ce temps-là, dans le *Foyer*[1], un mot qui dît le contraire

---

[1] Un journal littéraire que j'avais fondé avec le très intelligent et très honnête éditeur Th. Olmer, journal qui eut son moment de gloire, et qui, hélas ! mourut, car « les plus belles choses ont le pire destin ».

purement et simplement. Je n'y avais aucun droit;
mais je savais vos opinions sur ces infections idiotes,
mais beaucoup plus intelligentes qu'on ne le croit.
Ah! ce n'est pas le monsieur du *XIX° Siècle* qui
m'inquiétait! Un jour Palmé me dit: « Il faut être
bien riche pour avoir des ennemis! » Il venait de
me faire de très belles annonces, et mon règlement du
mois était de 0 fr. 0 c. L'abbé Roussel, Blériot et Cⁱᵉ,
me disaient que je me vendais toujours; je recevais des lettres admirables et des *propositions vraiment superbes,* — et rien! *Pierre Blot,* tout neuf, dont
on avait vendu sept mille en cinq semaines, était
spécialement arrêté. Ça vous ennuie, pardon; mais
relisez tout de même, semblable chose pourra vous
arriver. *Ce fut extraordinaire :* un coup de guillotine! « Le bonhomme est honnête, bien converti,
truffé de bon vouloir; il n'écrit même pas beaucoup
plus mal que Mˡˡᵉ Vermine, mais ne le donnez pas
à lire à ceux-ci, celles-là, ni aux autres, croyez-
moi! »

C'est très fort, ne vous y trompez pas. Vous ne
sauriez croire à quel point votre mot d'approbation
sur la *Première Communion* m'a fait plaisir. J'en
reçois beaucoup. Selon moi, c'est mon livre vraiment exécuté. Mais je sens, d'autre part, que le
dernier effort contre moi sera tenté à propos de ce
livre, qui *les* a jusqu'à un certain point étonnés.
Enfin rien n'arrivera que par la volonté de Dieu, et
je ne puis vous dire à quel point mon vieux néant
m'écrase dès que sa main n'est pas là. Je n'écris
plus qu'à force de prier.

Merci pour le *Crime de Maltaverne.* J'ai une grande
impatience de le lire, et vais le prendre chez Palmé.
Courage, vous avez du talent plus qu'il ne vous en
faut. Tout en travaillant vite, puisque vous en avez

besoin, faites quelques petites choses lentes. Je
parle de vous souvent. Les prêtres et les religieux
me viennent en afflux depuis un mois. En somme,
j'ai de belles et grandes consolations; mais je serai
encore puni plus d'une fois, parce que j'ai un orgueil
stupide et que je n'ai pas entièrement bien accepté
ma dernière angoisse. Croyez-moi

Votre ami,

P. Féval.

Cette dernière angoisse à laquelle Féval fait
allusion dans cette lettre est une critique impitoyable de son œuvre « revue et corrigée »,
qu'un ecclésiastique de plus de talent que de
tact, et de plus de dévotion que de talent,
venait de faire insérer dans une petite feuille
religieuse. L'article de M. l'abbé C*** ne fut
approuvé par personne : il n'en fut pas moins
très sensible à l'amour-propre du romancier,
qui, le lendemain, écrivait à son éditeur :

Lundi.

Mon cher Palmé,

J'aurais bien pu vous mettre cela dans ma lettre
d'hier; mais j'ai passé une très mauvaise journée.
Ce bon abbé C*** m'a fait un mal très cruel. Le mal
que font les prêtres est toujours plus cruel à cause
du respect qu'on est exposé à perdre. Je vous prie de
rayer de votre pensée tout ce qui m'est échappé

contre M. l'abbé C***. J'ai eu tort de ne pas me courber. Ces choses-là sont envoyées précisément pour
qu'on se courbe. Surtout que nul n'écrive une ligne
là-dessus. Quelle pauvre tête je suis ! J'ai été plus
de vingt-quatre heures à avaler cette médecine.
Tous les prêtres que je connais m'encouragent ; plusieurs me disent que je biffe trop. M. C*** trouve
qu'il faudrait tout biffer. Il a droit. Si vous le voyez,
dites-lui de prier pour moi.

Votre

P. FÉVAL.

Et faites que notre offrande du Sacré-Cœur soit
belle.

Il lui arriva néanmoins quelques menues
consolations. Ainsi l'*Univers* ne lui avait point
ouvert ses colonnes, comme il eût été juste de
le supposer ; mais Louis Veuillot, qui se mettait
au-dessus des mesquineries du journalisme, et
prenait volontiers son bien où il le trouvait,
sans jalousie ni bas orgueil, ne pouvait se re-
tenir d'écrire au nouveau converti une lettre
fort belle dans son laconisme :

3 avril 1878.

Mon cher Monsieur,

Je viens à vous de plein droit. Un frère a le droit
de féliciter son frère.

Je viens de lire votre article sur la mort chrétienne.
Recevez mes tendres et sincères compliments. C'est

beau, c'est vrai, c'est touchant, c'est superbe. Je
connaissais votre talent; mais toutes les preuves que
vous en avez données restent loin de celle-ci. Vous
recommencez votre gloire, et elle sera meilleure et
plus belle; maintenant vous allez faire des chefs-
d'œuvre. Je suis bien content, et je bénis Dieu. Il
n'y a que lui qui sache ainsi enrichir les naufragés.

Votre dévoué serviteur,

Louis Veuillot.

Il est hors de doute que si, dès lors, la santé
du grand polémiste catholique n'avait pas été
atteinte, une large place aurait été faite à l'éloquent auteur de *Jésuites!* dans ce journal qui
passait pour le représentant officiel du « parti »
catholique dans la presse française.

Voici encore deux lettres, l'une à M. Victor
Palmé, l'autre à moi.

Paris, 26 mars 1881.

Mon cher monsieur Palmé,

Remerciez, je vous prie, pour moi, M. Alciony et
l'*Ami du clergé*. Je n'ai pas vu le *Foyer* (que je continue à ne pas recevoir). Les lettres sont CHAUDES,
les articles viendront peut-être. A la sainte volonté
de Dieu! Je n'ai encore eu que la note charmante de
Poli avec grand extrait, et le *Pèlerin* avec grand
extrait. La note *trop préparatoire* continue à passer
dans la *France nouvelle*. Il faudrait la remplacer par
les lignes si chaudes de Poli dans la *Civilisation*.

Je ne vois pas venir la publicité que vous m'avez promise dans notre dernière entrevue. Cela pousserait peut-être les articles promis qui ne viennent pas, parce que le feu n'est pas ouvert.

Mais l'état de la politique est une si rude excuse pour ceux qui n'ont pas tout à fait bonne volonté ! Comme je ne reçois pas l'*Union,* je vous serai obligé de me dire si Daniel Bernard a fait quelque chose. De Pène n'a pas même mis un écho au *Paris-Journal;* il faudra Buet, parlez-lui. M. Eugène Veuillot avait témoigné quelque empressement à mon sujet au P. Rey. Je pense toujours qu'Auguste Roussel fera l'article; d'Aurevilly est au sien. J'ai promesse au *Français* et au *Triboulet.*

Je reçois à l'instant mon courrier de province; écoutez : c'est splendide, c'est trop beau. Je trouve cette phrase de Pontmartin, guillemetée, dans un billet de Biré : « J'ai reçu hier par le même courrier votre lettre (celle de Biré) et le volume de P. Féval. Cette fois, ma tâche sera facile, car je suis tout à fait de votre avis sur le puissant intérêt du livre *que j'ai lu déjà presque en entier...* Je pourrai, au début de mon article, m'arranger de façon à prouver que ma *sévérité exceptionnelle* (de la dernière fois) ne fait que mieux ressortir la sincérité de mes sympathies pour l'auteur et pour son *Coup de grâce.* »

Le critique de la petite revue Watelier m'écrit qu'il est « tout ébloui ». Ce sont des mots, c'est vrai; mais sans être « ébloui » le moins du monde par si peu de chose, vous, cher monsieur Palmé, allez de l'avant, et commencez.

A vous de bon cœur.

P. FÉVAL.

Paris, 15 septembre.

Mon cher Buet,

Me voici de retour. J'ai fait en deux fois un voyage
de trois jours à Beauvais, et une retraite de neuf
jours à Manrèse (non pas de Guipuzcoa, mais de
Clamart), avec deux heures de station à Paris entre
deux. On vous a déjà expliqué comment cette absence
m'avait empêché d'aller à votre soirée, ce que j'ai
regretté; car j'aurais été heureux de vous remercier
de vive voix pour votre bel article qui m'a fait tant
de plaisir.

Pendant ces neuf jours, je n'ai vu ni *lettres* ni
journaux. Je n'ai pas pensé au *Mont Saint-Michel*.
J'ai médité saint Ignace, dur, à deux pas du rond-
point où l'on tire sur les séminaristes [1]. Ce n'est
pas facile, saint Ignace! Mais on finit par entrer, et
quand on y est, c'est bien vaste.

Du reste, ce bois de Clamart est superbe, et je
ne puis vous dire ce qu'on y rencontre de frères et
d'abbés. Ceux qui ne les aiment pas et qui redoutent
le « dark fruit » doivent s'impatienter férocement en
voyant pendre partout ces grappes noires, puisque
ceux qui les aiment s'étonnent et se réjouissent en
voyant qu'on a beau les vendanger, il en reste, il
en reste des jeunes à pleines cuvées.

J'ai pensé à vous. Moi, j'ai fini, à peu de chose
près. Vous en avez long à faire. Ma seule ambition
est de ne plus *souhaiter*, et je n'y arrive pas à cause

[1] On avait, quelques jours auparavant, tiré des coups
de fusil sur les élèves du séminaire de Saint-Sulpice en
promenade dans les bois de Meudon.

de mes enfants; donc vous n'y pouvez prétendre,
vous qui êtes jeune et qui avez aussi de la famille.
Il est permis de souhaiter, même pour la terre, mais
il est ordonné de soumettre son désir. Je trouverais
plus aisé de n'en plus avoir, et je me réfugie dans
ce qui vient à la suite, après tout, et au-dessus. Je
n'y suis pas encore, je TRIME, je monte en suant.

A vous, et merci encore de tout cœur.

P. FÉVAL.

Les documents que je viens de reproduire et
ceux encore qui enrichissent presque chaque page
de ce modeste livre ne démontrent-ils pas jusqu'à
l'évidence que sa conversion fut *absolument
sincère,* et que, loin d'aboutir à une *spéculation,* elle le poussa vers une glorieuse misère?

Féval s'était donné une tâche : il ne voulait
pas qu'un seul de ses anciens livres demeurât
dans son texte primitif. Dans ce but, il racheta à
prix d'argent tout ce qu'il put racheter de sa
propriété littéraire : il se fit ensuite céder par
ses éditeurs, les Dentu, les Calmann Lévy, les
Hachette, tous les exemplaires qu'ils détenaient
en magasin de ses ouvrages non corrigés.
Auteur de deux cents romans tirés à grand
nombre, il sacrifiait ainsi un énorme capital.
Puis, ne gardant qu'un seul exemplaire pour
les corrections lentes et patientes qu'il apportait à l'intrigue, au récit, au style, afin que le
livre pût être lu même par un enfant, voici ce

qu'il fit des quelques milliers de volumes entassés dans le *bûcher* de son logis de la rue Marcadet. On arracha toutes les couvertures et les tables, qui furent brûlées; on défit tous les volumes en brouillant les feuilles; et tout cela, transformé en papier de pliage, fut vendu pour faire des cornets à tabac. Et, de plus, Féval et sa femme ne voulurent pas que l'argent de cette vente entrât dans le ménage et lui profitât. « C'est de l'argent mal *gagnée*, » disait Féval en riant de son gros rire moqueur.

Cet argent fut employé en aumônes.

Quant aux aumônes qu'on faisait dans cette maison-là, je n'en sais pas le chiffre. Mais chaque mois, chez Palmé, on prélevait deux billets de mille francs sur le compte de l'auteur, pour une œuvre de mystérieuse bienfaisance.

Cet écrivain qui s'acharnait ainsi à la besogne, qui se tuait pour refaire la fortune de ses enfants, se livrait à des actes de générosité non moins *inouïs* que ses *orgies de travail*. Une de ses brochures, *le Denier du Sacré-Cœur*, produisit en trois années 72,000 francs. Il fit l'abandon entier de ses droits d'auteur, si bien que les 72,000 francs passèrent de ses mains dans celles des fondateurs de la basilique du Vœu national. De magnifiques tapisseries, que Féval avait achetées neuf cents francs, que tout le monde a admirées dans son cabinet de l'avenue des

3*

Ternes, furent vendues dix mille francs, et cette somme s'en alla en charités. « On n'a pas le droit de faire un tel bénéfice, sinon au profit des pauvres, » dit-il à quelqu'un qui lui reprochait cette prodigalité.

L'œuvre d'arrière-saison de Paul Féval, après sa conversion, est considérable. Nous aurons occasion, dans les chapitres suivants de la passer en revue tout entière. C'est d'abord la correction intégrale de cinquante ou soixante de ses anciens romans, revus, revisés par des censeurs impitoyables. C'est ensuite une série de livres divers qui ont la verdeur de la jeunesse, où l'on retrouve le conteur séduisant, et de plus un polémiste de haute race, élégant, vigoureux, malicieux.

Outre *Jésuites! Pas de divorce!* les *Merveilles du mont Saint-Michel*, Paul Féval a publié les *Étapes d'une conversion*, son œuvre capitale, en quatre volumes : la *Mort du Père*, *Pierre Blot*, la *Première Communion* et le *Coup de grâce*. Jamais analyse plus minutieuse du cœur humain n'a été faite que dans ce long récit. Balzac analysait les passions puissantes, larges, pleines d'ampleur et d'éclat. Ici l'âme est disséquée ; je dis l'âme, dans ses plus profonds et ses plus secrets replis. Ce sont les infiniment petits de l'instinct que l'observateur étudie au micros-

cope : les sentiments les plus ténus, les sensations les plus fugitives.

Aussi Barbey d'Aurevilly, qui jusqu'alors
n'avait voulu voir en Féval qu'un fabriquant de
feuilletons, lui consacra-t-il une de ces pages
magistrales où le grand critique fait flamboyer
tant d'idées.

Et puisque ce livre est documentaire, pourquoi ne reproduirait-il pas ce magnifique article
du grand critique, hélas! condamné à se réfugier dans les journaux de moindre importance,
alors que ses hautes allures, la puissance de ses
idées, l'éclat de son style, non moins que l'absolue intransigeance de ses convictions, auraient
dû lui valoir une des premières places dans la
presse catholique, dont il fut toujours, malheu-
reusement, rebuté? Cet article nous montre
Féval sous un nouveau jour, et ne peut qu'ajouter
à sa gloire.

I

« Ceci n'est pas un conte, » écrivait un jour Diderot tout en flammes; l'inventeur Diderot, battu par
un sujet qu'il n'avait pas inventé, et c'était son meilleur roman. « Ceci n'est pas un conte, non plus, »
peut dire aujourd'hui M. Paul Féval de ces *Étapes
d'une conversion*, qui *seront* peut-être aussi son meilleur roman, car il n'est pas fini, ce livre. Il commence
seulement. Nous ne sommes qu'au point de départ
de ces *Étapes*. Et voilà pourquoi j'avais presque
envie d'attendre pour vous en parler... M. Paul Fé-

val, qui joue depuis plus de trente ans avec les hal-
tères du feuilleton, a gardé les habitudes que ce
diable de feuilleton nous donne. Comme Balzac lui-
même, M. Paul Féval s'est courbé sous cette tyrannie littéraire d'un temps qui ne reconnaît plus en
tout que Sa Majesté la Foule, et où tout le monde
écrit pour elle. Sans contredit, il faut être fort pour
se courber là-dessous sans se rompre. Mais on garde
le pli pour sa peine de s'être courbé, et on continue
de procéder comme on a procédé toute sa vie. On
publie, en le scindant, un livre qui devait être fini
dans la pensée de l'auteur, quand il a commencé de
l'écrire, et, par là, on embarrasse mortellement la
critique, qui, pour juger une œuvre, doit l'étreindre
toute dans la profondeur de son unité et la précision
accomplie de son contour. Voilà ce qui m'a fait hési-
ter une minute à vous parler de ce livre impatien-
tant pour la critique, qui ne peut pas se scinder
comme le livre et se mettre en petits paquets. Mais
une raison qui n'est pas littéraire a tout emporté de
mes velléités de silence, une raison qui vaut mieux
que toutes les littératures, et cette raison, c'est que
« ceci n'est pas un conte ». C'est qu'ici, dans ces
Étapes d'une conversion, il y a une vérité qui pal-
pite plus fort que le talent n'a jamais palpité, et
qu'enfin, pour ceux qui comprennent la beauté et la
grandeur de la vie, il y a mieux même que le génie
d'un homme : dans un homme, il y a son cœur !

Les rois, quand on avait des rois, faisaient mettre
le leur dans des boîtes d'or, et les envoyaient aux
églises auxquelles ils avaient le plus de foi et qu'ils
avaient le plus aimées. M. Paul Féval qui, par le
talent et le succès a eu sa manière d'être roi, M. Paul
Féval, dont la conversion a fait éclat en ces derniers
temps, a mis son cœur *ici*, et je vous jure que c'est

une boîte d'or digne d'être offerte à Dieu sur son
autel !

II

Il s'est converti, en effet, non pas à l'idée, mais
à la pratique chrétienne. L'idée, il l'avait; il pensait
comme nous, il croyait comme nous. Il avait l'im-
mutable christianisme du Breton, dont rien n'avait
pú entamer la solidité pure; ni la vie de Paris, ni le
scepticisme de Paris, ni la dispersion de tous les
sentiments dans ce funeste Paris, qui tient de la
roue pour nous moudre le cœur, et du vent pour
nous l'éparpiller. Il avait cela, et il était assez chrétien *comme cela*, au regard des superficiels qui le
trouvaient charmant et léger, et gai d'esprit comme
pas un d'entre eux; car il avait le charme, la légèreté et la gaieté de l'esprit qui n'empêcheraient pas
d'être un saint si on avait envie de l'être, et qui
s'ajoutent même à la sainteté pour la faire plus sé-
duisante, quand on l'a. Seule la pratique lui manquait, presque rien. Mais ce presque rien, c'est là
tout. C'est la dentelle qui est le mur d'airain, trans-
parent, mais impénétrable. Un jour, le mur d'airain
fondit et laissa passer l'homme de foi jusqu'à l'homme
d'action. Comme son incomparable homonyme,
M. Paul Féval n'a pas été frappé de la foudre sur le
chemin de Damas. Le chemin de Damas ne se trouve
guère sur les boulevards de Paris. Il n'a point entendu la voix puissamment tendre qui dit l'irrésistible : « Pourquoi donc me persécutes-tu? » car
il n'avait jamais persécuté celui-là qu'il aurait dû
suivre, et que pour son malheur et son péché il ne
suivait pas. Mais Dieu qui a, quand il le veut, tous
les moyens de nous atteindre; Dieu, qui donne à sa

grâce divine toutes les forces humaines qu'il lui faut, donna à sa grâce pour M. Paul Féval le visage d'un ami et d'un homme fait par l'esprit pour tout renverser, comme la foudre, et qui se contenta de lui planter et de lui enfoncer doucement dans le cœur, pendant des années dont je ne sais pas le nombre, les racines de cette conversion que voici maintenant fleurie et épanouie sur sa tombe.

Cet ami, M. Paul Féval l'appelle tout simplement Jean dans son livre; mais, en réalité, il s'appelait d'un nom qui fut célèbre pendant deux jours : il s'appelait Raymond Brucker.

III

Je l'ai connu, et j'en ai déjà parlé ailleurs [1]. Raymond Brucker, qui fut la grâce pour M. Paul Féval et pour tant d'âmes qui ne l'ont pas dit, comme M. Féval, fut l'Inspiration pour une foule d'esprits qui ne l'ont pas dit davantage. Dans ce monde constipé de cœur et bourrelé de vanités secrètes, n'attendez pas que le moindre quinquet littéraire allumé par Brucker reconnaisse lui devoir l'étincelle tombée sur sa mèche. Mais je nommerais, s'il le fallait, tous les hommes issus de la brillante éclosion de 1830 à 1848, et je montrerais qu'il n'en est peut-être pas quatre qui n'aient porté sur leur front le souffle enflammé de Brucker, de cet homme qui eut les deux souffles; qui eut d'abord l'influence naturelle du talent, et, plus tard, l'influence surnaturelle de la foi... Aucun parmi nous ne lui a ressemblé. Ceux qui l'ont connu, et qu'il savait fasciner par l'extra-

---

[1] Voir *les Œuvres et les hommes*, par J. BARBEY D'AU-REVILLY. 4º volume, *les Romanciers*, 1ᵣₒ série.

ordinaire d'une éloquence à laquelle rien ne ressemblait, l'admirèrent souvent comme un homme fait de toutes pièces, et de prodigieuses pièces. On trouvait en lui du Thomas d'Aquin, du Shakespeare, du Diderot et de l'O'Connel; mais la puissance réelle de l'homme dans lequel on trouvait des morceaux de tels hommes n'était pas là. Elle était ailleurs. Selon moi, Raymond Brucker fut, de nature, ce que je me permettrais d'appeler un homme-cause (chose rare), qui donnait à tous les esprits la chiquenaude de Dieu pour les faire mouvoir et vibrer. Là était sa vocation, son génie, son destin dans la vie. Quand il n'était plus cause, il n'était plus rien; il s'écroulait. Avant d'être devenu chrétien, il a fait des livres comme nous tous; il en a fait des tas, témoignant de facultés et de connaissances encyclopédiques, qui se mêlaient et s'échevelaient, mais pour n'aboutir qu'à des œuvres puissamment manquées. Les livres, ces édifices difficiles et lents à construire, impatientaient ses mains rapides et brûlantes, et ne furent jamais sous les siennes que d'éblouissantes imperfections. On ne bâtit point avec de la flamme. La sienne allumait les esprits. Quand c'était fait, son œuvre était faite... Né pestiféré dans un siècle pestiféré, et malade de toutes les maladies de son temps, représentées par tous les systèmes, il guérit de toutes par le miracle de cette grâce qui opéra en lui par des voies secrètes, car il ne fut le Féval de personne. Nul homme ne devait être pour lui ce qu'il fut pour les autres hommes, et Dieu seul dut agir sur lui comme il agissait sur eux. Telle fut, vue par en haut et dégagée comme un arbre en pleine forêt abattue, de toutes les facultés qui jetaient leur épaisseur sur elle, la supériorité absolue de Raymond Brucker, de ce porte-flamme qui, comme la flamme ne laisse rien après elle, n'a rien laissé après lui, et s'est évaporé tout entier. Il n'a laissé ni œuvre devant les hommes, ni gloire faite par eux, les ingrats! et sans la tendre admiration de M. Paul Féval, et peut-être sa reconnaissance d'âme sauvée, Brucker courait probablement la chance d'être aujourd'hui tout à fait oublié. Mais, romancier jusqu'à sa dernière heure, M. Paul Féval, qui fut son ami, a voulu tailler un roman de plus dans l'étoffe de cette personnalité qui prête à tout, tant elle est vaste et contrastée. Et c'est ainsi que l'homme qui a le plus fécondé les lettres de son temps, comme Socrate accouchait celles du sien, l'inspirateur de tant d'esprits pendant sa vie, va, après sa mort, par une singulière opiniâtreté de la destinée, en inspirer encore un.

Et si celui-là continue son livre comme il l'a commencé, il fera un délicieux roman, et probablement le plus délicieux qui soit jamais sorti de sa plume. Brucker aura donc porté bonheur autant au talent de M. Paul Féval qu'à son âme. C'est Brucker, en effet, qui est le roman même; il n'en est pas seulement un personnage, il en est le centre, le cadre et le sujet. Ce roman (qui n'est pas un conte) serait-il son histoire? Seul l'auteur pourrait répondre à cette question et révéler le mystère d'une composition qui, comme toute composition, a son mystère, et où deux histoires vraies peuvent s'entrelacer et se fondre, comme dans beaucoup de romans et de poèmes, pour n'en faire qu'une, sans que l'on sache bien où l'une de ces histoires finit et où l'autre commence. Quoi qu'il en soit, et d'ailleurs cela importe peu, la conversion racontée ici est un fait réel, soit de la vie de Brucker, qui, à un certain moment, s'est converti d'une vie longtemps profane, ou de la vie de M. Paul Féval certainement, et qui vient aussi de se convertir. Dans tous les cas, ce qui reste acquis au débat, c'est que cette conversion n'est pas inventée, et qu'on le sent à la manière émue et pénétrante dont elle est racontée.

Brucker ou Paul Féval, il y a ici le plus touchant, le plus attendrissant, le plus exquis des convertis et des conteurs. Dans la forme du roman, et sous le masque de verre de ce nom de « Jean » qui ne trompe personne, c'est Raymond Brucker qui le raconte en son propre nom, et il y est d'une vérité frappante d'accent et de physionomie, animés l'un et l'autre par des détails charmants, et qui, évidemment, ne peuvent appartenir qu'à cette nature de Raymond Brucker, presque ininventable d'originalité. J'ai parlé plus haut de lui, et je n'ai montré que le Brucker intellectuel et la note la plus élevée et la plus grave de sa prodigieuse intellectualité. Mais, dans le livre de M. Féval, Brucker est intégral et embrassé par tous les côtés de son esprit et de sa vie. C'est Brucker tombé des Athénées du monde dans les cryptes des églises chrétiennes. C'est Brucker le prédicateur, avec ses impétuosités de converti, ses beaux mépris du monde, ses brusqueries tendres, sa bonhomie sublime ou plaisante, sa poignante sensibilité, sa mordante gaieté, qui caressait encore lorsqu'elle mordait, son faste d'humilité; car parfois, Diogène chrétien, il affectait l'orgueil de l'humilité contre l'orgueil philosophique; et son inattendu dans le paradoxe, qui terrassait l'idée connue et commune, et vous rasait si près de terre un sot; et cette éloquence à l'O'Connel, où le grandiose et le trivial se battaient comme la pluie et le vent dans Shakespeare, cette éloquence, entendue et ressouvenue, dont l'auteur des *Étapes d'une con-*

version a pu être l'écho et, plus intime que l'écho,
la harpe éolienne. Le vent passe dans les cordes de
la harpe et s'imprègne de leur harmonie. M. Paul
Féval passe à travers Brucker, et devient Brucker en
y passant. On se dit : « Le voilà ! c'est bien lui ! »
M. Paul Féval est un thaumaturge. Les Russes ont
une admirable coutume : le jour de Pâques ils s'embrassent quand ils se rencontrent en disant : « Le
Christ est ressuscité ! » Moi qui ai longtemps aimé
Brucker, j'ai dit avec une joie attendrie, après avoir
lu les *Étapes d'une conversion :* « Raymond Brucker
est ressuscité ! » et j'aurais bien demandé à M. Paul
Féval la permission de l'embrasser, pour m'avoir
fait ce bonheur-là !

IV

En effet, peindre ainsi, c'est ressusciter. Écoutez
le peintre : « Mais, c'est lui surtout, dit-il, créature
brillante et incomplète, poème auquel il manquait
des feuillets; c'est Jean lui-même qui vit en moi avec
tout ce que Dieu lui avait donné, défaillances et vigueur, lumières et ombres. Quand je détourne mes
regards du présent pour les reporter en arrière, je
vois, comme si elle était là devant moi, cette tête
tourmentée, mais si calme, de l'esclave de la foi qui
s'émerveillait d'avoir douté, cette figure du libre
penseur prisonnier de Dieu, ce masque imprévu si
absolument divers, frivole et profond, travaillé par
la fièvre du savoir, mais tout pénétré de sérénités
naïves, qui m'a fait si souvent penser et pleurer...
« Il est là, le vieil homme que j'aimais, véritablement homme, pétri d'humilité et de dédains, de
charités et de cruautés, amalgame de douceurs et
d'amertumes, d'obéissance, de murmures, d'impru-
dence et de sagesse, bon, loyal, généreux ! Le voilà

avec ses traits hardis bizarrement fouillés, sa joue
longue, creuse et blême, hachée de rides dont chacune trahit un sarcasme guéri, une colère apaisée,
une plainte réduite au silence. Va-t-il parler, lui qui
était l'éloquence même ? Sa bouche s'ouvre dans le
sourire de ceux qui ont béni la douleur ardemment.
Son grand front pense et prie; son regard, qui
semble éteint, couve sa puissance comme un foyer
endormi sous la cendre disperse en gerbes, lorsqu'on le remue, le soudain réveil de ses éclairs...

« Il avait été très beau, Madeleine disait cela. Moi
je ne le connus que longtemps après sa jeunesse
passée. Parfois sa haute taille abandonnée se redres-
sait tout à coup, comme celle d'un soldat qui oublie
sa blessure, et parfois aussi, du fond de lui, une
corrosive odeur d'orgueil s'exhalait, malgré l'humiliation volontaire et sévère de sa vie. Rien ne restait
de la fortune si cavalièrement conquise à la pointe
de la plume, et sa plume, qui avait été d'or, ne
valait pas, même à présent, l'outil du plus vulgaire
ouvrier, puisqu'il avait peur d'elle au point de la
condamner à la plus complète immobilité. »

Peur d'elle! Ce seul mot est celui que j'aurais
voulu changer à ce portrait superbe. Peur d'elle!
Brucker! Il en avait le mépris...

Et quelques lignes plus bas : « Il apportait dans
l'expiation la fougue et la force de sa nature. Comme
il avait vécu d'orgueil, il était avide de rabaissement
et ambitieux de décadence. Pour lui, en fait de chute,
rien n'était assez profond. Comment dire? L'orgueil
se glisse partout, jusque dans son expiation. » Que
vous savez bien dire, au contraire, et que j'aime
cette manière de peindre! Je ne crois pas que l'on
puisse faire plus simplement, plus profondément
et plus magnifiquement vivant. Et ce n'est là que

quelques traits que je détache de ce portrait, qui
est plutôt la vie, la voix, le geste et l'âme d'un homme,
gravés ineffaçablement sur la toile palpitante et vivante du cœur d'un autre homme. Si je n'étais pas
saisi par la puissance de cette image réapparue
devant moi, par l'aspect troublant de ce revenant
que j'aime à voir sous la plume évocatrice de M. Paul
Féval, je vous aurais fait remarquer toutes les beautés
de cette peinture, dont chaque coup de pinceau est
une pensée, dans un temps où ceux qui passent
pour des peintres n'ont que de la couleur physique
à mettre par-dessus leur néant, comme les maçons
mettent du mortier dans les trous.

V

Du reste, c'est presque une conversion aussi que
cette façon de peindre. La grâce, quand son rayon
tombe dans un homme, va jusqu'à l'écrivain. M. Paul
Féval, en ses *Étapes d'une conversion,* nous a révélé
par des qualités neuves, une manière pensive,
intime, recueillie et profonde que je ne lui connaissais pas, du moins au même degré que je la lui vois
aujourd'hui. Ce n'est plus ici l'homme de ces grandes
fresques qu'il a peintes toute sa vie. L'auteur à fond
de train et ventre à terre des romans les plus lus et
les plus aimés de ce siècle, qui a la fringale des
romans, s'est rassis dans le petit volume qu'il publie
aujourd'hui. Il a mis, comme la *Mélancolie* d'Albert
Dürer, sa tête dans sa main. En ce livre d'un christianisme qui ne l'est pas, comme tant de livres de
superficie, il ne travaille plus pour les appétits de ce
gros boa de public qu'il a pu rassasier, mais sans le
faire jamais dormir. Il a travaillé pour les délicats,
pour le petit nombre des élus, aussi peu nombreux
en littérature que dans le ciel. Autrefois, et naguère

même, il versait son talent à flots dans toutes ces têtes, qui sont ordinairement des cruches; et dans sa fièvre, pour le répandre plus vite, il aurait cassé le goulot de la bouteille. Maintenant c'est de l'extrait de talent qu'il va nous donner, dans de petits livres qui rappelleront ces fines aiguilles de cristal dans lesquelles on renferme l'essence de roses.

Les *Étapes d'une conversion* auront trois volumes comme celui-ci, et seront publiées en trois fois. Mais aujourd'hui je n'avais pas à examiner littérairement ce premier volume, dans lequel la personnalité de Brucker tient toute la place, et où il n'y a pas encore d'étapes.

Ce n'en est pas une, puisqu'on n'a pas marché, que le récit qui commence le roman à venir et qui finit le volume actuel de cette mort d'un père, pénétrant des premières impressions chrétiennes l'âme d'un enfant qui les retrouvera un jour dans son âme, et qui redeviendra chrétien. Dans quels livres et chez quels romanciers n'a-t-on pas vu des morts chrétiennes ? Elles sont si belles, qu'elles tentent même ceux qui ne croient pas. Elles sont une espèce de sublime facile, à la portée de tous les talents. Mais dans quel roman a-t-on abordé, avec une telle précision, tout ce qui constitue la mort chrétienne dans les plus petits détails des cérémonies dernières de l'Église, et sans oublier une seule de ses maternelles attentions pour le fidèle qui meurt dans son sein? L'artiste, doublé du chrétien dans M. Paul Féval, a élevé le tout à un idéal de beauté qui prouve que le talent est déjà chez lui transfiguré par la foi.

Il y a bien encore çà et là, à quelques touches (dans la *Madeleine*, la gouvernante de Jean, par exemple), du Paul Féval d'autrefois, de cet esprit charmant que j'ai tant loué dans le *Chevalier de Ké-*

ramour. Mais la grâce l'a pris et a trempé le rieur
aux sources de ces larmes qui rendent si heureux
ceux qui les répandent, que, dit-on, à cette marque
on reconnaît les saints. Le chrétien que voici en
deviendra-t-il un? Je le souhaiterais pour lui, son
talent dût-il en périr. Seulement je suis bien sûr
qu'il n'en périrait pas. Je ne suis pas de ceux qui
lui diraient, comme un critique chrétien le lui disait
l'autre jour, — drôle de christianisme! — qu'il ne fallait pas trop se convertir pour rester plus utile.
L'utilitarisme en religion est aussi bas qu'en autre
chose. Il n'y a de beau et même d'utile, puisque l'on
aime ce mot et cette idée-là, mais d'utile dans le
sens infini, que ce qui est beau, toujours plus beau,
que ce qui se rapproche le plus de la beauté éternelle. Gœthe, qui, malgré ses airs d'olympien, fut
quelquefois grotesque, s'est plaint toute sa vie de la
longueur du nez des chandelles qui éclairaient (mal)
les veillées de son génie; Gœthe, mourant comme il
avait vécu, criait en mourant : « Toujours plus de
lumière! toujours plus de lumière! » Nous disons,
nous, à M. Féval, comme à tous les chrétiens : « Toujours plus de christianisme! toujours plus de christianisme! » parce que c'est plus de lumière. Mais ce
n'est pas, heureusement, la lumière de Gœthe!

J. BARBEY D'AUREVILLY.

A cette page superbe dans son lyrisme sincère, Paul Féval répondit par une de ces lettres
dont il avait le secret; exquis mélange de sensibilité et de raillerie, d'humilité et de vanité
également enfantines. Il lui écrivit donc :

Cher ami, cher maître aussi, grande et noble et profonde éloquence, style généreux, tout éclatant de jeunesse, je vous l'ai dit, la première fois que le diamant de votre plume m'a touché, j'ai été armé chevalier. Il n'y a rien au-dessus d'un chevalier; mais cette page que vous venez de jeter sur mes pauvres épaules, cette page précieuse comme un royal manteau, confirme et rend plus magnifique votre première largesse. Je vous remercie de vrai cœur. C'est admirablement beau, et il semblerait que vous avez mis un charitable orgueil à vous surpasser vous-même en tendant votre main pleine à l'ami qui avait besoin de votre aide.

Je sais très bien que vous me voyez en bon par l'effet d'une sympathie déjà ancienne et qui m'est si chère, chère entre toutes les sympathies, je le proclame. Je ne vaux pas ce que vous dites, sinon au moment où vous le dites, parce que quelque chose de vous est alors en moi; mais je désirais une parole de vous à propos de ce livre ou de ce début de livre. Vous me l'avez donnée d'or, vous n'en avez pas d'autres, mais vous me l'avez donnée de votre plus bel or, et je me sens fortifié.

Quand je ne vous connaissais pas, il y a bien, bien longtemps, que de fois Brucker vous a montré à moi dans sa lanterne magique! Je lui disais : « Menteur! il n'y a pas de Campéador! L'autre n'a jamais existé, même au temps des paladins, même en Espagne, et nous sommes à Paris, au temps pruneau! » Et il me disait : « Pruneau toi-même! C'est le Cid!!! Dans la rue il ne porte que la dernière épée pour ne pas ameuter les gens, mais la dernière lance est chez lui, au pied de son lit, dans le coin. » Il vous aimait tendrement. Ce fut lui qui m'apporta la *Messe du curé de la Croix-Jugan,* et je ne vous compris pas tout de suite. Il me battit. Il m'a beaucoup battu.

J'étais un loup comme à présent, je le recevais toujours mal, quand il arrivait. Je lui reprochais de me voler mon temps PRÉCIEUX. Étonnant idiotisme de ceux qui ont la bonté de se croire les moins idiots parmi les hommes ! « Quand même je t'empêcherais d'écrire une bêtise ! » me disait-il toujours. Et il restait malgré moi, et le secrétaire que j'avais le regardait comme le plus insolent des parasites ! Il lisait tout ce que je faisais, le malheureux ! et s'amusait à tout refaire. Il est certain qu'on peut dire sans exagérer aucunement que vous étiez presque toujours là. Au temps du *Pays,* il m'apportait vos articles, et il en fallut au moins douze pour que je devinsse tout à vous.

Je n'ai pas besoin de vous dire que je n'ai voulu peindre ni sa femme ni rien de ce qui l'entourait. Je n'ai connu réellement que son plus jeune fils Edmond...

Je n'irai pas vous remercier, à moins que vous me disiez : « Cela ne me gêne pas. » Ma vie a été si complètement celle d'un manœuvre, que j'ai toujours peur de voler une demi-heure à ceux que j'aime. Or je vous aime de tout mon cœur, mon cher Barbey d'Aurevilly, et le merveilleux sur-portrait de notre vieux pandour de Dieu que vous avez mis à côté de mon crayon n'ajoute pas peu à mon affection. Je vous appartiens en art, en âme, en tout, c'est-à-dire en Jésus-Christ.

PAUL FÉVAL.

Pour achever cette page de l'histoire littéraire de ce temps, on me permettra de citer une lettre, dont j'ai le bonheur de posséder l'autographe, adressée à Raymond Brucker par Louis Veuillot, il y a bien des années.

Paris, 29 novembre.

Mon pauvre Brucker, je vous donne la main de bien bon cœur, et je ne suis fâché que d'une chose : c'est qu'il n'y ait rien dedans. Je suis absolument sans ressources présentement, parce que vous n'êtes pas la seule fissure par laquelle s'écoulent mes minces économies. De là venait le nuage que vous avez remarqué ; mais j'ai eu tort de le laisser voir, ou de ne pas vous en donner l'explication. Pardonnez-moi cette inadvertance. C'est bien assez de ne pas secourir Jésus-Christ, sans l'affliger par la manière. N'y songez plus, je vous en prie, et que cela ne vous gêne jamais quand vous serez dans le cas de me demander quelque chose. Moi, je songerai d'ailleurs à vous prévenir.

Votre ami,

Louis Veuillot.

Un des événements qui furent le plus sensible à Paul Féval après sa conversion, et que peut-être il eût mal supporté auparavant, fut l'entrée en religion de sa fille aînée Joséphine. Il n'est point permis d'y insister. Dieu choisit ses élues ; nous verrons plus tard que ce fut pour le maître un grand et pénible sacrifice. Il le fit de tout son cœur : il en avait fait tant d'autres ! mais aucun assurément ne lui coûta davantage.

Louis Veuillot, écrivant à sa fille Luce quelques jours après qu'elle fut devenue sœur Marie-Luce, lui disait :

Adieu ! mon enfant bien-aimée et bénie et amère. Je t'assure que je suis très amoureusement soumis à la volonté du bon Dieu sur toi et sur moi. Rien ne me fait plus de peine et plus de joie que ta résolution. Je ne peux m'y habituer en aucun sens. La joie est dans mon âme et ne peut entrer dans mon cœur ; la peine est dans mon cœur et ne peut troubler mon âme. Ces deux sentiments se confondent, et chacun reste entier et distinct, et il me semble que je ne saurai et ne voudrai jamais perdre ni l'un ni l'autre. En vérité, mon enfant, j'ignorais à quel point tu m'es chère. C'est encore une joie et une douleur de le sentir. Je suis content et désolé de tout ce que tu me fais donner au bon Dieu... Dieu soit béni !

Au lendemain de cette brusque décision de sa fille, que rien n'avait fait pressentir, Paul Féval m'écrivait :

Mon cher ami,

Nous sommes en grand trouble. Beaucoup de chagrin et de joie. Ma fille se donne à Dieu et nous quitte. Que Dieu soit béni ! Ma fille tenait une large place chez nous. Que Dieu soit béni, béni, et qu'il nous arrache de plus en plus à ce qui n'est pas lui-

même, car cela apprend à mourir. La place de ma
fille chez nous était plus chère encore que large. *Te
Deum laudamus !*

A vous,

P. FÉVAL.

Et ce fut tout. Il ne se plaignit pas. Cependant la blessure était cruelle. Il parvint à chérir
la blessure, et un jour vint où il aurait donné
à Dieu tous les enfants qu'il laissait au monde.
Je pourrais n'être point avare d'anecdotés,
mais il n'entre pas dans mon cadre de narrer
les mille incidents de la vie littéraire de Féval.
Il faudrait dix volumes. Je veux cependant
le montrer tel qu'il fut. Un jour, fort malade,
je reçus, en même temps que sa visite, celle de
la veuve d'un homme de lettres célèbre, dame
assez âgée et appartenant par sa naissance au
plus grand monde. A la vue de Féval, qui avait
été l'ami de son mari, elle s'avança vers lui
pour le saluer ; mais, sous le coup d'une sou-
daine et inexplicable irritation, il s'emporta en
paroles amères, en reproches violents, et tout
à coup, voyant qu'il manquait, sous l'empire
d'un mauvais sentiment, à tous ses devoirs,
il s'enfuit, nous laissant tous deux dans une
confusion et un chagrin qu'il serait inutile d'expliquer davantage. Mᵐᵉ de V*** était en larmes.
Elle venait précisément me demander un de ces
petits services qui se rendent entre gens de la

même confrérie. Elle partit à son tour, désolée, se promettant de faire demander une explication à l'ancien président de la Société des gens de lettres. Le soir même je reçus la lettre suivante, qui répara tout le mal; c'est la seule où Féval me donne le titre tout sec de « monsieur ».

Monsieur,

Je ne crois pas qu'il me soit rien arrivé de plus pénible en ma vie. La faute en est tout entière à moi. Je suis prêt à faire réparation devant vous à cette pauvre dame comme chrétien et comme gentleman.

Je suis un de ces « trop bons » qui font du mal quand une idée les tient. Il me serait *immensément pénible d'avoir* nui matériellement à quelqu'un en voulant servir autrui. Je compte sur vous pour diminuer ma faute en faisant le possible pour cette dame dans votre journal. Vous me le devez plus que vous ne croyez.

Je retire également ce que je vous ai dit de beaucoup trop pressant pour notre entrevue de lundi. Vous êtes ici seul juge, et je regrette une démarche qui n'a pas même été mesurée.

Je suis peiné comme on doit l'être quand on a sottement, mal et maladroitement agi. Ce que je disais à cette dame n'avait trait à moi que de bien loin, et se rapportait à peine à elle-même. Je le regrette amèrement.

A vous,

P. FÉVAL.

III

Une légende surannée assure que feu M. de
Laubardemont ne demandait que cinq lignes de
l'écriture d'un homme pour le faire pendre. A
ce compte-là, que de fois Paul Féval eût été
pendu! Il écrivait beaucoup, et même un peu
trop. Si l'on pouvait faire le recueil de sa correspondance, elle ne serait peut-être pas aussi
intéressante que celle de Louis Veuillot, parce
que le romancier fut infiniment moins mêlé que
celui-ci aux luttes politiques ou religieuses,
aux polémiques de ce temps; mais elle contiendrait, certes, une bien curieuse histoire
anecdotique du monde littéraire vers le milieu
de notre siècle.

« Ces lettres, ainsi que le dit M. Edmond Biré,
rapides, courtes, comme de quelqu'un qui n'a
pas le temps, n'en sont pas moins pétillantes
d'esprit, pleines des imaginations les plus gaies,
des néologismes les plus amusants. J'en ai là,

sur ma table, une centaine qui seraient sans
défauts, si elles étaient datées; mais l'illustre
romancier avait cela de commun avec Mme de
Staël, qui n'était pourtant pas de sa paroisse,
que jamais, au grand jamais, il n'a consenti à
en dater une seule.

« Je lis l'une de ces lettres, qui doit être
de 1877, — à moins qu'elle ne soit de 1878 :

Voilà les conseils qui me viennent en quantité.
On me dit : « N'allez pas au-dessus du roman, ô
savetier, restez fidèle à la savate ! » Et on me dit :
« J'espère bien que c'est fini de patauger dans la
mare aux ficelles. Vous voilà homme sur le tard,
tenez-vous droit ! » Je suis l'homme du monde le
plus docile aux conseils, docile jusqu'à l'absurde.
Deux hommes d'avis contraire, rien qu'en me disant
tour à tour : Allez et n'allez pas, pourraient me re-
tenir pendant un an à moitié chemin de chez moi
au bois de Boulogne, sans que je puisse jamais ou
rentrer chez moi ou passer la porte Maillot.

« N'étais-je pas moi-même alors un de ces
donneurs de conseils? Je lui disais :

« Descendez dans la lice, puisque vous avez l'ardeur, la force et le courage; mettez votre talent au
service de la vérité; combattez les préjugés, les
calomnies, les mensonges; mais n'oubliez pas que
vous êtes avant tout un romancier et un conteur.
Restez ce que Dieu vous a fait, restez romancier;
c'est encore sur ce terrain que vous êtes appelé à
rendre le plus de services, à faire le plus de bien [1]. »

1. Étude publiée dans l'*Univers*.

Il serait vraiment difficile de faire un classe-
ment exact des lettres de Paul Féval. Aussi,
après avoir distribué dans ce volume, selon les
circonstances de temps et de lieu, celles qui se
rapportent à un objet précis, ai-je cru devoir
en rassembler dans ce chapitre quelques-unes
qui achèveront de déceler exactement cette
grande figure littéraire. Les unes sont adressées
à des amis de Féval, qui ont bien voulu me
les communiquer, les autres à moi-même. Il
en est dont je suis fier. Je n'ai pas voulu,
pourtant, les publier toutes ; certaines doivent
rester ignorées, parce qu'elles renferment de
ces tristes confidences que la mort même ne
permet pas de trahir. J'ai donc fait un choix,
un peu au hasard. Il en est d'intimes, il en est
de curieuses, il en est d'apparence neutre ;
mais toutes se relient par un fil imperceptible,
et de leur ensemble naît une compréhension
facile du milieu où se mouvait le romancier,
et des spéculations intellectuelles qui le préoc-
cupaient.

Comme tous les gens arrivés, qui passent
pour être riches et pour avoir de l'influence,
Paul Féval avait beaucoup d'amis, car

L'amitié d'un grand homme est un bienfait des dieux.

Ce n'est pas ici le cas de se livrer à des théo-

ries sur l'amitié, non plus que sur une de ses
formes les plus singulières, qui est la camara-
derie littéraire. Néanmoins il est certain que
Féval compta de bons amis, en dehors de ses
confrères. Il serait bien curieux de lire sa correspondance avec Dumas père, Frédéric Soulié,
Victor Hugo, toute la pléiade enfin de romanciers et de poètes qui régna sur la presse française de 1840 à 1860. Un autre fera ce travail.

Je ne veux et ne puis citer ici que diverses
lettres adressées par Féval à des amis de la
dernière heure, peu connus du public, et qui
pourtant ne sont point sans être de rares
artistes. Deux au moins méritent une mention
spéciale, Jules Barbey d'Aurevilly et Léon Bloy,
desquels le nom reviendra souvent dans ces
pages.

Lamartine a caractérisé d'un mot M. Barbey
d'Aurevilly : il l'a appelé « le duc de Guise de
la littérature ».

C'est, en effet, un jouteur et un lutteur. C'est
un soldat de la plume ayant flamberge au vent
et feutre sur l'oreille. C'est une des intelligences les plus profondes, les plus complètes
et les plus complexes de ce temps-ci, que cet
homme qui aurait pu être à son gré un *condot-
tiere* comme Carmagnola, un politique comme
César Borgia, un rêveur à la Machiavel, un
corsaire comme Lara, et qui s'est contenté d'être
un solitaire, écrivant des histoires pour lui-

même et pour ses amis, faisant bon marché de l'argent et de la gloire, et, prodigue éperdu, semant à tous les vents assez de génie pour laisser croire qu'il en a le mépris.

Cet homme est un Protée qui revêt cent formes et apparaît toujours beau, toujours herculéen, comme le géant auquel je le compare, mais avec des physionomies si diverses, qu'il faudrait pour le peindre tour à tour Zurbaran et Vanloo, Largillière et Goya, ou mieux encore les admirables primitifs de l'école florentine, dont les figures conservent la grandeur farouche des héros du xv° siècle.

Il est devenu le Walter Scott de sa Normandie, et même il est quelque chose de plus, car il est lui-même. C'est un paroxyste, et des plus raffinés qui soient parmi les ciseleurs et les joailliers de notre littérature.

Cet écrivain si fécond, si laborieux et si admirable dans ses écrits, est en même temps un des causeurs les plus spirituels de ce temps, qui en compte si peu. Sa conversation étincelante, semée à profusion de mots charmants, d'une finesse pénétrante ou d'une rudesse à la Rivarol, qui emporte la pièce, est de celles dont on ne se lasse jamais. Il ne se répète point, et il parle volontiers.

Il est assurément la bienveillance même, car on trouve auprès de lui l'accueil le plus cordial, et ses amis savent qu'il n'a point l'amitié banale.

Mais quand il cause, l'esprit de charité lui dicte rarement ses jugements, qui sont brefs, rapides et sans appel.

Depuis des années et des années qu'il est sur la brèche, M. Barbey d'Aurevilly n'a pas une mauvaise action à se reprocher. Rude aux forts, doux aux faibles, il a toujours offert aux *jeunes* l'appui de son expérience et de sa vigoureuse critique. Il n'est pas tendre, la plume à la main. Il est paternel quand il conseille, et s'il juge d'un trait un peu vif, il a souvent plus de patience qu'on n'en demanderait à un saint.

M. Jules Barbey d'Aurevilly, qui ne compte que peu d'amis dans notre monde littéraire, n'en sera pas moins une des physionomies les plus originales de cette époque, où il en est tant d'effacées. Il est, dans la plus belle acception du mot, le gentilhomme de lettres, dédaigneux de la popularité, indifférent à la gloire, et professant un mépris souverain de l'argent. Il aime les lettres pour le plaisir qu'elles lui donnent, et les lettrés parce qu'ils représentent à ses yeux toutes les merveilles et toutes les conquêtes de l'esprit humain. Jamais une œuvre ne lui est apparue comme un but de lucre ou de spéculation. Il n'a même point recherché les stériles honneurs de l'Académie. Indépendant en politique, en littérature, en art, il n'a servi que ses propres idées et ses propres inspirations. Il n'a donc point cessé d'être son maître, et c'est quelque

chose dans un temps où tout le monde ambi-
tionne de se mettre au cou le carcan des esclaves.

Romancier du plus puissant génie, M. Barbey
d'Aurevilly ne s'est occupé des passions que
pour les analyser à l'aide du flambeau de la
foi, et pour les flétrir. Il n'a pas excité au vice,
en le peignant sous les brillantes couleurs qui
le rendent agréable et désirable. Il l'a disséqué,
en philosophe à qui rien de ce qui est humain
n'est étranger, et qui ne s'épouvante d'aucune
de nos misères ; en anatomiste qui fouille un
cadavre, dût chaque coup de bistouri en faire
jaillir des légions de vers ; en poète qui n'ignore
pas que le Beau c'est l'interprétation, et non la
copie du Vrai.

M. Barbey d'Aurevilly ne peut être comparé
ni à Walter Scott ni à Balzac. Il est plus com-
pliqué et, en même temps, plus simple. Il voit
autrement et traduit aussi autrement. Il a d'autres
calculs et d'autres prévisions, seulement parce
qu'il est un peu théologien et peut-être un peu
casuiste. Cet aristocrate excelle à peindre les
mœurs des paysans, à portraicturer les vieilles
servantes, à dépeindre les âmes tendres, les
esprits sans détours, sinon sans finesse des
« naturels » de sa Normandie. Ce héros des
autres âges, qui conçoit des épopées, se joue
aux pastorales.

S'il est romancier, c'est-à-dire historien des
mœurs de son temps, Barbey d'Aurevilly est

aussi critique, c'est-à-dire historien de la littérature de son temps. Et critique, il l'est à la façon de don Quichotte, non pas du don Quichotte espadonnant contre des moulins à vent, mais de ce hardi chevalier qui ouvrait les cages des lions et les défiait en champ clos. Vaillant à outrance, il a lutté pendant tout à l'heure un demi-siècle, en faveur de causes qui n'ont plus de partisans, et contre des idées que le monde courtise, parce qu'elles favorisent les convoitises du monde.

Dans cette lutte toujours inégale, s'il n'a pas toujours vaincu, il a tenu haut et ferme son drapeau, tandis que tant de ses voisins le mettaient dans leur poche. Il a clamé la vérité, comme ses ancêtres normands lançaient la clameur de *haro,* et c'est tant pis pour ceux qui n'ont pas voulu l'entendre. Fièrement seul, entre des coreligionnaires qui le reniaient et des ennemis acharnés qui se faisaient de tout arme contre lui, il a parlé son discours et dit ce qu'il avait à dire. Il l'a dit envers et contre tous, et sans nul souci de ses intérêts, ce qu'il faut louer aujourd'hui que le précepte latin *prima caritas sibi* est la règle de conduite des plus audacieux.

Poëte exquis, d'une sensibilité féline et d'une grandeur chevaleresque, il est en même temps érudit, héraldiste, chroniqueur, portraitiste, critique de théâtre, et l'un des plus fins journalistes du siècle qui a connu Émile de Girardin,

H. de Villemessant et Louis Veuillot, les trois grands maîtres de la prose au jour le jour, du mémoire secret, du pamphlet, de l'article et de la phrase. Je sais bien qu'il n'a pas ambitionné cette renommée, et qu'il s'en soucie fort peu; mais il l'a[1].

LETTRES A J. BARBEY D'AUREVILLY

Paris, jeudi.

Cher grand ami,

Vous avez beau m'appeler monsieur Féval dans vos lettres, comme si nous étions de l'Académie, pour moi vous ne serez jamais *monsieur*. M. Léon Bloy m'a dit que vous n'aviez pas lu ma pauvre *Première Communion,* et cela m'a désolé. Palmé m'avait dit vous l'avoir adressée *par express.* Je vous la fais envoyer.

M. Léon Bloy est tout ce que vous me dites, et je suis encore sous l'impression de sa lecture. En ce qui me regarde, son article étonnamment beau ne me plaît pas, vous devinez bien pourquoi; mais c'est un chrétien du plus éloquent catholicisme, et précisément de cette éloquence supérieure qui ferme systématiquement certaines portes. J'en ai

---

[1] Voir mes Études, publiées dans la *Revue du Monde catholique,* la *Revue libérale,* le *Paris-Journal,* le *Feu-Follet,* et mon livre *Médaillons et camées.*

eù des preuves aujourd'hui même (hier), où j'ai
voyagé pour lui.

Je suis allé chez Buet, tout fatigué que j'étais des
profondes émotions que j'ai éprouvées au tombeau
de saint Martin. Ce n'était pas pour remercier Buet
de son article au *Paris-Journal*, car je ne le connaissais pas encore : c'était pour causer de M. Léon
Bloy. Je n'ai pas rencontré Buet, et ne pourrai y
retourner avant quelques jours, car je suis accablé :
copie et PROCÈS. Il faut que j'écrive ce pèlerinage
au milieu de tant de choses commencées. Vous
m'avez défendu d'être vieux, mais je vous désobéis,
hélas !

Il est sûr que je ne vois pas le recueil catholique
(excepté l'*Univers* lui-même) qui pourrait contenir
L. Bloy. Vous *les* connaissez aussi bien que moi. Il
est d'un robuste étonnant, il a la langue, il brûle.
Il a même du « vous », mais la citation qu'il fait de
votre « attrapade » de M. de Pontmartin prouve la
différence. Vous savez *délicater*.

Si vous m'appelez encore « monsieur », je vous appellerai mon neveu ou ma poule. J'ai du caractère.
L'*Univers* a fait sur M. de Pontmartin et moi un
article froid, mais poli pour moi.

A vous de tout cœur, ô flamme ! (monsieur) !

FÉVAL.

Paris, 18 mars 1879.

Mon cher Barbey d'Aurevilly,

Pardonnez-moi ce papier coupé et souillé dans le
dos. La page de M. Léon Bloy est *très beau*, très
belle. Je vous écris cependant pour autre chose,

tout en vous priant d'offrir mon bravo comme une fleur à ce Vallès embaumé de ferveur.

Je vous copie quelques lignes d'une lettre que je reçois de Nantes, et où il est parlé de V. E.

« Lemerre m'a envoyé l'*Ensorcelée* et le *Chevalier des Touches* : ce sont deux livres admirables où il y a des tableaux de première beauté. La description de la lande de Lessay, au début de l'*Ensorcelée*, est superbe; le suicide du chouan à la lisière de la forêt de Cerisy est d'une grandeur sauvage, et le combat des Douze à la foire d'Avranches est épique, comme le combat des Trente à la lande de Mi-Voye et compagnie. » C'est signé Edmond Biré.

Et Edmond Biré, un des érudits les plus étonnamment sûrs que je connaisse, est en outre un critique très fin et un homme de grand talent.

Je vous offre la main avec timidité,

Monsieur FÉVAL.

Paris, 2 août 1879.

Grand et cher Barbey d'Aurevilly,

J'ai su seulement hier que vous aviez été très souffrant. Mes orteils protestants se sont révoltés contre moi, sans cela ils vous auraient porté le vieux monsieur Féval, qui vous aime bien et vous admire : je deviens mou contre le chagrin.

Un matin du mois dernier, j'avais rencontré Léon Bloy à la sainte table, et nous avions parlé de vous. Vous avez *un* sordide ennemi, mais celui-là est votre fervent ami, et je vous le dénonce.

J'ai oublié son numéro. Je vous envoie deux sous de prière : l'*Outrage au sacré Cœur*, en vous priant de le lui passer après y avoir jeté les yeux vous-même.

La consolation que je trouve en cet amour est sans bornes. Mon orgueil, cette bête dont la vie est si dure, n'est pas tué; vous l'avez bien vu l'autre soir chez le bon chanoine G*** (encore un ami de vous); mais je le gourme assez solidement : il est protestant et malade comme mes orteils. Je le tomm'berai ! dirait Tarascon.

Or, la semaine prochaine, si vous n'êtes pas envolé, et, en dépit de tout orteil révolutionnaire, j'irai vous porter mon *Saint-Michel*, qui n'aura aucun succès parce que, comme la *Première Communion* de Jean, il est trop pieux. Jules Barbey d'Aurevilly, éloquent chrétien (jamais Monsieur), tomm'bez votre orgueil, si vous en avez, et priez Dieu, qui vous aime, de mettre le vieux mien en bouillie. Sans le boursouflement de cette pustule, comme on aimerait !

Je glisse sur un dernier fait : j'ai causé de vous, sans votre aveu, avec un prêtre qui gouverne. J'ai dit mon sentiment d'une façon assez ardente. *Non erat hic locus :* il n'était pas besoin.

Mais portez-vous raide et aimez Dieu, cher éloquent !

Votre ami, candidat à l'humilité effrénée,

Monsieur FÉVAL.

P.-S. Ce Léon Bloy est un admirable pieux. Et il n'y a que cela qui vaille. Je voudrais qu'il priât pour moi comme il prie pour vous.

★
★ ★

Léon Bloy, que Féval aima tendrement, est
une des figures les plus étranges du Paris littéraire.

Imaginez un corsaire de Goya descendu de
sa toile : un corsaire de forte stature, farouche
et sombre ; un de ces terribles moines de Zurbaran. Voyez ce visage basané, creusé par mainte
souffrance, portant l'empreinte d'une suprême
énergie vaincue, d'un violent orgueil foudroyé.
Le front est celui d'un tenace, d'un entêté ; le
menton, court et rond, trahit la force de volonté ;
le sourire voudrait être amer, et n'est que
douloureux, quand il n'est pas bienveillant ; le
regard ferme, presque dur, prolongé, scrutateur,
décèle parfois une tendresse inquiète et qui se
dissimule ; les yeux sont noirs, sous un double
buisson de sourcis très arqués ; la voix est grave,
nette, mordante.

C'est là un Espagnol qui a dans ses veines
du sang de Sarrasin, peut-être le descendant de
quelque Marana proscrit par Isabelle. Mais il
est aussi de race paysanne, fort et brutal comme
les laboureurs qui aiguillonnent leurs bœufs
durant douze heures d'horloge. C'est un sauvage civilisé, un rustre affiné, un solitaire par
vocation, enfin un de ces hommes redoutables

qui devraient être tout en haut de la montagne sociale, et que la Providence, dont nous ignorons les desseins, empêche d'escalader les hauteurs et fait retomber désarmés à chaque effort.

Venu du Midi, comme tout le monde, et poussé par un incessant besoin de migration, Léon Bloy gagna Paris à l'âge où l'on y vient tout pimpant d'illusions et d'espérances. Il erra dans Paris; il y erre encore, perpétuellement : de même que l'oiseau, il n'a qu'une branche pour s'y poser de temps à autre. Il aime mieux marcher.

Or Léon Bloy, après mainte péripétie, rencontra celui qui devait le mater : Barbey d'Aurevilly, le maître qu'il idolâtre, et qui prit sur lui dès le premier abord une influence considérable.

Cependant, malgré son vigoureux talent, Bloy restait dans l'ombre. Il publia quelques articles dans l'*Univers*. Il ne put s'y maintenir, trop indépendant qu'il était pour qu'on supportât longtemps ses libres allures. Il écrivit ensuite quelques articles pour le *Foyer*. Mais ce talent extraordinaire, qu'on ne sait à quoi comparer, s'est affirmé d'une façon éclatante dans le *Figaro*.

Là encore, il a été difficile à Léon Bloy de se soumettre aux disciplines du journalisme. On a pourtant admiré son éloquente apostrophe aux libres penseurs qui renouvellent le massacre des Innocents par la corruption systématique de l'enfance, et la vigoureuse critique d'un « Savonarole de Nuremberg », nom d'âcre ironie et de blâme indigné, infligé par le satirique à un prédicateur trop libéral.

Entre temps, Léon Bloy publiait un livre, *le Révélateur du globe*, où s'affirment de solides études d'exégèse, de théologie, de philosophie historique. Telle page de ce livre est un chef-d'œuvre de pensée : les idées y foisonnent, et le mépris accablant des petitesses humaines s'y décèle à chaque ligne. C'est que Bloy, en effet, est un méprisant : le monde fait de préjugés, de mensonges, de bassesses, de compromissions lâches, d'opinions surmenées, de convictions affaiblies, de goûts morbides, d'exigences malsaines, ce monde contemporain où tout semble factice, où le convenu, et le médiocre, et le sentimentalisme bête, prédominent, il l'a en horreur.

Aussi de quelle raillerie impitoyable, de quel scepticisme social effréné, de quelle virulence d'expression, de quelle noire, profonde et mélancolique ironie, ses autres livres ne sont-ils pas empreints! Les titres même sont un défi, une moquerie, presque une injure adressée à cette société qui vilipende ses anciennes idoles et se crée de nouveaux faux dieux: *Propos d'un entrepreneur de démolitions!* et le *Désespéré.*

Hélas! si robuste que soit sa main, et si aiguës ses griffes, Léon Bloy ne démolit rien, du moins visiblement. Peut-être l'avenir lui donnera-t-il

sa revanche; peut-être ce cri lamentable d'un
désespéré du siècle, d'un désabusé des erreurs
communes, sera-t-il plus tard entendu, ou
reviendra-t-il poussé par l'écho qui le garde!
Mais ne ferait-il qu'une protestation stérile, le
satirique aurait encore mérité d'être applaudi
pour son audace. Il y a du courage à remonter
le courant d'un fleuve débordé; il y a de la hardiesse à jeter un démenti catégorique à la face
de toute une société qui s'engloutit dans l'océan
de poussière de ses propres ossements. Attaquer
de front les plus fameux et les mieux famés,
heurter les préjugés acquis, renverser d'un coup
de pied les statues volées, chasser à coups
d'étrivières les forbans du blasphème, de la luxure, du mensonge, c'est un dur métier, par ce
temps de complaisances veules, de bienveillance
universelle, de tolérances ridicules.

C'est l'œuvre de Léon Bloy, qui, avec autant
de raison que Louis Veuillot, aurait pu signer
Sylvain Laspre. C'est un âpre sylvain, en effet,
l'homme des solitudes austères, des grands dé-
serts, des forêts où il voudrait vivre seul, sous
le regard des étoiles. Je vais néanmoins sur-
prendre bien des gens, en leur avouant que ce
contempteur de l'humanité, que ce farouche
ennemi du XIX° siècle, cet implacable polémiste
à la dent cruelle, qui mord, déchire, lacère, ne
trouvant jamais de termes assez véhéments,
d'épithètes assez vitupérantes, d'adjectifs assez

expressifs, pour traduire les indignations qui
bouillonnent en lui, est, au fond, un naïf et un
tendre.

Cela est. Je connais Léon Bloy depuis tantôt
douze ans, et je ne sais personne qui ait un
plus immense besoin d'affection, qui soit plus
fermé à la défiance et au soupçon. Il n'a pas la
bonté vulgaire qui sait excuser tout, pallier
les fautes, déguiser les vices ; mais il a cette
bonté secourable et cachée qui livre un cœur à
un cœur sympathique. Il raille, mais il pleure.
Il attaque, mais il défend. Et ses colères, outrées
par un besoin d'expansion toujours réprimé,
ne sont que l'irrésistible éclat d'une sincère
générosité. Qui est-ce qui a dit que la haine
est de l'amour tourné à l'aigre ?

Il y a en Bloy un chrétien affolé d'amour, affamé de justice, et son âme, qu'aucune rosée bien-
faisante ne désaltère, crie vers le Seigneur l'injus-
tice inexprimable du siècle. Cet athlète prêt à
tous les combats est écarté du champ de bataille ;
cette force est inutilisée, ce talent est dédaigné.
Comment voulez-vous que la victime d'une
indifférence qui la tue ne pousse pas la violente
clameur du désespoir ? Et c'est pourquoi cet
homme veut démolir.

On comprendra mieux maintenant les vingt
lettres qui vont suivre, et dans lesquelles on
voit aux prises l'âpre et dur polémiste et l'impitoyable railleur qu'était Paul Féval.

4*

LETTRES A M. LÉON BLOY

Paris, mardi.

Monsieur,

Barbey d'Aurevilly ne se trompe jamais. Il m'avait écrit que vous me feriez une grande impression. Vous m'avez trouvé beaucoup plus troublé et préoccupé que je n'ai voulu en avoir l'air, et pourtant vous m'avez fait une grande impression, très grande, et vous m'avez causé un très grand étonnement. Vous êtes un éloquent et un styliste. Votre place sera belle.

Mais vous attaquez. J'étais marri en vous écoutant, et vous l'avez bien vu, que vous attaquiez à propos de moi. Il n'y a pas lieu. J'ai été entraîné par votre force, qui est bien plus que de la verve; mais on ne peut jamais se détacher de soi, et je suis résolu à ne pas combattre les personnes. Il ne faut pas me regarder plus bienveillant ou plus résigné que je ne le suis, mais surtout il ne faut jamais croire que je feigne une résignation ou une mansuétude. Je ne feins jamais rien. Je vous ai montré de mon mieux mon sentiment, sans vous dire tout ce que je pensais de vous-même, parce que j'étais trop en jeu. J'ai un écrasant pardessus d'âmes et de corps. Je suis plus que troublé, cela va jusqu'au malheur, quand je cesse un instant de m'accrocher des deux mains à Dieu. — Et je revenais de « chez mon procès »; avocat, avoué et compagnie. — J'irai, j'espère, trouver M. Buet demain, et je reviendrai

par la rue Rousselet. Je porterai mon infortuné livre
à d'Aurevilly. Je suis navré qu'il ne l'ait pas lu.
Palmé m'avait AFFIRMÉ qu'il l'avait envoyé. Mais
peut-être que d'Aurevilly ne le trouvera pas à son
goût.

Enfin, merci, cher Monsieur, et bravo pour votre
mâle vigueur. Moi, je grelotte. A bientôt.

> Votre dévoué,
>
> P. FÉVAL.

Paris, 7 octobre.

Mon cher ami,

Il y a une chose qui me rassure, c'est la pitoyable
opinion que j'ai de moi. Je ne sais rien, et vous avez
eu raison de le dire : « Est-ce dans mon triste métier que j'aurais pu apprendre quelque chose?... »

Je dois ma conversion à la Vierge, Mère de Jésus.
Je n'avais jamais cessé de dire *tous les jours* le *Sub
tuum* et l'*Ave Maria*, n'osant plus prier Dieu. Le
Sub tuum m'avait été légué par mon frère, le
Charles de la *Première Communion*. Je prie Marie
immaculée ardemment, de tout mon cœur. C'est la
mère de miséricorde. Elle a pitié d'un pauvre vieux
malheureux comme moi.

Je vous demande pardon de vous avoir écrit en
plaisantant : je n'avais pas le droit de me familiari-
ser avec vous.

Vous, vous m'avez dit le plus durement que vous
avez pu des choses très dures et probablement
méritées. Elles ne m'ont pas été inutiles. Je vis avec
la Vierge-Reine depuis votre étrange visite. Je con-
sulte, je lis. L'amour et le respect qu'on a pour
Marie *peuvent toujours grandir*. Je vous dois le

grandissement de ma dévotion, et je vous en remercie. Ce progrès augmentera, et j'écrirai sous peu,
dans la mesure de ma faiblesse, le cantique qui dira
ce que j'ai dans le cœur.

Que Dieu me donne l'indulgence, l'humilité et la
charité, supérieure à tout. L'unanimité des ecclésiastiques que j'ai consultés M'ABSOUT COMPLÈTE-
MENT; je ne me targue point de ce verdict, et je
donnerai satisfaction à votre blâme avec une joie
profonde, puisque ce sera un cri de plus vers ma
céleste bienfaitrice, qui est au-dessus de toutes les
créatures.

Si vous étiez autrement fait, j'essayerais de vous
dire le grand danger que je vois pour vous à vous
poser en prophète, au-dessus de ceux qui vous
donnent la sainte communion, au-dessus de votre
évêque. Je me tais. Je vous crois pieux et bien in-
tentionné, Dieu vous réglera. J'ai peu de succès,
c'est sans doute encore trop; j'ai beaucoup de chagrins, ce n'est peut-être pas assez. Je prie pour
vous, priez pour moi.

Votre ami en Notre-Seigneur,

FÉVAL.

Paris, jeudi.

Jules Bloy, ma chatte, vous vous croyez apôtre
comme *Léon* Vallès se *sentait* homme d'État. Vous
jugez!!! Vous êtes un bon garçon. La simplicité
divine vous ravit, et vous avez des tendresses de
communard pour le pathos. *Je ne vaux pas* celui-ci,
dites-vous? Ah! mon pauvre prophète, qui *vaux-
je?* M. Ernest H*** me fatigue, c'est que je ne suis

pas capable de le comprendre. Hélas ! qu'est-ce que je comprends ?

J'ai bêtement et mal vécu. Il m'en reste de grandes misères. Je ne sais pas aimer Dieu, mon adoré Sauveur, comme je le devrais, comme je le voudrais, du fond de mon impuissance. Beaucoup trop de choses sont au-dessus de moi. Je ne vaux pas notre cher ami de la *fente* sur une table, soyez sûr que je le sais bien. J'ai le tort de prendre M. H*** au comique, cela ne lui fait pas grand mal, et je suis l'auteur du *Bossu*. Vous me l'avez beaucoup dit.

Vous m'accordez du *cœur* et de l'*esprit:* pourquoi, et de quel droit ? Je suis puéril, vieillot, et voilà tout. Je ne sais pas aimer Notre-Seigneur.

Paphnuce POSUIT son histoire de cette façon banale et prometteuse qui fait attendre l'éclair. Je ne veux pas qu'on me refasse ainsi l'Évangile, et qu'on me radote avec des habiletés de quarantième ordre la splendide BANALITÉ du poème charitable. Je comprends d'Aurevilly parce qu'il a des forces étonnantes et magnifiques parmi ses faiblesses, mais je comprends moins M. Ernest H***. C'est un malheur pour moi. Il prête à rire à mon antique et grotesque puérilité. Je suis l'auteur du *Bossu,* c'est indélébile et indiscutable.

Dieu aura pitié de moi parce que, vaniteux que je suis comme un dindon âgé, je cherche l'humilité de bonne foi, et aussi parce que je ne me juge ni prophète ni apôtre. Ah ! si je savais aimer Jésus! Je prie beaucoup, sans doute que je prie mal, je prie pour vous, et je prie pour d'Aurevilly en union avec vous.

Je suis bête, mon pauvre Valbloy, vous aussi. La différence entre vous et moi: c'est d'abord que vous jugez très bien la honte et la lâcheté du ridicule (à

l'actif) qui me reste comme un rhumatisme, et ensuite que vous êtes intelligent, selon votre opinion,
tandis que moi je me sens *non capax* et stupide.

Vous me dites à la fin que vous êtes malheureux,
je vous en dis autant; je suis en outre malade, harassé et vaincu. Je prie; je n'aime pas généreuse-
ment. Priez pour moi, vous qui avez le bonheur
d'aimer.

FÉVAL.

Paris, 20 avril.

Oui, calligraphe et miniaturesque, tigre pieux,
j'ai pensé à vous beaucoup, et parlé de vous là où il
le faut; entre autres chez le vrai, bon et spirituel
chanoine, ami et conseil de P***, l'abbé G***. Notre
sieur d'Aurevilly, qui décidément me méprise et qui
a peut-être raison, le connaît bien et l'aime assez.
Le chanoine a une vraie admiration pour ce Jules.
Je dis une grande. J'ai marché sur votre lit. Que
Dieu vous bénisse amplement : il y a certes en vous
un honneur, une force, un talent, une piété. J'ai
frappé X*** en parlant de vous, parce que je sentais
ce que je disais. Je ne sais pas si je vous servirai
seul, vivant seul, mais il se peut. J'en ai un grand
désir.

Mais voici saint Jean : « Celui qui dit qu'il est
dans la lumière, et qui hait son frère, est encore
dans les ténèbres. » Vous avez des haines et des
mépris. Moi aussi, hélas! Seulement ma vie se
passe à essayer de n'en avoir point, et vous avez
l'air de « plaider » les vôtres. Vous avez l'air même
de vous en vanter. Il y a peut-être quelque chose
là-dessous. Je ne sais pas et n'ose prêcher. D'ail-

leurs mon ambition vraiment ardente d'être humble
et charitable aboutit, en somme, à beaucoup de railleries, à pas mal de médisances, à des jalousies et
à des rancunes. O cœur de Jésus ! c'est notre misère même qui vous touche. Cœur ! ô cher adoré
Cœur, brisez-nous !

Pardonnons dur ! Je me fais pitié, car c'est là-
chement que j'essaye. J'ai juré mille fois de ne plus
jamais parler ni bas-bleus ni bêtas ; je l'ai juré
en pleurant. Jeunesse, vous en valez dix comme
moi, et vous pourrez quand vous voudrez ; priez
pour moi.

Votre en saint Michel, et, au-dessus, en la Mère
Immaculée, et surtout en le Cœur très sacré de
Jésus-Christ.

FÉVAL.

Paris, lundi.

Mon cher ami,

Merci. Je me suis levé une heure plus tôt, et ai
fait hier mon pèlerinage à pied, aller et retour, malgré mes orteils. J'ai pu dire mes prières avant la
messe, avoir la messe (sept heures) et la messe
d'actions de grâces ; mais point de Bloy auprès de
l'autel. Vous serez venu à une autre heure.

Que Jésus, Dieu et Marie, mère de Dieu, soient
remerciés dans leurs Cœurs admirables !

Votre

P. FÉVAL.

Paris, lundi 1ᵉʳ mars 1880.

Petit lion de fontaine, le seul qui restera[1].

A cette époque, vous étiez un Anglais, et vous vous appeliez *Blow*, qui veut dire soupir, atout, vent coulis, chiquenaude, et même tempête. Vous vîntes ès-Gaules pour faire de la copie chez Palmé. On vous prononça Blou, selon le génie des oreilles du pays; or à travers l'histoire l'*u* devient *y*, d'où Bloy, Léon, vous resterez.

On me dit que vous êtes riche et secrétaire de député. Ce sont souvent de faux bruits. Daignez confier un mot à la poste pour me dire si vous êtes, en effet, dans l'opulence.

J'ai commencé hier les *Prophètes du passé*. C'est très beau. J'essayerai de dire cette fois ce que je pense de notre ami Barbey d'Aurevilly. Je prendrai même vos conseils, quoique vous soyez, monsieur et cher Léon, un *abon* sens (*a* privatif).

Répondez un petit mot, s. v. p., poliment.

Votre

P. FÉVAL.

P.-S. Vous resterez, mais vous serez le seul, et ce sera bien fait.

Paris, 31 mai.

Estupide Bloy, j'ai écrit jusqu'à ce cher grand d'Aurevilly pour savoir si vous étiez mort; je l'espérais un peu. Il me répond que vous êtes vivant

[1] Hello !

(alors tant mieux tout de même), mais qu'il ne vous voit plus guère (est-ce possible?), et que vous êtes toujours diplomate (ça va bien).

Travaillez dur et priez de même, estupide Bloy, pour ne plus du tout ressembler à Vallès. D'Aurevilly a l'air de vous aimer toujours bien comme une taupe pieuse.

Moi, je crois que vous ferez un beau livre, pas clair, le surlendemain de votre *obitus,* et je vous idole.

Votre ami,

P. FÉVAL.

Vous auriez dû me répondre dans le temps, puisque êtes au ministère des courtoisies[1]; car enfin, estupide Bloy, j'avais été vous voir!!!

Paris, vendredi.

O pieux, mais fauve! Ma femme voit M. X*** aujourd'hui même, et fera comme vous voulez. Je vous remercie, enregistrant ici votre engagement d'honneur de ne pas juguler M. de Pontmartin à cause de moi. Je vous le demande *aussi au nom du Cœur.* Et vous le jurez.

Pontmartin m'a endolori une fois. Avant cela il m'avait comblé. Depuis son article, qui m'avait fait beaucoup plus chagrin que je ne l'ai dit, il y a eu entre nous des rapports, indirects, il est vrai, mais curieux et presque touchants. Il est bon d'*intransiger* quand Jésus-Christ est en cause, mais non point quand il s'agit de nous-mêmes.

[1] Le ministère des affaires étrangères.

Quand je vis Vallès, en 1865, il me fit une opposition gênante (comme président que j'étais de la Société des gens de lettres). Avait-il l'air d'un bottier? Je l'ai vu assez beau dans sa lutte contre Jules Simon. Mais, Léon Bloy, vous ne ressemblez pas à Vallès, si Vallès ressemble à un bottier. Non.

Vous êtes tous beaucoup trop sévères envers X***, dont je n'ai pas toujours à me louer. Il est bon chrétien, *je le sais;* mais il est très faible: qui donc est fort? Et il est *mal entouré:* qui donc l'est bien? En outre, il est marchand, et dans le temple. Il faut, au contraire, soutenir M. X*** et tâcher de le conseiller. Ce n'est pas facile.

Je n'ai pas flagorné Barbey d'Aurevilly. Entre tous les hommes, c'est celui dont j'ai toujours parlé le plus chèrement à ses défiants et à ses ennemis. Je l'aime d'instinct et de jugement. Je ne dis pas même que je n'aime pas ses défauts. Je vous parlais tout à l'heure de ma joie aux premiers articles de Pontmartin (qui a du talent, quoique vous en disiez tous). Ce fut bien autre chose quand d'Aurevilly parla. Lui est éloquent et grand. Je n'ai pas dit trop de bien de vous, ni un bien absurde. Je recopie pour vous châtier une de vos phrases : « Quand *on* a des domiciles si lointains et qu'*on* ne possède pas la plus imperceptible relique et compagnie, on ne peut pas exiger que des chrétiens s'exposent souvent, pour vous contempler tout seul, aux avanies d'un aussi laborieux pèlerinage. » — D'Aurevilly m'appelle *Mossieu*, vous aussi. Moi, je ne vous appellerai plus Léon Bloy, mais Léon Vous, et je vous méprise, car à votre âge *on* n'avait jamais de domiciles assez lointains. *On* chérissait les distances, et *on* faisait encore le grand tour avec plaisir pour vous s'entr'aller voir, quand ils en avaient le temps :

ce que je ferai, maintenant qu'*on* sait votre n° 22.
Ah! que je voudrais bien être, en effet, miséricordieux! A bientôt.

Votre vieil ami en Jésus-Christ et son Cœur,

P. FÉVAL.

Paris, 9 février.

Mon cher ami,

Embrassez ce grand d'Aurevilly pour moi, s'il y
consent, mais n'y employez que la douceur. La violence répugne aux belles âmes de ce quartier : j'ai
demeuré rue de Sèvres, au coin de la rue Vanneau.

Ce Vanneau était de Rennes, mon pays, ainsi
qu'un autre « héros » de juillet, nommé Papu. On
leur érigea une colonnette au Thabor, derrière la
statue de Bertrand du Guesclin. Le lendemain de
l'érection, un vicomte de trop d'esprit écrivit au bas
de la colonne ce quatrain hyperacadémique :

A Papu, à Vanneau,
Du Guesclin tourne le dos ;
A Vanneau, à Papu,
Du Guesclin tourne le c...

Vte DE MARGUEBLOY.

D'Aurevilly aura le premier exemplaire tiré. Vous
qui êtes voisin et qui avez des jambes, vous *devriez
bien prendre un exemplaire de bonnes feuilles chez
de Soye, place du Panthéon,* après-demain, et le porter vis-à-vis de chez vous. Dès que j'aurai le volume

broché, je le porterai moi-même. *Vous direz à M. de
Soye que c'est de ma part; en foy de quoy je signe,*

PAUL FÉVAL.

J'irai vendredi au Sacré-Cœur, mais à cinq heures,
faire mon adoration.

II

Paris, mercredi saint.

Léon, la sœur Emmerich m'a ravi. Je suis à la
relire. Il y a bien des inconséquences, au point de
vue de ce vieux drôle, l'auteur du *Bossu;* mais
qu'importe, puisque c'est admirablement souffrant?
Merci de me l'avoir apporté.

J'irai vous voir à votre bureau.

Que devient l'article Barbey d'Aurevilly? Pontmartin en a publié un *monumental* dimanche, à la
Gazette: six cents lignes dithyrambiques. Je reçois
toujours bien des lettres. Il semble que le livre ait
fait effet. Tâchez donc de savoir si d'Aurevilly fait
quelque chose sur lui, et dites-le-moi. Ce serait un
chagrin s'il y renonçait.

A vous.

Le même auteur du *Bandagiste.*

Lundi.

Funeste Bloy,

Je m'étais endormi de chaleur dans mon cabinet;
vous m'aviez réveillé. J'ai le réveil mauvais, comme
tous ceux qui n'ont pas une bonne conscience.

C'est certain que la B. Angèle [1] ne m'a pas fait de bien. Je suis trop bête pour elle.

Rusbrock me touchait davantage, mais je ne suis pas allé assez loin dedans. Je serai toujours l'*auteur du Bossu*. Le côté comique du traducteur me gâtait les élans. J'ai mal vu cet homme de haute pensée et probablement de grand cœur. Il est drôle, laid d'une certaine façon, et mari de sa femme. Ses cheveux pleureurs me restent comme dans de la soupe faite avec sa gloire sanglotée.

Cela ne l'empêche pas d'avoir de grands élans. Je vaux peu.

J'ai pour d'Aurevilly un véritable attachement. Voilà un grand souffle; moi je suis l'AUTEUR DU BOSSU, et il a la voix de Mélingue, qui l'a créé (*le Bossu*), à la Porte-Saint-Martin.

Si j'ai péché, je m'en repens, et il m'est doux d'être une vieille caricature.

Vous, vous êtes Léon Vallès, un pou de génie. Je ne vous donnerais pas pour trente sous, et Landry est ton prophète.

Cherchez-moi des livres comme la B. Emmerich. Je suis fâché de n'avoir pas gardé Rusbrock. Je vous tiendrai prêts *Jésuites!* et je ferai traduire le *Bossu* par Jean Lander, pour l'abaisser à votre portée.

J'ai fait ma procession hier, et j'ai prié le soir pour d'Aurevilly. Priez pour moi; Dieu vous aime tout de même.

Votre

FÉVAL.

[1] Il s'agit ici des œuvres de la bienheureuse Angèle de Foligno et de Rusbrock l'Admirable, deux célèbres mystiques, publiées par M. Ernest Hello.

Samedi, 129, rue Marcadet.

Bloy,

Je suis allé chez vous en sortant de l'archevêché,
jeudi. Je savais bien que je ne vous trouverais pas,
puisque vous m'aviez dit : « J'y serai. »

On m'a dit que votre frère courait après vous.

Vous avez un frère !

J'étais allé à l'archevêché chercher un admirable
bref que Léon XIII m'a envoyé pour le *Mont Saint-
Michel.*

Vous ne m'avez pas répondu pour d'Aurevilly. Il
ne fait pas mon article? C'est malheureux pour moy,
Bloy; mais ça ne m'empêche pas de prier dur pour
luy.

Dites-moi s'il y a renoncé, et ne lâchez pas la
diplomatie.

A vous,

FÉVAL.

Paris, 4 octobre 1880. 129, rue Marcadet
(Montmartre), sous le Sacré-Cœur.

Léon Bloa, ma chatte, Bloa Léon, faux fantassin,
pèlerin attelé de locomotives, je vous remercie
d'avoir prié pour pauvre moa. J'en ai rudement besoin.

Je vous aime de grand cœur. J'ai eu des drames
d'enfants et des grâces d'enfants. Le sacré Cœur,
par l'intercession de la sainte Vierge, est venu deux
fois principales à mon secours. Pour le moment,
tous les enfants sont chrétiens. Tous. Que Dieu soit
béni !

Cela tient-il dur ? Je ne sais. Je l'espère. En tout cas, *adjutorium nostrum in nomine Domini, qui fecit cœlum et terram*: Mon marin a communié.

Mon admirable aînée a pris l'habit à Royaumont; c'est sœur Marie-Gabrielle.

Priez toujours pour nous. Je continue de prier et de faire prier pour notre cher B. d'A. Son cas me frappe et me touche. Il reviendra grandement. Il fait grand.

Je suis tout ahuri de mon déménagement (129, rue Marcadet. En tombant du Sacré-Cœur : rue de la Bourse, rue de Lamarck, rue du Mont-Cenis, rue Marcadet à gauche). Les affaires sont dans un état écrasant : j'entends mes affaires à moi. Les affaires de l'Église trompent l'œil. Dieu se devine si bien derrière le nuage, tout noir qu'il est.

Prions sans souffler. Vous êtes bien heureux d'avoir été à la Salette. Je n'ai pas lu votre article du *Pèlerin*.

Votre ancestre,

PAUL FÉVAL.

J'ai lu l'article de d'Aurevilly sur Hello. C'est beau. Je ne comprends pas tout.

Paris, 10 octobre. 129, rue Marcadet.

O Bloa, terrible Bloa! je vous ai déjà répondu rue Rousselet. Je n'ai pas de compétence dans cette question de vocation, mais il est certain que je vous sens prêtre ou religieux, surtout en ces jours persécutés. Seulement, avez-vous l'obéissance? Vous êtes admirablement pieux, mais *indépendant*, comme vous dites souvent. Or en quel coin demeure cette dame Indépendance dans l'Église?

Je vous aime de bon cœur et prie pour vous tous les jours, ma famille aussi. Nous avons été durement secoués depuis que je vous ai vu : secoués par les enfants, secoués par les affaires. Palmé ne me donne plus que quasi zéro, et ce déménagement a coûté une somme lamentable. Dieu pourvoira. Priez pour nous, même à ce point de vue, car il y a danger.

Mais il y a compensation. Ma fille a pris l'habit, et elle est si splendidement heureuse.

Mon confesseur, qui arrive de la Salette, me disait hier : « Le péché c'est le découragement. » C'est vrai. Levons nos cœurs, et acceptons le châtiment juste qui nous navre. L'heure est redoutable ; peut-être qu'elle passera, suivie par le jour de miséricordes. A votre place, je mettrais un habit religieux sur mon corps. Il me semble que c'est une armure.

J'adresse ce mot à la Salette, parviendra-t-il? Je prie toujours pour B. d'Aurevilly, dont la situation me touche. Je vous vois là-bas ermite, mais ermite fantaisiste. La Vierge qui pleure ne vous donne-t-elle aucun conseil?

Votre

FÉVAL.

Vendredi matin.

Léon-Marie, j'ai reçu vos borborygmes hier soir. J'ai la ferme confiance de n'être pas hérétique et l'espoir de ne le jamais devenir, moyennant la grâce de Jésus-Christ. Ayant peu de voix, j'aurais peine

à être vociférant, comme votre prétention est de
l'être. Pour être dévorant, il me manque l'appétit. Je
vous ai appelé tigre par charité. *Non licet omnibus,*
bon petit chacal. Faites « reculer les ennemis ou la
vérité », si vous pouvez, comme vous pourrez, et
suivez votre maître Tertullien jusqu'où il est permis
de le faire. Ne dédaignez pas les bossus qui pigeon-
nent quand ils n'ont pas les moyens de rossignoler.
Je donnerais tout pour être humble; ce n'est pas un
péché, seulement cela prouve à quel point je me
sens vaniteux.

Ce matin, à la messe de six heures, j'ai eu le bonheur de communier pour notre ami en union avec
vous. C'était à l'autel du Sacré-Cœur. Je recommencerai après-demain dimanche, toujours à la
messe de six heures. Je ne puis avoir votre dévouement *filial* pour ce noble esprit que vos clichés
exagératoires me gâtent un peu; mais je l'admire
comme un simple peut admirer, et surtout je l'aime
de tout mon cœur. Vous avez raison de le chérir,
Léon-Marie; votre tort n'est que dans le style, et je
ne sais pas vous dire quelle serait ma joie si mon
ardente mais pauvre participation ajoutait une force
à votre très belle prière. Ah! vous faites bien d'aimer et d'aimer celui-là! Je pense que vous vous
unirez à ma communion de dimanche. Si vous voulez
de moi dans la sainte Eucharistie pour notre ami,
dites. Et quand même vous ne diriez pas, comptez
sur moi à la sainte table, les mercredis, vendredis
et dimanches, six heures.

Je ne vous comprends pas bien pour la « faute »
qu'il y aurait à mettre Dieu ou une personne de la
très sainte Trinité au-dessus de la bien-aimée Reine
des Anges, qui est la plus élevée et la plus puissante
entre les créatures. Merci d'avoir communié pour

moi, merci du fond de l'âme; j'ai grand besoin de prières, et j'ai grande foi dans les vôtres [1]. — Mais je ne vous comprends pas. Le bossu est pauvre d'esprit, s'il a assez bon cœur, et pauvre encore plus de savoir. Les protestants accusent l'Église d'*adorer* Marie; l'Église leur répond : *Vous calomniez!* L'Église adore Jésus-Christ Dieu et homme. Si l'Église ordonnait sous peine d'hérésie de placer la dévotion à Marie au niveau exact de la dévotion au Cœur de Jésus adoré, sous peine d'hérésie (je répète vos mots), SOUS PEINE DE BLASPHÈME, *quid* de la *calomnie?*... Je vais consulter de moins faibles que moi.

A vous,

CHARLES.

Paris, vendredi.

Énorme Bloy qui gagne sa vie, j'ai fait le *Bossu,* je suis bossu, tous les bossus sont riches, moi seul pas.

Huge Bloy, comme dit le Saxon, Léon dès le berceau et pas gêné de ça, fomenté par notre immense ami du pays Rousselet, distingué par Hello et capable de le comprendre, ô Bloy, Léon Bloy, vous avez raison, je suis raillard comme un notaire, je suis idiot, je suis trop court de plusieurs millions de mètres. Je n'aime pas assez Dieu, que j'essaye tant d'aimer! Il y a des saints qui m'éloignent, il y en a qui me font peur. C'est à cause de ma stature morale : je suis trop court sur jambes ou sur âme. J'ai fait le *Bossu.* J'espère que Dieu, qui me mesure, aura pitié de moi.

[1] C'est pourtant vrai. (*Note de Paul Féval.*)

Je ne comprends pas Hello parce que je l'ai *vu*, et que j'ai l'œil vulgaire du vieux romancier qui déshabille si forcément les vanités infirmes. Les romanciers vieux ou jeunes se trompent souvent. Voilà quarante ans que je n'ai plus de cheveux, peut-être ai-je envié bassement ceux d'Hello.

Enfin n'importe, vous avez raison tout à fait : je plaisante comme un notaire, et l'étendue me manque en tout, et la hauteur. J'ai beau grimper sur des tabourets et même sur mon âme, qui est plate, ça ne me hausse jamais assez. Et je suis parfois méprisant du raisin trop haut, que je tâche de voir trop vert.

Énorme Bloy, vous croyez avoir la taille : c'est déjà quelque chose que de croire cela. Moi, je me *sens* trop court. Je prie sans cesse, mais souvent mal ; je n'aime pas, quoique ma seule ambition soit d'aimer. Je suis amer, méprisant, vaniteux, j'ai le rêve du bourgeois : que Dieu ait pitié de moi ! Priez pour moi.

A vous,

FÉVAL.

Paris, mardi.

Mon cher ami,

Je suis allé hier rue de Sèvres pour organiser la retraite dont j'ai besoin. Je la ferai seul avec le P. D***, à Clamart. Vous avez raison, j'ai besoin plus que personne de la sainte Vierge. Je n'ai pas d'amour, car la vanité m'étouffe. Hier, j'ai reçu des giffles à vanité (un peu mieux qu'à l'ordinaire, mais très mal). Demandez pour moi l'humilité à la Salette, et la vérité. Dites aux Pères de la demander pour

moi; j'ai été les voir plusieurs fois, j'y retournerai.
Ces dernières années, ils avaient emporté de mes
pauvres à Lourdes, et l'une d'elles, deux mêmes,
avaient éprouvé un bienfait constaté par moi à l'*Univers* et dans leur propre journal. Si je vis, je ferai
un pèlerinage avec eux l'année prochaine et avec
vous.

Vous êtes plus avancé que moi et meilleur sans
être bon. Vous savez quelque chose, je ne sais
rien. L'*Imitation,* que je suis loin de comprendre
toujours, vous engage à vous édifier de ce que vous
savez. Ce n'est pas de la vanité que vous avez, c'est
de l'orgueil. Vous avez parlé de Mgr Guibert en
rapin légèrement vêtu de choses en *us.*

Je vous écris ceci pour vous dire qu'une machi-
nette de moi a passé hier à l'*Univers.* Elle devait
passer au *mois de février.* Il y a dedans encore une
ÉCHELLE; on ne m'a pas envoyé les épreuves, et
c'est écrit avant le *Mont Saint-Michel.* Je ne pro-
noncerai plus un mot là-dessus sans avoir consulté
à fond. Il semble qu'il y ait évidence en ma faveur;
mais l'ignorance qui parle ne dit pas maman sans
trembler. C'est mon cas. Je ne pense pas dire
grand'chose désormais. Je suis plus vieux même
que mon âge.

Bon pèlerinage, mon ami, et obtenez votre chère
âme. Soyez simple, et moi aussi. Vous aimez, que
Dieu vous bénisse ! Il y a des heures où j'espère
aimer. Ah ! priez la sainte Vierge, qui m'a tendu la
main, à cause du *Sub tuum* et de l'*Ave Maria* que
je n'ai jamais manqué de dire pendant quarante
ans, à cause de mon frère (Charles), l'ennemi de
ce pauvre Pontmartin.

Pour notre ami, *vendredi,* 29 *août, messe de six
heures.* Je ferai après stations aux autels du Sacré-

Cœur, de la Vierge, de Saint-Joseph et de Sainte-Anne. J'ai vu ce Palmé, qui parle de vous mieux que vous ne parlez de lui.

A vous,

FÉVAL.

25 septembre 1879.

Êtes-vous revenu de la Salette, bon petit fauve, pieux, mais vitriolesque? La douce Vierge a-t-elle émoussé vos crocs? Je viens de faire huit jours de retraite à Manrèze de Clamart (ancien Guipuzcoa). J'y ai pleuré pour avoir l'humilité, qui est tout et que je n'ai pas. Je sens que c'est l'amour même. Hélas! les vieux sont lâches. Je m'affaisse au travail.

J'ai beaucoup prié avec vous pour qui vous savez. On me dit qu'il continue les *Diaboliques*, je ne les ai pas lues. Est-ce un livre à continuer? Vous le savez; moi, je l'ignore. Je crains tous mes propres livres à l'heure de la mort. Priez davantage. Prions.

Dans une maison habitée, où je parlais de vous avec la tendresse que vous m'aviez brusquement inspirée, on m'a dit que vous disiez du mal de moi; je ne l'ai pas cru. Vous avez assez de talent pour être bête, mais je ne vaux pas la peine qu'on dise du mal de moi. Mon Dieu, donnez-moi l'humilité, la vraie, celle qui aime! Avec elle, j'irai à vous.

Ah! Lion de cinquante centimes, si jeune et déjà si coriace, je ne sais même pas bien prier! Vous m'avez fait grande envie une fois, je vous crois riche. Je serai humble, Dieu le voudra dans sa bonté. Dès que je me travaille moi-même par ce côté, je suis pénétré d'une confiance sans borne,

Il n'y a que cela, c'est le dessus de la charité. Priez toujours et dur, vous n'êtes pas Vallès; peut-être même qu'au fond vous n'êtes qu'un agneau d'Hircanie! Votre affection pour d'Aurevilly vous loue tous deux. Je demande l'humilité, je l'implore, je la veux. Il a fallu votre épaisseur de candidat perpétuel à l'audace, pour pousser le cri de Christophe Colomb en découvrant que je la mendiais, *parce que je ne l'avais pas.* Oh! rugissement de Nuremberg, si je l'avais! Priez pour moi.

L'ancien Bossu, élève en modestie.

Paris, 20 octobre.

X   Mon cher ami,

Je comptais aller vous voir aujourd'hui, mais le temps me fait peur et vous aussi, un peu. Je suis content que vous fassiez ce grand livre sur Notre-Dame de la Salette. Vous êtes peut-être tout ce que vous croyez être, et alors tant mieux.

Moi, je suis de plus en plus certain de n'être rien. Ce n'est même pas vous qui me l'avez appris, mon cher Léon-Marie Bloy, et, s'il n'y avait des nécessités, je suivrais le très bon conseil que vous m'avez donné de ne plus écrire.

Il y a une émotion chez nous, une chose qui est bonheur et douleur à la fois, grande douleur, grand bonheur. Ma fille se donne à Dieu; elle s'en va. Nous le savions, mais c'est égal: le jour qui arrive surprend toujours et frappe. Ma fille m'était précieuse et presque nécessaire, selon le monde. Le Cœur de Jésus l'a prise par saint Martin, dans notre pèlerinage de Tours. Soit béni le très sacré Cœur de

Jésus, où est Marie, comme vous le dites et comme je le crois. Prions.

Votre dernière lettre trahissait une curiosité que je satisferai, car je ne rougis pas plus de ma misère que vous n'avez honte de votre pauvreté. Il y a là un *fait divers* pas très intéressant, je vous le conterai.

Le départ de ma fille me détache d'un assez grand nombre de choses. Dieu donne incessamment. J'arriverai à l'humilité tant souhaitée, je l'espère maintenant. Vous-même m'avez servi, non pas en m'humiliant, mais en me laissant voir par vous-même, si pieux et si amer (je songe à X*** et à d'autres), combien l'Égoïté entraîne loin. L'*Imitation* ordonne à chaque instant de ne pas défendre *dur* sa manière de voir; vous ne devez pas aimer l'*Imitation*, dont l'auteur supplie si souvent les saints et les docteurs de *se taire* pour le laisser écouter Dieu.

Que Dieu me détache et me fasse humblement obéissant! Et vous aussi, Léon-Marie, que la sainte Vierge vous enseigne combien il serait gênant, dans la pratique, de n'avoir obéissance qu'au successeur de saint Pierre, et dangereux de supprimer toutes les soutanes. On s'en occupe, vous savez. Je suis bien triste, et j'espère fermement.

Votre

Féval.

* * *

Ernest Hello, dont il est si souvent question dans les lettres qu'on vient de lire, était un des plus remarquables écrivains de ce temps, qui voulut l'ignorer. Il est mort à Lorient il y a peu d'années ; on a fait le silence autour de sa fosse, comme on avait fait le silence autour de lui quand il vivait. Cet affamé de justice s'est vu dénier la suprême justice. Pourtant les adversaires même de cette magnifique intelligence eussent montré quelque bonne grâce à jeter des fleurs sur sa tombe.

Il y a déjà plus de vingt ans, on rencontrait fréquemment dans ce Paris qui n'existe plus, si ce n'est dans nos souvenirs, — car la guerre et la Commune ont élevé une barrière formidable entre le présent et le passé, — un homme que dans les foules il fallait infailliblement remarquer ; on ne l'oubliait pas l'ayant vu une seule fois.

A le voir passer dans la rue, disait naguère Barbey d'Aurevilly, distrait parce qu'il est préoccupé, traînant son infortuné pardessus qui tombe de son bras vers la terre, le chapeau en arrière, comme un Anglais, — ayant la seule piété qu'eut jamais Sainte-Beuve, la piété de son éternel parapluie ; — la tête au vent dans ses longs cheveux ébouriffés, on ne dirait jamais ce qu'il devient le soir dans un salon. Spirituellement laid, quelque peu voûté et la tête de côté, comme Villemain, avec son nez à l'ouest, illustré par Balzac, il n'a pas la méchante physionomie de cet affreux cuistre, parvenu en trois temps, mais la bonne humeur qu'on n'attendrait pas d'un homme qui n'arriverait peut-être pas à trente-six.

D'une taille moyenne, maigre, les épaules
très larges et un peu courbées, Ernest Hello
avait les traits de ces bourgeois du moyen âge
qu'on voit souvent transparaître dans les vitraux du xvᵉ siècle. Un profil très net, parfaitement découpé, et qu'on dessinerait, semble-
t-il, d'un trait; le nez long, droit, carré du
bout; la bouche large, bien dentée; les lèvres
charnues, qui trahissent la bonté; le menton
proéminent et rond, qui annonce la volonté;
le front développé, les tempes unies et sans
rides, encadrées des boucles flottantes de cheveux jadis bruns et maintenant de couleur
indécise, et les yeux, sous des sourcils épais,
d'un arc très pur, des yeux gris d'opale ou plutôt
couleur d'aigue marine, ternes parfois, et parfois
reluisants d'un éclat surnaturel, ayant comme
un reflet d'or ou de gemme; des yeux regardant en dedans, et non plus miroirs *de* l'âme,
mais miroirs *pour* l'âme qui s'y contemplait; des
yeux candides d'enfant ignorant les choses de
la vie, innocent des choses d'autrui, car la parfaite innocence exclut le sentiment de la faute
personnelle. Et lorsque, d'aventure, le regard
de ces yeux daignait se poser sur les choses ex-
térieures, on y lisait un perpétuel ébahisse-
ment; il devenait vite profond, scrutateur,
fouilleur; il pressentait le mensonge, devinait
la parole à peine éclose sur les lèvres.

Sa voix aussi n'était point ordinaire : tantôt

basse, grave, très vibrante, et tantôt grêle, aiguë, vociférante. Hello psalmodiait certaines phrases, en glapissait d'autres à tue-tête ; et le geste accompagnait le verbe éloquent : un geste unique, ramenant par un croisement des mains, des épaules, un manteau royal, ou le bras étendu avec autorité, ponctuant de grandes estafilades dans le vide, les mots toujours véhéments et toujours précis.

Car ce langage d'Hello ne cherche aucune fioriture dans la rhétorique; la qualité maîtresse était la précision. Froidement, nettement, tout ainsi qu'un mathématicien zélé à la démonstration d'un théorème, il parlait par périodes saccadées, poursuivant au vol son idée, malgré les interruptions et les incidents : on eût alors tiré le canon des Invalides, qu'il ne l'eût pas entendu. Obsédé par la pensée, il allait tout droit comme le boulet de ce même canon, sans que rien pût le distraire. Et sa force était en lui, était dans son immense confiance en lui-même. Assuré d'être, d'exister « intelligentiellement », il n'avait plus à se préoccuper des contradictions, et pas du tout des gens qui s'agitaient autour de lui ou de leurs pensées. Il m'a bien souvent regardé, puisque je fus un moment un de ses familiers ; je suis sûr qu'il ne m'a jamais vu ; ou ce qu'il a vu en moi ou en les autres, qu'il regardait sans les voir, ce fut l'être de raison qu'il s'était forgé, et auquel il fallait qu'on ressemblât.

Tel Ernest Hello m'apparut quand le hasard me mit en sa présence; j'étais encore fort jeune, et lui déjà vieux.

Plus tard, à mes réunions de mercredi, je vis ensemble Ernest Hello, Barbey d'Aurevilly, François Coppée, Maurice Rollinat, Paul Féval. Devant ces gens capables de le comprendre, il donnait libre essor aux fantaisies vagabondes de son imagination. Il soulevait des questions, et de celles que les génies aiment à résoudre; il les résolvait. Ayant pénétré dans les replis les plus arcaniens de la nature humaine, il répétait que *nihil humani* ne lui était étranger; et tranquillement, avec la certitude de sa force, il soutenait des théories que les plus indulgents des sensitifs appelaient des paradoxes. On l'écoutait, ce qui est un résultat. L'alliance prétendue impossible des doctrines les plus mystiques avec les recherches les plus vicieuses de l'intelligence surexcitée, il la comprenait et l'expliquait. Il disséquait les sensations terribles, l'orgueil, la délicate modestie, la peur, la haine. On ne discutait pas avec lui, il s'imposait. Sa voix parcourait toute la gamme, tantôt sourde et voilée, tantôt aigrelette et criarde; et le charme de cette voix étrange, tout le monde le subissait : il voulait qu'on l'entendît, et on l'entendait.

Lamartine, qui appelait Barbey d'Aurevilly « le duc de Guise de la littérature », belle, noble et vraie comparaison, dit un jour après avoir longuement causé avec Hello : « Je viens de m'entretenir avec le Platon chrétien. »

Ce qu'il y a de plus apparent dans le caractère d'Ernest Hello c'est, je l'ai déjà dit, le désir, la convoitise, le besoin de la gloire : et encore ce mot *gloire* ne répondait-il pour lui qu'à l'idée de justice. La gloire ne lui apparaissait pas un but, mais un moyen. Il avait quelques vérités à proclamer, et ne voulait pas les proclamer dans le désert; comme Jean-Baptiste, il ne voulait point parler au sable, aux pierres, aux nopals rabougris, aux maigres sauterelles, mais que sa voix arrivât à l'oreille des hommes. Et rien ne l'y a fait parvenir; tous ses efforts ont été vains, toutes ses habiletés, stériles; et quand je dis efforts et habiletés, j'ai pitié, car il fut toujours naïf et candide. Ernest Hello fit partie du groupe d'écrivains dont Louis Veuillot fut le chef, qui comptait Melchior du Lac, Henri Lasserre, Léon Gautier, et quelques autres moins connus; groupe qui se rattache, par des ramifications visibles, à celui de Joseph de Maistre, de Donoso Cortès, de de Bonald, de Blanc de Saint-Bonnet.

Personne peut-être n'a poussé plus loin que lui l'étude des plus fugitives sensations psychologiques. Il procède à peu près comme les savants qui étudient, à l'aide d'un microscope, les microbes et les bacilles. Il soumet l'âme à la plus minutieuse expérimentation. Souvent on s'est moqué de ces poètes modernes, tels que Mallarmé et Verlaine, qui ne veulent plus même du sentiment et n'en recherchent que la nuance. Ainsi procédait notre philosophe avec la précision d'un naturaliste. Au surplus, pour le faire mieux connaître, je n'ai qu'à reproduire ici une lettre que je lui adressai en 1880, et qui parut alors dans le *Paris-Journal*.

L'heure présente est solennelle et triste. Aux fléaux intellectuels provoqués par nos dissensions, s'ajoutent les fléaux matériels amenés par nos imprudences. Le trouble est dans les esprits, la décadence s'introduit dans les mœurs, le désarroi des intérêts terrestres grandit. Nous souffrons à la fois des maladies de l'âme et des maladies du corps : il semble que des malédictions mystérieuses pèsent sur nous. Pas un homme qui ne se plaigne ! Aussi prononce-t-on à tout propos le mot superbe et terrible de CHARITÉ, que beaucoup disent sans savoir ce qu'ils disent, et qui a, pour quelques-uns, une signification presque méprisable. Ce mot est une menace pour un grand nombre, car la misère épouvante, non parce qu'elle est la misère, mais parce qu'elle conseille et qu'elle pervertit. On verse une prime d'assurance en faisant l'aumône; on veut éteindre sa propre responsabilité; on veut n'être pas ce mauvais riche implorant de Lazare une goutte d'eau impitoyablement refusée.

Mais est-ce là cette charité sublime, ce sentiment immense, divin, — le plus divin, puisque Dieu est charité, — qui est la base de toute loi sociale, le but suprême de notre existence, et, pour ainsi dire, notre fin dernière, qui se résume dans ce précepte : « Aimez Dieu par-dessus toute chose, et votre prochain comme vous-même, pour l'amour de Dieu. »

La plaie immuable de notre société n'est-elle pas, en effet, l'absence de charité? Oh! je n'entends pas cette charité vulgaire qui consiste à distribuer libéralement une part de son superflu à qui n'a pas même le nécessaire.

Notre siècle est celui des bienfaisants. Il y a beaucoup d'associations et d'œuvres charitables, beaucoup trop, parce qu'on s'en repose du soin d'assister les malheureux sur ces associations et ces œuvres, et la charité individuelle, personnelle, fait défaut. Ce n'est pas seulement notre argent que nous devons au pauvre : c'est notre sourire, notre regard, notre parole, notre conseil, incarnation apparente et visible de la bonté. Le pauvre veut savoir que nous songeons à lui; que notre luxe, nos fêtes, notre grandeur ne nous éloignent pas de lui; que nous nous regardons, riche, comme le dépositaire, l'usufruitier des dons de Dieu, et que ce dépôt appartient au pauvre et à ses frères comme à nous-mêmes.

Est-ce là prêcher le socialisme? Je ne le voudrais pas. « Le pauvre, a dit David, est celui qui est abandonné de Dieu. » Dans la vie, dans l'histoire, dans la religion, dans la Bible, partout le nom du pauvre est rapproché mystérieusement du nom de Dieu, et Dieu est son vengeur.

Les luttes actuelles auxquelles nous assistons, avec la rage de rien pouvoir pour les terminer, ont établi deux camps dans la société, deux armées inégalement puissantes, inégalement courageuses; désormais la bataille est engagée entre celui qui possède et celui qui ne possède pas. Cet antagonisme, vieux comme le monde, durera autant que le monde. Mais il est, dans l'histoire, plus ou moins apparent. De nos jours les convoitises sont cyniques : elles ne se cachent point, elles se dévoilent, et bientôt l'une des deux phalanges aura vaincu l'autre.

La postérité d'Abel n'a d'autre arme, d'autre bouclier que la charité. La postérité de Caïn a pour allié l'égoïsme, le vice monstrueux de la société moderne. Et qu'est-ce donc que la postérité de Caïn?

Ce n'est pas l'innombrable multitude des vicieux, des méchants, des voleurs et des meurtriers. Non, ce n'est pas la redoutable engeance qui trame et commet le crime, n'ayant que la terreur de l'échafaud, et ne voyant entre elle et le mal d'autre barrière que le Code.

Les fils de Caïn sont les hommes qui pèchent par omission, qui oublient le pauvre, tous les pauvres; ceux qui ont faim de pain, et ceux qui ont faim de vérité; ceux qui ont soif de tendresse et soif de gloire; ceux que de nobles ambitions, d'ardentes espérances, de vastes idées, de grands sentiments, auraient fait les maîtres, et que la misère, et la jalousie, et la haine, et l'oubli, et cet énorme vice : l'indifférence, ont condamnés à l'esclavage.

Les fils de Caïn sont ceux qui envient la beauté et la richesse de ceux d'Abel, et ceux encore qui ne veulent point admirer cette beauté ou subir cette richesse, et ceux même qui ne *voient* ni la beauté ni la richesse, et passent, dans l'insouciance de leur superbe, trop au-dessus de l'humanité par leur orgueil, pour condescendre à soulager les misères, soutenir les défaillances.

Les fils de Caïn sont ceux qui crient à Dieu : « Vous ne m'avez pas donné mon frère à garder. »

Il leur sera demandé compte de cette parole. Ils ont passé auprès de cette fleur flétrie; un peu d'eau eût rendu la fraîcheur à sa corolle; ils ont dédaigné de puiser un peu d'eau dans le creux de leur main pour raviver cette pourpre fanée. C'en est assez, le crime est commis.

Oui, Dieu leur avait donné cette fleur à guérir, ce génie à glorifier, cet artiste à honorer, cet artisan à employer, ce père de famille à nourrir, ces enfants à recueillir, ces orphelins à élever, cette jeune fille à sauver, cette douleur à consoler, ces vertus à mettre en lumière!

Ils se devaient *tout à tous;* leur mission est d'aimer, d'honorer, de servir. Mais enfermés dans la stupide et vaine adoration d'eux-mêmes, rejetant dans l'oubli ce qui ne les touche pas, indifférents à ce qui n'est pas leurs intérêts, satisfaits de distraire quelques poignées d'argent des trésors dont ils ont la jouissance, pour les jeter à l'infortune comme un impôt volontairement consenti, ils n'ont pas pensé aux petits, aux inconnus, aux incompris, aux méprisés.

Ils se sont crus quitte du devoir de charité, parce qu'ils ont répandu l'aumône... Et c'est le crime de Caïn, sinon dans la matérialité du fait, du moins dans sa conception et dans ses conséquences.

Vous avez écrit, Monsieur, une apologie sublime de la charité, en rappelant qu'elle doit être non seulement active, mais incessamment active, et en toutes choses : dans l'ordre moral, dans l'ordre matériel. Et quel meilleur moment aurait-on choisi pour offrir ce livre, magnifiquement pensé, à tous ceux qui, péchant par omission, *sans le vouloir, sans le savoir,* ou le voulant et le sachant, essayent, après vous avoir lu et médité, de se rapprocher davantage du Créateur, en assistant sa créature dans tous les besoins de son corps, de son âme, de son cœur et de son intelligence.

Ernest Hello fit à cette lettre la réponse qu'on va lire, et qui fut également publiée dans le *Paris-Journal*.

A Vindex.

J'éprouve le besoin de vous remercier de l'article si remarquable que vous avez bien voulu me consacrer dans *Paris-Journal*.

Vous avez compris que je ne fais pas de *littérature*, que j'écris pour dire quelque chose, et que tous mes livres, y compris mes contes, sont des *actes*, et non pas seulement des paroles.

Vous avez admirablement saisi la pratique de mes *Contes*, la charité. Vous avez compris que cet hiver terrible leur donne une terrible actualité.

Je ne veux pas laisser passer votre important travail sans vous féliciter et vous remercier. Ce bon article est une bonne action.

Voulez-vous me permettre de vous adresser incidemment une question ?

Croyez-vous réellement que je sois sans pitié pour mes personnages, pour leurs fautes et pour leurs crimes ?

Je crois pouvoir vous assurer le contraire.

Mais il y a deux sortes de crimes : les crimes de la faiblesse et les crimes de la malice.

Pour les crimes de la faiblesse, ma pitié irait à l'extrême. Pour les crimes de la malice, Dieu seul connaît le point d'intersection entre sa miséricorde et sa justice. Mais aux yeux de l'artiste, le froid scélérat qui, par indifférence et par jalousie, condamne l'homme de génie au désespoir et à la mort, ce froid scélérat n'a droit qu'à la justice.

Vous voyez, Monsieur, combien je pèse vos expressions. Vous avez conquis si rapidement une place si distinguée dans la critique contemporaine, vos articles sont si lus, et votre influence encore jeune est déjà si active, que j'ai cru devoir vous faire, au sujet de *Caïn*, cette question.

ERNEST HELLO.

⁎⁎

Je tiens à citer également quelques lettres de Paul Féval à mon ami le vicomte Oscar de Poli, qui joint à la plus vaste érudition dans les questions héraldiques et historiques la grâce et l'habileté du plus charmant conteur. S'il n'est pas Breton, celui-là, du moins il est chouan. Son livre *Jean Poigne d'acier* est un des meilleurs souvenirs de ma jeunesse. Tour à tour soldat, — et zouave du pape! — diplomate, homme politique, orateur, conférencier, généalogiste, romancier, Oscar de Poli est une de ces natures que Féval aimait par-dessus toutes.

Je ne cite ici qu'un fragment de la correspondance qui a été publiée dans la *Revue du Monde catholique*, mais dans un autre chapitre je donnerai plusieurs lettres qui ont un caractère plus particulier, le récit, d'une verve si spirituelle, d'un dîner que fit chez Féval M. de Poli, et auquel je devais être, et auquel je ne fus pas, à mon grand regret, parce qu'il faut regretter toujours les rares occasions qu'on a d'écouter la causerie de deux hommes d'esprit qui sont en même temps deux hommes de cœur.

LETTRES AU VICOMTE OSCAR DE POLI

Paris, 25 mars 1881.

Cher ami,

C'est toujours moi, et toujours merci. L'extrait est prolongé d'une main tendre, et placé plus haut qu'il ne vaut. Le moment est raide pour lancer un livre. Palmé m'écrit pourtant que tout va bien. D'Aurevilly m'annonce un grand article, Pontmartin de même, de même Buet, et aussi le *Français*, l'*Union*, l'*Univers*; mais la politique est en plein, et j'ai fait un pâté, sauf le respect de vous [1]. Je suis bien enrhumé. Si vous aviez une minute, vous seriez bien gentil de jeter un mot à notre relieur, car j'ai oublié son adresse, et M. le marquis de Dreux-Brézé verra en moi un vieux Gascon. Je ne peux pas écrire, tant j'éternue !

Vous, vous avez de la chance d'être *entier*, comme vous dites; mais il n'est pas généreux de le procla-

---

[1] Ici un énorme pâté d'encre.

mer aux oreilles d'un quelqu'un dont il ne reste plus
que des lambeaux qui s'en vont en guenilles.

Les *républiques* sont bonnes et remarquables,
mais *royauté* vaut encore mieux. C'est éloquent et
c'est heureux. Je suis fâché toutefois de vous voir
dédaigner le scrutin. Vous êtes bâti pour la tribune.
Moi, si on pouvait gagner son pain à éternuer, je
serais dans une jolie position. R'excusez le pâté,
que je revois en tournant la page. Merci encore. Il
me reste à peine assez de *verdesse* pour vous serrer
la main de tout mon cœur.

P. Féval.

P.-S. Dieu et le roi[1].

Paris, vendredi saint.

Je ne suis pas en deuil, Dieu merci, mais j'utilise
ce papier noir le jour du tombeau par millionarissi-
mité. C'est vous qui êtes charitabilissime et in-
exhaustable en fait de miséricorde : voilà que vous
veloutez mon pauvre *Château*, ce matin ! Je ne sais
plus comment vous remercier.

La *Belle Étoile*, rachetée par M. Palmé, est ce
roman vendu par moi, dans le *Coup de grâce*, à un
brave éditeur catholique, au tiers de mon prix, après
ma conversion. Il s'agissait de pain sec à gagner
immédiatement. Ça pressait.

Mais vous avez raison, j'en ai trop pondu, beaucoup trop. C'est une infirmité, une incontinence. A
mon avis pourtant, je n'en ai fait qu'un, et encore
en est-ce *un?* Pontmartin, l'ancien bourreau de la

---

[1] Ici une large fleur de lis, dessinée à la plume par
Paul Féval.

Première Communion, a parlé de cet *un* dans la *Gazette* de dimanche dernier. L'article est monumental (six cents lignes!), et certes, c'est une enthousiaste pénitence de son ex-cruauté.

Tâchez donc de l'avoir pour le lire : je suis intéressé à regarder ces douze colonnes comme un pur chef-d'œuvre, et j'avoue que j'en ai été singulièrement frappé.

Ma femme, qui vient d'achever aussi son monument (vingt costumes pour les enfants de chœur de la chapelle du P. Rey[1] et vingt rochets brodés vaillamment), espère bien vous revoir avec le soleil qui arrive.

Et néanmoins, si c'est vous qui êtes P... d'A... aussi, ô Panpseudo! je vous trouve encore plus perfécondissime que moi.

A vous, charmant pseudolâtre, toute mon amitié.

P. FÉVAL.

Mardi gras (ne t'en va pas!)

Cher ami,

J'aurais été bien heureux de vous serrer la main à la fête de cet immense vieux Alexandre Dumas père, dont la longève potence fait mon admiration. Il était assurément plus difficile de procréer sa tardive et charmante couvée que d'éventrer la terre où se moissonnent les chapeaux d'été, sans parler du bois qui nettoie les vieilles jupes. Mais autant ce quasi-éternel est jeune, autant je suis avachi, et mon ancienne gloire de piéton fameux m'a fourni cette infirmité de méconnaître les voitures. Vous,

---

[1] La basilique du Sacré-Cœur à Montmartre.

5*

vous papillonnez. Je vous avais vu (par la lecture),
la veille, à je ne sais quel énorme bal (de bienfaisance, je crois), et bravo toro! Merci de votre
lettre-Lesseps, pardon de n'en avoir pu profiter.
Merci de la *Civilisation*, que je reçois; mais justement, depuis qu'elle me vient, vous n'y écrivez pas.
Est-ce le cruel ami d'About, l'actualobole d'Ideville
qui a fait ces adorables vers d'Hugo pour sa fête? Je
ne crois pas; car, dans ce tas étonnant d'insanités, il
y a une demi-douzaine de grandioseries superbes.

J'ai presque fini *Papalins* et même *Prétoriens*,
dont il me reste à peine quelques pages à lire. Je
m'en plains, car c'est très vif et très éloquent. Deux
heures après avoir écrit ma dernière lettre, j'ai vu
que je vous avais purement copié en comparant les
Crocette à la Pénissière. J'ai fait, moi aussi, une
Pénissière sous le nom du Roncier, dans *Madame
Gil Blas*, et cela faillit faire saisir la *Presse* de Girardin!

- Et voilà que vous jetez aussi une fleur aux *Romans
enfantins!* Vous me comblez, cher ami, et je ne
sais comment vous rendre grâces. Je reçois de belles
lettres sur mon dernier volume des *Étapes*, qui paraît dans la *Revue du Monde catholique* et finit au
prochain numéro. Cela a frappé des gens de vraie
valeur, parce que c'est du réalisme de foi et d'amour.
Vous aurez le premier exemplaire du livre. A mon
avis, je n'en ai fait que deux : celui-là et la *Mort du
père*, qui ouvre la série des *Étapes*.

Je vais écrire décidément à M. le marquis de
Dreux-Brézé en me recommandant de vous, puisque
je n'ai pu y aller; et j'ai écrit à ce cher du Fraval
pour lui dire à quel point votre guerre sainte d'Italie
m'avait charmé. Je vais reprendre les *Républiques*,
pour vous abîmer un peu, si possible.

Quel beau carnaval ! Hugo m'exalte. C'est vraiment
de la vraie gloire en dépit du ridicule étonnant qui
le confit. Pauvre Hugo ! je l'aime encore et je l'admire, parodié par l'orgueil jusque dans la moelle de
ses os. Et je vous embrasse, j'y ai des titres comme
Italien. Un jour que Sardou me demandait comment
on dit *peut-être* en florentin, je lui répondis : *Po-
tastro !*

Votre antiquaille,

P. FÉVAL.

20 mai 1881.

Cher ami,

La femme Féval, qui est bien reconnaissante, dit
que je gagne, à vous lire, la rougeole de vanité qui
fait tant de ravages parmi les dindons. Voilà une
prétendue reproduction qui vaut tous les grands
articles du monde ! J'ai fait observer à la même
femme Féval que le mot « divin », appliqué au *Coup
de grâce*, ne rejaillit que sur celui que vous adorez,
et qui a, en effet, bien divinement frappé ma vieille
âme. Êtes-vous assez bon pour moi ! Vous l'êtes
trop, mille fois trop ; et j'ai beau vous aimer du
meilleur de mon cœur, je serai toujours en reste
avec vous.

Vous avez lu le *Loup blanc* aussi ; c'est mon premier roman ; il est de 1842 et antérieur aux *Mystères
de Londres*. Il a bien eu cinquante éditions, vingt
traductions, et un nombre vraiment incalculable de
reproductions. Tous les journaux de province l'im-
primaient à la fois, et il y en a eu pas mal qui ont
redoublé à dix et quinze ans de distance. Je faisais

vite en ce temps-là : il fut bâclé en quelques jours.
Merci, merci, merci. *Thanks, I thank you with my whole heart...*

Votre débiteur insolvable,

P. FÉVAL.

C'est à l'obligeance du vicomte de Poli que je dois une admirable lettre écrite à M. l'abbé Curé, aumônier de feu Monseigneur le comte de Chambord, et qui n'est pas ici sans importance.

Paris, 24 mars 1881.

Monsieur l'aumônier,

Avant de vous dire merci pour la belle piété de votre lettre, si miséricordieuse envers le pauvre récit de mes joies et de mes douleurs, j'ai voulu lire le livre éloquent consacré par vous à celui qui a mérité si bien le nom « d'ange de Frohsdorf[1] ». J'ai été touché, non seulement par cette noble vie du saint lettré, mais encore par le royal souvenir qui s'y rattache sans cesse. Et je vous félicite, monsieur l'aumônier, respectueusement, d'être l'homme qu'il fallait pour rendre un digne témoignage à l'ange, aussi bien que pour le dignement remplacer sur la terre après son retour au Ciel.

J'ai eu le bonheur et la grande joie de porter mon humble hommage à l'élu de Dieu vers 1859. Monseigneur ne put faire sérieuse attention à moi, malgré

---

[1] Le saint abbé Trebuquet, aumônier du comte de Chambord.

son exquise bonté; mais moi, j'emportai de Frohsdorf la fidélité raffermie de mon amour et une tendre
admiration, que j'ai fait partager à tous ceux que
j'aime. Je fus émerveillé surtout (simple gensde-
lettres non converti que j'étais alors) d'une délica-
tesse d'esprit vraiment attirante, d'une belle lucidité
de cœur, et d'une science vraiment actuelle de l'état
moral de la France. Ah! celui-là est Français admirablement! Et pendant le voyage de Hongrie que
je fis avant de regagner Paris, je restai sous le
charme de mon impression, que je gardai comme
un trésor.

Cette impression subsiste en moi, et n'a nullement faibli, malgré le *rayonnement* froid ou désa-
gréable que dégagent parfois certains excellents
cœurs fidèles, parlant au nom de ce grand cœur. Et
il me suffit, d'ailleurs, quand je veux la rajeunir,
de fermer l'oreille à ces braves voix pour écouter
celle du fils de saint Louis lui-même, si sonore, si
droite, si virile, si incontestablement *souveraine*,
dès qu'il l'adresse, jaillissant de son propre cœur,
à ses fidèles. C'est un Bourbon et c'est un roi : Dieu
lui choisira des outils dignes.

J'ai fait une petite monographie intitulée : *les
Merveilles du mont Saint-Michel*, et voici déjà longtemps qu'elle est à la reliure pour qu'on y frappe
l'écusson de France. J'ai écrit, il y a plus d'un mois,
à M. le marquis de Dreux-Brézé, en lui demandant
l'autorisation de me servir de son canal pour faire
parvenir mon hommage à Frohsdorf. Je lui porterai
l'ouvrage dès que je l'aurai, et je sollicite de vous,
monsieur l'aumônier, pour mon pauvre livre, un
mot de présentation qui dise ce que j'ai dans le cœur.
Je suis Breton, fils d'un conseiller pauvre, et ma
sœur aînée touchait, quand nous fûmes orphelins,

une pension sur la cassette de Madame la Dauphine, jusqu'en 1830.

Monsieur l'aumônier, voici une bien longue lettre, mais qui est très loin d'exprimer tout ce que je ressens.

Merci encore de tout mon respect et de tout mon cœur. Vous avez une belle tâche devant Dieu. Versez, je vous en supplie, sur ma femme, sur mes enfants (j'en ai huit) et sur moi, les richesses de votre prière.

Et daignez agréer, je vous prie, le témoignage de ma toute respectueuse gratitude.

P. FÉVAL.

*
* *

M. Jules Claretie, administrateur général de la Comédie-Française, veut bien nous communiquer quelques-unes des lettres que lui écrivait Paul Féval, assez longtemps avant sa conversion.

M. Claretie est un lettré des plus distingués et des plus honnêtes de notre société littéraire; à la fois dramaturge et romancier, historien et critique, il est, avant tout, un ami passionné des choses de l'esprit. Comme président de la Société des gens de lettres, lui échut le périlleux honneur de prononcer, sur la tombe de notre maître et ami, une oraison funèbre; il le fit avec tact et avec mesure, de quoi il faut savoir gré à un homme dont les idées et les opinions, pas plus que les croyances, n'ont jamais été conformes aux nôtres, mais qui n'a jamais, du moins, fait acte d'irréligion, ni attaqué la foi religieuse.

LETTRES A M. JULES CLARETIE

80, Saint-Maur-Popincourt.

Mon cher ami,

Votre nouvelle est charmante, quoiqu'un peu longue, en effet, pour cette feuille de chou de *Jean Diable*.

Mais vous croyez peut-être que *Jean Diable* paye? Erreur. Il payera sous peu, j'espère; mais il ne fait pas encore tout à fait ses frais, et je le soutiens de mon mieux en copie.

J'ai cru devoir vous dire cette chose importante.

En dehors de quoi, je vous donnerais avec ravissement le Salon, quoiqu'il nous soit bien demandé. Je vous le donnerais, parce que j'ai une absolue confiance en votre avenir. Quoi qu'il advienne, *macte animo, generose puer*.

Aussi vrai que votre voie est encombrée de crétins, vous arriverez, je vous l'affirme et je le signe.

PAUL FÉVAL.

Répondez un mot, je vous prie, et n'en veuillez pas trop à ce misérable *Jean Diable*, qui monte, et qui lui aussi arrivera.

Je le contresigne.

P. F.

Bien cher ami,

Je suis rentré chez moi vendredi soir, tout exprès
pour y prendre le fauteuil que notre ami Schnerb
m'avait annoncé; mais ledit fauteuil n'est arrivé
que le lendemain matin, parce qu'il avait été adressé
80, rue Popincourt. Je vous avais pourtant notifié
mon nouveau domicile au dîner de Frédéric Thomas.
Vous savez bien une chose, c'est ma vieille amitié.
On me dit des choses contradictoires sur le résultat
de votre première. Le théâtre est un si bizarre
endroit, que tout le talent du monde n'est pas toujours une garantie. J'irai lundi soir à l'Ambigu pour
voir par mes yeux[1].

Vous étiez presque un enfant la première fois
qu'on nous mit en présence en me disant : « Voici
Claretie, qui a dit du bien de vous. » Depuis, vous
avez bien grandi, et il est bien peu de choses de
vous que je ne connaisse, et j'aime encore mieux le
jeune homme que l'enfant, car il est devenu un de
nos sérieux espoirs littéraires en des genres très
différents.

Est-ce assez dire pour celui qui a fait *Robert
Burat*, les *Derniers montagnards*, et une œuvre
critique déjà si considérable? Fâchez-vous, mais je
ne retire pas le mot *espoir*, tout insolent qu'il est,
parce que je suis sûr que vous monterez encore.

Et comme par l'âge, si différent, hélas! vous serez
toujours un enfant pour moi, je vous embrasse de
tout cœur.

PAUL FÉVAL.

[1] La *Famille des gueux*, drame de Jules Claretie.

22 avril 1868,

Cher ami,

J'apprends avec chagrin que l'autorisation de conférencer vous a été refusée; j'aurais été bien content de vous entendre. Merci de votre bonne lettre. Le bouquin est pour vous. Je m'attendais bien à être injurié pour ce rapport, mais X*** a dépassé mes espérances.

Il faut bien du courage pour travailler, travailler, travailler avec la certitude de pareilles récompenses. Que d'amers chagrins dans ce métier ! et quel peut être le but de ceux qui gagnent des sous à poignarder ainsi ! Il ne m'a jamais vu, il ne peut me haïr. C'est triste et drôle.

A vous de tout cœur.

Samedi matin,

Mon cher ami,

J'eusse été, en effet, bien désolé de ne pas connaître cet article si charmant pour moi, et dont je vous remercie de tout cœur. Je n'ai pas trouvé le *venenum in caudâ,* parce que les blâmes politiques sont, à volonté, des éloges. Au point de vue du succès, pensez-vous que je ne serais pas enchanté d'avoir vos idées, mon cher Claretie? Je ne les ai pas. Vous dire combien cela m'a gêné de ne pas les avoir, est impossible. Si je les avais eues, ne serais-je pas tout naturellement populaire parmi vous, mes émules, mes amis, qui m'estimez et m'aimez, *quoique* je ne les aie pas?

Et derrière vous, ceux qui lisent, le public qui m'aime presque aussi, *malgré* mes idées rebelles au courant, le peuple enfin, pour prononcer ce nom aussi cher à moi qu'à vous, ne m'aurait-il pas autrement adopté?

En notre siècle, croire aux révolutions est un *don*, comme être beau, comme être brave. Je n'y crois pas. J'en subis les conséquences plus durement que vous ne pouvez l'imaginer; mais je n'en ai pas honte, au contraire.

Cet « au contraire » n'est pas de l'intolérance. Mieux que personne, vous savez quelle jeunesse de sympathie j'ai gardée dans mes vieux jours. Je vais au talent, quelle que soit l'opinion de ce talent, de sorte que je n'ai pas même la consolation du grinchisme.

Il m'est survenu parfois des tentations. Saint Antoine résistait-il vraiment? J'ai vu passer de l'autre côté de ma table l'ombre d'Eugène Sue, cet aristocrate qui gagna tant de renommée et tant d'argent avec la démocratie. Il fut sans doute sincère. Moi, qui ne suis pas aristocrate du tout, je vois l'avenir des peuples là où les peuples semblent ne pas le voir. Toutes les réformes sociales si urgentes sont pour moi dans l'autorité agrandie. Je vais bien plus loin, je crois que nous aurions aujourd'hui la plupart des réformes souhaitées, s'il n'y avait pas eu de révolutions.

Unus Deus, rex unus, una lex. A mes yeux, voilà le droit du vrai socialisme possible, quoique ce fût celle d'un des rudes Normands qui conquirent l'Angleterre : « Un roy, une foy, une loy. »

Mais pardonnez-moi, cher ami, cela ressemble aujourd'hui à une folie ratatinée. Chacun suit sa voie; moi, je regarde passer les autres. Encore une fois, merci, et de tout cœur; je ne peux pas vous aimer mieux qu'hier, mais je vous suis plus redevable.

Envoyez-moi votre prochain livre.

Mon cher ami, —

J'ai eu à propos de vous, mais non pas de vous seul, un assez fort *embouchement*, cette semaine, avec des vieux comme moi, encore plus vieux que moi. Je passe un peu pour néo-critique. Hélas! il y a tant d'envie cependant dans mon amitié pour vous!

Vous êtes une demi-douzaine que j'aime sincèrement, et que je suis d'un œil céladon, avec un peu de citron dans mon sucre, mais pas beaucoup. Je puis dire que j'ai, en vous regardant monter, bien plus de plaisir honnête que de séniles regrets.

Je vous connaissais moins que les autres, mon cher Claretie, parce que je n'ai pas lu vos livres à mesure qu'ils ont été faits. Ainsi, je passe de vos nouvelles, qui étaient des promesses vaguement jolies, à ce roman : *Robert Burat,* qui m'étonne par sa fermeté. Il n'y aurait pas, par chapitre, quatre mots incertains ou risqués à enlever pour arriver à la digne note. Dans mes chapitres, à moi, il y en a bien souvent plus de quatre.

Je suis loin d'avoir fini. Je lis cela très lentement. J'en suis jusqu'à présent *absolument content.* Les deux hommes et la Parisienne sont de maître, les accessoires vont bien.

La femme est d'une demi-teinte achevée. Elle arrive par couches. L'effet produit par elle sur Robert se répète sur l'effet produit sur le lecteur.

Je voudrais qu'il vous fît plaisir de savoir que je n'en suis encore qu'à la quatre-vingtième page, comme il fait plaisir, j'en suis sûr, à Joliet de savoir que j'ai lu en trois heures sa charmante fantaisie.

Bien charmante, mon cher ami, je le dis comme je le pense. Je ne crois pas que nous ayons eu, depuis bien longtemps, une légèreté aussi franchement légère que celle de Joliet.

Tony[1] est plein et net; Vallès est robuste, mais tendu. Je le regarde comme très fort. Vous voyez que je sais mes auteurs. Vous me paraissez être une génération, chose qui a manqué depuis bien des années. Je lisais hier une page de Rochefort. Que voulez-vous que je vous dise? C'était diamétralement remarquable.

Quand j'aurai fini *Robert Burat,* je vous dirai mon impression totale, et, à moins de ces névroses auxquelles nous sommes tous sujets vers le dénouement, je suis bien sûr désormais de ce que sera mon impression.

Je vous voyais l'autre jour à Valentino[2]. Je n'ai pas deviné si vous étiez content, non plus Joliet, que je voyais aussi.

J'oubliais Alphonse Duchesne[3] parmi ceux d'entre vous qui sont forts, mais celui-là me fait peur.

À vous de cœur.

Jeudi. 88, aven. des Ternes.

Cher ami,

Un mot (dans votre feuilleton) sur la nouvelle édition du *Bossu.* Et toutes les fleurs de la nature autour de votre jeune front.

---

[1] Tony Révillon.

[2] A une conférence sur les *Légendes bretonnes.*

[3] Auteur, avec Alfred Delvau, des *Lettres de Junius,* publiées par le *Figaro,* et qui firent grand bruit.

Le livre a été aussi heureux que la pièce, mais je n'en ai pas fait souvent de si fortunés.

A vous de cœur.

Mercredi.

(A propos d'une conférence.)

Cher ami,

Je n'en fais qu'une, je voudrais bien qu'elle fût brillante. Est-ce indiscret de vous demander d'annoncer ma conférence de la Gaieté par un mot, *dans votre feuilleton même ?* — Si oui, je plonge. Mais si non, dites que le dimanche 10 avril on jouera le *Mariage de Figaro* à la Gaieté, et que je ferai le *speech* sur Beaumarchais.

Rappelez que j'avais réussi à la salle Valentino, et aussi à Génève pour la société.

Venez entendre un des plus vieux et des plus chers amis de vos amis.

Cette conférence m'empoigne étonnamment, et excusez ma fâcheuseté.

A vous de tout cœur.

Mercredi 25 février 1874.

Bien cher ami,

Vous ne vous serez sans doute pas aperçu de mon absence[1]. Si vous vous en êtes aperçu, j'espère que vous aurez pensé qu'elle n'était pas volontaire. Je me suis mis au lit dimanche soir, en sortant de

[1] Au mariage de M. Jules Claretic.

l'assemblée générale des Gens de lettres, où mon méchant sort m'avait conduit, et j'y suis encore.

J'aurais voulu vous embrasser, cher ami, et offrir mes compliments à Mme Jules Claretie. Faites-le pour moi, et dites-lui que personne, parmi les manœuvres de plume, ne vous aime plus ni mieux que moi.

PAUL FÉVAL.

Cher ami,

Voici ce qu'on me dit : les élections à l'Académie n'auront lieu que vers la mi-janvier, parce qu'on veut que MM. de Loménie et Saint-René-Taillandier soient reçus, et même M. Émile Ollivier ! Sandeau, qui reçoit Loménie, a demandé du temps.

Mettez, s. v. p., un fort *on dit* au-devant de ma mention, car je suis pris de pudeurs bleues.

Vous avez reçu mon paquet?

A vous de cœur, et merci.

P. F.

Vous êtes décidément un monstre, et je recommencerai à vous appeler Clarécie, ou même Clarettie ! Je suis aux abois pour ce numéro des *Conférences* : le numéro où figure la vôtre, sur Cervantès. Mettez-le demain à la Société, je vous en prie, et avisez-moi qu'il y est.

M. Jules Claretie nous communique également une lettre adressée au puissant directeur du *Figaro*.

Mon cher Villemessant,

Je suis allé chez vous la semaine dernière, pour vous demander un coup d'épaule. Je n'ai pas eu le plaisir de vous rencontrer. Je voulais vous remercier aussi de votre grand madapolam que j'ai reçu, et que je ne mettrai pas à la lessive [1]. Vous savez que le *Capitaine Fantôme*, après avoir été un succès si net comme livre, a été changé en désastre par le *fatum* du théâtre. Il paraît que ce n'était pas fort. On a repris le *Bossu* dans des circonstances lamentables, et, malgré tout, il va toujours montant. Faites-moi faire quelque chose au *Figaro*, je vous en prie. Il y a un fait curieux : ce sont les affiches anglaises qui battent le rappel dans les hôtels britanniques, sous le titre que Fulster avait donné à sa traduction du *Bossu*, à Londres : *The Duke's motto* (la Devise du duc), de sorte que cet *emprunt*, qui ne m'a rien rapporté à Londres, m'amène au moins des Anglais à Paris. On va faire afficher aussi le titre de l'opéra de Balfe, pris à la même source : *Aurore de Nevers*. Je vous assure que, par ces chaleurs hâtives, les Anglais en voyage ne sont pas à dédaigner. Donnez ma lettre à Claretie, et priez-le de me bâtir un mot là-dessus.

Parlez-en aussi à Albéric [2] pour le *Grand Journal* du dimanche, je vous prie. Le *Bossu* va vraiment bien. Il ne lui faut que combattre le temps.

Mille amitiés dévouées.

P. FÉVAL.

Je n'ai pas besoin de vous répéter que tout mon

[1] Le *Grand Journal*, imprimé sur calicot.
[2] Albéric Second.

stock est à votre disposition pour vos journaux, quand le cœur vous en dira.

*
* *

M. Alphonse Daudet, le célèbre auteur des deux *Tartarins*, — le romancier qui est devenu l'un des chefs de l'école littéraire moderne, — fut aussi l'un des grands amis de Paul Féval. Celui-ci l'appelait son neveu, et lui témoignait une affection plus expansive qu'à ses autres amis.

M. Alphonse Daudet veut bien nous communiquer quelques lettres, datant de l'époque où Féval eut la faiblesse de se présenter à l'Académie, qui ne voulut pas de lui. Elles sont donc antérieures, mais de peu de temps, à sa conversion, et nous montrent un Féval moins railleur et plus enjoué, plus *paterfamilias*, en un mot, plus intime, de cette intimité qui qui nargue l'étiquette.

C'est une note nouvelle à introduire dans notre gamme, — on excusera cette métaphore.

LETTRES A M. ALPHONSE DAUDET

Samedi.

En avez-vous, neveu, du talent, du vrai, du chèr, du charmant, du bon et du vif! J'ai toujours idée que vous allez glisser vers les pays de *Robert Hel-mont*, et je veux vous voir, Bébé aussi, et la jeune mère d'icelui. Mardi, vers quatre heures, sauf contre-ordre, je déboucherai dans vos contrées, et nous taillerons.

A vous, jusqu'à mes cheveux,

L'oncle PAUL.

Dimanche.

Alea lançata est. Je pars pour Tartarinville [1], à moins de tempêtes inconnues dans nos climats tempérés; j'emprunte un zarapé [2] à Aymard et, cachant mes traces avec minutie, j'entre dans votre sentier de chasse. Nous forcerons deux ou trois comédies dont les peaux seront partagées fidèlement.

Neveu aimé, je vais être bien content de vous voir, ainsi que la chère et charmante poète.

A mardi, je vous aime de tout cœur.

Votre oncle,

PAUL FÉVAL.

Dimanche.

Mon cher ami,

Je n'ai vu que Blavet. Il avait votre note avec une quantité d'autres documents qu'il *gardait,* disait-il, pour faire un article sur moi. L'article n'a pas paru

[1] Champrosay, la campagne d'Alphonse Daudet.
[2] Allusion aux romans d'aventures indiennes, de feu Gustave Aymard.

hier, — ne sais s'il reviendra. — Merci de votre
bonne amitié; le fait est que, dans cette circonstance,
il était bien difficile de savoir si les journaux ont été
naturellement au vainqueur. Mes dernières visites
(MM. Guizot, de Rémusat, Duvergier de Hauranne
et Vielcastel) ont été adorables de bienveillance et
de cordialité. Nous verrons en 1910.

Je vous embrasse, neveu chéri; merci de ce que
vous me dites de *Kéramour*.

PAUL FÉVAL.

Mais c'est pour le deuxième mercredi de février!
Veau de famille. Ma fille de dix-neuf ans chantera
Il pleut, bergère, et la toute petite *dira* une fable de
Lachambaudie. Les deux sauvages n'endommage-
ront pas du tout Bibi. Je n'ajoute même pas que
c'est sans façon. Vous verrez qu'il y a encore des
antiquités indépendamment de *Tartarin,* et, malgré
tout, votre chère femme aimera la vieille maison.

Oh! l'Académie! Et le malheur des temps! Et la
grippe! Je ne suis vraiment pas gai.

Dimanche soir.

Je comptais aller vous voir aujourd'hui, mon seul
neveu, mais je n'ai pas pu. C'est bien mercredi, et
le cavalier [1] est attendu comme le Messie par un tas
de gredins sauvages assez bons enfants, mais il en
mangera quatre.

[1] Le *cavalier* désigne M. Léon Daudet, tout jeune alors,
qui, pendant le dîner, avait fait une scène pour avoir du
vin de la *cavalerie,* et qu'on avait emporté criant : « Je
veux du vin de cavalier. »

Sept heures et demie. Vous aimerez, j'espère, ma bonne femme, qui se fait une joie de vous voir tous trois. Elle sent le renfermé, mais c'est une forte âme.

Convives : Marie Fechter et sa mère, le pianiste V***, également capitaine d'état-major, Saint-Georges sans Leuven [1], et une jeune cousine à moi avec son mari, M. de Champlieux, plus un bon prêtre, l'abbé Sauvage, notre ami absolument intime. Ma nièce sera auprès de moi, et à l'abri de tout mal, danger ou accident ; vous, à cause de vos mœurs, on vous mettra auprès d'une jolie femme.

Merci d'avoir lu *Kéramour usque ad finem,* et à mercredi. Baisers à mon ami de mon âge, qui est Bébé, dit Léon, et tendresses à ma nièce.

Votre oncle Tartarin,

P. FÉVAL.

T'as menti, bébé père ! Papa bibi, vous avez trompé votre oncle ! C'est mal, car il a la migraine, il y a quelque chose. C'est sûr qu'il y a quelque chose. Impossible d'en passer à l'auteur du *Bandagiste !* Ce qu'il y a, je n'en sais rien, et je m'y perds. Est-ce Marie Fechter ? Est-ce Dentu ? Est-ce Saint-Georges ? ou mon officier-piano ? ou mon petit cousin douanier ? ou mon confesseur de ma femme ? Je ferai une descente chez ma nièce, et nous verrons bien. Enfin tout mon monde, gros et petit, vous regrette amèrement. Ma grande fille emploie à votre égard des mots qui feraient rougir Gille. Au fond, vous

[1] Adolphe de Leuven, ancien directeur de l'Opéra-Comique, et Saint-Georges, le *librettiste.*

ne valez rien, et je vous aime tout de même. Baisers à Léon, mon seul ami.

PAUL FÉVAL.

Si c'est ma nièce[1] qui est cause, je lui ferai du tort dans son quartier. Au fait, ma colère est sans bornes, craignez des casses de ma part.

LETTRES A M. CHARLES BUET

Dimanche.

Mon cher confrère et ami,

Je n'ai pas l'adresse d'H. Cantel[2]. Je l'ai déjà remercié pour cet article; mais deux fois n'est pas de trop. Chargez-vous de lui serrer la main pour moi, et grand merci à vous-même pour la lumineuse hospitalité donnée à mon nom.

Maintenant, chapitre de ma sottise. M. Pourcelle

[1] La très spirituelle Mme Alphonse Daudet, qui a publié plusieurs livres charmants, entre autres les *Impressions d'une Parisienne.*

[2] Henri Cantel, qui a publié plusieurs volumes de romans et de remarquables poésies, entre autres les *Poèmes du souvenir,* couronnés par l'Académie française, remplaça naguère Alfred de Musset à la *Revue des Deux-Mondes.* Il voyagea beaucoup en Circassie et au Caucase. C'était un des amis de Féval, de Barbey d'Aurevilly, et un de mes collaborateurs à la *Revue gauloise* et au *Foyer.*

m'a rapporté ce matin la lettre où je lui donnais votre adresse, RUE de Breteuil, 18. J'ignorais profondément qu'il y eût une rue de Breteuil. Il y en a une, et elle est au diable, au Marais. Il y est allé. Il n'y a que moi de coupable, comment m'excuser? Je l'ai chargé de vous envoyer à tout hasard des fauteuils [1] pour le cas où vous voudriez y aller. Je suis honteux et désolé. Rue de Breteuil!!! je deviens gâteux. Je vous demande mille et mille fois pardon, c'est là un mauvais coup.

> Votre penaud,
>
> P. FÉVAL.

Cantel est un vrai talent. Votre journal est très charmant. C'est impossible que ça ne marche pas. Le bout de roman que j'ai là est très amusant.

Et ne m'en veuillez pas. Là! c'est trop bête, cette *rue!*

Mercredi.

Mon cher confrère et ami,

J'ai lu avec grand soin et grand plaisir. Je trouve l'article très remarquable, et, à la place de M. Palmé, je ne le ferais pas attendre, — à moins qu'il n'ait quelque raison particulière de penser qu'il peut blesser Louis Veuillot. — Mais en quoi ??? C'est

---

[1] Pour la première représentation d'une reprise du *Bossu*, au théâtre de la Porte-Saint-Martin. Je demeurais *avenue*, et non *rue* de Breteuil, et l'une est à six kilomètres de l'autre.

bien pensé, bien dit, bien jugé. Et Veuillot, grand homme d'esprit, ne peut y voir que cela [1].

A vous,

P. FÉVAL.

Paris, dimanche des Rameaux 1879.

Ah! beau Buet, jeune Buet, Buet mondain, non je ne vous en veux pas et ne vous en ai jamais voulu. J'ai été un instant surpris et contrarié, croyant que vous aviez donné dans un panneau. Votre lettre me rassure.

J'ai fait mes Pâques ce matin, n'oubliez pas les vôtres. Je vous aime assez pour ne pas craindre de vous parler ce français-là. Vous combattez vaillamment, donc vous devez viser à genoux, comme le premier rang.

Je reçois à l'instant les *Chevaliers de la Croix blanche*. Je suis content de vous voir dans la librairie Blériot. Je vais le lire et vous enverrai mes ouvrages.

Vous avez raison, P*** est bon. Je l'aime véritablement, et je comprends qu'il faut lui passer le surprenant entourage qu'il s'est fait.

A vous de tout cœur,

P. FÉVAL.

[1] A propos d'un article sur Louis Veuillot considéré comme romancier, conteur et poète, que je publiai dans la *Revue du Monde catholique*.

Paris, samedi.

Chevalier de la Croix blanche,

Vous faites bien les romans, très bien même, mais les articles? Je suis allé chez Palmé jeudi pour vous boxer à fond, vous n'étiez pas là.

A part la splendide chose de Pontmartin, je n'ai eu que des pâleurs, excepté la charmante chose de Daniel Bernard [1].

Je comptais sur vous, qui avez du « diable au corps ». Il en est besoin, puisque le livre marche.

Si vraiment, pour ceci ou pour cela, vous êtes empêché de faire au *Paris-Journal* qui vous attend, dites-le franchement, et croyez bien que je n'en suis pas moins à vous de tout cœur.

Mais les journaux qui sont à moi sont *bien rares*, et le *Paris-Journal* est presque le seul. Si vous ne pouviez pas, ayez la charité de me le dire; j'irai voir de Pène avec mes pieds en miettes. Surtout ne vous fâchez, chevalier! ce serait le comble.

Votre

P. FÉVAL.

Mon cher ami,

Je vous félicite très sérieusement. *Frère Nutricius* et le reste sont de belles choses. — Votre titre

---

[1] Daniel Bernard, esprit fort délicat, excellent critique, était chargé, au journal *l'Union*, du feuilleton dramatique et littéraire. Cet écrivain, mort prématurément, a laissé un volume de vers, *les Virelais*, et a publié la correspondance du grand musicien Hector Berlioz. Il faisait partie de notre petit clan littéraire.

est « assez marchand [1] », mais bien singulier et bien
mal appliqué. Où voyez-vous de la rose là dedans?
— Ma préface le rend meilleur, et il était bon *pour
faire* une préface. — Vous valez bien la peine de
chercher un peu vos titres.

Je vous demande *comme un service* d'adoucir l'allusion à cette malheureuse femme [2]. C'est brutal si

[1] Il s'agit d'un recueil de nouvelles, *les Contes à l'eau
de rose*, et pour lequel mon maître voulut bien me faire
une préface, sous forme de lettre adressée à Mgr van Cartuyswel, recteur de l'université catholique de Louvain

[2] Il n'est pas inutile d'expliquer ici à quoi fait allusion
cette parole. J'avais demandé à faire partie de la Société
des gens de lettres. Or j'y comptais un terrible adversaire
dans la personne d'une femme de lettres presque célèbre,
morte aujourd'hui, et que je ne veux pas nommer. Elle fit
tout au monde pour s'opposer à mon admission, et elle
y réussit. Peut-être, dans mon livre, laissai-je passer
quelque méchante raillerie. C'est ce que me reproche
Féval. Je m'en repens. Néanmoins la lettre que m'écrivait
alors le comte Armand de Pontmartin, et que voici, me
justifie.

« Mon cher confrère,

« Étant donné la composition du comité de la Société
des gens de lettres, je crois que vous êtes en bonnes
mains, avec Paul Féval à votre droite, et Jules Claretie
à votre gauche. Je vais écrire à mon ami Albéric Second,
que je crois sympathique à tous les partis, et qui repré-
sentera le juste milieu. A moins de dessous de cartes que
j'ignore, votre situation ne semble pas la même que celle
de M. d'Ideville. Quant à Mme de Z***, dont le vrai nom,
comme vous savez, est Mme S. D***, si j'avais avec elle
une conversation de cinq minutes, je lui rappellerais la
saison des eaux d'Ems de 1865, ces dîners où elle trouvait moyen de scandaliser Albert Wolff, Aurélien Scholl,

on ne devine pas; si on devine, c'est féroce, et si je n'avais craint de *souligner,* je vous en aurais blâmé dans la préface. — Faites un livre comme les six petites choses, voilà du talent.

Bravo! à vous.

P. FÉVAL.

Arsène Houssaye, et même une danseuse du bal Mabille, que l'aimable et incorrigible Arsène avait amenée avec lui. Peut-être ces souvenirs la désarmeraient-ils. Au surplus, je me demande par quel charme, quel talent, quelle beauté ou quelle jeunesse elle pourrait exercer de l'influence sur nos confrères. Ce que vous me dites de notre cher Paul Féval m'a consterné; il se sera surmené, surtout dans ces derniers temps, et ce n'est pas impunément que l'on produit deux cent cinquante volumes dans une trentaine d'années. Il me semblait que les journaux, ceux même qui ne sont pas tout à fait nôtres, ne l'abandonnaient pas. Le *Figaro,* si variable, a pourtant préparé une belle entrée à son livre contre le divorce. Quant à ses ouvrages antérieurs, je les vois chez notre libraire et poète catholique Roumanille, avec le chiffre de 9e ou 10e édition sur la couverture. Quand on essaye de réagir contre toutes les mauvaises idées et toutes les mauvaises passions, c'est déjà beaucoup d'atteindre à ce chiffre-là. Il n'en est pas moins vrai que notre parti a toujours assez mal encouragé ses écrivains, et, comme je le disais à propos de X***, qui nous tourna le dos trois mois après son arrivée à Paris, tout défenseur des bonnes causes ne ferait pas mal de s'assurer préalablement quinze à vingt mille livres de rente. Quant à votre admission dans notre société, elle ne me paraît pas pouvoir faire l'objet d'un doute, et c'est avec cette certitude, mon cher confrère, que je vous serre cordialement la main.

« A. DE PONTMARTIN. »

Paris, mars.

Mon cher ami,

Donnez ce *Cardinal Maurice*[1] à Palmé. Je suis baigné dans un grand machin du *Divorce,* et ne puis lire votre manuscrit ligne par ligne; mais en le parcourant à la vapeur, j'ai vu que c'était un bon roman à la Dumas, mouvementé et catholique. Voilà le froid qui reprend, je sens que je vais être retapé en marmotte. Cette année, le froid m'anéantit. *Ne portez pas votre livre ailleurs que chez Palmé.* Je ne puis dire que je l'aie lu en détail, puisque je tombe de fatigue aux heures où je pouvais lire autrefois; mais j'en ai vu assez pour saisir l'intérêt et pour regretter de ne pouvoir lire *comme on lit.* Le *Divorce* ressemble à la marée, cela n'attend pas.

Pardonnez-moi, allez chez Palmé, et faites faire un beau volume. Je ne puis dire le jour où j'irai au palais librairicatholique, mais j'irai cette semaine, et je dirai mon sentiment au puissant Victor. Priez Dieu qu'il me dégèle, et préparez-vous à dégainer pour le *Divorce,* qui est une réponse à Dumas.

A vous de bon cœur.

P. FÉVAL.

L'article *Saint-Michel* de d'Aurevilly est un pur chef-d'œuvre. Je garde votre manuscrit, pour que vous soyez forcé de venir le chercher.

[1] Roman d'aventures, de cape et d'épée, publié en feuilleton dans le *Pays,* et ensuite en volume sous le titre : *Les Coups d'épée de M. de Puplinge.*

Samedi.

Mon cher Buet,

Je vous remercie bien tardivement de votre bonne lettre avec extrait de Pontmartin. Vindex va bien au *Paris-Journal*. Le roman du *Foyer* commence très bien. L. Gautier m'a dit que Palmé vous avait enfin commandé un roman pour la *Revue*. Là, j'avais poussé une pointe à fond de train, mais Palmé m'avait eu l'air résistant : je vous parle d'un mois, je sors très peu. Je suis harassé. Votre portrait [1] vaut mieux que le fameux mien à la *Revue*, il y a deux ans. De loin, vous me paraissez *très bien marcher*.

L. Gautier m'a parlé aussi de vos pièces. Là, j'ai moins foi. C'est un *métier de métier* [2], et qui « éloigne » de toute manière, *fatalement*. La bonne intention n'y fait rien [3]. Je suis rudement las.

> A vous,
>
> P. Féval.

Dimanche.

Qu'est-ce que vous devenez, Vindex, Buet, Charles et tout? Combien de journaux faites-vous? Combien de livres? Moi, *Saint-Michel* me détraque; je suis pilé. — Votre journal du dimanche est très bien fait et réussira, c'est sûr. Soignez les *Scènes de la vie cléricale*.

> A vous,
>
> Féval.

[1] Un portrait gravé par Adolphe Soupey et publié dans les journaux de Palmé.

[2] Et des trappes et des attrapes. (*Note de Paul Féval.*)

[3] Allusion à une pièce de théâtre que je voulais tirer de mon roman *le Crime de Maltaverne*, et qui fut jouée plus tard sous le titre *le Prêtre*.

Mercredi des Cendres.

Mon cher ami,

J'ai oublié tout à l'heure de vous demander de faire mettre dans *Paris-Journal*, dans les *Échos*, première page, s'il se peut, que mon livre *Pas de Divorce !* paraîtra la semaine prochaine. Ce sera bien une polémique d'ancien romancier et d'auteur dramatique, mais polémique sérieuse en même temps que piquante, car mes arguments divisent le livre en cinq parties :

Le Droit naturel,
La Morale,
La Politique,
Le Droit positif,
La Religion.

Plus mes conclusions : l'Homme, la Femme, l'Enfant.

A vous de cœur,

P. FÉVAL.

Paris, jeudi.

Mon cher Buet,

J'ai été vous voir hier à trois heures. Merci de tout cœur. Votre article [1] est très beau. Si je ne craignais de vous traiter comme un Buetin, je vous dirais que vous êtes en progrès, fait très remarquable dans votre dernier livre. Vous savez que je ne parle jamais au point de vue du succès, qui ne nous appartient pas, mais de la valeur intégrale. J'ai vu un homme extraordinaire, talent très éton-

[1] Sur *Pas de divorce !*

nant et qui mérite qu'on en cause [1]; mais vous êtes probablement accablé. Moi, je n'en peux plus, j'ai un procès qui m'achève. Si vous pouvez me donner un rendez-vous vers trois heures, j'irai. Pas vendredi.

Merci encore, et à vous,

P. FÉVAL.

Jeudi.

Cher ami,

Tout est encore bien bouleversé chez nous; je vous envoie la lettre de mon petit Jean, mais l'article de Léon Gautier a disparu. Vous avez dû recevoir *Douze femmes*.

Palmé m'écrit à l'instant pour me dire qu'il ne pourra crémailler. Il a peur de la neige. Il est trop tard pour vous dire que cela fait une place vide dans mon trou-à-manger, et d'ailleurs le temps n'est pas engageant, c'est vrai. Il était venu hier, et nous avions causé des deux journaux et de vous.

Je croyais que votre article sur moi était pour lui.

A vous de tout cœur,

PAUL.

Dimanche des Rameaux 1878.

Hier, quatre heures exact. Pendule.

Palmé généralement assistant à l'assemblée générale du Je ne sais pas quoi universel. Président: Lui-même. *Buet rambling out.*

[1] Léon Bloy.

Beau temps. L'exposition marche. Visité le pavillon gynagogue des *Foyers* semi-cléricaux, où l'on retaille les jeunes romanciers en vieilles femmes de lettres.

Rencontré M. Olmer, qui en avait sept dans chaque poche, pour viriliser sa librairie. Éternué. Content. Repasserai.

P. F.

Samedi.

Voilà ce qui se passe dans Paris. Saint Lumbago m'a visité. Je voulais tous ces jours aller vous inviter à un célèbre dîner de prêtres qui a lieu demain dimanche, chez moi, six heures et demie. Mercredi, il était encore temps, et j'étais chez Palmé. Je n'ai pas pu depuis lors, je suis plié comme un journal. La guillotine de ce matin m'a réveillé. Superbe, la guillotine [1]! Venez tout de même, si vous avez du cœur. Il n'y aura de *lahic* que vous et Palmé. Sept abbés. Votre article est très beau, et fera du bruit. Si vous n'avez pas le temps de répondre, votre couvert sera mis. Le lumbago n'est pas une maladie contagieuse, mais fait pardonner les étourderies.

Votre

P. Féval.

Paris, mardi, 1879.

Mon cher Buet,

J'ai été bien contrarié de ne pas m'être trouvé là, car il y a joliment longtemps que je ne vous ai vu.

---

[1] Un des articles de Vindex, dans *Paris-Journal*, L'Échafaud.

Cela ne m'empêche pas de vous suivre, et je trouve que vous allez très bien. Je parle souvent de vous. Vous avez fait de très bons articles chez de Pène. Votre talent se forme certainement. J'ai vu le cher chanoine la semaine dernière, et nous avons causé de vous; il vous aime beaucoup. Je ne vois pas souvent Palmé, mais je ne crois pas l'avoir jamais vu sans que vous soyez venu sur le tapis, et je lui ai *écrit* à l'occasion de vos articles chez Pène. Il y a là des influences drôles à considérer, mais *Palmé est bon.* Croyez d'ailleurs que le poison médiocral est partout. Il y a un père jésuite qui a fait une brochure intitulée *Suis-je Français?* et qui se trouve n'être pas médiocre. J'étais dimanche à la fête du père Richard de Vaugirard. Il y avait un monde fou. J'ai voulu parler de la brochure qui m'avait fort ému, la veille même (lisez-la); on m'a répondu à l'unanimité : « Oui, ah! oui, mais c'est peut-être TROP BIEN FAIT! » Vous trouverez ce mot partout. Il est le succès de Fanchon. Palmé trouve mon pauvre livre sur Saint-Michel, non pas trop bien fait, mais trop étudié. Il faut pourtant bien faire, mon cher Buet, toujours, toujours, envers tout, contre tout, et mourir en bien faisant. C'est le devoir, si ce n'est pas le succès. Je vois encore ce pauvre grand Veuillot, et je crois que je suis le seul. Il ne m'a jamais servi, c'est vrai; mais que de pensées viriles on récolte dans sa parole! Ces gens-là s'en vont. Travaillez, vous êtes jeune. Quoique vieux, je travaille. *Expecta Dominum, viriliter age, et confortetur cor tuum, et sustine Dominum.* Et *zut* aux défaillances!

A vous,

P. FÉVAL.

Paris, mercredi.

Mon cher ami,

Débiner mon quartier, c'est manquer de respect
à la vénérée Louise Michel : vous êtes un lâche !
Des *mots*, je n'en ai jamais fait ni dit, mais vous
avez celui que vous m'avez rapporté de ce léger
Sarcey en parlant de moi : « Il a mal tourné ! » Je
vous envoie *Douze femmes*, où se trouve le *premier
amour de Charles Nodier*. Les deux autres que vous
me demandez sont *supprimés* intégralement. Ne le
dites même pas, car le *Siècle* a conservé le droit
légal et usuraire de tirer les *Amours de Paris* en
plaquettes, et s'il savait me consterner en le faisant,
il n'y manquerait pas.

C'est assez gentil chez nous, mais mon cabinet et
la salle à manger sont beaucoup plus petits qu'aux
Ternes. On pend la crémaillère demain. Je ne sais
pas où ma femme mettra tous ses *prêtres* dans cet
espace exigu. Je voudrais bien que ce fût passé.

J'ai plus jeune que Ferdinand et que Victor, et
même que Clément[1], sans que ma pauvre femme ait
renouvelé pourtant le prodige de Sara. C'est un
terre-neuve de un mois et demi, déjà aussi gros que
M. Gambetta. Il est légitimiste de la petite école, et
croit qu'il pourra vaincre la postérité de Blanqui
sans aller à confesse.

P*** a bien fait de vous donner ses deux journaux.
La dernière fois que je l'ai vu, nous avons parlé
longtemps de vous. Il a de bonnes intentions, a-t-il
de bons conseils ? Autour de lui, *on n'aime pas* le
talent. La Revue est bien faible.

---

[1] Les fils de l'auteur.

Les *Scènes de la vie cléricale* forment un charmant volume, je l'attends.

Palmé est destiné à se bas-bleuir en vieillissant. On en meurt, mais c'est la pente du temps qui n'a plus de dents et ne sait manger que la bouillie.

Avez-vous lu une page peu apparente comme place, mais ADMIRABLEMENT ÉCRITE, que Léon Gautier a publiée sur moi dans le *Monde* ? C'est vraiment fort et chaud, je lui en ai grande reconnaissance. Poussez vos journaux, virilisez ça, le public chrétien attend du mâle.

A vous, et à bientôt,

P. FÉVAL.

Paris, mercredi.

Ah! mais non, brillant Buet, *non possumus*. Je serais très heureux et très flatté que M. Oudin publie ma biographie faite par vous, avec celle du cher d'Aurevilly; mais y pousser moi-même, c'est l'impossible, et je suis sûr que vous le sentez déjà.

En fait d'anecdote, pourquoi n'arrangez-vous pas celle du *Coup de grâce*, ma plaidoirie dans l'affaire Planchon? (1er N°). Elle est vraie.

L'affaire des *Mystères de Londres* aussi, et l'affaire du *Fils du diable* de même.

C'est SAMEDI, après-demain, qu'il faut venir dîner; je suis sûr d'être là, parce que j'ai Biré (de Nantes), l'auteur de ce livre qui refait l'histoire de la révolution en sincérité : *la Légende des Girondins*. Venez à sept heures, je vous raconterai l'histoire Véron, l'histoire Sardou, l'histoire Mirecourt, l'histoire Vapereau. Si vous êtes assassiné en chemin, je porterai plainte à l'autorité. Les voitures viennent à ma porte par les rues Lepic, Damrémont, Marcadet.

En somme, c'est à quinze minutes de Notre-Dame de Lorette, et Louise Michel y a demeuré.

A vous,

P. FÉVAL.

Paris, lundi.

Tenez, Buet, rendez-moi un service capital. Je suis sans personne, et vis à la cave. Envoyez-moi l'article de d'Aurevilly sur moi si vous l'avez, je vous en prie. Et si vous ne l'avez pas, ENVOYEZ-LE-MOI TOUT DE MÊME; c'est si près de *Paris-Journal*.

Il faut que j'en écrive un mot à d'Aurevilly, et il me semble que je suis à mille lieues du *Constitutionnel*. En grâce, envoyez-le-moi. Votre volume est très charmant[1]. Dès que vous m'aurez envoyé l'article, j'écrirai à d'Aurevilly pour lui dire de faire la préface du deuxième volume[2] (tout en le remerciant).

A vous,

P. FÉVAL.

Vous serez un de premier ordre si vous envoyez l'article.

[1] La *Comédie politique*, un volume signé VINDEX.
[2] *Les Propos de Vindex*, qui n'a jamais été publié.

Lundi. 1870.

Mon cher ami,

Sûrement, j'irai vous voir mercredi, quoique je me couche à sept heures. Vous ne serez pas étonné de ma fuite hâtive, je me lève de bonne heure. Et ce, néanmoins, vous êtes un farceur assez vil de m'appeler grand et riche. C'est un trope connu, mais lugubre. Clamart est un lieu où l'on apprend à supporter ces cataphores.

Bravo pour votre travail! Ma religion est que vous n'auriez pas fait un passable savetier. Vous iturez *ad astra* sans manique ni ligneul, c'est dit.

Cependant savetier vient-il de savoîtier, comme gâteau? Breton vient bien de galeul par galette! Il y a sept ans que je n'ai vu le cher Léon Gautier. Où sont-ils donc tous? A mercredi.

Votre

P. FÉVAL.

Votre bel article a arrosé à point ce petit livre de *Saint-Michel* qui semble marcher assez fort. Remerci.

Paris, 26 septembre.

Mon cher Buet,

Tout grandit chez vous, jusqu'à ce jeune premier de Ferdinand, qui est bien gentil. J'ai eu grand plaisir à présenter mon respect à votre bonne mère, qui ne serait pas du tout un vieux bas-bleu, si elle était femme de lettres. C'est un grand bonheur que d'avoir une mère encore jeune, on l'a longtemps. Mon voi-

sin de dix-huit ans, — M. S., je crois, — a une très
heureuse physionomie. Le pauvre Italien qui m'a dit
si doucement et si justement que j'avais parfois parlé
de son pays avec buserie, s'est enfui dans son deuil
et m'a fait de la peine. Tout ce qui touche aux mères
me touche par choix., et pourtant ce n'est pas pour
nous attendrir que je vous griffonne ceci. Je me suis
souvenu hier au soir que vous m'aviez dit avoir l'intention de faire un grand article sur moi au *Gaulois*.
J'avoue que j'en éprouverais un plaisir très vif parce
que j'y ai une clientèle. Je vous remercie donc même
de la pensée. Si vous la réalisiez, vous serait-il possible de dire un mot contre la scie de *mysticisme*
qu'on commence à me monter? Je suis catholique,
et c'est tout. Quelle mysticité y a-t-il à suivre le
dessein de Dieu, selon les données théologiques et
historiques? C'est dans Michelet que j'ai vu resplen-
dir surtout ce *dessein* au point de vue de l'histoire de
France. Je crois ardemment, c'est vrai; mais sans
cela je tomberais comme une chiffe rouillée sous
mon fardeau; car je ne le supporte plus que par
grâce. Vous montez, et c'est naturel; je descends,
et c'est naturalissime. Louons Dieu tous deux. Vous
irez vite désormais, moi aussi. Prenez votre élan,
paratus esto. I am ready in a good enough. Boum!

          A vous.

                                   P. FÉVAL.

                              Paris, 29 septembre 1879.

     Mon cher Buet,

     C'est aujourd'hui le jour de naissance du roi et le
mien : une bien illustre et une bien pauvre destinée.
J'ai monté ce matin à la chapelle du Sacré-Cœur de

Montmartre pour ce Bourbon qui est le salut, et dont personne ne veut, pas même les preux de l'écritoire caracolant sur leurs biques blanches dans le désert. Quand il parle français, ils trinquent bas-breton, et croient qu'il suffit de boire beaucoup d'esprit pour en avoir un peu. J'aime Henri V avec obstination, j'ai foi en lui. Il a tort de parler, comme cet autre avait tort de faire tomber des perles devant du lard. Je ne vous ai pas répondu hier parce que c'était le dernier jour de vacances (côté filles); mes pensionnaires se sont envolées après déjeuner, et ma femme va partir pour voir ses deux petits moines à Notre-Dame de Sion, près de Nancy. Je vais rester seul avec la troisième de mes filles, grosse réjouie d'apparence qui est loin d'avoir une bonne santé. Je pense faire moi-même un petit voyage pour éviter cette grande table vide qui m'effraye d'avance. Je suis toujours là le matin, mais ce n'est pas une heure pour votre bonne mère, et je crains tellement d'être absent quand vous viendriez tous les deux l'après-midi, que je propose d'intervertir les facteurs, comme dit l'algèbre. Donnez-moi le jour de ces dames, je leur dois ma « visite de thé », ou indiquez-moi un jour quelconque où vous resterez à la maison, entre trois et six; j'irai avec la fière liberté des divorcés sans enfants. Je serais vraiment content de causer avec Mme ou plutôt MM^{mes} B***; car, si je ne craignais d'être impertinent, je vous dirais que l'autre Mme B*** a monté aussi, quoique vous repoussiez le mot pour vous-même. Un mot, plus tôt que plus tard, et

A vous,

P. FÉVAL.

6*

Lundi, octobre 1879.

Vindex, votre article de ce matin est très bon. Que par la grâce de *Nèphèlèguèrèta Zeus* votre *civis* puisse s'embêter encore davantage ! Je n'ai pas foi, c'est vrai, et si le roi revenait entouré de certains de ses comiques, j'aurais une atroce frayeur... pour lui. Mais si j'écrivais autrement qu'en confidence, je me croirais obligé de dire à peu près comme vous. Assurément, tout se peut, et c'est assez de Dieu, surtout quand il y a un tel roi, pour neutraliser bien des piètres. Et il est certain que dans l'armée du roi il y a de nobles talents, mais...

Si je n'ai pas eu le plaisir de voir votre chère mère avant son et mon départ, c'est bien vous qui l'avez voulu. J'attendais un mot. Je suis tout à fait seul à partir de demain, et je pense partir jeudi. *God save the king ! and every body who says : God save the king !* Ses pères sont morts pour avoir eu plus de maîtresses encore que de confesseurs, mais Dieu est infiniment bon, et il aime ce roi qui aime la France. Prions ! et croyez que je ne dis pas mes litanies tous les soirs pour que nos « Loyalistes » n'aient pas tout l'esprit qu'ils devraient avoir. Au contraire.

A vous,

P. Féval.

1ᵉʳ novembre 1879.

Mon cher ami,

Je suis au grenier, et j'avais compté fuir, car on secoue mon cabinet (*ce qu'on n'avait pas fait depuis la guerre*). C'est pire que votre Maëlstrom ! Je ne veux pas partir sans vous avoir remercié. Je ne partirai même pas sans avoir été chez P***, pour lui redire mon avis sur vous et votre talent grandissant. Il y a dans cette très remarquable page un sentiment que je n'aime pas; mais vous me direz avec raison que j'ai mis soixante ans à me résigner, mais à *essayer* loyalement, constamment, mais encore bien souvent en vain, comme vous l'avez pu voir au dîner du bon chanoine. Si jamais il y eut un animal tourné vers la récrimination, c'est moi. Eh bien! je vous le dis en toute vérité, je n'ai jamais eu de consolation qu'*en acceptant*, et le courage ne se trouve pas ailleurs.

Songez à ceci : vous êtes chrétien depuis votre enfance. Quand même vous hésiteriez dans votre foi, jamais vous n'iriez jusqu'aux blasphèmes de parti pris, qui *sont le succès* hors de la droite voie. Je suis certain de ce que je dis : *vous ne pourriez pas avoir de passion contre la foi,* or il faut de la passion pour avoir du talent. Vous n'êtes pas gréé en Renan pour jésuiter le succès. Le succès *productif* est désormais séparé de vous par un rien, et il est dans la voie même où vous le cherchez : voie triomphante (vous le dites vous-même, puisque la persécution y grouille). Vous n'avez ni désir ni possibilité de faire coude. Allons, Buetmanoir, bois ton sang, mais avec la confiance que c'est un cordial souverain, et que Dieu regarde les pochards de cette liqueur-là! Hier, à la messe de 6 heures, j'ai prié de tout mon cœur au bon moment. J'ai cru voir que vous passeriez par-dessus le malheur et par-dessus vous-même. Je le demande à Dieu du fond du cœur. Votre article est beau; le style vous arrive abondamment. Je ne puis aller chez l'abbé G. avant de partir, mais je lui écris en vous quittant, pour souligner encore davantage le besoin qu'ils ont de vous : *ce n'est pas à vous de le faire sentir.* On a toujours propension à nier cela : c'est la nature. Merci encore, et foi, foi, foi, — et foi ! Les *audaces quos fortuna juvat* sont ceux qui sourient à Dieu. Une risette.

A vous de cœur,

P. FÉVAL.

1880.

Mon cher Buet,

Louis Veuillot a fait hier un article sur vous, non pas écrit, mais parlé, et un bon, devant tout l'*Univers.* Texte : le *Crime de Maltaverne.* Je ne l'ai pas lu, mais j'ai riposté par *Philippe Monsieur* et la *Savoie.* Vous avez été absolument bien traité. J'ai pensé que vous ne dédaigneriez pas cette information.

C'était un dîner de rédaction. Tous ces messieurs m'ont paru charmants, j'ai peu causé, j'ai eu beaucoup de plaisir à écouter, surtout Veuillot. Je me sentais petit compagnon.

A vous de bon cœur,

P. FÉVAL.

M. Auguste Roussel parle aussi bien qu'il écrit. M. Chauvelot est fort intéressant et spirituel. Généralement, j'ai été très content de les connaître.

Je vous dirai ce qui a été dit de vous, c'est excellent. J'ai aprouvé, mais *toute* l'initiative venait de Louis Veuillot.

Rochefortville, 13 juillet, veille de la Saint-Pyat.

Mon cher Buet,

Je n'ai pas reçu votre volume. Il y a bien longtemps que je n'ai vu les Blériot, ni personne. Je ne m'étonne plus de ne pas savoir ce que vous faites, puisque vous m'écrivez sans me le dire.

J'ignore tout. Je sais seulement qu'on dansera demain au rond-point des Ternes. J'y conduirai ma famille, qui aime le bal. Quel temps gai! La fraternité souffle et embaume. Je ne me sens pas de joie.

Le comité de la Société des gens de lettres va être tout entier décoré, y compris M. Henri Martin. J'espère, pour vous, qu'on dansera un peu aussi devant la grille des Invalides. M. Farre a promis d'y venir.

Je reste un peu endolori de l'affaire des Jésuites, mais on les a bousculés dans leur intérêt. Se plaindre serait d'un mauvais cœur, si près de « la fête ».

Nous avons Rochefort! Il n'a pas vieilli. Si j'avais des orteils, j'irais vers vous, mais ils sont partis; il faudra que vous veniez.

J'ai vu, il y a un mois, de Pène, qui vous aime beaucoup. Quel charmant cœur! mais il est réactionnaire.

Travaillons tout de même, et croyez-moi bien à vous.

P. FÉVAL.

Paris, mercredi 1880.

Ebbuet ! comme on dit Evviva ! dans l'ardente Italie, nous sommes bien contents que votre chère petite protégée entre au bercail[1].

Vous ne *devez* aucune visite. On ne *doit* point de visite en ces pays; seulement, à des époques plus clémentes, on sera toujours enchanté de vous voir,

> . . . Mexique où le sol tremble,
> Et l'Espagne (*bis*) au ciel bleu...

Ainsi parle la chanson de ma jeunesse, qui est, je crois, d'Alfred de Musset, musique de Monpou.

Vous êtes un fier caporal, puisque vous vous titrez ainsi; moi, si j'ai été un sergent d'occasion, je l'expie aux Invalides.

Ma femme est enchantée d'avoir réussi votre commission, mais ce P. Chauveau est si angéliquement bon ! Hommages à Mme B***. Le *Coup de grâce* va paraître. Si vous pouvez quelque chose pour ce bouquin, il se recommande à vous, ô puissant caporal.

> Adieu, mon beau navire
> Aux grands mâts pavoisés !...

M. Gambetta chantait ça à Procope. Le siècle a marché depuis lors. Maintenant ce sont les bas-bleus seuls qui grincent, qui hurlent ou qui grognent.

Tant mieux si vous travaillez beaucoup !

A vous de bon cœur.

P. FÉVAL.

---

[1] Une orpheline que Mme B*** avait placée dans un orphelinat par l'entremise de Mme Féval.

Vendredi.

Cher ami,

Je passe par Paris (129, rue Marcadet, Montmartre), en revenant de voir ma religieuse, auprès de qui j'ai passé dix délicieux jours, bien noyé en Dieu, et je prends le temps de vous remercier de votre très bel article de *Paris-Journal : Un Breton.* Je pars pour la Bretagne, où je passerai à peine quelques jours. Ma fille m'avait demandé de vos nouvelles, et je lui ai répondu que je ne vous avais pas vu depuis bien du temps. Nous traversons un abominable moment, et les affaires semblent mortes. En revenant, je tâcherai de vous serrer la main de tout cœur.

Votre

P. FÉVAL.

Paris, 10 septembre 1880.

Mon cher ami,

S'en aller jusqu'à Saint-Jean-de-Maurienne pour être malades en famille et tous ensemble, voilà ce que j'appelle une faiblesse. Je ne pars que lundi, et j'espère que vous serez tous guéris à cette date.

La maison est un gâchis, un bouleversement, une commune. Je n'ai pas vu Palmé, qui était hors Paris le jour où j'ai fait le voyage de Montmartre chez lui. Je souhaite que sa maison aille bien : je rencontre des gens qui lui trouvent l'air assez triste. Il édite certains livres que je ne juge pas. Il a des conseillers que je ne me permettrais pas d'apprécier. Dix millions de capital pour faire ce qu'il fait me semble une lourde chose.

Vous souvenez-vous de Mᵍʳ Cartuyswel, à qui j'avais adressé votre livre et sa préface ? *Il est venu nous voir vous et moi,* l'an dernier, et n'a trouvé ni vous ni moi. Cette année il ne vous a pas encore trouvé, mais j'ai eu le plaisir de le recevoir ce matin, et il m'a dit le plus grand bien de votre livre. J'ai été d'autant plus content, que c'est un homme tout particulièrement distingué, qui mène cette université de Louvain, la première du monde, où il y a plus de quinze cents élèves catholiques fervents. Nous sommes bien éloignés d'avoir quelque chose de pareil, en France.

Tout va mal, hélas ! mal, mal, mal. Nous sommes peut-être de mauvais soldats, et en tout cas, nous sommes bien mal armés, sans compter que nos chevaux de bataille sont des rosses. Quelqu'un me disait que nous étions montés sur des vaches. Avec des braves bêtes de cette sorte, on ne peut renouveler les charges de cavalerie de Reischoffen, ou gagner le prix des courses à Longchamp. Je crois qu'il faut prier et travailler en acceptant franchement les déboires. Pour mon compte, j'essaye, mais je ne puis me vanter de ne jamais grogner. Je vous souhaite bon courage et bonne santé à tous les vôtres. Si vous êtes auprès de votre bonne mère, dites-lui bien tous mes respects.

A vous,

P. FÉVAL

Paris, 3 janvier 1881.

Cher ami,

Il faut venir à pied, vous prenez la place de la Concorde, la rue Tronchet, la rue d'Amsterdam, la rue Lepic; vous buvez un verre de Syracuse au moulin de la Galette, vous descendez les rues Guandon et Fontaine du But, et vous entrez en Marcadet, la voie la plus longue de Paris, quatre cents numéros et un cimetière !

J'allais vous écrire. J'ai eu un lumbago qui m'empêche encore de marcher. Ne voyant pas venir votre lettre, j'avais peur, car je n'ai pas vu Palmé depuis longtemps. Le dernier humain que j'ai vu, c'est Bloy.

Depuis votre bel article de la revue avec une si laide gravure, j'ai fait une fille religieuse (ah ! la chère créature !), le *Mont Saint-Michel*, *Pas de divorce ! Jésuites !* et les derniers volumes des *Étapes*. Je ne vois rien à changer dans mon souvenir. Il y a pourtant la lettre de mon petit oblat qui a fait le tour du globe (sans qu'il en sache rien). J'ai fait aussi *Corbeilles d'histoires* et près de trente volumes d'expurgations. Dites, je vous prie, que j'ai retiré de la reproduction *tous mes livres*, excepté les expurgés. C'était un petit sacrifice à faire.

Les *Compagnons du silence* sont plus dramatiques que *Châteaupauvre*. Il y a aussi la *Louve* avec *Valentine de Rohan*, dont on me parle beaucoup.

Venez à pied, que je vous voie éreinté par une marche généreuse. Hommages à Mme Charles Buet, « Clémentine », dont vous ne m'aviez pas encore dit le nom. Je suis bien là-bas sous le Sacré-Cœur, vraiment bien. Quand vous serez pieux, il ne vous manquera rien, j'entends comme repos et bonheur.

Vos enfants doivent être énormes. Vous ne me dites pas à quoi vous travaillez. Je me dispute toujours avec P***, mais c'est un bon cœur. Ma femme vous envoie mille amitiés. Si vous m'outragiez, j'ai deux gars assez bien taillés. Combien

Palmé va-t-il donc avoir de journaux? Autant que de Léridas et de pendules? Le cabinet de ce cher M. T*** est toujours comble de bas-bleus.

Bonne année à vous et chez vous. Quand ma cabane va être rangée tout à fait, je vous donnerai rendez-vous pour dîner, et vous serez assassiné en vous en retournant. — L'omnibus du Luxembourg, qui passe devant les Thermes, vous mène place de l'Église (à Clignancourt), à cinquante pas de chez moi.

A vous de tout cœur.

P. FÉVAL.

Paris, 29 mars.

Cher ami,

Je vous ai demandé hier à tous les échos de Palméopolis. Vous printanniez. De Pène n'a même pas encore mis d'Écho dans *Paris-Journal*. Il m'écrit avec compliments qu'il attend votre article (que je lui avais annoncé). Je veux votre article, mais je veux aussi un écho, car le livre va très bien, Palmé me l'a dit hier. Je n'en ferai plus beaucoup. Poussez ce fils de la vieille; ce que je reçois de lettres est inouï! Si de Pène (qui vous *envie*, dit-il, l'honneur! de rendre compte du livre) est trop *faignant* pour fabriquer un *écho* de dix lignes qui est indispensable, rendez-moi, ô Buet! le service surérogatoire de le lui envoyer. Et faites l'article! j'en ai quantité de promis.

A vous de tout cœur.

P. FÉVAL.

Je lisais dernièrement dans l'*Ami du Clergé* quel-

ques lignes où je vous arrosais comme une fleur.
Vous voilà fruit, belle pêche !

Paris, 16 mai 1881.

Mon cher Buet,

Je vous envoie le *Coup de grâce.* Pour la première fois, je mets votre nom sur un de mes livres,
parce que je crois que c'est « mon livre » (si j'en
ai fait un). Je voudrais qu'il fût connu; je reçois
tant de lettres qui me disent QU'IL FAIT QUELQUE
BIEN ! Envoyez-moi, je vous prie, le plus tôt que
vous pourrez, la *liste* des critiques que vous connaissez, et leurs adresses, s'il se peut. Merci d'a-
vance, et à vous sincèrement.

P. FÉVAL.

Ni ce chapitre ni ce livre ne seraient complets
si nous ne donnions ici quelques lettres de
Paul Féval à son dernier éditeur. Nous les
trouvons dans un article publié par l'*Ami des
Livres,* journal intermittent servant de catalogue à une librairie. Les divers commentaires
qui accompagnent cette correspondance sont
signés de M. Firmin Dangien.

LETTRES A M. VICTOR PALMÉ

« Tout en admirant la foi et l'esprit de ces
lettres, dit M. Firmin Dangien, quelques-uns
peut-être inclineraient à juger que Féval avait
un peu trop le souci de la réclame et du produit
financier de ses livres, et qu'il se montrait parfois
d'une exigence indiscrète vis-à-vis de l'éditeur
qui l'avait sauvé de sa première ruine et lui avait
rendu une très large aisance [1].

« Mais il faut se souvenir du passé de Féval :
il avait souffert, dans sa famille et dans ses
débuts, d'une pauvreté dont son rude labeur
avait sauvé ses enfants ; puis, sur le tard,

[1] Je répondrai à M. Dangien qu'il eût été préférable
de ne point parler ici de « l'éditeur qui a sauvé Féval ».
Cette parole est inexacte. Féval n'avait pas besoin d'être
« sauvé ». Il possédait une propriété littéraire suffisante
pour assurer l'aisance de sa famille, et il était assez jeune
pour travailler encore. Les éditeurs ne lui manquaient
pas. Il fut heureux pour Féval de rencontrer en M. Victor
Palmé un homme d'initiative, sympathique au mouvement
intellectuel du moment, très habile en affaires. Et ce fut,
au même titre, une bonne fortune pour M. Victor Palmé
que d'obtenir la préférence sur d'autres en devenant l'é-
diteur de Féval. On sait assez que si l'auteur fait des
gains, ce n'est jamais au détriment de l'éditeur.

« En l'espèce, » l'un et l'autre ont profité de leurs relations réciproques, et voilà tout. Il n'y a pas eu de service
rendu, ni de service accepté.

l'épreuve était venue, et si le courage et le temps manquaient au père, les chers petits allaient peut-être pâtir. C'est la raison de ses efforts, je dirais presque de sa fièvre, de son apparente âpreté; il s'en accuse et s'en excuse dans ce billet, qui est aussi un remerciement :

Mardi.

Vous avez eu raison de me reprocher mon *âpreté*, elle est réelle. J'espère que Dieu l'excuse jusqu'à un certain point, car j'ai un terrible fardeau; mais je confesse que je désire ardemment suffire à tout ce monde, trop ardemment peut-être.

Je vous remercie de tout ce que vous faites pour moi. Vous avez bien deviné que *Jésuites !* n'était pas une spéculation, puisque je perds le prix de la ligne dans un recueil. Je travaille *terriblement*. Cela doit me faire pardonner le désir un peu nerveux que j'ai de sortir de mon embarras matériel.

« Et, au fond, l'éditeur est devenu et reste l'ami qui apporte le bonheur aux petites réunions intimes de Clignancourt; s'il y manque, c'est une déception dont Féval se plaint avec autant de cœur que d'esprit.

Vendredi.

La maison entière a pleuré quand on a vu que le seul homme de notre connaissance qui ne soit pas chauve ne venait pas par ce splendide clair de lune. Le P. Rey est sorti de son caractère, et m'a battu durement. Je vous le rendrai...

7

Brettes l'éloquent, Nicolaï le millionaiturus, ma femme, mes filles, mes gars, tout le monde vous a maudit l'autre soir. Votre dépêche a été affichée sur la glace.

« Quand le premier chapitre des *Étapes* parut dans la *Revue du Monde catholique*, le directeur de la Revue, (j'ignore qui la dirigeait alors, et sais seulement que ce n'était plus Eugène Veuillot et pas encore Eugène Loudun [1],) le directeur de la Revue, dis-je, ne plaça Féval qu'au quatrième ou cinquième rang. Féval, ancien président de la Société des gens de lettres; Féval, qui se souvenait que sa collaboration à tel ou tel journal faisait autrefois monter le tirage de plusieurs centaines de mille, est profondément froissé de cet apparent dédain, et s'en plaint amèrement à M. Palmé :

Dimanche.

Je vous remercie des bonnes promesses de votre lettre, mais l'aspect de votre numéro du 25 février m'a absolument bouleversé. Je suppose bien qu'il y a là quelque mystère de manipulation matérielle, mais il ne s'en trouve pas moins que l'œuvre capitale de ma vie se trouve fourrée dans le tas, *au milieu d'un numéro*, derrière un roman, enfin très certainement de la façon la plus outrageante qui se puisse subir. Qu'en dites-vous? Comment puis-je

[1] C'était M. Émile Charles, ancien instituteur et bibliomane connu, qui s'occupait de la *Revue*, sous les ordres d'un comité présidé par M. Léon Gautier.

lutter contre cela? Comment me vengerez-vous de cela? M'avez-vous monopolisé pour cela? On a mis *Châteaupauvre* en deuxième ou troisième dans le *Correspondant*, parce que c'était un roman. Mon livre actuel *devait être et ne pouvait être qu'en premier*. J'aurais cru vous faire injure en le stipulant d'avance.

Assez. Je vois que mes chagrins ne font que commencer.

Ah! c'est difficile d'être résigné! Là, vraiment, je me croyais sûr d'être soutenu par vous. Et il est impossible que vous n'ayez pas maintenant conscience de l'amoindrissement terrible que vous m'avez infligé. Pourquoi?

Je ne sais pas si Dieu m'enverra du courage; mais il me serait bien impossible, à présent, d'écrire une ligne de ce malheureux livre.

« Voilà le premier mouvement, le mouvement de l'homme de lettres. Mais, dès le lendemain, le converti, tout en ménageant encore un peu l'homme de lettres, a pourtant le courage de lui imposer un acte de regret et d'humilité.

Mardi.

Cher Monsieur,

Je suis sorti de chez vous bien désolé; mais ce qui me chagrine le plus, ce sont toutes les paroles orgueilleuses et amères qui tombent de ma bouche dès que je suis irrité. Je ne vaudrai jamais rien.

Je crois qu'il eût fallu frapper un grand coup avec cela; je crois que publier sept pages d'un pareil livre, c'est rater l'effet lamentablement; mais, en définitive, il n'en est que ce que Dieu veut.

Je vous prie de m'envoyer le plus tôt possible, et *en double,* les épreuves du deuxième article, pour que je puisse en remettre un exemplaire à qui vous savez.

Je ne me suis souvenu de ce que je voulais vous dire qu'après vous avoir quitté. Je voulais vous prier d'envoyer un rédacteur à la salle Herz, lundi 5 mars, à huit heures et demie. Je dois faire une lecture et une conférence très courtes, pour l'œuvre des patronages. Je pense que je parlerai vers neuf heures.

Sans rancune, et, bien au contraire, pardonnez-moi, cher Monsieur. Ce pauvre diable de livre aurait peut-être bien fait long feu tout seul et sans secours, et, d'un autre côté, il réussira peut-être tout de même. En conscience, je l'ai fait de mon mieux.

Votre tout affectueusement dévoué,

P. F.

Je ne puis cacher que j'ai bien peur. Outre le tantinet d'affection que vous pouvez avoir pour moi, songez que vous m'avez acheté tout entier, et que vous avez un réel intérêt à ce qu'on ne m'enraye pas. Cette chose, mauvaise ou bonne, ma conversion, n'est pas écrite pour être coupée en feuilletons. Je ne vous demande pas les deux feuilles nécessaires à tous mes développements, parce que votre cadre n'est pas celui des autres revues; mais il faut au moins de vingt à vingt-quatre pages, et m'envoyer les épreuves de manière que je puisse faire les coupures à nouveau. Vous êtes *Revue.* Vous faites concurrence, ou vous le voulez du moins, à une

revue très perverse, mais intelligente jusqu'au raf-
finement. Ne découragez pas ceux qui veulent faire
le mieux possible et ne rien perdre, pas même le
regain de la correction des épreuves.

« Mais ce qui, au début, affecta particulièrement Féval, ce fut une apparente indifférence
de la presse catholique à son endroit, et les
critiques de quelques intelligences médiocres,
quoique bien intentionnées. Peine et froisse-
ment qui se révèlent dans cette lettre sans
doute un peu dure, mais où il y a malheu-
reusement une part de vrai qu'il faut reconnaître[1] :

Mon cher Palmé,

Je vous envoie tout de suite la note demandée.
Je ne saurais vous exprimer à quel point ces choses
m'écorchent la bouche et le cœur, dites par moi-
même. Pontmartin, d'Aurevilly et les autres ont
dit sur les *Étapes* des choses bien autrement louan-
geuses, mais c'étaient eux et non pas moi. Il faut
néanmoins qu'elles soient dites dans l'état de pros-
tration où nous sommes en librairie. Vos amis, les
médiocres, ont eu la fin de moi, et je le méritais
peut-être, quoique, vis-à-vis d'un abbé ***, il y ait
des milliers d'ecclésiastiques et de religieux qui me

[1] Dans un autre chapitre de ce livre j'ai indiqué ce
qu'étaient ces critiques, qu'on a le courage d'appeler ici
« une apparente indifférence, et l'œuvre de quelques intelligences médiocres ». On jugera.

disent : « Allez, et ne coupez pas trop! » Mon goût à
moi serait de tout couper.

Il faut, pour juger un livre, un esprit pur et libre
de toute juiverie. Il n'y a que les Pères pour cela.
Beaucoup d'abbés, puces travailleuses, et la plupart
des femmes ayant charge et intérêt de famille, sont
naïvement partiaux. Qui m'a fait les ennemis que
vous me signalez vous-même? Est-ce moi? Vous
savez bien que non. C'est l'envie et la médiocrité.
Je n'en vaux pas la peine.

Le bon Léon Gautier, votre conseiller privé, a fait
dans le *Monde,* au sujet du roman, des articles d'un
libéralisme peut-être exagéré : je ne vais pas jusque-
là; mais les bonnes femmes et les bons hommes qui
regardent le talent comme une obscénité m'épouvan-
tent. Ils ressemblent, pour moi, à cet enfant, héritier de deux cautéreux, et qui voyant au bain un
monsieur sans cautère, s'écria avec horreur : « Oh!
le sale, *il n'en a pas!* »

Mon cher monsieur Palmé,

Je reçois de si chauds, de si admirables suffrages,
pour le *Coup de grâce,* et votre maison, avec ses
nombreux journaux, reste muette si étonnamment,
que je désire vous voir pour connaître les motifs de
cette bizarre conduite. Vous n'êtes, assurément,
pas mon ennemi; mais, assurément aussi, il y a des
influences subalternes qui ne me sont point amies.
Je sais par *vous* et par d'autres qu'on va répétant
autour de vous : « Celui-là tient toute la place! » J'ai
été persécuté par ON, qui est « le tas » pendant ma
vie entière, parce que j'ai toujours gêné le tas, et
le tas m'a d'autant plus aisément opprimé, qu'il est
le flatteur obligé des subalternes, tandis que moi

je n'ai jamais eu affaire qu'au chef même dans les maisons qui m'éditaient. Autrefois je me riais de cette guerre ridicule et je la menais gaiement, parce que je croyais avoir le droit de taper à tour de bras. Mais maintenant je ne veux plus de guerre d'aucune sorte, parce que toute bataille personnelle porte au péché. J'en ai fait la cruelle expérience la dernière fois que je vous ai vu. Je m'en suis repenti.

J'ai reçu ce matin l'*Illustration pour tous* et l'*Ami du Clergé* (je ne reçois encore ni l'*Ami des Livres* ni le *Foyer*). Non seulement je ne tiens pas là toute la place, mais je n'y tiens aucune place. C'est sans doute justice. Le tas va-t-il dire que c'est trop encore ?

Je suis embarrassé pour me défendre. Faut-il m'en aller devant le tas? Cette fois, à propos du *Coup de grâce*, ma correspondance a vraiment fait *tapage*, et ce bruit est venu après simple publication à la *Revue*, qui n'a pas beaucoup de lecteurs. Il y a besoin d'une aide en présence d'un succès si probable, pour suppléer au manque de sonorité de l'organe producteur. Vous aviez compris cela pour la *Mort du père*, autrefois. Vous n'aviez pas eu à vous en repentir.

A présent vous avez beaucoup de petites feuilles : cela a augmenté et gonflé le tas qui vous caresse pour vivre. Je n'y vois point de mal, mais je ne sais plus si vous avez le vouloir et le pouvoir de neutraliser dans ces feuilles ce qui peut y être contre moi. En tout cas, il faudrait autre chose que ces feuilles. J'ai, cette fois, de nombreux articles spontanément promis (et des gros!); mais il est nécessaire de commencer le mouvement et de l'aider.

Après-demain, lundi 12, j'irai vous voir vers

quatre heures, et nous nous entendrons, je l'espère.
Vous me mettrez, si vous voulez et s'il le faut, en
rapport avec les personnes qui dirigent votre publicité intérieure. Soyez là. Dans le cas contraire,
prévenez-moi chez moi *avant midi*, car le voyage
me fatigue extrêmement, et je ne veux pas le faire
en vain.

A vous,

FÉVAL.

Dès que vous aurez des volumes brochés, envoyez-
en en grande quantité, car j'ai beaucoup de demandes
utiles.

« Cette lettre, aussi bien par sa date que par
son texte, peut être comptée comme un des
derniers sanglots de l'amour-propre agoni-
sant.

« Féval fit donc une visite, où il rencontra et
traita mal un X... du *tas*. Mais il écrivait dès
le lendemain une autre lettre, que je tiens
comme la plus belle de toutes celles que je viens
de relire, et où j'ai pris ces notes. L'homme qui
arrive à écrire et à agir ainsi, humblement,
tranquillement et même gaiement, cet homme
est enfin vraiment fort et bien converti :

Mon cher monsieur Palmé,

Je devais communier ce matin devant la vraie
croix de Clignancourt, mais... je suis un vieux
dindon, et vous l'avez bien vu, un vieux dindon

truffé d'orgueil. J'ai grossement péché hier, et j'ai
fait une course douloureuse en revenant de chez
vous. Si vous revoyez cet homme, je vous prie
de lui dire combien profondément je regrette ma
dureté, et de lui en demander pardon de ma part.

Au point de vue humain, j'avais peut-être bien
quelque droit de le « remettre à sa place », comme
on dit dans le monde, car je tenais de vous-même
un fait qui ne le plantait pas vis-à-vis de moi dans
une posture de gentleman ; mais c'était là une raison
de plus pour moi d'être humble et clément. J'ai parlé
pendant dix minutes comme si j'étais encore président de la Société des gens de lettres et en train
d'écrire le *Fils du Diable*. La femme a du talent,
heureusement que je vous l'ai dit dès qu'il a été
parti. Mes dédains et mes répulsions LITTÉRAIRES
ne sont pas du tout des péchés, puisqu'ils expriment
à la fois une vérité d'art et une opposition assurément respectable à la tendance si malheureuse des
librairies chrétiennes, qui cherchent en fait de fic-
tions, non pas la force, mais la consistance molle,
facile à mâcher comme les nouilles. J'ai consulté les
guides de ma conscience ; je puis, je dois crier ces
vérités, que le commerce n'écoutera pas. Mais ici
j'ai parlé avec arrogance, avec une ridicule hauteur, et *j'avais un petit grief personnel à venger*. Je
fais mon *mea culpa* devant vous avant de courir à
confesse. Ci-joint ma crête coupée à ras. Repous-
sera-t-elle ? Hélas !

P. FÉDINVALDON.

J'ai reçu en placard les dernières épreuves du
volume *Coup de grâce*. Je ne vais pas recoiffer ma
crête coupée pour vous répéter ce qu'on me dit de
ce livre. Vous me répondriez : Des nouilles !

Mais je vous préviens qu'il faudra remuer très solidement votre célèbre bureau de publicité, cette fois, si vous voulez qu'on y fasse le demi-quart de ce que le lancement exigerait. Les autres connaissent et cultivent probablement ces puissants, moi je ne parle qu'à vous. Il y a pourtant M. Trocmé, qui me plaît singulièrement. Cela le regarde-t-il peu ou beaucoup?

Le P. Rey réclame toujours ses *Cri d'appel*.

IV

Paul Féval a écrit des romans de toute espèce : des histoires de cape et d'épée, des récits d'aventures, des études de mœurs. Il ne s'est jamais soucié de la politique, encore moins des questions sociales ; il n'a pas grand goût aux choses champêtres, ni aux dissertations esthétiques, non plus qu'aux peintures de mauvaises mœurs. Il aime l'action, le combat, la vie, les grands coups d'épée, les folies héroïques, les héros téméraires, les drames impossibles.

Sans aucune prétention à se poser en historien, comme Alexandre Dumas, qui s'imaginait avoir inventé la science historique, et qui inventait, en effet, une histoire pour son usage personnel, il excelle à peindre les mœurs et les caractères des siècles passés.

Ainsi, dans le *Loup blanc*, il prête une physionomie vivante, brillante, aux luttes qui séparaient encore, sous le règne du Régent, la

France et la Bretagne. Quels ravissants portraits que ceux de M. de Bechameil, marquis de
Nointel, de Pelo Rouan, et surtout de ce vaillant Nicolas Treml de la Tremlays, seigneur de
Bouëxis-en-Forêt et autres lieux, qui s'en alla
en plein jour frapper au visage, avec son rude
gantelet de fer, Monsieur le Régent de France,
lequel prétendait conquérir la Bretagne deux
siècles au plus après la mort de la duchesse
Anne, — qui qu'en grogne !

Cet amour violent de la patrie se retrouve
constamment chez Féval.

Si George Sand s'est réservé le Berry ; Méry,
Marseille ; La Landelle, la mer ; Henri Conscience, la Flandre, Paul Féval a, pour ainsi
dire, accaparé la Bretagne. Il en admire tout,
et quand il se moque, c'est le sourire aux lèvres
et les larmes aux yeux : il admire les genêts
et les landes désertes, les falaises et les bas-
fonds, les ciels orageux ; les forêts ombreuses,
les débris druidiques, les ruines féodales, les
villages perdus sous l'ombre des chênes, les
cabanes fumant dans le creux des ravins. Nulle
harmonie ne lui est plus suave que le son aigre
du biniou ; il préfère la bouillie de sarrasin à
l'ambroisie ; il estime Gothon fumant sa pipe
noire au coin de l'âtre, et Yaume le pâtour
brandissant d'une main robuste son bâton ferré,
et même Alain s'enivrant d'eau-de-vie ; il don-
nerait Venise pour la bonne ville de Quimper,

et troquerait contre Vitré Florence la jolie, s'il était, pour son malheur, propriétaire de Venise et de Florence.

Il n'est au monde que la noblesse de Bretagne qui soit de bonne souche, de pur lignage et de haut parage ; et quel culte pour ces vaillants fils de l'Armorique ! Est-il nom qui sonne mieux à ses oreilles que celui de Rohan ? Bourbon et Montmorency ne sont que petite race à côté de cette race de géants qui produisit le père de la *Louve*.

Ce n'est pas qu'il ne sache railler les hobereaux. Il maltraite volontiers les traitants ornés de savonnettes à vilains, et je me souviendrai toujours du trio de vicomtesses du *Château de velours*: la vicomtesse Le Brec du Hartz de Cramayeul-en-Géveson-les-Fossés-sur-Papayoux, la vicomtesse de Honnihic, la vicomtesse de Galirouët, et de quantités d'autres vicomtesses dont l'histoire imprudente a oublié les noms. Et M. Le Mihir de Crapadeuc, maire de Vesvron, et l'entrepreneur Berthelleminot de Beaurepas, chevalier de l'Aigle d'or de Souabe! Quels noms significatifs! Ils contiennent plus de satire à eux seuls, ces noms magiques, que tout un volume de satires grecques ou latines.

Eh bien ! cet amour immodéré du pays natal est-il donc blâmable, en un temps où le patriotisme est une vertu si rare, qu'on est tout surpris d'en voir de temps à autre un exemple, et qu'on serait tenté de décerner un prix à tout homme convaincu d'aimer sa patrie ?

Ouvrez un de ses derniers livres, *Château-pauvre,* dit M. Edmond Biré, et dites s'il est un seul des personnages qui ne soit vraiment pour vous une nouvelle connaissance, s'il en est un seul que vous puissiez impunément transporter à quelques lieues de là, en Normandie ou en Vendée, dans le Maine ou en Anjou ? Chez Balzac, chez Jules Sandeau ou chez George Sand, le paysage est fidèlement peint : c'est bien la Touraine, c'est bien la Marche, c'est bien le Berry. Mais les personnages que l'auteur y a placés sont-ils à ce point Tourangeaux, Marchois ou Berrichons, que vous ne puissiez les sortir de leur cadre et les transplanter ailleurs ? Non, certes ; à peine, pour cela, aurez-vous besoin de modifier quelques détails de leur costume. Avec les héros de *Châteaupauvre,* il n'en va pas de même. Ni la vieille Méto, ni Yaume le laboureur, ni le notaire Hervageur, ni la notaresse, ne sont possibles en dehors des Côtes-du-Nord. Et puisque j'ai rappelé la vieille Méto, je me reprocherais de ne pas constater ici ce qu'il y a de poésie et de grandeur dans ce type de paysanne bretonne, ridicule et sublime, héroïque et avaricieuse, plus grande que nature et pourtant prise sur le vif, telle, en un mot, qu'elle est digne de prendre place à côté de l'une des plus admirables créations de Walter Scott, le vieux Caleb de la *Fiancée de Lammermoor.*

Au dire des Marseillais, — et c'est peut-être vrai, — Paris, s'il avait la Cannebière, serait un petit Marseille. Si la Bretagne n'existait pas, mon pays de Savoie serait le plus beau du monde. Mais la Bretagne existe, ou du moins il en survit les glorieux souvenirs et les héroïques légendes, qui consolent un peu des misérables défaillances de l'heure présente.

La Bretagne des nobles ducs et des bonnes duchesses ; la Bretagne des Rohan, des du Guesclin, des Beaumanoir et du chêne de Mi-Voie ; la Bretagne des Alain, des Yaume et des Barbaïc, des pierres de Carnac, des korrigans et des fées !...

D'aucuns y croient encore à cette Bretagne rugueuse de poésie celtique. Mais les Bretons, civilisés au souffle de nos modernités, n'ont plus peur des lavandières qui tordent la nuit, au bord des mares, le suaire des trépassés ; de la brouette de la Mort, des lutins, farfadets et gnomes qui peuplaient naguère les vastes landes désertes.

Le fusil de l'aïeul chouan se rouille au clou de la cheminée, et nul ne se souvient des ménagères du temps jadis, qui filaient assez de lin pour emplir d'or une tonne, afin de racheter à l'Anglais le bon connétable, capturé par ces malandrins.

De la vieille Armorique, il reste une belle histoire à nous hébéter de mélancolie ; il reste la mélodie aigre du biniou, la bouillie de sarrazin, et, de plus, le bataillon des vicomtesses lettrées, qui empoisonnent le feuilleton contemporain de romans à dormir debout.

On avait autrefois le respect de ces vicomtesses maintenant dédaignées. Aux jours troublés de la quinzième année, quelles émotions délicieuses on cherchait dans ces récits de Bretagne, tout pleins de fantômes, de guerriers, de gentes châtelaines, de pages espiègles qui faisaient fortune, de pastourelles qui devenaient baronnes pour le moins, ou même vicomtesses, — et sans littérature !

Le maître sur maître, le maître sur tous de ce valeureux peuple de héros et d'héroïnes était Paul Féval, à qui je dus les plus pures illusions, les plus doux enchantements d'une jeunesse enfouie dans le rêve et les chimères, que les tempêtes de la réalité ont vite repoussées hors de la porte d'ivoire.

Un des meilleurs romans historiques de Paul Féval, quoique fantaisiste, est *Frère Tranquille*. Ce sont les aventures de Jean d'Armagnac, fils de ce Nemours décapité aux halles de Paris, et dont la tragique histoire inspira à Voltaire la fable des enfants placés au-dessous de l'échafaud, pour recevoir le sang de leur père sur leur corps. Féval y a pris parti pour Nemours, et c'est la seule fois, je pense, qu'il se fait l'avocat de la révolte.

Combien il est plus près de la vérité dans les *Deux femmes du roi!* Il s'agit d'Ingeburge de Danemark et d'Agnès de Méranie. Là il a épousé la querelle d'Ingeburge, sans néanmoins sacrifier Philippe-Auguste. Il trace un portrait touchant de la suave fleur danoise, éclose aux rayons du pâle soleil du Nord, et qui se flétrit dans la solitude, tandis que son infidèle époux lui donne une indigne rivale.

On sait quelles furent, pour la France, ou plutôt quelles faillirent être pour elle les conséquences de ce caprice de son roi. L'Église dut intervenir, se montrer sévère, frapper même. A ce propos, je ne me souviens pas d'avoir jamais vu, dans aucun livre prétendu sérieux, l'action de la papauté au moyen âge, l'action sociale, veux-je dire, présentée avec plus de force, d'une manière plus claire et plus concise, que dans une ou deux pages de ce roman. Ces pages, où le sentiment catholique est très développé, et qu'un historien signerait volontiers, renferment néanmoins des erreurs d'appréciation. Féval a compris quelle force immense donnait aux papes leur pouvoir spirituel, pouvoir qu'il admet et auquel il se soumet.

La mauvaise foi seule, dit-il, pourrait nier l'utilité de ce frein omnipotent qui mettait des bornes aux caprices et aux brutalités des rois demi-barbares. Sans les foudres de l'Église, tous les trônes du moyen âge se seraient noyés dans la fange... La raison s'étonne devant la prodigieuse puissance de cette arme toute morale, au moyen de laquelle le

sceptre de saint Pierre humilia tant de têtes cou-
ronnées. Sous le poids de l'anathème, il n'y avait
point d'orgueil qui ne dût se courber. La résistance
était impossible. Il fallait s'avouer vaincu et faire
amende honorable, pieds nus et la tête découverte,
devant la porte des églises.

Mais il prétend à tort que, en relevant les
sujets d'un roi de leur serment d'obéissance,
les papes prêchaient la révolte : l'Église ne re-
connaissait aucune loi politique, aucun intérêt
de dynastie. Elle déclarait ceci : *Omnis potestas
a Deo*. Or, quand un roi transgressait la loi
divine et refusait de se repentir, persistant dans
sa faute, l'Église déclarait ce roi un rebelle, et,
pour le forcer à obéir, elle mettait son royaume
en interdit. Aussi Féval, qui a parfaitement
compris le rôle social de la papauté, et qui
voit son action dans le monde avec les yeux
de la foi, a-t-il eu tort d'ajouter :

Si l'excommunication n'eût frappé dans le roi que
l'homme, on peut affirmer que, presque toujours,
les foudres de l'Église auraient touché juste. Particulièrement, dans le cas qui nous occupe, Philippe
de France, comme chrétien, méritait une punition
pour ce double mariage, qui donnait à la bohémienne
Agnès la place de la sainte et belle Ingeburge. Mais
Innocent III avait publié une bulle spéciale qui re-
levait tous les sujets du roi Philippe de l'obéissance
jurée. Il avait dit en propres termes à tous les vassaux de la couronne : Révoltez-vous !

Dans les *Fanfarons du roi,* Féval a raconté
avec succès un épisode curieux de l'histoire du
Portugal. Le règne éphémère de don Alonso de
Bragance, espèce de fou couronné, qui donnait
la chasse à ses sujets dans les rues de Lisbonne,
lui a inspiré une idée magnifique; il incarne
dans une famille le dévouement absolu au principe de la royauté, dévouement qui vit de sacri-
fices et qui ne fléchit pas, même quand la
personne du roi en est indigne. Le type de
Simon de Vasconcellos semble être emprunté à
l'épopée d'Homère.

Le *Bossu,* qui eut un si grand retentisse-
ment, se répandit à des centaines de milliers
d'exemplaires, et rendit populaire le fécond
romancier, est une œuvre d'un tout autre genre.
L'histoire n'y prend aucune part, si ce n'est
en ce qui touche aux célèbres opérations du
contrôleur Law; on y trouve un portrait peu
flatté de Philippe d'Orléans. Féval n'aime pas
le Régent, et ce n'est pas nous qui lui en ferons
le reproche. Ce que nous lui reprocherions plutôt, c'est d'affubler des héros de fantaisie de
noms inscrits à la place d'honneur de l'armorial européen.

Il y a eu des ducs de Nevers, il n'y en avait
plus sous la Régence, et le duc de Nevers, qui
n'a pas existé, aurait pu aussi bien s'appeler
duc de Pontoise. La vérité historique n'y gagnait
rien, mais l'esprit du lecteur ne risquait pas de

s'égarer. La même observation peut être faite pour Philippe de Gonzague. Féval, qui n'aime pas les Anglais, n'aime pas davantage les Italiens. Il en fait des bellâtres à figure de cire, à cheveux *aile de corbeau*, perfides, serviles, menteurs, traîtres, doucereux, efféminés et lâches. Ce portrait est-il toujours bien ressemblant? Exagérer les défauts d'une nation, en revêtir un personnage qui joue les rôles les plus odieux, ce n'est pas rester toujours dans l'observation réelle. C'est pour les Gascons que Féval a un faible. On le voit aux atours dont il pare Cocardasse Junior, capedébious! Cocardasse est l'ami d'Amable Passepoil, croisé Normand et Manceau, papelard, gourmand et ventru, comme un échappé des contes de Rabelais. Ces deux estimables seigneurs, pauvres comme Job, braves comme Matamore et plus vantards que Rodomont, sont chargés de représenter dans le *Bossu* l'élément comique.

Paul Féval, en effet, n'oublie jamais d'introduire le comique dans ses drames les plus noirs. Il oppose volontiers le rire aux larmes, et parfois même il abuse de ces antithèses en action qui deviennent alors fatigantes pour le lecteur. Il caractérise son personnage bouffon par un mot, par un lambeau de phrase, qui revient dès lors jusqu'au bout dans le roman, à chaque situation un peu tendue. La caractéristique de Cocardasse c'est *Junior;* son mot,

c'est *As pas pur !* prononcé en correct idiome
de Gascogne; le *As pas pur!* vous révèle la
longue brette, le manteau effiloché, la mous-
tache pointue de ce bourreau des cœurs, sou-
dard sans sou ni maille. Dans le *Jeu de la mort,*
les comiques sont nombreux : il y a Romblon-
Ballon, assassin poussif; il y a Honoré le happe-
monnaie; il y a Menand jeune, notaire, amateur d'oignons crus et de ficelle de fouet; il y a
aussi Guérineul, chevalier peureux, qui jure
nom de bleurre! et surtout M. Berthelot-Ber-
thellemot-Berthelleminot de Beaurepas, chevalier de l'Aigle d'or de Souabe, entrepreneur! Le
drame, lugubre et sombre comme un pastiche
de feu mistress Anne Radcliffe, n'a que des innocents pour acteurs, des innocents ou des farceurs qui s'entretuent en riant.

Le comique se retrouve dans les *Compagnons
du silence* et le *Prince Coriolani,* en la personne d'un Anglais, Peter-Paulus Brown de
Cheapside, un Anglais étonnant, ressemblant
à miracle, et qui permet à M. Féval de recom-
mencer une charge à fond de train contre la
perfide Albion. Peter-Paulus et la digne Pénélope, son épouse, sont destinés à devenir classiques dans le romantisme.

Paul Féval a écrit peu de romans d'analyse.
Il n'esquisse pas ses « bonshommes »; il les
sculpte; on les voit tels qu'ils sont, non pas
entièrement vertueux ou entièrement corrom-

pus, mais avec les qualités et les défauts qui s'associent chez tout homme. On ne peut être courageux sans être indépendant et fier; on n'est jamais, ou rarement, si mauvais, qu'il ne reste aucun vestige de bon sentiment dans le dernier repli de l'âme. Féval s'entend à merveille à découvrir, à faire mouvoir ce vestige, cette ombre de vertu qui gît ensevelie sous les passions et les vices; et l'étincelle, couvant sous la cendre, réchauffe parfois la matière inérte; et ce reste d'amour, de patriotisme, de respect, de foi qui sommeillait au fond de cette âme, s'éveille tout à coup, se développe, grandit et sauve. Il y a toujours dans l'homme un côté, bon ou mauvais, qui reste inconnu; on a le caractère qu'on a ou qu'on veut avoir, que l'on montre ou que l'on cache.

J'aime la simple et divertissante histoire d'un notaire et d'un tonneau de poudre d'or, contée sous le titre de *Roger Bontemps*. Il y a dans ce *Roger Bontemps* une fraîcheur, une vivacité d'impressions, un luxe de descriptions, une étude de mœurs qui charme infiniment.

Fi des vampires que Féval introduit dans les *Cinq* et dans le *Chevalier Ténèbre!* Eux seuls m'ont fait prendre en horreur les pays d'Orient, et même pour le tonneau de poudre d'or du joli notaire, je n'irais pas pérégriner en Moldavie, chez les Valaques ou chez les Serbes.

Les fantômes bretons me paraissent de meil-

leure compagnie, et je les hante plus volontiers.
Féval ne les épargne point; il en use avec coquetterie, il les choie, il les décore, simplement
parce qu'ils sont de Bretagne. Mais aux fantômes je préfère de beaucoup les vivants,
Bretons ou autres, quand ils seraient brigands,
golden dagger, compagnons du silence, *molly
maguires*, ou membres du mystérieux *Tugend-
bund*.

Mais aurions-nous donc la présomption d'analyser un à un tous ces amusants récits : *le Chevalier de Kéramour, la Fontaine aux perles,
les Couteaux d'or, la Reine des épées*, l'interminable épopée des *Habits noirs?*

Qu'il me soit permis seulement de citer encore
la *Première aventure de Corentin Quimper*,
livre exquis, écrit avec une verve étourdissante,
une bonne humeur qui ne ralentit jamais, un
luxe d'impressions singulières; livre qui semble,
par ses paradoxes, ses portraits pris sur le vif,
ses dialogues si piquants, être le résultat d'une
gageure.

Il est assez difficile de rechercher et de
définir le procédé littéraire de Paul Féval; il a
une prédilection marquée pour certains sujets,
certaines situations et certains héros. Dans la
plupart de ses romans, par exemple, c'est au
bal que la situation capitale se noue et se dé-
noue, dans un bal masqué, où ses héros ont le
costume qui convient à leur caractère; le bal

masqué se retrouve dans les *Couteaux d'or*, *Frère Tranquille*, les *Habits noirs*, le *Bossu*, et tant d'autres encore; c'est d'un masque que la vertu reçoit sa récompense, et le vice son châtiment. Ce moyen est un peu épuisé.

L'un des sujets que le maître affectionnait particulièrement c'était l'histoire de l'enfant d'illustre famille enlevé, sequestré ou caché dès son enfance, que le hasard ou les circonstances ramènent plus tard auprès de sa famille, et qui récupère, après maint coup d'épée et force aventures, l'héritage des nobles auteurs de ses jours. Tels sont Jean d'Armagnac, Porporato-Monteleone, Aurore de Nevers, Treml de la Tremlays, Rohan Saint-Mangon, Franz Gunther de Bluthaupt, Guezevern du *Mari embaumé*.

Paul Féval s'est toujours préoccupé de la légitimité dans la famille, et son respect pour la famille le porte à montrer ce qu'elle devient si elle cesse d'être unie. En regard de ce fils perdu, cherché, adoré, il met le plus souvent une mère tendre, douce, bonne, en deuil depuis vingt années, une mère qui est l'idéal de la maternité, et dont le même modèle a suffi pour peindre cent portraits. Il y a aussi le traître, un cousin, un parent, un ami, en qui l'on a imprudemment placé trop de confiance, et qui trahit savamment, en homme expert dans le crime. Le type le plus complet du genre est M. de Saint-Venant (*le Mari embaumé*), cavalier charmant, esprit fertile en

inventions, et duquel la moindre peccadille
emporte les travaux forcés à perpétuité. Féval
a coutume aussi, depuis quelques années surtout, de confier ce rôle de traître à des Italiens,
Annibal Gioja, des marquis Pallante, Vicente
Tarchino, ou le cousin Sampieri, des *Cinq*. Il
y a tant de comtes, en Italie, qui manquent
d'occupation! Féval les embauchait pour les
faire figurer dans ses livres.

Sans doute parce qu'il se montre toujours le
défenseur des peuples vaincus, des nations
opprimées, des faibles et des humbles, Féval
aime de tout son cœur les associations secrètes :
il est peu de ses romans où il n'en ait introduit
quelqu'une, et sauf certaines modifications
qu'il leur fait subir, on reconnaît toujours la
même, sous les divers déguisements qu'il leur
prête : celle qu'on reconnaît, c'est celle qu'il
eût voulu fonder, si, au lieu de tenir une plume,
sa main avait tenu un sceptre.

Les *Compagnons du silence* combattaient
pour une bonne cause; aussi les *Loups* de la
forêt de Rennes, et les vassaux de Bluthaupt,
et les chouans de *Madame Gil-Blas*. Mais si le
principe de chacune de ces sociétés était bon,
si l'idée était juste, les actes prenaient trop
souvent le caractère de la violence et de l'in-
justice.

Peut-être a-t-il voulu montrer que les associations secrètes, même lorsque l'origine en est

7*

pure, le but avouable, les moyens honnêtes, se
transforment peu à peu comme toute institu-
tion humaine, et deviennent dangereuses et
mauvaises dès que les hommes ont modifié les
premiers règlements, et se sont soustraits au
premier enthousiasme? On n'a jamais besoin
de se cacher que pour faire le mal, voilà ce qu'il
veut prouver : il a raison. Les chrétiens de la
primitive Église, obligés de vivre au fond des
catacombes, persécutés, possesseurs de la vérité
qui devait illuminer le monde, ne se sont jamais associés secrètement, et s'ils l'avaient fait?
Il n'y a que les sectes, pour craindre la lumière!

La seule critique sérieuse qu'on puisse faire,
non des œuvres, mais du procédé de Paul Féval,
c'est qu'il affecte parfois des allures trop originales.
Il tâche à s'assimiler les locutions, les manières
de parler des pays où il conduit son lecteur; il
parle alors avec complaisance de « l'intendant
second de la police »; du « camérier second du
prince »; il appelle un héros italien *messer*, ou
bien il dit « le » Doria-Pamphili, des marquis
d'Angri. C'est un peu plus que de la couleur
locale.

La grande estime qu'il a pour les noms de
noblesse l'empêche d'inventer les grands noms
qu'il veut à ses marionnettes. Ce n'est pas lui
qui se forgerait de toutes pièces l'armorial que
M. Ferdinand de Gramont inventa pour Balzac.
Il ressuscite les dynasties éteintes; j'ai déjà dit

que, par sa volonté, il avait créé un duc de
Nevers et un prince de Gonzague; il réédifie
aussi, pour son usage, les princes Cantacuzène,
les Comnène, les Paléologue, les ducs de Lon-
gueville, les Monteléone. Je le blâmerais volontiers de cet attrait pour des noms qui ne sont
pas conventionnels, et qui peuvent souvent égarer
le lecteur. Sans doute on ne s'y trompera pas
en voyant, dans l'entourage du roi napolitain
Ferdinand II, les noms qu'il y a mis : Malatesta,
Doria, Gravina, Malaspina, etc. Qui ne sait
que les Malatesta sont de Rimini; les Doria, de
Gênes; les Gravina, de Rome; les Malaspina,
de Carrare? Mais il faut laisser les noms historiques aux faits historiques. Ses acteurs seraient
aussi gracieux avec des pseudonymes.

Il en a tant créé de ces héros d'un ou de deux
volumes! La jeunesse a pour lui des attraits
qui lui donnent une indulgence d'oncle à l'égard
de son coquin de neveu. Le jeune homme qu'il
met en scène est toujours un diable à quatre,
enragé de fredaines, timide comme une fillette,
cœur de bronze et tête de feu, un lion sous la
peau d'une brebis, un galant danseur, joyeux
viveur, mauvais sujet un brin, coquet, gracieux,
souriant, téméraire, hardi comme un page,
étourdi comme un phalène, sans expérience, et
rompu à tous les arcanes de la vie; bref, une
perfection, ou peu s'en faut. Ainsi Tiennet
Blône, qui devient le capitaine Mazurke, ainsi

le chevalier d'Athol, ainsi Loriot, Didier, Roger,
Gaston de Maillepré, Frantz, Lagardère, et leurs
vingt ou trente jumeaux.

Mais vous ne parlez guère, me dira-t-on, du
rôle que Paul Féval accorde aux femmes dans
ses romans? Walter Scott a créé Diana Vernon,
Minna et Brenda Troïl, Effie et Jenny Deans,
Lucie de Lammermoor; nous devons à Shakespeare Ophélie, Porcia, Desdémone, Juliette,
sans parler des joyeuses commères de Windsor;
Balzac nous a peint Mme Marneffe et Mme Gras-
lin, Eugénie Grandet et Modeste Mignon,
Mme Schontz et Malaga, Mme de la Baudraye
et Camille Maupin. Citez les héroïnes de Féval.

Ceci est une question délicate. Paul Féval a,
comme tous les esprits d'élite, répugnance à
tracer des tableaux où la passion, embellie,
charme; il a horreur des courtisanes; il estime
peu Célimène, et méprise fort Marion Delorme.
Il s'est gardé, comme de la peste, des sujets
qui plaisent trop à ses émules; toujours chaste
même lorsque les nécessités de sa fiction le
contraignent à analyser la terrible passion que
ses confrères mettent à toute sauce, il n'a pas
imaginé d'autres amours que des idylles honnêtes, pures, permises, et qui n'ont jamais
d'autre dénouement que le dénouement tradi-
tionnel : le mariage.

Il réserve donc pour les fillettes candides qu'il
destine à ses héros les couleurs les plus limpides

de sa palette : Denise, Berthe, Angélie Doria,
Anna et Clary Mac-Nab, Charlotte d'Alex, Aurore de Nevers, Chiffonnette, sont de gentilles
ingénues, pures de la moindre mauvaise pensée, et qui seraient accueillies à bras ouverts
dans le couvent le plus austère. A part ces
jeunes filles, belles et innocentes comme
Ophélie, Minna, Ursule Mirouët, je ne trouve
que rarement dans les livres de Féval des types
d'aventurières, la Marguerite de Joulou, Agnès
de Méranie, la Fanchette du *Dernier vivant ;*
encore sont-elles des ambitieuses, des orgueilleuses, avares, méchantes, cupides, plutôt que
ces immondes femelles dont le type se résume
en Mᵐᵉ Marneffe.

Le trait caractéristique du talent de Paul Féval, c'est qu'il n'a pas mis ses écrits au service
d'un système : il n'a d'autre prétention que
celle d'amuser. Il est un conteur et non un
moraliste. Il ne s'est pas, comme Eugène Sue,
complu à étaler les plaies sociales incurables,
excitant les convoitises des malheureux ; il n'a
pas, comme Frédéric Soulié, peint la société
sous des couleurs horribles, poursuivant l'idéal
du mal, comme d'autres recherchent l'idéal du
bien, proclamant l'ubiquité et l'impunité du
crime.

L'absence de visées originales fait précisément
son originalité, comme l'absence de peintures
systématiquement immorales fait la moralité de

ses récits. Il va où son imagination le conduit; mais comme son imagination n'est pas pervertie et qu'il n'a aucun parti pris, le vice et la vertu ont une part à peu près égale dans ses œuvres, sans que la vertu soit monotone, sans que le tableau du vice soit démoralisateur. De toutes les œuvres que, pendant quarante années, il ne cessa de produire, il n'en est pas une qui ait eu pour effet d'exciter les rancunes du peuple et de propager la haine.

Fécond sans s'être gaspillé, populaire sans avoir jamais flatté les passions mauvaises, ni visé plus particulièrement dans ses attaques ou dans ses éloges telle ou telle classe de la société, dit un critique, M. Paul Féval doit être également loué pour la dignité de sa vie, tout entière consacrée aux lettres, pour la parfaite honorabilité d'une carrière où le succès a été précédé de laborieux efforts, et acquis de longue lutte. Au contraire de plusieurs de ses devanciers, dont la production haletante était nécessitée par le désordre propre aux existences anormales, Paul Féval vit de sa plume; mais il n'a jamais sacrifié au veau d'or ni rien annihilé de sa fière indépendance.

Tel fut donc cet écrivain que les catholiques ont été fiers de compter parmi leurs écrivains célèbres. Il n'a jamais produit une œuvre malsaine. Louis Veuillot l'a appelé « le plus honnête des romanciers ». Il a laissé des enfants qui peuvent lire ses livres sans rougir, sans danger :

je ne crois pas qu'il puisse désirer récompense plus digne de ses efforts.

Après sa conversion, on l'attendait à son premier roman, disaient les impuissants qui n'ont pas craint de l'injurier parce qu'il avouait, avec une admirable franchise et une noble humilité, son retour aux pratiques religieuses de sa jeunesse. Eh bien! oui, son talent, son génie, fortifiés par la sérénité de son esprit, la paix de sa conscience, lui ont dicté des œuvres nouvelles qui sont bien véritablement, celles-là, des ROMANS CATHOLIQUES.

Comme j'ai déjà eu l'occasion de le dire, le mot *conversion*, appliqué à l'événement qui transforma la vie de Paul Féval, n'est pas absolument exact. Paul Féval *croyait*, mais il n'en faisait point montre. Ce n'est pas à Dieu qu'il revint, il n'avait pas quitté Dieu : simplement il reprit le chemin de l'église. Puis, craignant d'avoir çà et là, dans ses livres d'antan, laissé passer quelque peccadille de la langue, il sacrifia les journées laborieuses de son arrière-saison à la correction de ses livres, honnêtes sans doute, mais qui n'auraient pu, à son estime, être lus par tout le monde.

Cette mission qu'il s'était donnée, l'illustre romancier l'accomplit sans ostentation, gaiement, de bonne grâce. Il n'enleva à ses récits ni leur fraîcheur de coloris, ni leur spirituel entrain, ni cette fine pointe d'ironie qui leur donne tant d'attraits. Il resta catholique, et de ceux qui pratiquent la belle parole de notre maître Poujoulat : « Entre chrétiens, se voir, c'est se retrouver. » Mais depuis lors il publia plusieurs ouvrages, dictés par l'impérieux besoin de servir éloquemment les idées nouvelles que la foi avait fait germer en lui.

Ces œuvres ont la verdeur de la jeunesse et la robuste grandeur de la conviction absolue.

Nous y retrouvons le conteur séduisant et, de plus, un polémiste de haute race, élégant, vigoureux, malicieux, fort tireur, et qui excelle à flageller l'ennemi. Les vingt premières pages de *Jésuites!* sont comparables, pour le style et l'esprit, aux plus mordantes satires de P.-L. Courier, et les braves religieux que la République a mis à la porte de chez eux ont eu en lui un avocat cicéronien.

Mais, sans contredit, au point de vue de la forme, aussi bien qu'à celui du fond, les livres écrits par Féval converti sont incomparablement supérieurs à ceux de sa première manière.

D'ordinaire, dit M. de Pontmartin dans ses *Nouveaux Samedis* (1878), d'ordinaire, lorsqu'un écrivain célèbre est arrivé au seuil de la vieillesse, lorsqu'il a beaucoup produit et accoutumé son public

à ne rien lui demander en dehors de sa manière, de
ses cadres et de son genre, il n'est pour cela ni
épuisé ni fini; il peut donner, même au delà de la
soixantaine, bien des preuves de talent. Ce qui lui
est difficile, c'est de se renouveler, c'est de prodi-
guer à ses lecteurs les plaisirs de la surprise. La foi
vient d'opérer ce prodige chez l'auteur des *Étapes
d'une conversion.*

Ce n'est plus un romancier sexagénaire à qui
Dinarzade charmée demanderait volontiers de raconter sans cesse les histoires qu'il conte si bien,
c'est un ardent néophyte de vingt-cinq ans, rajeuni
par un coup de soleil de la grâce sur le chemin de
Damas, multipliant son *Credo* sur tous les points
menacés par l'impiété moderne, ne gardant de son
art profane que ce qu'il faut pour répandre à flots
sur des pages d'apologétique chrétienne la couleur,
la passion, le mouvement, l'intérêt, la vie, et prêt
à accepter avec joie le martyre, comme couronnement de l'édifice dont il fait un temple.

Et un peu plus loin, dans la même étude :

La fiction avait fait de Paul Féval un éminent
conteur; la vérité fera de lui un grand écrivain.

Féval lui-même sentait bien que le renouvel-
lement de son âme avait été aussi le renouvelle-
ment de son talent. Il appelait ce changement
de sa vie et de ses livres « la tardive *naissance*
de mon être », répétant avec reconnaissance un
mot que Louis Veuillot lui adressait au lendemain de sa conversion :

Je ne citerai que deux mots de la chère et volumineuse correspondance dont je fus comblé pendant plusieurs semaines... Ces deux mots se trouvaient dans une lettre où Louis Veuillot, le grand chrétien et le grand maître, m'envoyait le baiser de paix en m'appelant son frère. Les voici ; Louis Veuillot me disait : « Vous naissez. »

M. de Pontmartin disait encore un peu plus tard :

Féval a désormais deux publics : celui qu'ont charmé, affermi, consolé, passionné, émerveillé, converti peut-être, ces beaux livres de date récente: *Jésuites ! la Mort d'un père, Pierre Blot, la Première Communion, le Coup de grâce, Châteaupauvre, le Mont Saint-Michel,* — et celui que, pendant vingt ans, il tint suspendu à ses prodigieux récits: *les Mystères de Londres, le Fils du Diable, la Quittance de minuit, les Habits noirs, Madame Gil-Blas, le Capitaine Fantôme,* etc., tout un monde héroïque, chevaleresque, poétique, légendaire, fantastique, amoureux, que le romancier gouvernait en souverain absolu, non pas avec des coups d'État, mais avec des coups de baguette, créant des types, prodiguant des surprises, aiguisant des dialogues, dramatisant des épisodes, décorateur puissant là où il n'avait pas le temps d'être peintre, improvisant ses fresques plus vite que Nadar ses photographies, faisant du feuilleton matinal l'événement de la journée, et de la formule traditionnelle *la suite au numéro prochain* un de ces points d'interrogation dont la réponse nous empêchait de dormir. *Away ! away !* Le conteur, — j'allais dire le poète, — nous transpor-

tait tantôt aux bords de la Tamise, en de mystérieux
conciliabules, dans un pittoresque pêle-mêle où se
confondaient tous les rangs, tous les costumes,
toutes les élégances, toutes les guenilles, où le
dandy de Hyde Park conspirait avec le chevalier du
brouillard et le bohême de Lambeth, afin de déva-
liser les caves de la Banque, presque aussi lourdes
que notre budget; tantôt en Irlande, dans cette
pauvre et verte Érin, qui depuis...; mais alors elle
était vertueuse. D'autres fois il nous emmenait dans
quelque vieux *burg* perché à pic sur un rocher baigné
par le Rhin, et c'était plaisir de voir avec quel art
il savait rendre l'invraisemblance vraisemblable,
avec quelle magie il réussissait à mettre d'accord le
cadre et le paysage, la narration et le tableau, les
personnages et la mise en scène. On eût dit des
visions étranges, surnaturelles, où passaient tour à
tour la lavandière bretonne, s'évaporant dans la
brume au premier rayon du soleil, le capitaine
d'aventure, fièrement campé sur la hanche, plume
de coq au chapeau, bottes en entonnoir, pourpoint
troué, rapière débordant d'un mètre le bas de son
manteau; la jeune fille restée pure au milieu d'un
fouillis d'estafiers, de reitres et de vagabonds; le
gentilhomme de grands chemins, le grand seigneur
déguisé en mendiant, le bandit sous le capuchon du
moine, l'ondine à demi cachée dans les joncs et les
nénuphars, le sorcier évoquant les *trois hommes
rouges,* le fils du Diable laissant derrière lui une
traînée de soufre et de fumée... Quel tour de force,
inventer encore, et toujours, après ces étonnants
inventeurs qui s'appelaient Eugène Sue, Alexandre
Dumas, Frédéric Soulié! Garder une physionomie
originale à la suite de ces originaux extraordinaires
qui avaient bouleversé la cour et la ville, Paris et la

province! Avoir sa note distincte dans ce concert phénoménal! Réveiller, surexciter, galvaniser, électriser la curiosité, au moment même où on la croyait attiédie, rassasiée, émoussée par Rodolphe de Gérolstein, Lugarto, le Chourineur, Rodin, Dagobert, d'Artagnan, Edmond Dantès, Chicot, Montéclain, l'abbé Faria, la Goualeuse, Mathilde, Mercédès et la Carconte!

A travers ces improvisations haletantes, que de chapitres qui méritaient de vivre! Comme l'écrivain de race se trahissait jusque dans les pages qu'il n'avait pas le loisir de relire, et qu'il livrait toutes chaudes, tout humides, aux appétits de la foule!

Mais Féval ne voulait point ne produire que des romans. Il entendait mettre son talent au service de l'Église, sous toutes les formes où le talent se peut produire. Je ne gagerais pas qu'il n'ait rêvé de devenir en journalisme le rival de Louis Veuillot. Aussi se mit-il courageusement à l'œuvre.

Simultanément, il commence dans la REVUE DU MONDE CATHOLIQUE les *Étapes d'une conversion,* et il corrige ses anciens livres. Les volumes se succèdent avec une rapidité qui effraye presque l'éditeur. Celui-ci craint que trop d'abondance nuise au succès, et voudrait surtout que Féval gardât plus de temps pour écrire des livres absolument nouveaux, des livres comme *les Étapes, les Merveilles du mont Saint-Michel, Jésuites! Pas de divorce!* œuvres d'une portée morale certainement supérieure, et même littérairement plus parfaits.

Hélas ! le littérateur, le penseur, le nouveau soldat des bons combats, avait la charge d'une nombreuse famille qui n'avait plus d'autre ressource que les livres du père. Et c'est pour cela que celui-ci décuple son travail, tout à ses convictions et à son œuvre nouvelle, sans doute, mais en même temps réparant et utilisant ce qu'il a sous la main, ses anciens livres, pour pourvoir au plus pressé [1].

Les *Étapes d'une conversion* sont l'œuvre capitale de Paul Féval, le *livre* par excellence qu'il rêvait depuis longtemps.

C'est un merveilleux développement du *Drame de la jeunesse*.

Il y a bien des points de ressemblance entre Fernand Leprieur, que Paul Féval connaît et juge si bien, et ce Jean, qu'il connaît mieux encore, puisque Jean, c'est Raymond Brucker, et que Féval se voit lui-même *au travers* de Raymond Brucker. Si l'on aime Fernand Leprieur à cause de ses nombreux défauts, de même, — et Féval l'a bien deviné, — les vertus de Charles, frère de Jean, le rendent souverainement antipathique.

Ce personnage de Charles est d'une belle invention, car personne ne peut croire un seul instant que Charles ait vécu. Il n'y a pas d'hommes parfaits, ou bien il y a des hommes plus parfaits encore que le frère de Jean, et alors on les

[1] *L'Ami des livres,* article de M. Firmin Dangien.

8

appelle des saints, mais on ne les met pas dans un roman.

Jamais analyse plus minutieuse du cœur humain n'a été faite que dans les trois volumes des *Étapes d'une conversion*. Mais quel terrible *désillusionneur* que ce Jean ! Sa mère, la meilleure chrétienne ; ses sœurs les plus héroïques sacrifiées ; son aimable médecin, et la superbe servante, — la Julienne de *chez nous !* — ces créatures admirables, il nous les rend antipathiques, en montrant tout ce qu'il y a de mauvais dans la plus splendide honnêteté. Il paraphrase enfin le mot célèbre de Joseph de Maistre : « Je ne sais pas ce que c'est que la conscience d'un coquin, mais je sais ce que c'est que la conscience d'un honnête homme, et cela m'épouvante ! »

Ah ! c'est que les hommes de la trempe de Jean ne sont plus de notre siècle, et non plus les adolescents du caractère de Charles. D'autant que l'humilité de celui-ci est surhumaine, de même que l'humilité de celui-là touche de près à l'orgueil.

Je vais m'expliquer sur cette définition subtile.

Je voyageais, un jour, avec un Carme déchaussé ; la conversation vint à tomber sur le célèbre P. Hyacinthe, devenu M. Loyson, pour le plus grand plaisir des bons bourgeois bêtes. Alors ce religieux me dit tristement :

« Monsieur, nous autres, du couvent de M..., ne nous sommes jamais fait illusion sur la vocation du pauvre Père Hyacinthe. Quand il était novice chez nous, et qu'il était chargé des corvées désagréables, comme de balayer les corridors, de laver, ou de fendre le bois, il nous regardait avec un air qui voulait dire : « *Oh! voyez donc, admirez* COMME JE SUIS HUMBLE! »

Voilà un peu, très peu sans doute, mais *un peu* l'humilité de Jean. Il se confesse avec trop de naïveté.

Dans une circonstance de ma vie où le duel pouvait servir de solution, bonne ou mauvaise, j'allai consulter Paul Féval, qui n'était point encore le chrétien que nous connaissons, et qui ne faisait pas mine de se convertir. A propos de ce duel, — qui n'eut pas lieu du reste,— Paul Féval me conta l'histoire d'un duel qui n'avait pas eu lieu. C'est alors que j'appris quelle force considérable et quel courage surprenant il faut avoir pour ne pas se battre quand on en a envie.

Je crois que c'est la même histoire qui est contée dans la *Première Communion.* Tout le reste n'est mis là que pour servir de prologue à ce duel, où personne ne se bat. Le grand conteur m'avait dit, je me le rappelle bien :

« Je ferai quelque jour un livre pour exalter l'héroïsme de ce brave homme, si courageux, qui ne veut pas se battre. »

Il l'a fait, mais il ne se doutait pas quel serait le livre.

C'est ce volume, le troisième des *Étapes d'une conversion*, qui porte ce titre terriblement peu commercial : LA PREMIÈRE COMMUNION.

Louis Veuillot lui-même n'eût point osé « utiliser » ce titre. C'était un malin, qui connaissait la multitude, et qui prétendait démontrer, au rebours du proverbe, — et peut-être l'a-t-il démontré, — qu'on prend plus de mouches avec du vinaigre qu'avec du miel.

La *Première Communion* est une œuvre supérieure, très émouvante, très gaie, pleine d'esprit, embaumée de foi, imprégnée de repentir. Celui qui a fait ce livre CROIT. C'est le Fernand Leprieur du *Drame de la jeunesse* revenu aux chers élans de son enfance; le père, dont la mort est un si merveilleux tableau, et qui fait dire à tous : *Je voudrais mourir ainsi*, le père est ce noble conseiller Leprieur, si grand et si magnifique, dont le portrait restera l'une des plus belles pages de la littérature française.

La *Mort du père*, premier épisode des *Étapes d'une conversion*, a paru en 1877. « A notre insu, disait Paul Féval dans sa préface, nos joies et nos douleurs, nos triomphes et nos défaites nous rapprochent de Dieu. Ce n'est pas nous qui marchons vers la conversion, c'est la conversion qui vient à nous. J'ai voulu marquer les diverses stations de la mienne et raconter, étape par étape, ce mystérieux voyage de la grâce divine à la rencontre d'une pauvre âme. »

Au moment d'ouvrir toutes grandes les portes de
la maison où fut son berceau, et de faire pénétrer le
public auprès du lit de son père, Paul Féval a-t-il
été saisi d'un scrupule? A-t-il hésité? Peut-être.
Toujours est-il qu'il ne parle pas en son nom, et
qu'il a placé son récit dans la bouche d'un de ses
amis, son ami *Jean*. C'est un singulier personnage
que l'ami Jean : « Jean était une nature capricieuse
à l'excès, inégale, ayant des lacunes au beau milieu
de trop de richesses, et des paresses dans l'élan
même de ses témérités; la mesure lui manquait;
mais, en toute ma vie, il ne m'a jamais été donné
de feuilleter une imagination comparable à la sienne
pour l'éclat, l'étendue et la fécondité...

« ... Il parlait merveilleusement; ce qu'il disait
entraînait et charmait pendant qu'il le disait. Dès
qu'on était dehors, il y avait déchet, c'est vrai,
mais quelque chose ressortait à côté de ce qu'il avait
dit, au-dessus, au-dessous, je ne sais où, et l'on
voyait devant soi des horizons ouverts. Peut-être
bien avait-il çà et là quelque paillette de génie dans
l'énorme mine de son cerveau... Quand je détourne
mes regards du présent pour les reporter en arrière,
je vois, comme si elle était là devant moi, cette
tête si tourmentée (mais si calme !) de l'esclave de
la foi, qui s'émerveillait d'avoir douté, cette figure
du libre penseur prisonnier de Dieu, ce masque
imprévu, absolument divers, frivole et profond,
travaillé par la fièvre du savoir, mais tout pénétré
de naïves sérénités, qui m'a fait rire si souvent, si
souvent penser et pleurer. »

Et nous aussi, nous le revoyons dans nos plus
lointains souvenirs, tel qu'il nous fut donné de le
voir un jour dans sa pauvre mansarde de la rue
Saint-Jacques, tout éclairée des rayons de son élo-

quence, ou plutôt tel qu'il revit dans une admirable
et superbe étude de Louis Veuillot [1] et dans le livre
de Paul Féval. L'ami Jean s'appelait Raymond
Brucker. Il avait publié vingt romans, dont deux
au moins, *le Maçon* et *les Intimes*, avaient eu un vif
succès; puis, tout à coup, il avait disparu, recher-
chant le silence comme d'autres recherchent le
bruit, réservant pour les ouvriers et pour les pauvres
les trésors de son éloquence [2].

Revenons, avec M. Edmond Biré, à la *Première Communion.*

Sous ce même titre paraissait, il y a quelque quarante ans, un petit roman dont tous les personn-
nages vivent dans une atmosphère catholique, où
il n'est question que de conversions, de confesseurs,
d'apparitions. De qui croyez-vous que fût ce roman ?
D'un rédacteur des *Débats*, M. Delécluze; et M. de
Sacy, — rédacteur en chef du journal, — ne faisait au
livre de son collaborateur qu'un seul reproche : il
regrettait que la petite Toinette n'eût pas vu apparaître la sainte Vierge! Cet honnête M. Delécluze,
qui a laissé d'intéressants *Souvenirs*, où il parle
de lui avec une modestie bien rare, avoue que
son livre n'eut qu'un médiocre succès : « Ma nouvelle, dit-il, passa à peu près inaperçue. » Il n'en
fut pas précisément de même du volume de Paul
Féval. Et cependant ici point d'héroïne, point de
vision, point de mort tragique, aucune des nombreuses machines dont l'invention avait dû donner

[1] *Univers* du 9 mars 1875.
[2] EDMOND BIRÉ, étude publiée dans l'*Univers*.

tant de mal à l'excellent et peu imaginatif M. Delécluze. Paul Féval s'est même privé du *tableau* de
la première communion ; cette fête si délicieuse et
si pure, cette cérémonie incomparable, toute pleine
d'harmonie, de fleurs et d'allégresse, cette journée
bénie entre toutes, il ne l'a pas décrite : il lui con-
sacre sept lignes, pas davantage. C'est dans ces conditions, avec ces éléments d'une simplicité extrême,
qu'il est arrivé à produire une œuvre d'un intérêt
puissant. Mais si les événements sont très simples,
peut-être les personnages sont-ils très romanesques
et de nature à *empoigner* le lecteur. Voyons un peu :

« Le héros est un enfant de onze ans, le petit
Jean, qui n'est ni bon ni mauvais, ni ange ni démon,
et qui n'est pas même le premier au catéchisme, ni
le dernier non plus. » Voici maintenant la mère et
les sœurs de Jean, les plus braves cœurs du monde,
mais qui vivent dans le cercle étroit de la famille,
et ne voient ni ne cherchent rien au delà. Charles,
le frère aîné, le substitut de Loudun, est bien
romanesque un brin, celui-là, en ce sens qu'il ne
ressemble point à tout le monde ; mais c'est un
dévot, tout le contraire, par conséquent, d'un héros
de roman, si bien que l'auteur est le premier à nous
dire : « Charles est la pierre d'achoppement de mon
récit, je ne me fais pas d'illusion à ce sujet. » François, le second frère de Jean, est soldat, et il mène
sans grand éclat la vie de garnison. Qui avons-nous
encore ? Julienne, une vieille servante, qui cesse
de tutoyer son jeune maître quand elle n'est pas
contente de lui, et qui lui dit alors : « Ah ! vous
voilà, vous ! » Marie de Moy, une fillette de dix ans ;
Mme du Boisbréant, qui va tous les matins à la première messe ; sa nièce, Mlle Clémence, qui a beaucoup de piété, une bonne instruction et peu de

musique; M. Loirier, « un tout petit homme à cheveux gris de souris, plus ras qu'une brosse, et
mince et furtif, » ancien payeur du département de
la Mayenne, toujours armé de son parapluie et
ayant toujours aussi le petit mot pour rire.

Ce sont tous d'honnêtes gens, peut-on dire des
personnages de la *Première Communion;* mais où
trouver, dans ce milieu honnête et simple, le roman,
l'intérêt, l'émotion? Nous n'avons affaire qu'à de
braves gens de province, comme nous en avons
tous connus, aimables et vertueux sans doute, mais
ayant bien leurs petits défauts et leurs petits ridicules. Encore une fois, comment tirer de ces éléments réfractaires, ce semble, à l'intérêt, un récit
qui passionne, un drame qui fasse sourire et pleurer?
C'est là cependant ce que Paul Féval a su faire avec
un art merveilleux.

J'ai souvenir qu'au moment où parut le livre,
M. Armand de Pontmartin marqua son dissentiment
avec l'auteur, du moins en ce qui touchait le caractère extra-humain du sacrifice de Charles. Peut-être
avait-il raison, littéralement parlant.

Le *Coup de grâce* réconcilia du reste complètement le romancier et son critique. Ce dernier volume,
où Paul Féval renonce à s'effacer derrière M. Jean,
et porte, cette fois, la parole en son nom, renferme,
comme les précédents, des parties admirables. Le
livre est désormais complet, du commencement à
la fin, et, quatre volumes durant, l'auteur des
Étapes d'une conversion est resté à la hauteur de
son sujet, et il n'en est pas de plus beau : l'histoire
d'une âme.

Il y a bien longtemps déjà, presque au début de
sa carrière, Sainte-Beuve déclarait *impossible* le
roman chrétien.

« Le roman, écrivait-il, tout roman, il faut bien le dire), est plus ou moins contraire au sévère christianisme, parce que tout roman renferme en soi et caresse plus ou moins un idéal de félicité sur terre, ou un idéal de douleurs. Depuis le bon évêque de Belley, Camus, qui a fait tant et de si pauvres romans chrétiens, jusqu'à ceux qu'on renouvelle de nos jours, je sais que les auteurs ont cherché à éluder, à se déguiser l'inconvénient; mais il est dans le fond et la nature des choses, et on peut au plus le dissimuler et le diminuer en s'avertissant. »

Depuis l'époque où il écrivait ces lignes, le spirituel et ingénieux critique a reçu un double et fier démenti. Sans doute, — et en cela Sainte-Beuve disait vrai, — tout roman qui renferme en soi et caresse un idéal de félicité sur terre ou un idéal de douleurs, est contraire à l'esprit chrétien. Mais où il se trompe, c'est lorsqu'il croit qu'on ne peut écrire un roman sans caresser ou cet idéal de douleurs, ou cet idéal de félicité. Dans les *Étapes d'une conversion,* Paul Féval et, avant lui, Louis Veuillot, dans l'*Honnête femme* et dans *Corbin et d'Aubecourt,* n'ont eu garde de se forger à eux-mêmes et de forger à leurs lecteurs un idéal de félicité terrestre; et, d'autre part, lorsqu'ils ont eu à peindre de grandes douleurs, ils n'ont pas manqué de nous montrer, à côté et au-dessus d'elles, la main de Dieu pleine de miséricordes et de consolations.

Douteuse hier encore, la question de savoir si l'on peut faire un roman chrétien est donc aujourd'hui tranchée. Je n'ignore pas qu'aux yeux de beaucoup de personnes, c'est à M. Octave Feuillet que revient l'honneur d'avoir le premier, dans l'*Histoire de Sibylle,* réalisé l'idéal du roman chrétien. Je ne saurais me ranger à cette opinion. Que

M. Feuillet ait beaucoup de talent et que ses intentions soient excellentes, je l'accorde volontiers, mais
cela ne suffit pas. Le monde où il place ses romans
est charmant, mais il est un peu comme la jument
de Roland, qui n'avait qu'un défaut : elle était morte.
Le monde de M. Octave Feuillet n'a jamais vécu.
On prétend qu'autrefois (entre nous, je n'en crois
pas un mot) les princesses ne se nourrissaient que
de brioches. Les livres de l'aimable académicien
auraient merveilleusement fait leur affaire : c'est en
effet de la pâtisserie feuilletée, et de la meilleure.
J'aime mieux le pain. Or les romans de Louis
Veuillot et les derniers livres de Paul Féval, comparés aux friandises que l'auteur de *Sibylle* sert à
ses lectrices, c'est du vrai pain cuit dans un vrai
four. Chez eux, rien d'artificiel, rien de factice. On
voit quelquefois dans les serres de très belles fleurs,
d'une riche végétation, aux couleurs éclatantes. Je
préfère les fleurs qui poussent en pleine terre et en
plein soleil [1].

Dans un autre ouvrage, Féval a voulu montrer combien le surnaturel est étroitement lié
aux événements de notre histoire nationale, et
ce livre, *les Merveilles du mont Saint-Michel*,
renferme des pages d'une éloquence étonnante
qui nous révèlent, en même temps qu'une
science profonde, un esprit très ouvert au
mysticisme.

Mais il faut être hardi, brave et naïf, pour
s'imaginer que la France d'aujourd'hui se peut

[1] EDMOND BIRÉ, étude publiée dans l'*Univers*.

intéresser aux *Merveilles du mont Saint-Michel*,
de Saint-Michel au *péril de la mer* ; que la
France d'aujourd'hui peut écouter, sans honte
comme sans regrets, l'héroïque récit de ses
gloires passées, dont l'histoire du mont Saint-
Michel est la somme et la synthèse. Sans doute,
autrefois, l'archange vainqueur de l'orgueil rebelle fut le patron céleste du royaume de saint
Louis, de Jeanne d'Arc et d'Henri IV. Sans
doute, la basilique vouée à son culte fut une
des forteresses de la patrie, un des conserva-
toires de la science, une pépinière d'hommes
illustres, un de ces pieux monastères qui étaient
les fleurons de notre couronne. Qui s'en souvient ? et qui, pour oublier la torpeur morbide
et l'ennui bête que font peser sur nos intelligences les spectacles ineptes de l'heure actuelle, voudra lire cette œuvre éloquente, où
sont narrés avec un si pénétrant esprit les *Gestes
de Dieu par les Français,* — quand il y avait
encore un Dieu, quand il y avait encore des
Français ?

L'écrivain évoque de grands souvenirs : ceux
de ce Charles Martel qui chassa les Sarrasins ;
de ce Philippe-Auguste qui se fit l'ouvrier des
desseins de Dieu ; de saint Louis, le roi juste ;
de Bertrand du Guesclin, le héros chrétien ;
de Jeanne d'Arc ; de saint Michel, *bouclier* de
la France !

Au moment où parut ce beau livre, j'écrivais à Paul Féval :

Vous n'êtes pas de votre époque, mon maître; vous rétrogradez. A qui ferez-vous croire que la prière est plus efficace que la diplomatie? Et pour qui, en vérité, avez-vous écrit ce livre, bourré de science, illuminé de foi, plus attrayant qu'un roman, plus consolant que l'histoire, éclatant de patriotisme, œuvre virile et forte, noble par le but, puissante par l'exemple, et qui ne vous mènera pas à l'Académie?

Supposez-vous qu'on ira chercher dans vos pages des leçons de dévouement, des souvenirs de gloire évanouie, des espérances tendrement caressées, de fortifiantes comparaisons, de salutaires enseignements? Que non pas. Vous serez payé de vos peines par le dédain accablant des politiciens qui vivent au jour le jour, sans souci d'un passé qu'ils ignorent, sans effroi d'un avenir qu'ils prophétisent; par l'indifférence des repus, qui estiment que tout va pour le mieux dans cette meilleure des républiques, où foisonnent les docteurs Pangloss. Risquer sa popularité; suivre sa voie, tout droit, même au travers des épines et des roches; narguer le bourgeois, qui méprise les mystiques, ne comprenant rien au delà de son pot-au-feu; dire carrément son fait à notre civilisation putréfiée; se faire le champion d'une cause tombée en discrédit, parce qu'on la croit perdue, alors qu'elle est triomphante puisqu'elle est persécutée : ce sont là des actes que notre monde égoïste et laid a l'imbécillité de blâmer. Ces actes relèvent ceux que l'aile noire du scepticisme effleure, et qui défaillent au bord du chemin, souffrant de la piqûre des épines et de la dureté des cailloux.

Certes, les hommes sont faits pour dégoûter des meilleures causes, a dit Joseph de Maistre; et l'écœurement est grand, quand on ne considère que les choses humaines. Quelle souffrance plus amère que de juger ceux qu'on aime et qu'on respecte! quelles âcres colères contre ceux qu'on a jugés!... Mais au-dessus des hommes, de leurs agissements grotesques, de leurs platitudes, de leur mesquinerie, de leurs bassesses, il est heureusement des abstractions où l'âme, l'esprit et le cœur se réfugient. Il est des principes, il est des doctrines, il est des idées, — j'allais dire des illusions, — qu'il faut défendre à tout prix, quand on serait un désabusé!

Paul Féval les défend, lui. Après quarante années de combat, le voici encore sur la brèche. Il nous apprend à nous, les *jeunes*, — ironie des mots! — que de déserter le champ de bataille est un crime lâche. Il nous donne l'exemple, en courant tête baissée dans la mêlée...

Précipité, comme nous, dans le Maëlstrom monstrueux de l'anarchie révolutionnaire, il lève un regard sérieux vers les cieux, et tandis que la barque pourrie circule sur les flancs du vaste entonnoir, qu'elle raye en tournant, il méprise l'abîme qui nous aspire, et il crie, dominant le fracas des flots : *Serviam!* Je servirai!... quand même!...

Est-ce donc à nous, les dévorés de la fournaise parisienne, à nous les victimes du cloaque, à nous qui sommes nés d'hier, et qui n'avons souffert, en définitive, que de la faiblesse de nos pères, de bégayer l'infâme *Après nous le déluge!* des incroyants et des désespérés?

Non. Tant qu'il restera sous notre front une étincelle de vie, tant que nous tressaillirons aux mots de Dieu et de Patrie, nous chargerons l'ennemi, en suivant les traces de tant de gens de cœur, intrépides et bons, parmi lesquels il est, ce Breton bien digne de cette Bretagne où l'on criait à Beaumanoir mourant de soif :

« Bois ton sang, Beaumanoir, ta soif se passera ! »

*
* *

Bien que son œuvre dramatique soit considérable [1], Paul Féval n'était nullement ce qu'en un

Voici, à titre de renseignement, la liste des pièces de Paul Féval, avec les noms de ses collaborateurs :

1. La *Bourgeoise*, drame en cinq actes, Ambigu, 6 décembre 1854.
2. Le *Bossu*, drame en cinq actes, Porte-Saint-Martin, 8 septembre 1862. Anicet Bourgeois (collaborateur).
3. Le *Capitaine Fantôme*, Porte-Saint-Martin, 26 mars 1864. Anicet Bourgeois.
4. Les *Mousquetaires du roi*, drame, Gaieté, 3 février 1865. Anicet Bourgeois.
5. *Jean qui rit...*, pièce en quatre actes, Vaudeville, 25 mars 1865. Adrien Robert.
6. La *Reine Cotillon*, drame, Porte-Saint-Martin, 5 décembre 1866. Anicet Bourgeois.
7. Les *Couteaux d'or*, drame, Ambigu, 16 septembre 1869. Ferdinand Dugué.
8. *Belle-Rose*, drame, Ambigu, 1873. Amédée Achard.
9. *Cocagne*, drame en cinq actes, Ambigu, 2 décembre 1874. Anicet Bourgeois et Ferdinand Dugué.
10. Les *Mystères de Londres*, drame, Porte-Saint-Martin. Anicet Bourgeois.
11. Les *Belles de Nuit*.
12. *Frère Tranquille*, Porte-Saint-Martin.
13. *Mauvais Cœur*, Ambigu.

langage spécial on appelle un *homme de théâtre*.
Il ne fit jamais une pièce tout seul ; quand un
de ses romans avait, — et ils en avaient tous, —
une véritable et puissante situation dramatique,
on venait lui proposer de faire un drame, et il
laissait faire. Ce côté particulier de son caractère littéraire est mis très en évidence dans
sa fameuse querelle avec M. Victorien Sardou,
à propos du *Bossu*[1], et, puisque l'occasion se

14 Le *Fils du Diable*, Ambigu.
15 Le *Bonhomme Jacques*, Ambigu.

CONFÉRENCES

De l'Association philotechnique.
1 Le *Premier Amour de Charles Nodier*, 1865.

Séance d'ouverture de la Société pour l'amélioration
du Théâtre.
2 Le *Théâtre moral*, causerie, 28 avril 1874.

A propos de l'*École des femmes*.
3 Le *Théâtre-femme*, causerie, Gaieté, 26 janvier 1873.

[1] « Le théâtre de la Porte-Saint-Martin vient de reprendre
avec un grand succès l'une des œuvres les plus attachantes
et les plus fortes de son répertoire, le *Bossu*, disait le
Figaro (1879).

« A propos de cette reprise, tous les journaux ont rappelé la fameuse querelle que l'apparition du drame suscita,
en 1866, entre Paul Féval et Victorien Sardou, et qui fut
débattue dans le *Figaro* littéraire, avec un talent considérable de part et d'autre.

« La question était de savoir à qui appartenait l'idée originale du *Bossu*. Quelques-uns avaient prétendu que
l'idée de faire une pièce avec le roman avait été fournie à

présente de conserver ces documents insérés naguère dans un journal, on nous permettra bien de les publier à nouveau ; le lecteur y gagnera quelques excellentes pages, d'un ton un peu vif et animé, que leurs auteurs se sont pardonnées volontiers, quand la vie les eut rapprochés.

Voici d'abord l'attaque, c'est-à-dire l'article de Paul Féval :

Il s'agit de M. Sardou, qui m'a fait l'honneur d'être lié avec moi.

En 1855 ou 56, le docteur P***, mon beau-père, m'annonça que M. Boudeville, artiste dramatique, désirait me présenter un jeune homme rempli de talent, qui venait d'avoir à l'Odéon une chute pé-

Paul Féval par Sardou, lorsque celui-ci n'était encore qu'un débutant dans l'art dramatique.

« Paul Féval tint à démentir ce bruit, et, comme à cette époque il écrivait dans le *Figaro* une série d'articles sous ce titre : *le Besoin de parler,* il profita de l'organe qu'il avait entre les mains pour protester contre les prétentions de Sardou.

« Il le fit avec une verve et une causticité merveilleuses.

« Tout naturellement, le *Figaro* ne refusa pas à Sardou son droit de réponse, et celui-ci, à son tour, en usa avec l'adresse et l'esprit qu'on lui connaît.

« Les pièces de ce duel littéraire sont éminemment curieuses à lire d'un bout à l'autre. Nous espérons que ni M. Féval ni M. Sardou ne nous en voudront de les reproduire, d'autant plus que si l'un ou l'autre avait aujourd'hui un complément à apporter au débat, nous serions très heureux de leur offrir, une nouvelle fois, l'hospitalité du *Figaro*. »

nible. Je dois confesser que je n'avais jamais entendu parler de M. Boudeville. Mon beau-père ajouta :

« M. Boudeville a tant de confiance en ce jeune homme, qu'il jouerait volontiers un rôle de lui pour sa rentrée. »

L'ambition du jeune homme rempli de talent qui bornait son rêve à faire un rôle pour M. Boudeville me parut médiocre.

M. Boudeville était de l'Odéon.

Il y avait aussi dans l'affaire une dame de l'Odéon, peut-être deux. Ce théâtre de l'Odéon rayonne dans le passé de M. Sardou ; toutes les fées amies de son berceau étaient de l'Odéon.

Mon beau-père, qui soignait M. Sardou et ses fées de l'un et l'autre sexe, ne leur doit pas sa fortune.

Je consentis, comme je le fais toujours, à voir l'auteur en herbe, non point parce qu'il était de l'Odéon, mais parce que je n'ai jamais su refuser certaines audiences. M. Sardou lui-même, par le grand et sérieux chagrin qu'il me causa une fois en sa vie, n'a pu me corriger de ce défaut.

Donc M. Boudeville nous l'apporta un soir ; lui, M. Boudeville, majestueux et fier de sa fonction ; le pauvre petit, au contraire, humble et triste.

Il faisait froid à voir, tant il était maigre. Il parla peu et parfaitement bien.

Je fus touché du respect qu'il témoignait à M. Boudeville.

A l'heure où j'écris ceci, je vois encore cette mièvre figure, où il y avait de la souffrance, du découragement et de la volonté ; ces yeux inquiets qui sont en réalité excellents, et qui me semblaient myopes ; ces traits admirablement taillés, un peu trop coupants, aigus jusqu'à être pointus, et qui me firent jeter un coup d'œil derrière le dos, où néanmoins il n'y avait point de bosse ; ce front heureusement développé, intelligent au possible, couronné par la plus magnifique chevelure que j'aie jamais vue. Il y avait là dedans de l'enfant et de la femme très âgée. C'était joli et ruiné. Je dis ma première impression avec franchise ; elle fut tout entière à la curiosité du romancier.

Je sentis que j'avais en face de moi quelqu'un.

J'en demande pardon à M. Boudeville ; je ne me souviens plus de ce qu'il dit ou fit. Je me souviens, au contraire, du sourire pâle qui éclaira les traits du petit homme maigre quand il risqua une allusion pleine de dignité et très sobre à sa chute récente. Ce sourire était beau, quoiqu'il montrât des dents funestes.

Ceci se passait dans le salon de mon beau-père. Je fis descendre M. Sardou à mon cabinet, lieu laborieux et souvent fermé à mes meilleurs amis, mais dont la porte lui fut toujours ouverte. Je le mis à son aise incontinent, et je l'interrogeai comme mon âge et ma position m'en donnaient le droit.

Il me fit comprendre du premier coup qu'il n'attachait pas le bonheur de sa vie entière à écrire un rôle pour M. Boudeville. Je l'approuvai en principe, quoique je trouvasse qu'il exhalait cet aveu un peu bien vite. Il me dit, en outre, qu'il avait en portefeuille une pièce en trois actes et en vers, intitulée : *Bernard Palissy,* qui résumait de profondes études. Cette pièce et les recherches qu'elle avait nécessitées formaient évidemment sa préoccupation principale. Il était fort complet en parlant émaux, céramique et arts au XVIᵉ siècle. Un instant je crus avoir affaire à un jeune savant égaré dans la voie théâtrale. Et par le fait, il y a du savant dans M. Sardou ; c'est l'homme des livres, cherchant presque toujours en dehors de sa propre imagination.

Je ne voyais pas bien, cependant, ce à quoi je pouvais lui être utile, et cette pensée me peinait, parce que la vive amitié que je devais éprouver pour lui était sur le point de naître.

Je mis de côté l'émail un peu brusquement, et je lui demandai :

« Que voulez-vous faire avec moi ?

— Un mélodrame, » me répondit-il.

Il y en avait un dans sa poche.

Je vis alors pour la première fois cette anguleuse petite écriture qui hiéroglyphie si étonnamment la nature physique et morale de M. Sardou. Ceci était le second symptôme douteux, le troisième même, en comptant l'abandon du rôle de M. Boudeville. Je crois aux dents un peu, ayant fréquenté l'école de Mme Wagner, qui jouait de la mâchoire, comme Gall du crâne, et Desbarolles de la main. Je crois aussi à l'écriture, j'y crois même beaucoup. Quant au troisième symptôme : la « mise de côté » de M. Boudeville, notre siècle entier est *lâcheur*, au point d'avoir été forcé d'inventer ce mot répugnant pour se caractériser lui-même. Soyons cléments.

Le mélodrame que M. Sardou avait dans sa poche n'était pas bon. Il lit très mal, et sa voix faible s'éraille très vite.

Je fus navré. Il le vit. Il roula son manuscrit prestement, et se mit à me raconter tout ce qu'il n'avait pas pu me lire. Les choses changèrent d'aspect, non pas que son mélodrame devînt meilleur, mais les détails dont il l'entourait me tinrent désormais sous le charme.

Il est éloquent dans toute la force du terme, et, circonstance bizarre, ce n'est pas avec sa propre pensée. J'avais lu tout ce qu'il me disait dans Cooper, dans le capitaine Mayne-Reid et dans Gabriel Ferry; néanmoins cela me sembla original, tant il jongle adroitement avec ses souvenirs. C'est l'homme de l'emprunt continu. Il emprunte comme les généreux donnent, sans compter. Quand il a voulu justifier ses emprunts, il a emprunté jusqu'à sa justification.

Je me hâte d'ajouter que M. Sardou n'a pas tout à fait tort dans sa justification empruntée. Il faut voir les choses comme elles sont. La grande difficulté de l'art théâtral n'est pas d'inventer, mais d'approprier. Autant il serait malséant à un romancier qui a ses coudées franches de prendre l'idée ou l'invention d'autrui, autant cela est usuel, sinon permis, au théâtre. Le théâtre, à vrai dire, n'en a jamais usé autrement. Il vit de choses faites. M. Sardou, pour établir cela, aurait pu ne point remonter jusqu'à Molière, qui n'est pas son aïeul. Il lui eût suffi d'en appeler aux théories connues de M. Scribe, son oncle charmant, et de M. d'Ennery, son très habile collègue.

Dès que j'eus constaté à quel point la conversation de M. Sardou étincelait d'emprunts, je m'écriai en moi-même : *Tu Marcellus eris !* Voici une bouture dramatique !

Et je fus pris d'un vague respect, chacun de nous admirant volontiers les qualités qui lui manquent : je ne me souviens pas d'avoir jamais rien emprunté à personne, exception faite toutefois de M. Sardou lui-même, qui est mon bienfaiteur, comme je vais le confesser ci-après.

Mais je n'admirai pas seulement cette richesse inouïe de la faculté emprunteuse, cette opulence de la mémoire; je fus frappé bien davantage encore par l'habileté serrée, abondante, pittoresque, que le candidat mélodramaturge dépensait à soutenir une cause perdue. Quel homme d'affaires ! quel splendide amateur de soi ! que de conviction ! que de passion ! Il me joua des scènes à quatre en prenant toutes les poses : il rampa dans le sentier de la guerre (son drame se passait en Amérique), il scalpa quelques visages pâles, il incendia quelques wigwams ; il se poignarda pour le jeune premier rôle, il accoucha clandestinement pour l'ingénue, il fit tout, dessinant les décors, étageant les plans, disposant les meubles, allumant les lampes, donnant des rôles aux fauteuils, à la table, à la pendule, à la pincette, à la pelle et à son mouchoir : c'était un diable. Tout son corps anguleux travaillait, sa voix s'enrouait, ses cheveux fouettaient sa joue blême. Il avait fini par me prendre, ce qui n'est pas bien difficile ; je perdais plante et j'allais lui déclarer qu'il m'avait converti à sa démoniaque mécanique, lorsqu'il s'arrêta tout à coup au plus furieux moment, pour me dire froidement :

« C'est bien, je suis fixé, c'est idiot. Nous ferons autre chose. »

Il prit son parapluie (j'ai rarement vu de plus beaux parapluies que les siens), me remercia du bon accueil et s'en alla. Je le regardai traverser la cour par la fenêtre. Il portait dignement son parapluie, qui lui allait comme un gant. Le diable s'était changé en un paisible petit bonhomme d'apparence valétudinaire et un peu moisie. Je restai positivement ébloui de ceci et de cela ; j'avais la migraine des contes d'Hoffmann. Je dormis mal. Les dames de l'Odéon pleurèrent dans mes rêves, tout pleins de Peaux-Rouges écorchés, qui brandissaient des parapluies de toute beauté.

La seconde fois que j'eus l'honneur de voir

M. Sardou, il arriva à l'heure de mon travail. Je le lui fis remarquer; il ne me cacha point que cette heure lui était commode, et nous passâmes outre. Dès cette seconde entrevue, il fut le maître chez moi très despotiquement. Comme je m'avisai de lui insinuer que la soirée me conviendrait mieux pour nos rendez-vous, il me dit qu'il avait ses habitudes.

Je dus me déclarer satisfait.

Pour ces choses, il avait l'aplomb tyrannique des vieillards; pour d'autres, c'était encore un bambin, mais sans naïveté. Je sais bien où il a pris Fanfan Benoiton. Très poli, du reste, bien élevé même, sachant beaucoup, disant avec grâce, affectueux au possible quand il voulait, et parlant en bons termes de quelques belles connaissances qu'il avait déjà : Camille Doucet, Gustave Waëz, Gevaert. Matériellement, j'ai perdu un temps énorme dans ces longues causeries qui durèrent plusieurs années ; je mentirais si je faisais semblant de le regretter.

M. Sardou m'a appris des quantités de choses qu'il ignorait lui-même. Il m'a vieilli; j'en avais besoin, malgré mon âge; je le crois un parfait honnête homme, totalement dépourvu de penchants chevaleresques. Il ne m'a jamais trompé ; c'est moi-même qui me suis trompé à son égard.

Je lui en ai voulu pendant plusieurs semaines, ce qui est chez moi le *nec plus ultra* de la rancune. J'avais très probablement tort. Je n'ai conservé de mes rapports avec lui qu'une bienveillance guérie de tout élan et une curiosité toujours étonnée : la curiosité du premier jour.

Il m'apporta un second drame, puis un troisième : je ne pense pas qu'il en ait rien fait depuis.

Parmi ses nombreux succès, j'ai pu reconnaître

au passage plusieurs idées qui m'étaient familières, je n'ai pas retrouvé celles-là. En désespoir de cause, je lui racontai le *Bossu*, qui était dans ma tête à l'état de roman préparé. Il fut séduit : nous travaillâmes des années, et nous ne fîmes jamais ensemble que le *Bossu*. Je ne saurais dire ce qu'il y eut tour à tour dans ce *Bossu*. C'était un monde.

Marc-Fournier le refusa; je ne sais s'il eut raison. M. Sardou n'avait pas sans doute alors tout le talent qu'il possède aujourd'hui, mais il avait déjà un très grand talent. Seulement, à force d'être travaillé et retravaillé, ce malheureux drame était arrivé à la décrépitude.

Il tremblotait, et quand j'en voulus faire un roman pour le *Siècle*, j'eus toutes les peines du monde à retrouver la franchise de mon idée première.

Sur le roman publié, M. Sardou et moi nous recommençâmes le drame commandé par M. Harmant, alors directeur de la Gaieté. Dans l'intervalle, M. Sardou avait livré et gagné ses premières batailles. Quand M. Sardou *me demanda la permission de m'abandonner*, notre drame était fait, savoir : la part de M. Sardou en scenario seulement, et la mienne écrite.

J'ajoute que ma part ne valait rien. Ce drame n'a jamais été représenté. Dans mes souvenirs, il était beaucoup plus hardi, beaucoup plus curieux que la pièce signée par M. Anicet Bourgeois et moi, qui a été jouée au théâtre de la Porte-Saint-Martin. M. Anicet Bourgeois n'a pas besoin de mes éloges; il n'eut point communication du premier projet, son travail l'emportait peut-être sur notre ancien plan au point de vue de ce qui détermine le succès au boulevard; du moins, le succès fut-il très considérable.

J'ai dit tout à l'heure en parlant de M. Sardou :

« Nous ne fîmes jamais ensemble que le *Bossu*, » mais j'avais dit auparavant : « Parmi ses succès, j'ai pu reconnaître au passage certaines idées qui m'étaient familières. » Cela vient de ce que, en faisant le *Bossu*, nous avions remué des montagnes d'idées. On ne fait pas le *Bossu* pendant quatre ou cinq ans sans aller à droite, à gauche, devant, derrière, partout. Le long du chemin, nous projetâmes deux ou trois douzaines de pièces, parmi lesquelles il en faut compter une qui aurait eu pour sujet les étonnantes divagations de notre collaboration même. Voilà en quoi M. Sardou est mon bienfaiteur. Cette fantaisie m'a servi à faire deux chapitres des *Habits noirs*, que j'ai écrits en riant de bon cœur.

M. Sardou me disait avec cette bonhomie charmante qu'il a quelquefois : « Je prends note de tout, n'ayez pas peur d'oublier ; je suis le caissier de notre association. » Qu'il ne voie nulle amertume dans cette réminiscence. Je n'ai jamais rien rencontré dans ses œuvres qui puisse constituer un larcin commis à mon préjudice. Nous avions voyagé ensemble à travers les mathématiques d'Edgard Poë, bien avant qu'il fît les *Pattes de mouches ;* nous avions épluché, antérieurement aux *Femmes fortes*, les excentricités américaines, mais rien de cela ne m'appartenait en propre, il a été caissier fidèle ; notre caisse d'ailleurs ne contenait peut-être pas beaucoup de bon argent.

M. Sardou me pardonnera d'avoir jeté sur le papier, sans autrement creuser l'étude, les impressions qu'excita en moi notre rencontre. J'aurais pu rendre ces impressions piquantes, en touchant à des choses privées. Il se trouve, en effet, que ces choses privées révèlent un caractère à part et buri-

nent profondément les profils d'une physionomie
très accentuée; mais j'ai eu beau chercher, je n'ai
plus trouvé chez moi cette passion qui peut excuser
la vigueur de certaines touches.

Pendant un temps, j'ai cru suivre d'un œil ennemi le chemin brillant que M. Sardou se frayait
dans la vie. J'ai bien vite reconnu que je me trompais. Je le suivais, voilà tout, et ma préoccupation
n'était pas exempte de tendresse. On aime toujours
le talent qu'on a vu éclore. A mes yeux, M. Sardou
est un précieux talent, sans élan, sans cordialité,
sans jeunesse, mais souverainement adroit dans ses
choix, habile avec calcul, habile à feindre la fougue,
et arrivant à la chaleur par des prodiges de gym-
nastique cérébrale.

Les lièvres de ses civets ne sont pas toujours
tués par lui, c'est certain; mais il les ravigote à miracle, et s'il y glisse, l'espiègle qu'il est, un lambeau de gibier de gouttières, on s'en lèche les
doigts. C'est poivré magistralement. Comme il prend
sa muscade où il la trouve, rien ne lui coûte.

Il a de pleines marmites de reliefs auxquels il
donne une forme définitive à force d'esprit, d'algèbre et de migraines. S'il se bat les flancs, ce n'est
jamais en vain. Sa verve est rarement naturelle,
mais il a de la verve, ou quelque chose qui y ressemble comme deux gouttes d'eau.

Et que m'importe, après tout, le procédé qui
fouette la crème, si elle mousse? Certes, il n'a ni la
carrure dramatique d'Émile Augier, ni la science
terrible d'Alexandre Dumas fils, ni l'admirable nature de Théodore Barrière; mais ses succès ne sont
pas moins bruyants que les leurs, et ses chutes sont
plus rares. A proprement parler, il n'a jamais eu de
chute, depuis cette première dont je fus assez heu-

8*

reux pour bassiner les meurtrissures. Je ne répète pas cela pour le lui reprocher, mais pour m'en faire un mérite aux yeux de la postérité.

Désormais, je le crois à l'abri de tout naufrage; l'océan dramatique a beau être tempêtueux et profond, il n'y peut plus sombrer, parce qu'il nage entouré de lièges, de caoutchouc et de vessies. Si la vessie crève, les bouchons résistent, et la mécanique continue de flotter. J'ai vu cela maintes fois, car je ne manque guère d'aller applaudir mon ex-intime à chaque pièce nouvelle. J'ai vu encore autre chose, une chose vraiment curieuse : Quand il fait bien, ce qui arrive très souvent, le public n'est pas toujours content; mais, ventre de biche! quand il fait mal, le diable prend les armes! Chacun des petits pièges qu'il tend saisit la salle au collet. Jamais âme qui vive n'a deviné si héroïquement son « tout le monde » !

Il a carte blanche, il est Vert-Vert. On le laisse jouer avec la morale comme si c'était de la mousseline; on le laisse déshabiller ses poupées du haut en bas, sous prétexte qu'elles sont en carton. Il chatouille la vertu, il fait pousser des petits cris hystériques à la pudeur; en l'écoutant, les demoiselles Prudhomme frétillent d'allégresse comme si le cousin voyageur était inconvenant avec elles. Il fouette, il fouette, le lait monte; il fouette encore, la crème bouillonne; il fouette toujours, l'haleine lui manque, le bras lui tremble; c'est égal, il fouette, il fouaille,..: la meringue sort! Alors, c'est du délire. La critique gambade, le public ne se connaît plus, le pompier marche sur la tête, le directeur fond en larmes, l'homme du rideau a des convulsions, et les ouvreuses épileptiques lui donnent à l'unanimité leurs voix pour l'Académie.

Un dernier souvenir. Il avait la bonté de m'accorder une assez grande somme de talent, mais il me reprochait, avec une raison supérieure à son âge, d'avoir sacrifié top souvent aux méchants goûts du vulgaire.

« Vous êtes un renégat, me disait-il, et, qui pis est, vous ne saviez même pas que vous auriez pu mieux faire. »

Ah ! lui, c'est différent ! ce n'est pas en dormant qu'il s'est laissé circoncire.

PAUL FÉVAL.

Voici maintenant la riposte, l'article de M. Sardou :

Après la légende, l'histoire !... Vous permettez, monsieur Féval ?

En 1854, ami lecteur, et non pas 55 ni 56, car c'était fort peu de temps après la chute de la *Taverne*, je fus en effet présenté à M. Féval par mon ami Boudeville. Je constate d'autant plus volontiers, au début, la réalité de cette assertion, que c'est à peu près la seule exactitude à signaler dans la fantaisie aigre-douce de mon ex-patron.

Il paraît qu'à première vue je lui produisis l'effet d'une vieille femme ; moi, je ne lui trouvai rien que d'un vieil homme. Il jugea mes traits trop coupants, j'estimai les siens trop arrondis. Il admira ma chevelure, je m'extasiai sur sa calvitie. Et si mes dents lui révélèrent tout d'abord que j'étais destiné à dévorer mes semblables, à commencer par lui, son premier sourire m'apprit que j'avais affaire à l'un de ces Bretons qui, suivant la spirituelle expression de Gozlan, franchissent quelquefois la frontière, pour se promener en pleine Normandie.

Du reste, à part ces réserves mutuelles, la présentation fut charmante.

J'établis la situation respective des deux parties, avant d'entamer l'action.

D'un côté, un écrivain qui avait déjà donné toute la mesure de son talent, en se promettant de ne pas aller plus loin, et qui s'est tenu parole.

Fort contesté en ce temps-là, comme aujourd'hui, et très injustement, à mon sens, car nul romancier ne rappelle autant que lui Frédéric Soulié, moins le drame; Eugène Sue, moins la vigueur; Balzac, moins l'observation ; Mme Sand, moins le style; Dickens, moins la finesse, et Dumas, moins l'intérêt et la verve. Fort curieux à lire par conséquent, s'il ne faisait abus de certaine humour un peu lourde, qui ressemble à l'esprit français comme le cidre de sa patrie au vieux vin de Bourgogne.

Avec cela, poli, comme on peut voir, distingué en toutes ses manières, instruit sans pédantisme et sans érudition, et doué de cette aménité grasse et quelque peu cléricale qui fait dire à l'observateur léger : « Quel bon garçon ! »

D'autre part, moi!... c'est-à-dire peu de chose!... un être inconnu, de chétive apparence, très pauvre, n'ayant pour tout bagage littéraire qu'une pièce outrageusement sifflée ; meurtri de cette chute et non découragé, voulant à tout prix ma revanche, sachant bien qu'elle n'était possible qu'avec l'aide d'un compagnon d'armes, et lui apportant, en échange de son nom plus autorisé et de son expérience présumée, mon travail et mon instinct de la scène, servis par des jarrets d'acier dans un corps frêle, et par une volonté de fer.

J'arrivais à point.

L'âme de M. Féval couvait une immense aigreur. Cette aigreur, c'était 48 ! — La Révolution avait tué le roman-feuilleton !... La commande n'arrivait plus. D'autre part, à force de raconter toujours la même histoire de chouannerie, M. Féval avait fini par emprunter à ses héros une opinion politique, dont 1852 n'avait pas précisément fait la fortune. Double déception ! Aussi quelle amertume !... Vous seul, ô Seigneur ! savez tout ce que j'entendis !...

Le calme et la solitude...

La plus grande affectation des mœurs patriarcales. un merveilleux détachement des honneurs de ce monde, fortifié par l'âcre dédain de toute la confrérie des gens de lettres : voilà ce qui me fut mis sous les yeux, dans ce cabinet aux teintes sombres, où le maître travaillait en sabots : et ce à quoi je ne crus pas une seconde, à cause des sabots même ! On ne serait pas capable d'écrire une scène de comédie un peu supportable, si, le sabot d'un homme étant donné, on ne reconstituait l'homme tout entier. Dans ce riche cabinet, c'était une nuance heurtée, qui voulait trop dire ; et, voulant trop dire, elle révélait tout. Par l'empressement que M. Féval témoigne aujourd'hui à se mettre en évidence, tour à tour président de la Société des gens de lettres, conférencier, journaliste, et porteur de *Trésors littéraires* au palais des Tuileries, on peut imaginer tout ce qu'il y avait d'ambitions cachées au fond de ces sabots !

Mais, par exemple, une qui ne se cachait pas et qui se déchaînait à tout propos en un flot d'amères railleries, c'était l'envie âpre, avide, incessante, de faire rentrer sous terre mon collègue d'Ennery. Je ne sais quelle pièce de M. Féval d'Ennery avait trouvé le moyen de faire accepter au public, mais il fallait qu'il y eût quelque chose comme cela. On ne déteste pas un homme à ce point-là, s'il ne nous a pas rendu de grands services. On voit, du reste, que d'Ennery n'est pas oublié. Le même boulet nous unit; c'est bien fait, cela nous apprendra à rebâtir les pièces des autres!

Or ces deux sentiments combinés, la haine de d'Ennery et le besoin de s'affirmer sous une forme moins discréditée que le roman-feuilleton, engendrèrent chez le maître de ce logis le désir de tenter à nouveau la muse dramatique. Elle l'avait bien un peu égratigné naguère; mais en se mettant deux contre elle!... En ce moment je frappais; il ouvrit, j'entrai.

Je lui apportais un drame en projet, dont je ne lui lus pas une ligne, par l'excellente raison qu'il n'y en avait pas une d'écrite. Je lui racontai ma pièce, il n'en comprit pas un traître mot, ceci par ma faute. Du reste, pas l'ombre d'un sauvage. Cela se passait et se passe encore dans le Haut-Canada, chez les trappeurs de la Compagnie de l'Hudson. — Évidemment M. Féval fait erreur. Cette imitation dont il parle : de Cooper, de Mayne-Reid et de Gabriel Ferry, je la connais; ce n'est pas ma pièce, c'est un roman qu'il publia à cette époque dans le *Journal pour tous : les Couteaux d'or*. Là, oui, il y a profusion de sauvages: un, entre autres, qui vient scalper les Parisiens sur le boulevard, dans un fiacre à l'heure!... Du Cooper rajeuni, perfectionné, mais enfin du Cooper!

Mon drame ne lui convenant pas, je le rengainai. Je l'écrivis tout entier sans lui en rien dire, et le portai trois mois après à l'Ambigu, *toujours accompagné de mon ami Boudeville!* Ceci soit dit en passant, pour répondre à l'insinuation d'ingratitude. Si la pièce ne fut pas jouée, c'est que Desnoyers mourut, après avoir joué la *Bourgeoise*, de M. Féval, ou les *Cinq auberges*,... qui s'écroulèrent sur lui toutes les cinq !

Cette catastrophe établissait entre nous un lien de plus, l'harmonie du sifflet. Nous étions là, face à face, comme deux augures qui n'ont pas envie de rire, résolus à mettre en commun nos deux rancunes contre le public, pour tirer de lui quelque horrible vengeance. Le *Bossu* naquit de ce noir complot.

Je ne sais si la première idée de ce personnage fut suggérée à M. Féval par l'examen de mon individu, lequel a tout d'un bossu, sauf la bosse. Mais j'atteste que cette ingénieuse création lui appartient en propre. Un faux bossu, comme le beau Lagardère, qui se met du foin dans le dos pour mieux déguiser son visage, me semble une trouvaille digne de l'ingénieux esprit à qui l'on doit déjà le Peau-Rouge qui travaille en fiacre ! Ce sont là de ces inventions fortement originales, basées sur l'observation attentive des faits, profondément fouillées dans les replis du cœur humain, auxquelles doit renoncer un malheureux copiste tel que moi.

Du reste, à part cette bosse élastique, et l'enfant non moins élastique que M. Féval ne manque jamais de faire voler au début de tous ses romans, pour le dépouiller de son héritage (autre création puissante !); à part, dis-je, tout ce caoutchouc littéraire, rien de trouvé, rien de fait, rien d'écrit ! Rien et rien !

Nous retroussâmes nos manches, et nous plongeâmes résolument dans la besogne.

Dès la première séance, je vis bien où le bât allait nous blesser, et que l'attelage aurait du mal à s'entendre. Nous étions là deux inexpériences égales, mises au service des deux organisations dramatiques les plus dissemblables. Nous partions à peine, sans savoir encore où nous allions, que mon fougueux compagnon caracolait déjà dans la plaine, et m'éblouissait de sa merveilleuse fantasia. Quelle imagination! quelle fécondité! quelle féerie! quelles cabrioles charmantes dans le pays des fleurs, des rêves et des étoiles! mais quels coups de nez à toutes les barrières qui sont les scènes capitales, et quelles dégringolades dans tous les fossés qui sont les fins d'actes!

Assis sur la route, je le regardais faire, charmé... et pas content. Ceci n'est point ma méthode; je saute où l'on voudra, mais je veux savoir ce qu'il y a de l'autre côté du trou. C'est ce que Féval appelle mon algèbre. Mais quand on n'a pas, comme lui, Pégase dans son écurie, il faut bien se contenter de ce simple bidet qui s'appelle le *bon sens*.

Si ce fut terrible au départ, ce fut bien pis en rase campagne. Nous étions, par exemple, en train d'assassiner quelqu'un avec la botte de Nevers : « Que diriez-vous ici, s'écriait mon collaborateur, d'un homme... inconnu... qui paraîtrait tout à coup sur le seuil, vêtu d'un riche costume oriental? — Je dirais : Pourquoi ce Turc? — Attendez... Il est masqué, et, s'avançant, prononce trois mots arabes. — Pourquoi cet arabe? — Je ne sais; mais il me semble qu'il y a là un grand effet. — Je n'en vois pas de plus certain que de mettre les assassins en fuite. — Tant mieux! — Tant pis! puisqu'il faut de toute nécessité que nous tuions notre homme, et que, lui vivant, il n'y a plus de pièce. — Vous avez raison, brûlons ce Turc. »

Il était mal brûlé, car je l'ai retrouvé dans le

Mari embaumé, et venant toujours avec le même
à-propos.

Et comme ça pendant quatre heures!... Que M. Féval s'étonne ensuite que nous ayons mis un an à
construire un scénario, qui, raisonnablement, demandait quinze jours. Il ajoute que je sentais le
moisi en le quittant; je lui sais gré de le dire; moi,
je ne l'aurais pas osé.

L'été, passe encore!... J'arrivais à deux heures,
moment choisi par mon collaborateur comme celui
où il quittait la plume. Il jetait là ses sabots, et nous
allions, jusqu'à l'heure du dîner, raboter ce malheureux plan aux Tuileries, sa promenade habituelle.
C'était fatigant, mais sain, et je ne pouvais guère
reprocher à ce mode de travail que d'ouvrir un peu
l'appétit, dans un temps où il ne m'était pas permis
d'en trop avoir.

Mais l'hiver!... Ah! l'hiver!... les rendez-vous du
soir, par les temps les plus détestables, toujours
pour ma plus grande commodité! M. Féval me raille
très finement sur tous mes parapluies. La vérité est
que je n'en ai jamais eu qu'un, et encore pas longtemps, pour causes que je n'ai pas à déduire, et que
sa disparition vers le milieu de janvier entraîna,
pour toute la fin de la campagne, les conséquences
les plus désastreuses. De la rue des Grands-Augus-
tins, où je logeais, à la place Louvois, où demeurait
M. Féval, il y a une trotte; et le soir, à pied, forcément, par la pluie, la neige et le vent, sans autre
protection que le mouchoir noué sur le chapeau, ce
n'est pas toujours aussi plaisant qu'il le semble
croire.

J'évitais bien le Pont-Neuf, comme trop long;
mais, de la Vallée aux portes de l'Institut, rude
étape! Je laissais encore passer un grain sous les

vestibules du Louvre; et le Palais-Royal me permettait de souffler à l'aise; mais je n'ai jamais compris pourquoi la pluie, qui cessait volontiers quand j'arrivais à la galerie d'Orléans, redoublait toujours de violence dès que je mettais le pied dans la rue Richelieu.

Je livre cette observation à l'examen de toutes les personnes condamnées au même voyage, et je les crois nombreuses, à ne compter que les lecteurs de la Bibliothèque qui n'ont pas de voiture.

J'arrivais donc essoufflé, crotté, grelottant, livide; mais comment n'aurais-je pas été ranimé par la vue de mon excellent patron, assis au coin d'un bon feu, et surtout par ses cordiales plaisanteries sur mon chapeau déformé, mes chaussures avachies, et mes cheveux collés aux tempes! Il en riait de si bon cœur, que je faisais comme lui; après quoi, nous nous attelions à cette malheureuse bosse, et je me réchauffais à la rouler en tous sens.

Le lendemain, migraine! — autre matière à railleries du sel le plus fin. J'ai la migraine, quel défaut! — Un peu de charité, mon cher confrère! Si vous aviez la gravelle, je ne le dirais pas.

Le jour vint pourtant, après deux ans de rendez-vous, où j'écrivis sur les deux feuilles du dernier acte le mot FIN! Je dis je; car, outre les fonctions de secrétaire et de rédacteur du scénario, j'avais dialogué les *trois quarts* de la pièce, et je souligne *trois quarts*, bien que le travail fût divisé par moitié, parce que... Mais non, je ne le dirai pas; seulement, si M. Féval en doute, je tiens à sa disposition une scène entière écrite de sa main, la situation capitale du troisième acte, *Lagardère et sa mère.* Je l'ai précisément gardée. S'il y consent, je l'envoie au *Figaro*

pour compléter la série de ses gracieux articles.
C'est une perle.

La pièce était faite, restait à la faire jouer. Fechter, en qui nous espérions, avait quitté la Porte-
Saint-Martin pour l'Odéon, où il se proposait déjà
de jouer *Tartufe* avec une bosse ; cela faisait double
emploi. Nous portons la même pièce à Fournier,
qui la refuse. Mon collaborateur s'en étonne, pas
moi ! — Fournier se rappelait *Frère Tranquille !*

Et patatras ! la pièce retombe dans ses cartons,
M. Féval dans ses romans, et moi dans ma misère.

Un jour, jour de soleil, ce petit mot m'arrive :
« Mon cher ami, venez vite... Notre *Bossu !...* » J'y
cours. « Voici, me dit M. Féval ; le *Siècle* me demande un feuilleton, notre *Bossu* me fait bien la
mine de ne jamais être joué ; voulez-vous que je le
convertisse en roman ? — Parbleu, oui. Merci. »

En m'en allant, je supputais, à part moi, ce que
l'on pourrait bien donner à mon collaborateur pour
ce roman : « Quelque dizaine de mille francs, au
moins. Il me reviendra bien là-dessus cinq cents
francs pour ma part. » Et cinq cents francs cette
année-là !... Des jours, des mois s'écoulent, pas un
mot d'argent. Le roman paraît, rien encore. Il s'a-
chève, il est achevé ! Une lettre arrive... Enfin !
c'est pour cette fois !... J'y vole, et M. Féval me re-
met, avec une effusion qui va jusqu'aux larmes, un
exemplaire du roman, contrefaçon belge, introduite
en fraude.

Je ne pouvais même pas le vendre !

J'emportai ces bouquins, tout songeur, me disant : « Je me suis trompé. » Il paraît que dans ces
cas-là on ne donne rien, et que la collaboration de
la pièce n'entraîne pas celle du roman. Moi, c'est
drôle, j'aurais donné ! En quoi je raisonnais bien

comme un *parfait honnête homme*, qui n'entend
rien aux procédés des natures *chevaleresques*. Je
ne raconterai pas, après cet aimable épisode, comment le très heureux roman de M. Féval, ayant remis notre idée en lumière, Mélingue se prit de goût
pour notre héros; comment j'allai chez lui, à Veules,
où je passai le plus heureux mois de ma vie, au
milieu des plus braves cœurs du monde; comment
nous ramassions, Mélingue et moi, des galets le
long de la mer retentissante, en vue de lui bâtir une
tour (car j'ai fait tous les métiers, pour ce malheureux *Bossu*, même la maçonnerie!); comment, tout
en bâtissant la tour, nous démolissions le *Bossu*,
pour en faire un à son idée, lequel devait répondre
à une terrible exigence de Mme Mélingue : c'est à
savoir que ce *Bossu*-là n'aurait même pas la bosse
intermittente du premier, et qu'il n'en aurait pas du
tout; comment enfin le résultat fût, outre la tour
bâtie, tout un scénario nouveau, construit par moi,
plus cinq actes qui ne valaient point les premiers,
ainsi qu'il arrivera de toute pièce trop soumise aux
exigences du principal interprète; comment enfin,
ladite pièce étant refusée par Chilly, le *Bossu* re-
tomba de nouveau dans ses cartons, M. Féval dans
ses feuilletons, et moi... Mais je l'ai déjà dit.

Je saute à pieds joints sur de longs mois.

A force de nager, je me noyais. Déjazet passe :
elle me tend la perche. Montigny me tend la main,
et me voilà sur la rive, un peu étourdi, mais sauvé.

Un homme paraît, s'élance, et se jette dans mes
bras : « Ce cher enfant! quelle joie! mais aussi quel
esprit! quelle verve! quelle jeunesse!... (tout ce
que je n'ai plus!) Or çà, quand jouons-nous le
Bossu? »

C'était mon ex-patron, que je n'avais pas vu depuis

deux ans, preuve de la touchante intimité qui nous unissait.

Revenir au *Bossu*, j'y comptais bien. On n'a pas travaillé six ans sur une pièce sans lui demander quelque chose en échange. Mais je n'étais pas absolument content du premier travail. On convient de l'améliorer. Nous traitons avec la Gaieté, et rendez-vous est pris dès l'instant.

Mais rendez-vous *chez moi !* — Notez cette nuance en passant, ami lecteur, elle est grosse d'orages. — De ce jour, en effet, et par suite de mon heureux début au théâtre, mon ex-patron passait apprenti. Or, si bon que l'on soit, demeurer caporal, et voir lieutenant un gamin qu'on a connu si maigre : c'est dur.

Le nouveau scénario fut enlevé à la baïonnette. Ici M. Féval est trop modeste. Il en fit sa part, et grande. Ce scénario valait mieux que celui de la pièce que l'on a jouée. C'est son avis, c'est aussi le mien. — Je partagerai le travail... — Je vous demande vraiment pardon, lecteur ; c'est monotone, j'en conviens, mais je ne suis pas ici pour mon plaisir, ni pour le vôtre ! On m'attaque, je me défends. Croyez bien que j'aimerais mieux me promener et vous laisser tranquille... Justement, le soleil a reparu ; je vois là-bas mes marronniers roses et mes faux ébéniers en fleurs... Enfin, que voulez-vous, on a des confrères !... — Donc, je divise le travail, six tableaux pour lui, six pour moi : il m'apporte les deux premiers... Et c'est ici où tout s'écroule !

Si M. Féval ne me mettait à l'aise par sa franchise sur son propre compte, et son sans-gêne sur le mien, j'atteste que je ferais encore ce que j'ai fait une première fois, où je lui donnai, à cette même place, l'exemple de la réserve. Rien n'a plus mau-

9

vaise grâce, à mon sens, que ces querelles soi-
disant littéraires, où les deux parties se renvoient
la balle, pour l'ébattement de la galerie. C'est avec
un profond dégoût que j'ai pris la plume ce matin,
honteux du rôle que l'on me force à jouer. Je trouve
humiliant, monsieur Féval, que des hommes d'honneur et de talent, comme vous et moi, quoi que nous
en disions, prennent ici à témoin de leurs petites
guerres intestines un public dont ils ne relèvent
que pour leurs œuvres !... Ceci dit en passant,
je maîtrise le haut de cœur, et je poursuis :

Vos deux actes, monsieur Féval, n'étaient pas
mauvais, comme vous le confessez; ils étaient détestables.

Une tuile sur ma tête ! ce n'était plus six tableaux
que j'avais à écrire, c'était douze : votre part, plus
la mienne. Et pour cela, trois mois à peine, et pris
en partie par une autre pièce :

Je cours à Harmant, et je lui demande un délai,
qu'il n'accorde pas. Que faire? Vous dire la vérité?
Un chevalier n'eût pas hésité : un honnête homme
y répugnait. Je ne vois qu'une solution possible :
s'adjoindre un collaborateur nouveau qui fasse votre
part. Je vous le propose, et déguise, bien entendu, le
vrai motif qui m'y contraint, mettant tout sur le
compte du travail excessif, de la fatigue, etc. Vous
faites la grimace, mais je me hâte d'ajouter que ce
collaborateur nouveau touchera ses droits sur les
miens, sans réduire en rien les vôtres. Et le sourire
reparaît ! Quelqu'un fait remarquer que ce sera trop
de trois noms sur l'affiche.

J'offre de supprimer le mien... Enfin on ne trouve
qu'un seul collaborateur : Anicet Bourgeois, qui
réclame, avant tout, la moitié des droits. Je vous
vois pâlir... Je vous rassure, en déclarant que,

puisque ceci est une question de vie ou de mort pour la pièce, je cède au nouveau venu *tous mes droits*... De telle sorte qu'il y aura moitié pour pour vous, moitié pour lui, et *zéro pour moi !* J'ajoute que, néanmoins, je ne renonce pas à ma part active et morale du succès, et, qu'indépendamment de mes notes, manuscrits, etc., remis à Anicet, je m'offre à lui fournir tous les détails du nouveau scénario, dont j'ai seul la clef, et pour cela, comme pour tout le reste, à assister à tous les rendez-vous que l'on voudra, quand on voudra, chez qui l'on voudra !

Vous acceptez héroïquement l'abandon de mes droits ; vous faites emballer et prendre tous mes manuscrits, y compris le premier. Et, cela fait, plus de nouvelles, qu'une lettre de rupture !

C'est là ce que vous appelez le chagrin que je vous ai fait !

Je restai debout, un peu sot. C'était une seconde édition belge. Puis, je compris bien vite, car c'était clair. Il y avait là deux choses : une vengeance fort habile, doublée d'un intérêt d'amour-propre bien entendu.

Toutes ces négociations n'avaient pas eu lieu sans mille petits coups d'épingle à votre adresse. C'était d'abord le mouvement d'effroi dont les directeurs n'avaient pas été les maîtres à votre apparition ; puis leur empressement à ne voir que moi dans cette affaire ; puis mon effarement après la lecture de vos deux tableaux : émotion que vous ne pouviez pas attribuer à l'enthousiasme ; enfin cette proposition malsonnante de quelqu'un : Qui des trois noms à élaguer sur l'affiche ?

Eh bien ! non, là, vraiment, vous ne m'épargnez guère. Mais je serai généreux, et je passe...

Quant à l'intérêt d'amour-propre, il est limpide. Moi sorti du *Bossu*, vous n'étiez plus son auteur pour un tiers seulement; et, en cas de succès, toute ma part de paternité vous revenait de droit. Quelques mois après, le *Bossu* fut joué à la Porte-Saint-Martin, on sait avec quel succès, et je pus saluer toutes mes connaissances au passage. M. Féval dit qu'Anicet Bourgeois n'eut pas communication du premier manuscrit. Je le crois, puisqu'il le dit, car je n'ai jamais vu sa parole en faute. Mais Anicet n'avait pas besoin de ce manuscrit.

Il lui suffisait, avec son habileté ordinaire, de retrouver dans le roman la trace lumineuse de la pièce primitive, de la reconstituer acte par acte, et souvent scène par scène, puis de fondre le tout, assaisonné d'un dialogue nouveau, et de servir chaud. Toutefois je vois encore sa stupeur le jour où, chez Lévy, il me demanda quelle était ma part de droit, et que je lui répondis :

« Rien; c'est une habitude entre M. Féval et moi. »

Je pouvais du moins espérer que j'avais conquis la paix; je ne disais rien, je ne réclamais rien; et il n'y avait pas dix personnes à Paris pour soupçonner que j'eusse mis la main à la pâte. Point ! M. Féval n'était pas encore satisfait.

Il se disait quelquefois, la nuit : « Mais, en vérité, je suis bien bon. Comment, voilà un homme avec qui j'ai fait une pièce; de cette pièce je tire un roman, et je ne lui donne pas un petit écu. De ce roman, je retire la pièce, que l'on joue avec un succès énorme, et il n'en a rien, ni l'honneur ni le profit !... Mais ce M. Sardou est un indigne homme. On n'exploite pas ses collaborateurs de cette façon-là !... Quelle âpreté de gain ! quel mercantilisme !... Je vais le désigner à l'indignation publique. »

Et là-dessus, première lettre dans le *Figaro,*
aussi ambiguë que la dernière ; mêmes insinuations,
mêmes coups de boutoir ; pas un fait... Mais quelles
larmes à propos versées ! « Les larmes, s'écriait
quelqu'un de son cortège, *les larmes d'un père
attendri !* »... *Père attendri* me paraît sublime !

Cette lettre venait mal. — On jouait alors les
Ganaches, et Dieu sait quel déchaînement autour
de leur succès ! — J'étais excédé d'injustes attaques
et de critiques malveillantes. Deux hommes dont
j'admirais le talent mieux que personne m'accusaient,
dans ce même *Figaro,* de leur avoir volé (toujours !)
le sujet de ma pièce. Contre ma comédie elle-même,
quelles clameurs ! Où je n'avais voulu faire qu'une
œuvre de conciliation, dont la conclusion fût l'accord de tous les partis dans leur dévouement à
la cause commune, on ne cherchait que l'humiliation de ces mêmes partis aux pieds du pouvoir. Où
j'avais rêvé, dans le mariage symbolique de Marcel et
de Marguerite, l'union de la liberté maladive et du
progrès bien portant, on ne voulait voir que le pané-
gyrique de M. le préfet de la Seine, et le percement
de la rue Lafayette !... Où je faisais profession du
libéralisme le moins douteux, je ne récoltais que
soupçons, attaques et rancunes des plus chauds
partisans de ce même libéralisme. « Pourquoi, criait
l'un, n'est-elle pas complète, votre galerie ? —
Monsieur, parce qu'elle ne peut pas l'être. — Et
pourquoi, criait l'autre, ce soin de ne pas nommer,
parmi les écrivains du jour, le plus grand de tous,
qui est un exilé ? — Mais, citoyens, parce que la
commission a biffé son nom sur le manuscrit. —
Vous insultez les dieux, disait un troisième dans la
Revue des Deux Mondes, et vous conspuez la plus
honorable famille. — Mais non, Messieurs, je ne

raille que le bourgeoisisme d'autrefois, qui est bien fini, grâce à Dieu ! et personne n'estime plus que moi la famille dont vous parlez, et qui est encore : « l'inconnu ! » — Allons ! allons ! reprenait le chœur, c'est un courtisan ! — Bien maladroit, alors convenez-en. » Mais on ne m'écoutait plus, et voilà comment, exaltant l'avenir, on peut passer pour flagorner le présent.

J'avais bien à faire de répondre à M. Féval ! Je répondis pourtant trois mots, haussai l'épaule, et passai mon chemin. En quoi j'eus tort. Le cas du *Bossu* voulait être éclairé. Par les accusations ambiguës de M. Féval, par mon silence, il passa à l'état de légende, où le diable lui-même n'aurait vu goutte.

Des années encore !... Et, pour le coup, je croyais cette affaire-là bien enterrée. Non, encore M. Féval !

Mais, mon Dieu, monsieur Féval, à qui en avez-vous ? Qu'est-ce que vous voulez encore ? Après vous avoir donné cette pièce-là, je ne puis pourtant vous donner les autres !

Ah ! ce que vous avez, je le sais trop bien !

... O rancune du collaborateur mis au second rang ! humiliation du dramaturge éconduit, *dès* qu'il est seul. O déception de ces deux années, qui n'ont pas justifié tant d'espérances ! O âcreté ! ô bile ! ô fiel ! que tu te trahis à chaque ligne de ce réquisitoire, poli comme l'acier, pour me percer plus outre ! Que tout cela veut bien dire :

« J'enrage !... Quoi ! j'ai le *Bossu*, un grand succès !... Je triomphe ! Voilà d'Ennery sous terre ! Je crois pouvoir enfin de mes deux cents volumes de romans extraire autant de pièces que de chapitres, et autant de succès que de pièces !... Eh bien, non... En vain je noircis du papier, ce labeur avorte ! Et

depuis ce *Bossu*, je n'ai pu enfanter, en dépit du
talent de tous mes collaborateurs, que le *Capitaine
Fantôme*, qui est tombé, le *Mousquetaire rouge*, qui
n'a pas réussi, et *Jean qui rit*, qui n'a point fait
rire ! Et quand j'apporte un manuscrit, le directeur me dit : « Est-ce un *Bossu*?... » Et ce n'est pas
un *Bossu*!... Et j'en ai conscience !... Et j'ai conscience aussi que je n'ai fait ce *Bossu* que pour un
tiers ! Et je n'ai qu'un enfant!... Et je ne suis pas
son père ! »

Et là-dessus! Tiens! monsieur Sardou, attrape!...
« Ah! tu réussis, toi. Et moi, pas!... Et tu n'as ni
fraîcheur, ni verve, ni rien ! » Hé! là ! monsieur Féval, doucement! mes pièces ne vous plaisent pas,
j'en suis ravi. Car, pour vous plaire, il faudrait
qu'elles ressemblassent un peu aux vôtres; et le
moment où elles commenceraient à vous charmer
serait peut-être bien celui où le public ne voudrait
plus mordre.

Le public! Quel mot ai-je dit là! Ah! ah! c'est
bien M. Féval qui fait cas du public!... Eh bien!
attends, va, public, à toi le dé! Écoute M. Féval
en sa péroraison, et médite bien la façon dont il te
traité! Mais aussi conviens que tu ne l'a pas volé!

« Quoi! public ignare, tu fais un succès à la *Famille Benoîton*, et tu laisses tomber à plat *Jean qui
rit*!... Tu te gorges, public abruti, des merin-
guettes de M. Sardou, et tu répugnes aux galettes de
sarrazin de M. Féval!... Tu conduis tes filles aux
Vieux garçons, public immoral! et tu ne les mènes
pas au *Mousquetaire rouge*!... Mais tu es si totalement dénué de raison, ô public! que quand M. Sardou
fait bien, ce qui est rare, tu n'y comprends goutte,
et que lorsqu'il fait mal, ta femme pousse de petits
cris hystériques, et toi tu gambades comme un

singe!... Et tu ris!... et tu oses rire ! Ris donc, par-
terre ! »

Ma foi, bon public, tire-toi de là comme tu pour-
ras! Moi j'ai fini, et je me sauve, n'aimant plus
la *mousse* dès qu'elle tourne à l'écume.

Tout cela pour dire à *tout le monde* (autre imbé-
cile qui, ayant plus d'esprit que Voltaire, n'en a pas
autant que M. Féval), pour lui apprendre que je
suis un peu l'auteur du *Bossu*, et que les affaires
théâtrales de mon ancien maître ne vont pas aussi
bien qu'il le voudrait. Belle nécessité !

Enfin, pour dernier trait, M. Féval fait un article
contre moi : on le lui paye! Et je suis obligé,
moi, de lui répondre *gratis!*... Il était écrit que cet
animal de *Bossu* ne rapporterait jamais rien, qu'à
mon collaborateur.

VICTORIEN SARDOU.

*
* *

Peu d'années avant sa conversion, Féval fit
au théâtre de la Gaieté une causerie sur le
théâtre-femme, à propos des théories et des
thèses émises par l'école dramatique contemporaine, notamment par M. Alexandre Dumas
fils. Il voulait parler de l'*École des femmes* de
Molière, mais il prit texte de cette comédie pour
développer quelques idées fort originales, et qui
ne furent point, d'ailleurs, accueillies avec
faveur par un public soumis aux paradoxes
trop spirituels de certains dramaturges. Quel-

ques extraits feront mieux connaître l'esprit de
cette causerie, où déjà perçait le mépris de Féval
pour le théâtre, où il ne vit plus tard qu'un
art secondaire.

De tous les besoins de l'homme, disait-il, je me
suis laissé dire que le plus impérieux est le besoin
d'enseigner. Au théâtre, cette pente est dangereuse,
parce que la vérité du professeur n'est presque
jamais la vérité de tout le monde. Aussi ce que
peuvent bien coûter à ceux qui les exercent ces
doctorats sans diplôme, je ne me charge pas de le
calculer; mais, quoi qu'il en soit, la thèse n'en reste
pas moins égale et même supérieure à ses plus
grands succès. Elle vaut mieux que sa vogue. Son
incroyable vitalité se démontre par le seul fait
d'avoir résisté à ses propres excès.

Elle est encore la seule chose littéraire qui nous
occupe et qui nous frappe, la seule qu'on écoute,
la seule qu'on discute au milieu de nos bourdonne-
ments politiques. Pourquoi? Est-ce parce qu'elle
donne des leçons de métaphysique, de physiologie,
de théologie même un peu, et de morale regardée
à l'envers? Non, n'est-ce pas? Alors pourquoi?

Et plus loin, sur un autre ton, il ajoutait :

Je sais bien qu'autrefois (mais il y a si longtemps!) l'art dramatique était un sacerdoce. La
scène primitive, parlant à des peuples primitifs de
faits nationaux, de sentiments religieux ou patrio-
tiques, était, certes, un enseignement; et la tragédie grecque, évangile païen, résumait la somme
entière des notions historiques et philosophiques de

la Grèce. Mais, chez nous, il n'y a jamais rien eu
de pareil. Nous ne savons pas célébrer notre foi,
nous ne savons pas chanter nos gloires. Il nous
faut la dictée d'autrui. Nos grands tragiques eux-
mêmes, Corneille en tête, parlaient déjà des langues
étrangères ou mortes.

En France, parmi les œuvres illustres, nous
n'avons ni la tragédie shakespearienne vibrant aux
souvenirs de nos vieux temps, ni même le drame
de Schiller poussant nos cris d'indépendance, encore moins l'épopée en action de Guilhem de Castro.
Chez nous, ces choses-là se chantent. Notre chanson
est sérieuse, notre théâtre n'est qu'un jeu, un peu
splendide souvent, sublime parfois, mais un jeu.

Aussi, malgré mon vif désir de lettré, je n'ose pas
prendre au sérieux cette renaissance tragique qui
est saluée de tous côtés par des cris de joie si res-
pectables.

Que l'éternelle beauté soit dans l'œuvre d'Eschyle
comme dans l'œuvre d'Homère, cela ne soulève
aucun doute. Il est certain aussi que la poésie de
tous les peuples et de tous les siècles a puisé abondamment à cette source qui bouillonne aux plus
hauts sommets de l'art antique; mais il manque
quelque chose à cela pour nous. Je ne sais, Dieu
n'y est pas, — et nous n'y sommes pas non plus,
nous, les fils initiés ou déçus des derniers âges
de la terre. L'émotion que font naître en nous ces
immensités traduites et ces brutalités exhumées se
mêle à trop d'étonnements. Nous n'y croyons pas.
C'est encore un jeu.

La mode, ce despote en enfance qui s'amuse de
tout, même du beau! pour jouer un instant avec
cela comme avec autre chose, inocule l'enthousiasme des prosélytes aux badauds qui ne compren-

nent pas ; mais, malgré des efforts généreux très
élevés, et auxquels j'applaudis pour ma part de toute
mon âme, la tragédie est morte.

De temps en temps, le baiser du génie vient toucher à la lèvre du cadavre divin. Il bouge alors, et
il parle, mais c'est pour retomber bientôt dans son
sommeil éternel.

Jamais plus la tragédie ne s'éveillera tout à fait,
à moins que, par un miracle ardemment sou-
haité, la tragédie ne s'éveille un jour, moderne,
française, chrétienne, priant ou blasphémant le
vrai Dieu, cherchant son amour et sa haine, trouvant son héroïsme et ses fureurs, toute sa passion,
toute sa fièvre dans les entrailles de notre histoire.
Alors elle cessera d'être pour nous ce fantôme qui
glisse hors du réel, dans un rayon incertain ; elle
sera ce qu'était la fille d'Eschyle aux jours de sa
jeunesse ; elle aura notre sang plein ses veines, elle
vivra de la vie même de la patrie !

Je ne sais pas si c'est possible. En tout cas, nous
n'en sommes pas là.

Après sa conversion, Féval répudia très nettement le théâtre. L'auteur de ce livre eut la
chance de faire représenter, au théâtre de la
Porte-Saint-Martin, un drame, *le Prêtre,* qui
obtint quelque succès et fit même quelque tapage. C'était au lendemain des expulsions des
ordres religieux. Faire paraître sur la scène un
prêtre, en qui s'incarnaient les plus héroïques
vertus, pouvait passer pour un acte d'audace.
Féval en fut à demi-content, comme en témoi-

gnent quelques lettres qu'il m'adressa à ce
moment. Il ne voulut même pas assister à la
« première », et il m'écrivait :

Paris, dimanche.

Mon cher Buet,

J'ai ouvert le journal avec émotion ce matin. Je
vois que votre succès a été éclatant. Que Dieu soit
béni ! Usez-en bien ; vous n'en aurez jamais plus
que je le souhaite.

Je vous en ai voulu un peu pendant vingt-quatre
heures pour le *Coup de grâce*. C'était pour vous
surtout que j'étais contrarié, car vous ne me parais-
siez pas avoir marché vrai. Mais, après avoir versé
trois larmes assez mal dessinées dans une lettre à
Palmé, je n'y ai plus pensé. Toutes choses arrivent
par la volonté de Dieu.

*Je m'entête à vous dire que, vous aimant bien,
j'aurais préféré vous voir vaincre ailleurs qu'au
théâtre. C'est une opinion de vieux. Mais vous ne
comprendrez bien mon sentiment que plus tard.*

Nous sommes à l'heure de la joie, et je vous dis
bravo du meilleur de mon cœur.

P. FÉVAL.

Paris, dimanche.

Mon cher Buet,

L'affiche du *Prêtre* illustre toutes les murailles de
Clignancourt, beau port de mer. Me permettez-vous
un conseil ? Je vois que vous préparez le *Magistrat*.
Vous n'avez pas appelé le prêtre l'*Ecclésiastique*. Il

y a de grands mots français et de grands mots officiels ou bourgeois; le grand mot français, quand il
s'agit de la toge, est le *Juge*. Il est plus court, et il a
cent coudées de plus que le magistrat. Pensez-y.

A vous,

P. Féval.

Paris, lundi.

Mon cher Buet,

Je lis le beau compte rendu de de Pène, et je vous
crie rebravo. Envoyez-moi, s'il se peut, une loge
pour mon fils et son patron; sinon, envoyez deux
bons fauteuils.

A vous,

P. Féval.

Paris, mercredi.

Cher ami,

Coupez le deuil en carré, ça deviendra tout blanc.
Hier mardi, mon fils et son patron ont pris deux
fauteuils, parce qu'ils avaient donné la loge. Ils sont
revenus enchantés de la pièce, des acteurs et du
public, admirablement disposé. Mon fils n'a encore
vu que *Lucrèce Borgia;* il dit que le *Prêtre* est bien
plus beau. Vous n'êtes pas trop maltraité par le *Soleil,* et ça va s'établir en grand. Tout le monde m'en
dit un bien énorme.

A vous,

P. Féval.

Paris, lundi.

Auteur du *Prêtre*,

Voici pour le coup une rude risette de Phébus Apollo ! Ce temps torride rend moins indiscrète la prière que je vous fais d'envoyer une bonne loge à mon beau-frère *cette semaine* (il part samedi).

Adresse : M. le docteur A. Pénoyée, 8, place Louvois.

Hier, à la chapelle du Sacré-Cœur, il y avait tout de même énorme foule et *procession sous le grand soleil*. Je voyais un Père, plus chauve que moi, dont le crâne-miroir m'incendiait.

Le terrain vague que j'appelle mon jardin va prendre feu.

Un orage ! un orage !

A vous de tout cœur,

P. FÉVAL.

Paris, lundi.

Cher ami,

En m'éveillant, j'ai entendu tomber l'argent chez vous. Le soleil commençait à menacer les théâtres. Pourtant les trois vieux chiens que je vois me disaient que votre succès est *fait* et solide. Que Dieu en soit béni !

La pluie était bonne aussi pour la lande que j'appelle mon jardin. Je pense que mon héritier (dont le patron s'est absenté) pourra profiter de votre loge mercredi. J'ai eu quelque peine à me priver de cela.

Palmé m'avait raconté Rochefort et Sarcey.

A vous de bon cœur,

P. FÉVAL.

Paris, dimanche.

Mon cher Buet,

Voici la pluie qui commence à inconvénienter mon jardinier. J'avais en espoir une demi-grappe de raisin, elle est compromise. C'est la faute au *Prêtre*.

Envoyez, si vous pouvez, une *bonne loge* à notre ami Poli, qui vous a (plusieurs fois) si bien traité à la *Civilisation*. Il a bien du talent, et y joint le désir de voir le *Prêtre*. S'il reste une place, donnez-la-lui : *vicomte de Poli*, 37, *rue des Acacias* (*Ternes*), Paris. Donnez-lui un tour de faveur.

A vous de bon cœur,

P. FÉVAL.

Je rouvre ma lettre, parce que je reçois votre carte à l'instant. La Société[1] est pour moi comme le théâtre. Je n'y suis *jamais* retourné depuis que j'y avais été pour vous. J'essayerai d'aller ; mais en tout cas, Gonzalès aurait une lettre de moi avant la séance.

*
* *

Il y aurait bien à parler de Paul Féval poète, mais il n'a guère fait que les chansons chantées par ses héros, dans ses romans. Il en est une qu'on a bien souvent donnée comme l'hymne populaire des Vendéens.

[1] Des gens de lettres.

La voici :

> Monsieur d'Charette a dit aux du Louroux :
>   Mes bijoux ;
> Pour mieux tirer mettez-vous à genoux.
>   Prends ton fusil, Grégoire,
>   Prends ta gourde pour boire,
>   Prends ta vierge d'ivoire :
>   Nos messieurs sont partis
>   Pour chasser la perdrix.

> Monsieur d'Charette a dit à ceux d'Montfort :
>   Frappez fort,
> Le drapeau blanc défend contre la mort.
>   Prends ton fusil, Grégoire,
>   Prends ta gourde pour boire,
>   Prends ta vierge d'ivoire :
>   Nos messieurs sont partis
>   Pour chasser la perdrix.

> Monsieur d'Charette a dit à ceux d'Clisson :
>   Le canon
> Fait mieux danser que le violon.
>   Prends ton fusil, Grégoire,
>   Prends ta gourde pour boire,
>   Prends ta vierge d'ivoire :
>   Nos messieurs sont partis
>   Pour chasser la perdrix.

> Monsieur d'Charette a dit à ceux de Conflans :
>   En avant !
> Ralliez-vous à mon panache blanc.
>   Prends ton fusil, Grégoire,
>   Prends ta gourde pour boire,
>   Prends ta vierge d'ivoire :
>   Nos messieurs sont partis
>   Pour aller à Paris.

Paul Féval en revendique la paternité dans ce spirituel billet au vicomte de Poli :

Je suis votre collaborateur : *que payez-vous ?* comme on dit rue Marcadet. Le chouan qui vous a donné *Prends ton fusil, Grégoire !* est un farceur. C'est moi l'auteur de ce grand poème, et, malgré mon antiquité, je n'étais pourtant pas à la prise de Saumur.

J'avais une espèce de voix autrefois, et je chantais au piano des chants ORIGINAUX (que je faisais), et dont quelques-uns ont bien couru la Bretagne, vers 1865-1866. « Prends ta gourde *pour boire,* » est un hugotisme. « Prends ta vierge *d'ivoire,* » procède du même Jupiter romantique, que le bon Cathelineau ne connaissait pas. C'était mal bâti, mais l'air empoignait, et l'idée aussi. J'avais des succès formidables chez ma belle-mère avec ça. Il y avait une autre bourde :

> Les vieux Bretons n'aiment pas l'insolence ;
> Ils ont de la tête et du cœur...

que tout Lorient chantait.

Vive le roi, cher ami, du plus profond de mon âme ; mais aimer Dieu, même avant le roi, c'est la condition suprême pour bien servir le roi. Je suis venu ici me réfugier sous le Sacré-Cœur, parce que j'ai compris (bien tard !) que la hideuse révolution ne s'était pas faite sans le roi, sans la noblesse, ni même sans le clergé. Dieu punit ceux-là mêmes qui ont péché, et la révolution n'est que le *pensum* infligé par Dieu à ceux qu'il aime, — mais qui ne l'aiment pas assez. — Pardon de ce radotage, j'espère beaucoup en vous.

Votre vieil ami,

P. FÉVAL.

Mais s'il n'est pas utile de reproduire toutes ces alertes chansons où l'on respire un bon parfum de terroir, qui donne à la plupart une saveur exquise de poèmes populaires, on ne lira pas sans intérêt un conte, en style épique, que l'auteur nous lut, un soir que nous avions été treize à dîner chez lui.

TREIZE A TABLE

LÉGENDE BRETONNE

Le père avait promis dès longtemps une histoire
Qui ne venait jamais : une grande et bien noire.
Novembre a de longs soirs au village; les yeux
Se fermaient. Tout le monde était silencieux
Autour du feu mourant, chargé de cendres blanches.
Le vent seul bavardait au dehors dans les branches.
« Père, ta grande histoire, est-ce pour aujourd'hui ? »
Le père était muet toujours. Auprès de lui,
Les petits se roulaient sur la terre mouillée,
Et l'heure se traînait, l'heure de la veillée.
Mais enfin le vieillard leva la tête et dit :
« Je vais vous raconter l'histoire du maudit. »

I

Il était une fois au pays de Bretagne,
Tout en haut, tout en haut d'une haute montagne,
Il était un château qui s'appelait Pendor.

Son seigneur était comte et de lignage antique;
Car l'écusson de pierre, au-dessus du portique,
Portait *d'azur au lion d'argent couronné d'or.*
Le comte était puissant : quand son beffroi d'alarmes
Tintait aux alentours ses sonores appels,
La grand'cour du manoir s'encombrait d'hommes d'armes.
Il était bon seigneur : entre tous les castels
On renommait Pendor, où le vassal en larmes
Jamais n'interrompait le chant des ménestrels.
Il était tout cela, mais sa tête rebelle
Ne savait pas fléchir au seuil de la chapelle;
Son front restait couvert même dans le saint lieu,
Et souvent il buvait, blasphème pitoyable,
Une rasade ou deux à la santé du diable.
Bien proche est le malheur, pour qui ne craint pas Dieu !

II

Or il advint qu'un jour, du sol jusques au faîte,
Sous la main des vassaux, tout exprès appelés,
Le castel se vêtit de ses habits de fête;
Partout l'argent et l'or, aux guirlandes mêlés
(Le comte avait voulu l'ordonnance parfaite),
Et partout la splendeur des cristaux ciselés.
La table des festins, à la nappe ouvragée,
Sous un monceau de mets fléchissait, surchargée;
Douze sièges dorés se rangeaient alentour.
Toute prête à verser sa liqueur délectable,
Une tonne d'argent, au milieu de la table,
Sur un trépied géant trônait comme une tour.
C'est dimanche. Pendor n'allait guère à la messe;
Le cor, qui sonne au loin ses appels éclatants,
Annonce le retour de la chasse. On abaisse
Le pont-levis; la porte ouvre ses deux battants,
Et douze cavaliers, sur la pelouse épaisse,
Arrêtent dans la cour leurs chevaux haletants.
Le comte de Pendor leur ouvrit la grand'salle,
Et dit : « Mes compagnons, damoiselle ou vassale,

« Point de femme ! la barbe seule est du gala ! »
Et comme tous de l'œil interrogeaient leur hôte :
« A douze, nous fêtons la sainte Pentecôte ! »
Dit-il. Et tous de rire, ah ! de rire aux éclats.

III

Le festin commença. Point n'est besoin de dire
Qu'on oublia d'abord le *Benedicite*.
On riait, on buvait, — tant qu'on peut boire et rire.
Et déjà, s'emparant du convive exalté,
Le vin dans chaque tête allumait le délire :
Mais aucun toast encor n'avait été porté.
Pendor, le front marbré de pourpre et de livide,
Un instant regarda la tonne à moitié vide;
Puis, versant du rubis plein sa coupe de fer,
Il dit : « Depuis le temps que nous sommes à table,
« Nous avons négligé notre seigneur le diable;
« Je porte la santé du maître de l'enfer !
— Le maître de l'enfer vous rend grâces, Messire ! »
(Un convive de plus avait surgi soudain.)
« Salut ! » dit-il avec un étrange sourire.
C'était un chevalier. Son armure d'airain
Avait de ces reflets qu'on ne sait pas décrire.
La coupe, à son aspect, trembla dans chaque main.
Tous mesuraient de l'œil sa taille colossale;
Sa voix faisait vibrer les vitraux de la salle;
Le comte de Pendor lui-même avait pâli.

IV

« Eh bien ! mes bons seigneurs, dit l'inconnu, ma vue
« A-t-elle empoisonné la coupe à demi bue?
« Voici mon verre, allons ! J'entends qu'il soit rempli ! »
Le comte : «Votre nom, d'abord ! » L'autre : « Mon maître,
« Il sera toujours temps pour toi de le connaître.
« En attendant, j'ai soif, et je bois... : qu'en dis-tu? »
A ces mots, l'étranger, d'un geste formidable,

Atteignit sans efforts, au travers de la table,
La tonne, et l'enleva comme un mince fétu.
Un frisson de terreur parcourut l'assemblée,
Plus d'un convive eût fait le signe de la croix,
Sans la mauvaise honte à la stupeur mêlée.
Le comte de Pendor se leva par trois fois,
Mais il eut beau chercher, dans sa tête troublée,
Un ordre pour bannir son hôte discourtois,
Il s'assit. Le géant but et se mit à dire :
« Où prends-tu, mon seigneur, ce petit vin pour rire?
« Voici ta tonne vide, et je veux boire encor. »

V

Et tandis qu'il parlait, derrière sa visière,
Son regard flamboyait d'une rouge lumière ;
Sa voix déchirait l'air comme le cri du cor.
Le soleil cependant avait voilé sa face;
Le jour s'était fait nuit. Sous sa lourde cuirasse,
Un rire ballottait le poitrail du géant.
Il dit : « Ce vin est fade et froid comme la bière,
« Comte; il faut nous verser une liqueur plus fière.
« Vide un fût d'alcool dans ce tonneau béant. »
Et l'esprit ruissela dans les flancs de la tonne.
Et l'inconnu disait : « A boire encore! toujours!
« Qu'importe que sur nous Dieu menace ou qu'il tonne?
« Du vin, du feu, du sang! Moi, je passe mes jours
« Gaîment à bafouer le devoir monotone.
« On ne boit pas là-haut, fi des divins séjours !
« Le vin, le feu, le sang! tous trois chauds, tous trois rouges,
« Ardente volupté des palais et des bouges!
« Après le vin, la flamme! après le feu, le sang !
« Le vin chauffe le cœur et l'élève au blasphème;
« Le feu, ce grand vainqueur, dompte l'acier lui-même;
« Le vin nous fait hardi, le feu nous fait puissant.
« Mais le sang, quintième essence des essences!
« Et philtre merveilleux! tout homme qui le boit
« De l'enfer et du ciel réunit les puissances.
« Quiconque a bu le sang peut remuer du doigt

« Le monde! Il sait par cœur les mystiques sciences,
« Il voit tout, et sa main saisit tout ce qu'il voit!
« Gravissons les degrés de cette trilogie!
« L'esprit comme le vin va manquer à l'orgie,
« Nous avons bu le feu, qui veut boire le sang? »

VI

Ce disant, l'inconnu de sa dague affilée
Perça de son bras gauche une veine gonflée,
D'où la pourpre jaillit fumant et bondissant.
« Amen! » cria Pendor en imitant son hôte.
« Amen! » ont répété les convives en chœur,
Et le sang de couler, car pas un ne fit faute.
La tonne se remplit de l'atroce liqueur;
Tous plongèrent la coupe; et puis, d'une voix haute,
L'étranger dit avec un sourire moqueur :
« Une dernière fois, à la santé du diable!
— A la santé du diable! » ont dit les insensés,
Et leur lèvre a touché le breuvage damnable.

VII

Un grand fracas se fit. Sur le sol dispersés,
Les convives, parmi les éclats de la table,
Roulèrent à la fois sur les pots écrasés.
Le géant resta seul, debout. Sa tête altière
Apparut tout à coup sans casque ni visière.
« Relevez-vous, » dit-il. Et chacun se leva.
Ah! chacun se leva la menace à la bouche;
Mais devant le regard de son œil fauve et louche,
La menace ébauchée, aucun ne l'acheva.
« Vous êtes douze, et moi, Satan : treize! Ma veine
« Vient de marquer vos fronts au signe de la peine.
« Tous vous appartenez à Satan, votre roi!
« A jamais! à jamais! damnés, sous ma prunelle,
« Vos âmes vont brûler à la flamme éternelle.
« Je regagne l'enfer. Marchez derrière moi! »
A ces mots qui semblaient des échos de tonnerre,

Satan leva le doigt. Convives et château,
Soudain, tout à la fois disparut de la terre.

VIII

La nuit on voit encor, parfois, sur le coteau,
Monter des profondeurs d'un gouffre délétère,
Douze ombres de guerriers vêtus d'un noir manteau.

Ainsi finit Pendor, le manoir de Bretagne.
Son souvenir maudit reste sur la montagne :
On fait un long détour pour éviter ce lieu.
Son seigneur était comte et de lignage antique...
Je vous souhaite, enfants, un autre viatique :
Rien n'est fort que la foi ; nul n'est grand, sinon Dieu !

. . . .

Quand le vieux eut fini de parler, la fermière
Coucha l'aïeule et vint réciter la prière ;
Les petits avaient peur. Là-bas dans le courtil,
Le vent grondait bien fort. La mère dit : « O Père !
« Vous êtes dans les cieux. J'aime, je crois, j'espère :
« Donnez-nous notre pain ; éloignez le péril ;
« Que votre volonté soit faite sur la terre,
« Comme aux cieux, jusqu'au jour du suprême mystère.
« Seigneur, délivrez-nous du mal. Ainsi soit-il. »

Les petits, rassurés, allèrent à leur couche,
Et chacun s'endormit le sourire à la bouche.

V

C'est au déclin de sa vie que Paul Féval, après s'être éloigné de Dieu pendant tant d'années, revint à Lui; et, ne calculant ni avec l'âge ni avec ses forces, il voulut se vouer avec toute l'ardeur des néophytes à la défense de l'Église et des idées religieuses. Il travailla tout d'abord, ainsi que je l'ai dit, à ce grand livre qu'il considérait comme l'œuvre capitale de sa vie : *les Étapes d'une conversion,* puis à la correction de ses anciens romans; il traçait en même temps le plan de plusieurs grands ouvrages dont il avait le projet. Ce n'étaient là pourtant, comme le dit M. Edmond Biré dans l'étude publiée par l'*Univers,* et que j'ai déjà plusieurs fois citée; ce n'était là qu'une partie du labeur auquel il se vouait.

De 1877 à 1882, chaque mois, souvent chaque quinzaine apportait aux lecteurs de la *Revue du Monde catholique* un grand article de lui. Presque

9*

tous étaient des morceaux éloquents, tour à tour
indignés ou enthousiastes, et dont il m'étonnerait
qu'aucun de ceux qui les ont lus alors eût pu perdre
le souvenir. Il serait vivement à désirer qu'ils fussent réunis en volumes. Je rappellerai ici les titres
des principaux : le *Denier du Sacré-Cœur*, le *Pèlerinage de Tours*, *Vieux mensonges*, le *Glaive des
désarmés*, la *France s'éveille*, le *Père Olivaint*, la
Bonne mort d'un homme de lettres, l'*Outrage au
sacré Cœur*, les *Pères de la patrie*, etc. Sous ce dernier titre, les *Pères de la patrie*, Paul Féval se
proposait « de libeller l'acte de naissance de notre
France, de dresser son livret de grande ouvrière,
de nommer ses parents, de désigner ses parrains,
de nommer ses patrons ». Rappeler les grands hommes, glorifier les saints gardiens de nos destinées,
garants de nos espérances, saint Denis et saint
Martin, sainte Geneviève et Jeanne d'Arc, Charle-
magne et saint Louis, tel était l'objet de ce travail,
qu'il ne lui a pas été donné d'achever. La plume
s'est échappée de ses mains au moment où il terminait le cinquième chapitre de ce livre, qui devait
être dans sa pensée le livre de la France qui prie.

En même temps qu'il s'appliquait avec passion
à la composition de tant d'œuvres nouvelles, qu'il
écrivait, par exemple, en quelques semaines, sous
le titre : *Pas de divorce !* tout un volume en réponse
à une détestable brochure de M. Dumas fils, il revoyait avec soin ses œuvres anciennes. Plus de
trente de ses romans furent ainsi corrigés par lui
de manière à pouvoir être admis dans toutes les
familles chrétiennes. Pour suffire à tant de travaux,
Paul Féval s'interdisait tout repos, toute distraction.
« Je ne vis pas, m'écrivait-il, *je suis entraîné*. Je
ne puis aller qu'à la condition de ne pas m'arrêter

une minute. » Un jour que j'avais insisté près de
lui pour qu'il prît au moins une semaine de vacances et la vînt passer avec moi au bord de la mer,
au Pouliguen, il me répondait : « Fichez-moi la paix
avec vos grottes de sable fin ; vous parlez, affreux
vacançard, à un enragé qui passe sa vie au fond
d'un trou, à corriger, corriger, corriger. » Et une
autre année : « Mes vacances? Les gelées blanches
fondues. Amusez-vous bien au bord de la mer, que
j'ai tant aimée. »

Une autre fois, après m'avoir donné rendez-
vous chez lui, il ajoutait : « Je vous prodiguerai
toute une soirée avec la générosité d'un sauvage.
Ne riez pas trop. Mon travail devient absurde et
inouï. Quand j'aurai douze volumes bien alignés,
je soufflerai. En sortant, nous prendrons un
autre rendez-vous du même genre, si vous voulez
me l'accorder; mais je ne vous verrai pas à la lueur
de Phébus. Et vous me pardonnerez cette hospitalité judaïque, parce que vous êtes mon ami, et
que j'irai un jour chez vous, hélas! quand? Au soleil. J'ai agi en héros depuis seize mois, je vous
l'avoue avec pudeur, *en héros.* Et Dieu m'a permis
une orgie de mon travail, qui a réussi bien au delà
de mes espérances. Je vous dirai cela dans six mois
de vive voix, et vous serez content. »

Je tiens à donner ici deux extraits de ces articles écrits de verve, et qui n'ont pas été, que
je sache, réunis en volume. Le premier est une
admirable description d'une procession de la
Fête-Dieu, dans la paroisse de Clignancourt,
une des plus populeuses et des plus pauvres de

Paris. C'est un tableau achevé, sous un titre plein de fanfares : *la France s'éveille*. Le voici :

Je n'eus pas, bien entendu, la procession souhaitée, déroulant ses libres anneaux sous le ciel parmi les cantiques et les fleurs; non, c'était l'impossible, nous ne méritons plus cela; mais Dieu fait sa bonne volonté toujours, et sait choisir pour ceux qui l'aiment de miraculeuses consolations. J'eus mieux.

J'eus la procession captive, il est vrai, obéissant au caprice de César épicier, qui lui défend de franchir le seuil des parvis ; mais je vis là une chose plus grande, plus touchante, plus majestueuse aussi que n'étaient en moi les souvenirs mêmes de mon pays et de mon enfance. Celui que nous servons peut tout, et n'a besoin que de lui-même; à son heure, il enferme l'immensité dans l'humble nef d'une église de banlieue, et répand à flots, dans l'étroite pauvreté d'une chapelle populaire, l'océan tout entier de ses splendeurs. Que faut-il pour cela ? Qu'il le permette. Les espaces sans bornes sont à lui, et il les fait entrer où il veut, comme il veut.

Je levai la tête, parce qu'on touchait mon bras pour que j'eusse à livrer passage au saint Sacrement, descendant au long de la voie qui est devant le grand autel; j'étais absorbé dans ma prière, et ce fut pour moi comme un sursaut. Je vis la croix haut portée, puis le clergé, puis le dais, puis les bannières en longue perspective, entourées de vierges blanches que suivaient deux files d'ouvriers, le cierge à la main. C'était tout; il n'y avait là ni brillants uniformes militaires, ni magistrats revêtus de leurs robes écarlates, comme au « sacre » de ma ville natale. Outre les prêtres et les petites filles, menées par les bonnes sœurs de Saint-Vincent-de-Paul, rien que des ouvriers, précédant la foule des pieuses paroissiennes.

C'était superbe et c'était énorme; pourquoi? Je tombai à genoux, le cœur dilaté par une reconnaissance sans bornes à l'aspect de ce cortège si simple, qui m'apparaissait plus vaste, plus imposant, plus attendrissant surtout que mon rêve même, où l'émoi de mes regrets se mêlait pourtant à la passion de mon désir.

Combien étaient-ils donc ces ouvriers endimanchés, ces chers ouvriers qui me cachaient tout le reste? car je ne voyais qu'eux, et mon regard parcourait joyeusement, avec admiration, avec gratitude, leur double file interminable qui s'allongeait sans cesse à mesure que le dais approchait. Si vous saviez ce qu'il leur faut de courage pour continuer seulement de croire en Jésus-Christ, dans le milieu où ils vivent! Si vous saviez les efforts extravagants, mais perfides et infatigables, que la secte victorieuse amoncelle autour d'eux pour assiéger, pour étouffer leur foi! On les prend par le sophisme, par le mensonge de la tyrannie, effrontément coiffée du bonnet de la liberté, par l'esprit de corps, par le sarcasme, plus terrible pour la jeunesse française que la honte même; on les prend jusque par la famine, car il y a de nombreux ateliers où les patrons *n'osent pas* donner de l'ouvrage au travailleur honnête et habile, au dos de qui la secte a collé l'écriteau portant l'injure suprême : *Jésuite !*

S'il leur faut, à ces enfants du peuple, une véritable vaillance pour s'obstiner dans leur foi si odieusement attaquée, est-ce parler avec trop d'emphase que d'appeler *héroïsme* le sentiment qui leur donne la force de manifester cette même foi en public hautement, à la face de tous, et de s'en parer comme les premiers fidèles, répondant : « Je suis chrétien » devant la menace du martyre ?

Paris moderne, il est vrai, n'entretient pas, comme la Rome de Néron, des lions et des tigres pour dévorer les saints; mais les multitudes abusées deviennent plus féroces que les tigres même et les lions, quand les petits Dioclétiens de la libre pensée soufflent sur elles le poison de leur haleine. L'histoire des bêtes fauves, si quelque Henri Martin l'écrivait en nombreux et lourds volumes, contiendrait moins de sang que l'histoire de la révolution. A quoi bon les vraies hyènes à quatre pattes, quand on a en magasin un stock suffisant d'écrivailleurs et de braillards, dont la dent baveuse peut inoculer la male rage à des cohues entières de chacals humains? Nos pères ont vu 93, qui eût fait peur à Julien l'Apostat, et nous avons vu 1871, qui lui eût fait honte! Nous verrons plus rouge et plus ignoble encore. Pendant que j'écris, j'entends la fête *nationale* qui hurle. Combien étaient-ils, ces humbles héros de la fidélité, qui se délassaient ici du travail dans la prière et faisaient une splendide escorte à leur divin modèle, Jésus ouvrier, tous les jours outragé si lâchement? Ils étaient beaucoup, ils étaient plusieurs centaines, et ne vous étonnez point des battements de mon cœur, car pareille chose se voit rarement dans Paris. Moi, du moins, je ne l'avais jamais vu, sinon à Notre-Dame, les jours de réunions générales des cercles catholiques. Mais ici, c'étaient tous gens du quartier républicain par excellence.

Ah! si la république allait s'éveiller croyante, et rejeter loin d'elle le hideux cauchemar du blasphème !

Ils passèrent devant moi depuis le premier jusqu'au dernier, et leur défilé dura longtemps, car ils étaient beaucoup, je le répète.

Je n'ai point de paroles pour dire le grave, le profond recueillement de leur piété. Tous chantaient, égrenant les versets superbes du *Magnificat*, et la sonore virilité de leur chant inondait l'église. Il y avait des jeunes gens en majorité avec quelques enfants et quelques vieillards, et tous gardaient entre eux je ne sais quel mystérieux air de famille, parce que tous portaient uniformément sur leurs visages la modestie, la bravoure et la bonté. Quelle armée formeraient de pareils hommes !

Que dire? Mon âme s'élançait vers Dieu. Je ne me souviens pas d'avoir savouré semblable allégresse. La prière jaillissait de moi pour la France.

Une seconde fois quelqu'un me toucha le bras, et j'ouvris mes yeux pleins de larmes. C'était un prêtre de mes amis, à qui je demandai : « Est-ce que c'est ainsi chaque année? » Il me fut répondu : « Non, la France se réveille; c'est l'effet de la persécution. »

Dans une conférence faite à l'assemblée générale des catholiques sur *Montmartre et le Vœu national*, Paul Féval, avec une rare éloquence, s'exprimait en ces termes, où se trahissent et sa foi robuste et son fervent désir de faire œuvre d'apôtre :

Prier n'empêche pas de combattre, Messieurs, au contraire; les résistances engendrées par la prière sont inflexibles; aussi, tout en rendant justice au courage de ceux qui résistent avec les armes de ce monde, et s'en servent pour défendre leur héritage, ce qui est très bien, j'aurais montré, ce qui est mieux encore, Machabée ne marchant pas avec ces seules armes à la bataille suprême, qui fut le salut de Jérusalem. « Le cavalier vêtu de blanc, dit l'Écriture, allait devant lui. » Et ce cavalier vêtu de blanc est saint Michel archange, le premier fidèle à Jésus, le champion du Cœur de Jésus. C'est lui qui avait crié : *Quis ut Deus?* dans le ciel, *dès le ciel,* entendez-vous, et qui était aux jours des Machabées le prince du peuple de Dieu sur la terre. Et Machabée, dévot à cet ange de la patrie, lui avait dit : « Défendez-nous dans le combat. »

Or vous le savez bien, Messieurs, dans la succession des âges, il y a eu tour à tour deux peuples de Dieu : Israël d'abord, puis la France; et saint Michel, prince d'Israël, est devenu prince de la France. C'est là, je vous le signale, une des idées qu'on trouve à la chapelle du Vœu national, par la raison que notre pontife l'y a mise en la fondant, et je l'y avais prise sur l'autel du Sacré-Cœur; car, avant même d'aller à Sion prier *Notre-Dame de la patrie,* j'avais gravi les rampes du mont Saint-Michel, où *l'ange de la patrie* a déposé son épée et son bouclier miraculeux.

Aussi, sur la sainte montagne de Marie, j'emportais avec moi mes souvenirs du mont de l'Archange, et il me semblait entendre la prière de Machabée, en voyant ces chères femmes, les Alsaciennes et les Lorraines, qui pleuraient prosternées aux pieds de l'Immaculée Conception. N'oubliez pas, Messieurs, que Marie et son chevalier saint Michel, qui adora le mystère de l'Incarnation, et honora la Vierge Mère de Dieu avant la naissance de notre monde, sont les deux ennemis victorieux de Satan, et sont les deux patrons de la France. Mais n'oubliez pas non plus, n'oubliez jamais qu'il est des heures où il faut élever ses regards au-dessus des plus hautes cimes : c'est là seulement que le Labarum apparaît, suspendu à la voûte même du ciel. Il faut alors viser plus haut que saint Michel même, chef des milices célestes, et même plus haut que Marie, reine des cieux: il faut appeler le secours immédiat, il faut *forcer* le propre secours de Dieu, et c'est ce que notre grand pontife a fait si heureusement, quand il a enfoui au sommet du mont des Martyrs, non loin du lieu fécondé par le sang de saint Denis, l'éloquente pierre qui porte, jusqu'à des élévations où nul essor humain n'a gravi, la prophétique parole : « Au Cœur très sacré de Jésus, la France pénitente et vouée : » *Cordi sacratissimo Jesu, Gallia pœnitens devota.*

Repentante et dévouée ! la France ! C'était le Vœu national exaucé, et c'était aussi mon livre qui devait en être le très faible reflet, le très humble écho, destiné aux intelligences populaires. Ah ! ceux qui sont doctes autant que je suis simple, et qui m'aiment d'une si généreuse tendresse, m'ont offert le trésor de leur science pour que j'y puise à pleines mains, si je veux, et je les en remercie de tout mon cœur, sans refuser leur offre; mais me faut-il vraiment tout leur profond savoir pour laisser enfin éclater la passion catholique et patriotique qui gonfle ma poitrine, pour faire la quête aux hommes en leur propre faveur, et pour crier à Dieu du fond de mon néant, où parle une voix qui m'étonne moi-même, parce qu'elle n'est pas la mienne : « Notre Père, qui êtes aux cieux, écoutez le Cœur de Jésus crucifié, qui pardonne au cœur de la France repen-

tante; la France est à vos genoux, *Gallia pœnitens*,
Gallia devota; la France, ô mon Seigneur Dieu,
que sa contrition purifie comme une flamme, et
que son vœu ressuscite en votre amour ! »

Paul Féval, qui voulait devenir polémiste, et
polémiste chrétien, aurait cherché quelque
sujet à traiter, si les circonstances ne lui en eussent fourni un qu'il n'aurait jamais prévu dans
sa vie passée. Je venais de publier une toute
petite brochure appelée : *Qu'est-ce qu'un Jésuite?* lorsque la fameuse discussion éclata, qui
ordonnait, en vertu de « lois existantes » dont
on ne peut trouver trace, la dissolution de la
compagnie de Jésus et la dispersion des autres
ordres religieux.

Féval devait beaucoup aux Jésuites : c'est par
eux et avec eux qu'il s'était converti; c'est à
eux qu'il avait confié l'éducation de ses enfants.
Il entreprit de les défendre, et il y réussit. Il
voulut faire leur apologie, et il la fit splendide;
car toute la presse, par quoi est gouvernée la
France, toute la presse s'émut de ce qui était
un admirable plaidoyer pour les uns, un libelle
pour les autres.

Et au même instant les théâtres organisaient
des reprises du *Juif-Errant*, d'Eugène Sue.

Connaissez-vous Rodin? On le voyait naguère
au théâtre de la Porte-Saint-Martin : un homme

chauve, gris de cheveux, sombre de visage,
vieux et sale, et fort laid ; il portait un pantalon
crotté, un gilet sordide, une longue redingote
marron, crasseuse et râpée. Rodin est le type
convenu de l'hypocrisie la plus infâme ; c'est un
diplomate véreux, un espion, un conspirateur,
un usurier, un lâche, un misérable, qui inspire
le dégoût même que fait naître la vue d'un
crapaud. Il est infâme et il est immonde. Or
Rodin, c'est un Jésuite, ou plutôt, si je pénètre
bien la pensée d'Eugène Sue, Rodin, c'est *le
Jésuite*. Un soir, je suis allé voir cela. Il y avait
dans la salle deux milliers de bourgeois qui ap-
plaudissaient, encore que dame Censure eût
biffé de la pièce le mot *jésuite*, par un sentiment
de tardive pudeur dont il convient de ne lui
savoir aucun gré ; car ce mot ne se prononce
pas sur la scène, mais on l'a laissé dans le
livret , de telle sorte que le public, si bête soit-
il, souligne certains passages où il voit l'absence
du jésuite qui devrait y être, et la *claque* ne
manque pas à admirer, de ses grosses mains,
ce passage où le mot *jésuite* est remplacé par
cette sottise énorme que l'on a mise là à titre de
synonyme: *homme dangereux*. Ainsi Rodin, pour
la censure, est un « homme dangereux » ; d'Aigrigny est un « homme dangereux» ; Mme la princesse
de Saint-Dizier est aussi un « homme dangereux[1] ».

---

[1] Cette appréciation du *Juif-Errant* était écrite du
vivant de Paul Féval, et remonte à 1879 ou 1880. La cen-

Tout le monde connaît le *Juif-Errant* d'Eugène Sue. Cette malpropreté a fait son chemin sous forme de roman; puis l'auteur l'a transformée en pièce, un peu pour répandre davantage de sa bave, beaucoup pour gagner plus d'argent. Cette pièce du *Juif-Errant* est une ineptie. M. Eugène Sue, défunt depuis longtemps, fut un piètre dramaturge, et un maladroit écrivain. On ne doit aux morts que la vérité. Les nombreux personnages du *Juif-Errant* vont, viennent, s'agitent, courent, se démènent, crient, pleurent, chantent, rient, se battent, pour démontrer que les jésuites sont des accapareurs d'héritages, des assassins, des empoisonneurs, et le reste. Mais il existe un art de calomnier, et cet art, M. Sue l'ignore : il fait ce métier lourdement, bêtement, sans esprit, et s'arrange de façon à faire grand'pitié aux gens intelligents.

M. Eugène Sue est mort démocrate. Il ne s'est pas repenti. Louis Veuillot l'a appelé « le roi des lettres marchandes ». Son œuvre est un riche musée de toutes les corruptions humaines et de toutes les brutalités littéraires.

Aucun échantillon de l'abject n'y manque; le stupide s'y montre sous des formes ignorées jusque-là.

sure a rétabli le mot *jésuite*, depuis qu'un acte inique autant qu'illégal a dissous « pour la forme » la compagnie de Jésus.

Rien d'infâme ne se révèle dans les cours d'assises, rien d'immonde ne se commet dans les bagnes, rien d'infect ne se passe dans les mauvais lieux, rien de plat et de bête ne s'écrit dans les journaux, à quoi ne ressemble maintenant cette collection, *cloaca maxima*. On dirait que, n'ayant pu, malgré ses efforts, mériter la critique, il a compté sur le scandale pour attirer les sifflets, et il met les honnêtes gens dans un embarras extrême : le scandale est si grand, que l'on n'ose se taire; le génie est si pauvre, que l'on craint de siffler [1].

Eugène Sue a confectionné le *Juif-Errant* parce qu'il voulait grossir sa finance, un peu aussi pour se venger de dédains méprisants qu'il avait essuyés. Il vengeait les moqueries dont l'avait accablé le faubourg Saint-Germain : il commença par vilipender l'aristocratie, qu'il enviait, puis il ramassa de la boue, en fit un tas, et la remua à pleines mains pour en salir le clergé, qu'il haïssait. Le clergé et les jésuites, pour lui, c'est la même chose. Pour nous aussi, les vertus sont égales chez le prêtre et le religieux.

Ce *Juif-Errant,* roman lamentable, drame ridicule, eut du succès en son jeune temps. On en fit grand bruit, quoique cela n'en valût pas la peine. Ce pamphlet calomnieux et bête se débitait par feuilletons dans le *Constitutionnel,* qui avait été le journal de M. Thiers et qui

[1] *Les Libres Penseurs.*

était au docteur Véron, ce bourgeois de Paris
dont l'empire, qui osait tout, n'osa rien faire.
La France d'alors se laissa persuader que les
jésuites pillaient, volaient, massacraient les
petits enfants, gouvernaient le monde encore
qu'on les persécutât et qu'on vînt à bout de les
chasser. On a bien prouvé depuis qu'ils sont
victimes plutôt qu'assassins ; mais les coups de
fusils de 1871 n'ont instruit personne.

Le patriarche Raspail, qui haïssait les jésuites,
a inventé le camphre, dont beaucoup d'honnêtes gens sont morts ; mais M. Sue en a
« chouriné » bien davantage avec ses livres, qui
valent leur pesant de vitriol. Quant aux jésuites,
auxquels on a fait une guerre aussi acharnée
que celle que leur firent le duc de Choiseul et
le marquis de Pombal et tous les imitateurs de
ces déplorables ministres, ils ne dirent mot. A
quoi bon se défendre ? l'outrage leur a été promis ; le Maître leur a laissé la gloire d'être in-
sultés à cause de son nom. Heureuse injure qui
les faits si grands !

Les attaques se multiplient : ici, lentes, sour-
des, cauteleuses ; là, violentes, brutales, cyniques. Rodin n'est plus jésuite : c'est Rodin qui
mord les jésuites, en attendant qu'on lui accorde
le plaisir de les égorger. Ces ennemis de jésuites
rappellent ces valets de chiens que l'on paye
pour exciter du bout de leur fouet la meute
lancée sur le cerf. Ils ne donneront pas le coup

de couteau, mais ils feront la curée; ils ne font pas le carnage, ils le conseillent; un autre dirait : ils le commandent.

En revenant parmi nous, Paul Féval, qui était jadis le plus catholique des incrédules, et qui fut ensuite le plus croyant des catholiques, toujours à l'affût des idées généreuses, toujours Breton et toujours chevalier de la vieille roche, se dit que peut-être il convenait de ramasser le gant et de répondre à tant de défis. Il vit que la compagnie de Jésus avait été déjà défendue, et par l'histoire, et par la théologie, et par la philosophie; mais il comprit que notre siècle n'est pas celui de la bonne foi.

Eugène Sue était un des plus déterminés aristocrates que j'ai connus : un vrai sybarite, qui souffrait du pli d'une feuille de rose. Quand l'énorme succès de ses *Mystères de Paris* l'eut condamné à la démocratie, le docteur Véron vint le trouver et lui dit : « Il y a une fortune à faire en attaquant les jésuites. » Et il mit cent billets de mille francs sur la table.

Voilà toute l'histoire du *Juif-Errant*, racontée par le docteur Véron lui-même dans les annonces du *Constitutionnel*, et telle fut la haute philosophie qui présida à la confection de cette machine à faucher les jésuites : le docteur Véron avouait volontiers, plus tard, que le rasoir acheté si cher n'avait rien fauché du tout, sinon la prairie aux abonnés.

Je demande la permission de placer ici l'anecdote

qui m'est personnelle. Au plus fort du bruit qui se faisait autour de saint Ignace, battu de verges par le feuilleton, et de ses enfants mis en hachis pour les gargottes, je reçus la visite du directeur d'un très grand journal parisien qui me dit, à moi aussi : « Il y a une fortune à faire avec les jésuites. »

Et quand je lui eus objecté que le *Constitutionnel* avait pris les devants, il me répondit en haussant les épaules : « C'est rond, c'est vieux, ça réchauffe la prêtrophagie de tout le monde. Il faut d'autre cannelle : j'en ai acheté tout un grenier ! »

Et il ajouta sur le ton de la confidence : « J'ai une chambre pleine de documents ; cinq manuscrits sur le père Guinard et Jean Châtel, un exposé foudroyant de la conspiration des Poudres, le détail des persécutions dirigées contre cet infortuné abbé de Saint-Cyran, claquemuré au château de Vincennes, deux tomes inédits du premier Arnauld, assommants, mais pleins de fiel, une proclamation de Titus Oatès, une dépêche du duc de Créqui, une lettre de Fénelon, trois du régent, et des bonnes, celles-là ! deux du cardinal de Noailles : j'ai toute l'affaire Pombal, superbe ! Ah ! coquin de Malagrida ! pauvre marquise de Tavora ! ou bien peut-être que c'était une autre dame.

« Un gros cahier du duc de Choiseul, contenant les consultations des avocats jansénistes et plus de cent lignes de notes de la main de Mme de Pompadour, de sa propre main, authentiques, émaillées de jolis pataquès ! qu'en dites-vous ? Et un billet de Louis XV, très drôle, où il y a de la morale, et une page, une vraie page égratignée par le cure-dent historique de M. de la Chalotais dont Voltaire disait : « Ce brimborion est plus fort que le levier d'Archimède, puisqu'il a soulevé le monde sans point

d'appui! » Nous donnerions un *fac-simile* de la page
et un portrait en pied du cure-dent... Enfin j'ai des
trésors, une mine, une carrière. Et je vous offre...»

Mais chut! il importe peu de savoir ce qu'il m'offrit : je ne valais pas grand'chose. J'avais vingt-cinq
ans et une des vanités les plus dodues qui se puissent rencontrer. J'étais altéré de tapage et même de
scandale, que je confondais très loyalement avec la
gloire. Je ne connaissais d'ailleurs les jésuites que
par les *Provinciales* et l'Encyclopédie ; j'acceptai,
non sans un vif désir de chauffer plus efficacement
qu'Eugène Sue, et d'abattre du moins tout ce que sa
mécanique aurait laissé debout dans le jardin de
Loyola.

Me voilà donc à l'œuvre, et de bon cœur! Mon
directeur de grand journal ne m'avait point leurré ;
il possédait des trésors de paperasses, des bottes
de pamphlets, des meules de ce qu'il appelait des
« documents ». Tout le long du jour, ses garçons de
bureau voyageaient de chez lui chez moi avec des
quartiers de jésuites sous le bras, dans des paniers,
dans des serviettes ; mon directeur m'en apportait
lui-même plein ses poches ; en outre de cela, il m'é-
crivait des lettres qui pesaient quatre timbres : la
poste n'en pouvait plus !

Ce n'était pas un prince excessivement lettré que
mon directeur, mais si bon enfant! et si convaincu!
et si acharné à notre besogne! Je me souviens d'une
de ses phrases, écrite sur sa carte, accompagnant
l'envoi d'un griffonnage attribué à Mᵐᵒ de Pompadour : « ... Tracé par cette main de velours qui
expia Latude en caressant Voltaire! » Que voulez-
vous! il avait de vagues et funestes entraînements
vers le style! Mais *velour* était écrit sans *s*.

Nous travaillâmes un mois tous les deux, je puis

le dire, comme des nègres, lui surtout. Il y allait
avec une passion inouïe, bien plus, il est vrai,
contre Eugène Sue et le *Constitutionnel* que contre
les jésuites. Il en était venu à regarder que le docteur Véron lui ôtait de la bouche chaque morceau
de jésuite servi en feuilletons à l'appétit des abonnés
du *Constitutionnel*. « Commençons à paraître, me
disait-il avec larmes, commençons vite; il n'en restera plus ! » Quelle erreur ! Il en restait encore, il
en restera toujours, puisque, après trente ans
écoulés, quatre ou cinq cent mille Français et Fran-
çaises déjeunent encore tous les matins des roga-
tons de la cuisine d'Eugène Sue, remise à la casse-
role par les tristes marmitons qui ont remplacé
piteusement ce grand gibelottier de chair chrétienne.

Au bout du mois, par un beau jour de printemps,
j'écrivis à mon excellent directeur : « Je pars pour
la Bretagne, après avoir fait un feu de joie avec les
feuillets de *notre* livre. Je vous renvoie vos « documents » et votre argent; excusez-moi. Il m'a semblé
que j'avais accepté par légèreté, par ignorance surtout, un travail de mauvais aloi, qui ne peut convenir
à un brave porte-plume, indifférent comme je le
suis en matière de religion, mais tenant à sa probité littéraire comme à la prunelle de ses yeux.
Notez bien que je n'attaque point l'honneur ni la
probité d'autrui : les opinions sont libres; je parle
seulement de ce qui est à moi.

« J'ai tardé peut-être plus qu'il ne fallait à vous
écrire ceci, excusez-moi. Je désirais tenir ma promesse; mais, à force de me renseigner, j'ai reconnu
par la lecture même de vos *documents* que je ca-
lomniais, à tant la ligne, non pas seulement des
innocents, mais des citoyens utiles, des bienfaiteurs

de l'humanité, des soldats de la science, de paci-
fiques conquérants, des apôtres, des héros, des
saints, dont le crime est d'avoir fait honte à toutes
les autres réunions d'hommes en produisant à la
force de leurs bras, avec leur sueur, avec leur
sang, une œuvre de civilisation qui est la plus
étonnante peut-être de nos temps modernes. J'ai lu
cela chez vous, dans une assez belle page de d'Alem-
bert. Décidément pareille besogne ne peut me convenir. »

J'écrivais ces lignes trente ans avant ma conversion. Or vous allez voir que mon directeur n'était
pas un homme d'entêtement. Il tomba chez moi
comme une bombe pendant que je faisais mes
malles, et s'écria dès le seuil :

« Bravo! approuvé l'écriture! Vous avez raison,
c'est un point de vue beaucoup plus original! et au
moins, comme cela, nous ne nous traînons pas à la
remorque du *Constitutionnel!* Nous allons faire
pour le coup sensation dans Landerneau! L'idée religieuse n'est pas morte, vous savez? Ah! mais non!
Ma femme penche vers l'eau bénite. Je crois aux
femmes. Demi-tour à droite sur toute la ligne! Et
allez donc!... Mais il faut que ce soit sérieux! et
solide! et bâti à chaux et à sable! avec du comique
en masse! Les *Provinciales* à rebours! Pas d'injures, par exemple, ça a fait son temps : une imper-
tinence sereine! et des documents! des faits, des
faits, de l'esprit, du diable au corps, de la poudre,
des mouches, quelques martyrs, pas trop, beaucoup
de jolies personnes, de diacres Pâris, si on veut! Et
des militaires, étourdis, mais honnêtes! Et du nerf!
de la passion! du tambour! des castagnettes! Dix
volumes! ou quinze! ou vingt! On plantera votre
lettre comme un écriteau en tête du premier cha-

pitre. Je vous la rendrai; vous pourrez l'arranger, la ressaler et l'allonger... Moi, je trouve cette idée-là jolie comme tout.

« Un jeune écrivain qui s'embarque pour *éreinter* en long, et à la papa, ces vampires du monde moderne, les jésuites, *mal éreintés* par un journal de la vieille libérâtrie, servant à ses lecteurs plein son bonnet de coton d'antiques mensonges et de calembredaines faisandées, et qui s'aperçoit tout à coup, — j'entends le jeune écrivain, — que Rodin est la crème des principes de 89, et que le P. d'Aigrigny s'est moqué d'Eugène Sue en se faisant passer près de lui.pour un rat mort..., c'est crâne! c'est superbe! Ça n'entre pas tout à fait dans notre rainure politique, mais nous.comptons avec plusieurs rainures, et on n'est pas mis en prison pour jouer du paradoxe avec intelligence... Voici le titre : *la Revanche de Rodin!* Dix mille écus d'affiches! Des hommes-annonces qui porteront l'enseigne du journal le long des boulevards! Un défi en règle à Voltaire! Des ballons-affiches avec pluie d'étoiles-prospectus! Béranger chansonné! Toute une cavalerie de distributeurs équestres! Et le clergé pour nous! Et des petits papiers discrets, lancés chez tous les concierges du dixième arrondissement, avec vignettes! On pourra même intéresser les jésuites eux-mêmes : ils sont rudement adroits. Ils nous donneront un de leurs nombreux galions, chargés à couler bas de quadruples pistoles, valant quatre-vingt-sept francs trente-huit centimes la pièce, et un bon de cinq cent mille roupies sur n'importe lequel de leurs comptoirs de Cambaje, de Bimilipatnam ou d'Ellichipour. Ça tient-il? »

Ceci était dit en riant pour ne pas trop se compromettre, même vis-à-vis de moi; mais connaissez-

vous le rire du directeur qui bat les buissons ne
sachant pas trop encore s'il flaire, en fait de gibier
d'affaire, un éléphant ou un lapin? Il y avait une
émotion sous son ironie, toute prête à tourner en
enthousiasme. Son journal était vaste, mais neuf.
La voile pouvait être orientée à tous vents favo-
rables. Et jamais les principes de 89 n'ont entravé
aucune spéculation; au contraire.

Moi, pendant qu'il me parlait, je voyais passer
devant mes yeux tout ce que j'avais trouvé dans ses
« documents »: la procession humble et magnifique
de ces grands hommes qui sont voués, depuis les premières années du XVIᵉ siècle, à toutes les férocités,
à toutes les bestialités, et je me demandais comment quelqu'un avait pu fabriquer Rodin, polichi-
nelle sinistre, avec les morceaux du chevaleresque
Loyola, de François Xavier, l'apôtre miraculeux de
la tendresse, de Canisius l'oracle, de Laynez le
flambeau; de Tolet, qui mit l'absolution et la couronne au front du meilleur de nos rois; de Matthieu
Ricci, le vainqueur de l'impossible; de Claver, l'esclave des esclaves; de François Régis, de Ravignan... que sais-je? Il n'est pas temps d'énumérer
ici, et les noms héroïques abondent à ce point, qu'il
faudrait de longues pages pour en inscrire une faible
partie : noms d'hommes d'État, comme Bellarmin;
noms d'orateurs, comme Bourdaloue, « frappant,
au dire de Mᵐᵉ de Sévigné, comme un sourd »
sur le terrible orgueil de Louis XIV; noms de savants, de Pères de l'Église, de maîtres lumineux :
véritables bienfaiteurs de la jeunesse, et devant qui
les ténèbres s'enfuirent en criant : « Au voleur! »

Je me demandais quelle rage pousse les ennemis
de la vérité à tromper la foule, quelle malédiction
entraîne la foule à voir par les yeux des aveugles,

au lieu de tourner tout uniment son regard vers le grand jour de l'évidence.

N'est-il pas démontré, dirai-je à mon tour, par des faits, que les jésuites ont rendu des services immenses à la civilisation, à l'ordre social, à la science, aux lettres, aux arts? Il faudrait un dictionnaire biographique pour les hommes de valeur qu'a produits leur Compagnie, où l'on en trouve tant d'illustres. Chaque phase de l'histoire du monde, depuis cet étonnant saint Ignace, qui est un des plus beaux génies de son temps, a fourni plusieurs jésuites éminents. On les a vus orateurs, historiens, savants, littérateurs, linguistes, missionnaires, apôtres, martyrs, et le XIXᵉ siècle même, où tout semble s'affaisser, a eu les Ravignan, les Liberatore, les Secchi, les Félix, et ces nobles victimes de nos discordes, qui reposent sous des monceaux de couronnes dans la chapelle violée de la rue de Sèvres.

Mais les faits, les arguments, les preuves, tout a été impuissant pour atténuer l'âpre venin des Spuller, des Raspail, des Bert. Rien ne peut vaincre Trissotin, Vadius et Coquelet, ces pédants immortels. Rien que l'esprit! Il les faut flageller avec l'ironie, avec la raillerie, avec cette dédaigneuse pitié que l'on montre aux *king's-charles* trop hargneux : cela réussit parfois. Cela a réussi avec Paul Féval, car il

cingle rudement, et plus d'un Coquelet a sauté
pour avoir été çinglé.

Jésuites! voilà tout le titre de son livre, et ce
que dit ce titre est énorme. Ce titre vaut un
poème, et le livre vaut une épopée. Qui, d'ailleurs, aujourd'hui s'occupe des épopées? Les
sujets manquent. Il n'y a plus d'Achille, plus
d'Hector, plus de Patrocle, et le brave Chape-
lain serait bien empêché de faire douze fois
douze cents vers sur les gloires de MM. Grévy et
Ferry, grands *enfonceurs* de portes fermées, et
serruriers honoraires.

Si notre pays meurt, il mourra de deux
cruelles maladies: l'absence de religion, l'absence de discipline, et d'un autre mal qui tient
énergiquement aux deux autres: l'absence de
dévouement.

Paul Féval a repris l'*Histoire des Jésuites*
depuis ce jour de l'Assomption de l'an 1534, où
Ignace de Loyola prononça son premier vœu,
jusqu'aux jours troublés que nous traversons.
Il trace un tableau magnifique de la fondation
de cette milice redoutable aux ennemis de Dieu,
qui est l'un des solides piliers de l'Église. Je dis
l'un des piliers de la constitution humaine de
l'Église, car le dogme et la doctrine de l'Église
n'ont d'autre soutien que Dieu, — qui suffit.

Il développe avec une grande ampleur de
style, avec la profondeur de pensée d'un véritable philosophe, la naissance, les commen-

cements difficiles, l'éclatante apparition de
l'ordre nouveau ; il nous fait assister aux luttes
d'Ignace et de ses compagnons, aux travaux
apostoliques de François Xavier, aux premières
persécutions dirigées contre ces grands soldats
de là papauté, aux intrigues honteuses des
Pombal et des Choiseul.

Alexandre Dumas prétendait que les opinions
sont comme des clous : plus on frappe dessus,
plus on les enfonce. Je défie bien que la comparaison soit juste en cette occasion ! Paul
Féval déracinerait les opinions du plus entêté
Prudhomme, et c'est en frappant dessus d'une
main ferme. Comme il manie l'ironie ! Quelle
fière causticité !

Il vient de tracer à larges traits un tableau
dramatique ; ses personnages y vivent ; tout
porte : le dessin est correct, la couleur est
chaude. On voit la scène touchante qu'il a
voulu peindre : il émeut, il « empoigne ! » Arrive
le mot imprévu, le mot gouailleur, le mot plaisant, qui résume d'un trait, qui synthétise et
qui reste dans la mémoire, quoi qu'on en aie.
Ces mots, vous les retrouverez à chaque page
de ce livre, qui est un élégant plaidoyer. Une
verve étincelante, une franchise pittoresque,
une véhémence passionnée, en sont les qualités
maîtresses. Puis les événements du règne de
Henri IV, le régicide de Châtel, la persécution
imméritée dont ce crime fut le prétexte, se

déroulent, contés avec une logique inexo-
rable, une élocution puissante, animés par
cette raillerie spirituellement narquoise qui
est la caractéristique de Paul Féval.

Et que deviennent les rapsodies de M. Eugène
Sue, quand on les compare au beau livre de
son ancien rival? Combien M. Sue est rapetissé,
recroquevillé, fouaillé! Il n'en reste que la bau-
druche : le vent qui gonflait le monstre s'est
échappé par mille trous d'épingle. Les sots,
fussent-ils de ces sots qui admirent le sot,
n'ont plus la hardiesse de louanger leur idole,
ni le courage de dévorer le jésuite. Ils plient
l'échine, et disparaissent très confus. Ceci ne
veut point dire que M. Spuller brûlera son
libelle, et que les Raspail n'auront plus peur
des jésuites : l'un et les autres, et tous ceux
qui marchent dans leurs souliers n'auront garde
de se rendre. Il faut savoir nier le soleil en plein
midi, quand on est l'esclave de la multitude.
Il faut obéir au mot d'ordre et mentir quand
même, quand on a le mensonge pour carrière.
Ce n'est pas ceux-là que l'admirable apologie
de Paul Féval ramènera à la vérité. Ce n'est
pas du reste pour ceux-là qu'il l'a écrite. C'est,
ainsi qu'il le déclare lui-même, pour les jeunes
gens du monde.

Et aussi pour les frivoles comme moi, balancés,
ainsi que je le fus trop longtemps, dans une réso-

lution pleine d'indifférence, entre l'erreur, qu'ils ne connaissent pas très bien, et la vérité, qu'il ne leur importe point de connaître.

Je ne sais pas si je serai lu, mais je l'espère.

Pour quelques-uns, mes mauvais livres d'autrefois serviront de passeport à ce livre d'aujourd'hui, qui sera bon. Chez d'autres, la malveillance éveillera une curiosité, car certaines pauvres petites plumes m'accusent déjà d'avoir risqué une spéculation en revenant à Dieu. Et comme elles ont raison, Seigneur, ces plumettes! Quelle immense fortune je me suis créée tout d'un coup en m'annihilant sous vos pieds! Mais je ne veux pas entonner ici le cantique d'actions de grâces qui déborde de mon cœur. Ce serait long, et je n'ai plus que quelques lignes pour indiquer le but de mon travail. Je veux seulement dire encore que cette inculpation dirigée contre mon honneur est une aubaine: elle m'amènera des lecteurs.

J'ai tenu à citer cette page en entier, parce qu'elle répond, dans le ton qu'il faut, à des attaques viles que Paul Féval méprisa, mais dont nous avons le droit de le venger. Il n'a pas été de ceux qui n'ont pas d'ennemis. Le talent, l'esprit, le succès; voilà ce qu'on ne pardonne jamais à un homme: Féval a eu beaucoup d'envieux et de jaloux: sa conversion lui a suscité de terribles haines. En ce triste temps où nous vivons, on calomnie volontiers, ce qui est commode aux basses rancunes, qui se retranchent derrière l'anonyme; parce qu'elles craignent les coups de canne du passant indigné.

En venant à nous, Paul Féval s'était grandi. Son beau talent se retrempait dans une fontaine plus salutaire que celle de Jouvence : il nous a donné de beaux livres, pleins de verdeur et de force, égaux de leurs aînés par le mérite littéraire, supérieurs par l'inspiration. Sa haute intelligence avait pris un nouvel essor. Il restait lui-même, et devenait meilleur. On l'attendait à son premier roman : on a eu ce chef-d'œuvre, *les Étapes d'une conversion.*

Nous avons aussi *Jésuites !* qui restera comme la plus entraînante, la plus vraie, la plus amusante, la plus élevée des apologies de la Compagnie de Jésus ; comme un hommage solennel rendu à ces religieux, véritables champions de la société chrétienne, pionniers de la civilisation, qui ont planté la croix jusqu'aux extrémités les plus reculées du globe, qui vivent pour se dévouer, qui meurent à leur poste quand l'heure est venue, et desquels la jeunesse française apprend à aimer, à servir, à défendre la patrie.

**

Je ne pense pas que personne se soit jamais inquiété des opinions politiques de Paul Féval. De naissance, d'éducation, d'instinct, si l'on peut s'exprimer ainsi, il était Breton, Vendéen, chouan, royaliste invétéré, « blaguant » un peu ces croyances, qu'il croyait surannées, et qui ressuscitèrent en lui tout à coup, à l'âge où l'on n'a même plus le ressouvenir des enthousiasmes juvéniles.

Ce combat entre les traditions d'antan et le scepticisme boulevardier est assez bien mis en couleur dans quelques lettres adressées au vicomte Oscar de Poli, lettres que j'ai réservées, et qui sont relatives à un livre dont je n'approuve d'ailleurs en aucune façon ni l'esprit ni les conclusions, et consacré par M. de Poli au roi Louis XVIII, un fort triste monarque. Voici ces lettres :

10 janvier 1881.

O Mecenas! ô atavis! ô edite! ô regibus! Je lis avec une haine épileptique votre beau livre sur ce monarque académeux. Vous avez déclaré qu'il n'était pas pédant, et vous prouvez, dans son épouvantable conversation avec Bouilly, qu'il était perpédant, surpédant, extra et ultra-pédant. Vous êtes un érudit très délicat par-dessus le marché de votre éloquence, mais vous êtes un ami de la Charte, j'en ai peur pour vous, et vous n'aimez pas le « prince charmant », qui n'était pas très fort, mais qui était pieux, et ne prenait pas pour bréviaire le livre des facilités païennes. J'aime Horace sous Auguste, il ne connaissait pas le Christ. J'ai été l'ami de ce pauvre gros Janin, latiniste insuffisant, et gros et impotent comme Louis XVIII.

A mes yeux, pour un roi, pour un Bourbon, il ne faut pas trop longtemps rester au lycée, ni trop présider la Société des gens de lettres classiques. Janin était à sa place dans son chalet de Passy. Pour un Bourbon, pour un roi, il est bon de s'inspirer encore plus haut. Votre spirituel et si universitaire « héros » était du xviii° siècle, et protecteur de Condorcet.

J'ai lu à peu près moitié. Vous êtes fort et vous êtes bon. Enfoncez en vous cette évidence que les choses seules de Dieu nous sauveront. Ces choses polies et de pur agrément (pour un roi) sont trop loin de Dieu. Ce n'est pas ce pauvre Charles X qui a fait Juillet, c'est la Charte...

Je vous aime et vous admire de plus en plus, malgré mes dissidences de vieux romantique repenti.

A vous de cœur.

P. FÉVAL.

14 janvier 1881.

C'est vrai, cher chartiste, Louis XVIII est bourré de traits charmants tout à fait. Et il a du cœur (ses lettres autour de la mort de la reine sont profondément humaines et chrétiennes), et il a de la fierté très haute, de la patience très belle, et de la certitude dans son superbe espoir; mais vous l'aimez trop, si on peut faire ce reproche à un royaliste. Vous êtes né longtemps après sa mort, mais votre père devait être son ami effectif et fidèle. Le livre était *très difficile* à faire, vous l'avez bien fait. Je ne suis qu'au milieu, car je lis en conscience. Nous serons de forts amis. Je vous ai pris d'abord pour un chouan de plume à tous crins, et je vous ai aimé ainsi; puis on m'a dit que vous étiez un préfet du 16 mai, ça m'a fait peur; puis je vous vois elzévirer en voltigeur émérite. Je vous dirai l'histoire de mon

professeur de seconde, M. Quandoquidem, guerrier
qui portait son Virgile d'une main et son Ennius de
l'autre : *at tuba terribilem sonitum taratantara
dixit*... Pardon tout de même de vous avoir laissé
errer une heure dans mes steppes clémenceautales.
Je me trouve bien là à cause de la solitude, mais
j'avoue que l'abord n'est pas séduisant.

Le tableau de la fuite de Paris est exquis. Ce
prince, vêtu d'une canne et d'une tabatière, fait
image, et tout ce qui regarde cet admirable d'Avaray est touché d'un cœur magistral. C'est là que
Monsieur est superbe, c'est avec son d'Avaray ! Là
il est simple. Je n'arriverai pas au bout sans aimer
mon Louis XVIII.

S'il n'y a pas excès d'ambition, embrassez pour
moi vos deux chères filles, et dites-moi leurs noms,
que je leur envoie les *Contes de Bretagne* illustrés.

Votre

P. Féval.

18 janvier 1881.

J'ai fini, mon chéri ami, et j'ai été longtemps à
lire parce que je l'ai voulu. C'est un bon, c'est un
noble et bien-aimé livre. La multitude innombrable
de points sur lesquels je ne sens pas tout à fait
comme vous n'a rien ôté pour moi au charme
éprouvé, parce que je voyais votre cœur vaillant et
tendre à travers votre charmant style.

Quel étonnement aimable, mais quelle remarque
profonde, page 235 ! « Les révolutionnaires, pas plus
que les royalistes, ne pardonnèrent au roi sa générosité. » Les révolutionnaires ne pardonnent jamais ;
les royalistes ne discernent pas toujours ; mais ici

se trompaient-ils? Était-ce de la générosité, la pension Tallien et autres crimes du même genre? Notez bien que j'admets (sans l'admirer) la pension de la sœur de Robespierre; mais Tallien, ce pommadeux sanglant, sale et cruel comme un girondin! Tallien!... Le roi qui embrassa Plantegen!!!... Les rois sont des juges. Pardonner est toujours d'un chrétien, — mais vous parlez souvent d'habileté. C'est une habileté cruelle que celle qui invite les monstres à dîner, sans souci du passé ni de l'avenir. Je n'entre même pas dans les considérations morales et religieuses qui m'empêchent de voir les choses sous les mêmes couleurs que Louis XVIII, et qui m'auraient défendu, par exemple, de me compromettre avec ce « délicieux » Decazes, après avoir aimé d'Avaray et Blacas. Je reste dans le fait, et je dis : Tout roi qui est assez spirituel ou assez simple pour vouloir amadouer la révolution, est mort. Le rôle des rois n'est pas de plaire à leurs ennemis. Les rois sont des juges, croyez-moi, voilà la vraie vérité de la politique. Les rois sont des MAÎTRES.

Ce lettré, trop classiquement lettré, n'en était pas moins un roi, comme vous l'avez si éloquemment prouvé, un bon roi, un grand roi, même, à travers une assez grosse somme d'enfantillages. Votre chapitre qui traite de la religion de Louis XVIII est sobre par nécessité, mais il est beau, très beau, je le crois en outre très vrai; et si Léon XIII a souri en le lisant, c'est de plaisir. Vous êtes un cœur si choisi, et votre dévouement a tant de puissance dans sa haute et caressante sincérité!

Quand je pense à une restauration à venir, j'ai peur. Vous figurez-vous le premier « ministère » composé de tant d'incapacités connues, de tant de demi-convictions, de tant de « libéralismes » embarrassés, plus les pauvres petits journalistes à injures, sensiblement pochards, qui se croiraient quelqu'un le premier jour, et voudraient être quelque chose !

A la bonne heure, Louis XVIII avec les alliés ! Voilà un mâle ! un prince ! un Français ! un gentilhomme ! J'accorde très bien Fouché ; mais tout de suite ce terrible rimeur chatouille Béranger, qui le mord parce qu'il doit le mordre, c'est dans la nécessité.

La seule habileté à employer vis-à-vis de la franc-maçonnerie, c'est de la supprimer, même quand elle chante.

Vous pensez bien que je ne vais pas vous dire mon avis sur Saint-Ouen et sur la charte. Vous êtes, je le crois, un constitutionnel par étude et par raisonnement. Moi je sais très peu, et ne raisonne qu'à mon corps défendant. La charte me fait rire, comme quelqu'un qui n'est pas assez fort pour en apprécier les beautés. Des concessions chevaleresques, en un temps de solide assiette et de large triomphe, me paraîtraient possibles, sauf discussion ; dans une ère de formation ou de lutte, ce semble être un suicide par trop littéraire.

Étant admis, pour l'acquit de ma propre conscience, que ce cher homme tout cousu de charme, aussi joli que beau, a pu se tromper quelquefois, sans qu'il vous fût opportun de souligner ses erreurs, il reste de votre effort vraiment difficile et vraiment victorieux un livre très brillant, parfumé à toutes ses pages d'honnêteté, d'esprit, de raison, de fidélité et de grand honneur, avec du talent prodigué à brassées sur le tout. Soyez remercié, mon cher Poli ; vous m'avez fait passer de braves heures, intéressantes toujours, souvent émues ou enchantées.

Merci et bravo. Vous m'aimerez tout de même à
fond, malgré ma rusticité, moi qui, en fait d'Horace, ne connais intimement que Coclès. Rebravo !
C'est vrai que cette goutte chevaleresque m'a fait
par instants un peu frayeur. J'ai eu froid sous l'ais-
selle en feuilletant l'Ancien Testament, illustré de
billets de banque, mais c'était un cadeau de papa,
et les rois sont de si malheureuses créatures, qu'il
leur faut bien quelques privilèges. Pardon des lon-
gueurs.

Votre bien sincèrement ravi et ami,

P. FÉVAL.

On a reproché, je ne sais où, à Paul Féval
d'avoir accepté de l'empire, d'abord la croix de
chevalier, ensuite la rosette d'officier de la Légion d'honneur. C'est absurde, comme tous les
reproches de ce genre. Le président de la Société
des gens de lettres ne pouvait pas refuser le
ruban rouge qu'on accordait à de petits journalistes, et de ce qu'il l'accepta il serait bien
ridicule de conclure qu'il admirait l'empire,
acceptait sa politique, amnistiait ses agents;
mais il était respectueux pour la personne du
souverain : ce qui, d'ailleurs, ne l'empêchait nullement d'en prendre à son aise et de se moquer,
s'il en trouvait l'occasion. On le peut voir par
la lettre suivante, adressée à l'un des meilleurs
amis du romancier, impérialiste de la veille,
M. Albéric Second.

Au mois de décembre 1866, dit celui-ci, j'eus l'honneur de passer une semaine au palais de Compiègne. Féval fut de la série suivante. Son invitation l'avait un peu troublé. Il vint me voir à ce propos ; je me hâtai de le rassurer, et il me promit de m'écrire ses impressions. Voici sa lettre, que je copie fidèlement :

« Non, tu ne m'as rien caché ; aucun mensonge n'a terni tes lèvres. C'est un séjour plein de charmes. Habitué à vivre d'oignons, et je les déteste, j'ai éprouvé du plaisir dans une nourriture délicate et variée par l'abondance des mets du premier choix, adroitement assaisonnés.

« Je pense à toi. J'ai gravé ton nom sur l'écorce de ma commode ; mais j'aurais mieux fait d'écrire le mien au fond de mon chapeau, car on me l'a effarouché. Je n'accuse personne. Les maîtres de la maison sont incapables d'une pareille spéculation. Il était néanmoins tout neuf et de bonne qualité.

« L'impératrice a été fort indulgente pour moi ; l'empereur m'a témoigné beaucoup de bonté. Un rhume de cerveau de l'espèce la plus humiliante m'a rendu intéressant à leurs yeux. Ah ! si j'avais ton bec ! Il me venait jusque dans le pharynx des choses ingénieuses, et ça ne sortait pas... Je les retrouvais dans mon mouchoir !

« J'ai raconté deux ou trois histoires. L'impératrice a fait semblant de les trouver drôles. Si je recommençais ma carrière, je fréquenterais les salons aisés. Il est trop tard !

« Écris-moi ; ça me fera passer pour un homme qui a de belles relations.

« A toi pour la vie,

« PAUL. »

*
* *

On a récemment découvert et publié de nombreuses lettres de Joseph de Maistre, encore
inédites, et dans le nombre il s'en trouve une
qui, aujourd'hui, par ce temps de femmes savantes et de lycées de filles, est d'une saisissante
actualité. Joseph de Maistre l'adressait à sa
fille [1], et, d'une façon à la fois délicate et charmante, y établissait ce que doit être la femme
en général, la femme comme il la faut. Le
grand penseur admettait parfaitement l'instruction chez une femme; mais il ne voulait pas
que cette instruction primât tout chez elle et
lui fît négliger son ménage et ses enfants. Avec
Molière et Fénelon, il abhorrait la précieuse
ridicule, la pédante, précisément la femme que
tendent à nous faire les lois nouvelles sur l'enseignement.

Voici cette lettre :

Tu as probablement lu dans la Bible, ma chère
Adèle : « La femme forte entreprend les ouvrages
les plus pénibles, et ses doigts ont pris le fuseau.»
Mais que diras-tu de Fénelon, qui décide avec toute

[1] Adèle de Maistre, mariée depuis au vicomte Terray
de Morel-Vindé. Le comte de Maistre avait une autre fille,
Constance, qui fut mariée au duc de Laval-Montmorency;
elle est morte, il y a deux ou trois ans.

sa douceur : « La femme forte file, se cache, obéit,, et se tait. » Voici une autorité qui ressemble fort peu aux précédentes, mais qui a bien son prix cependant : c'est celle de Molière, qui a fait une comédie intitulée : *les Femmes savantes*. Crois-tu que ce grand comique, ce juge infaillible des ridicules, eût traité ce sujet, s'il n'avait pas reconnu que le titre de femme savante est, en effet, un ridicule? Le plus grand défaut pour une femme, ma chère enfant, *c'est d'être homme*. Pour écarter jusqu'à l'idée de cette prétention défavorable, il faut obéir à Salomon, à Fénelon et à Molière. Ce trio est infaillible. Garde-toi bien d'envisager les ouvrages de ton sexe du côté de l'utilité maternelle, qui n'est rien; ils servent à prouver que tu es femme et que tu te tiens pour telle, et c'est beaucoup. Il y a d'ailleurs dans ce genre d'occupation une coquetterie très fine et très innocente. En te voyant coudre avec ferveur, on dira : « Croiriez-vous que cette demoiselle lit Klopstock et le Tasse? » Et lorsqu'on te verra lire Klopstock et le Tasse, on dira : « Croiriez-vous que cette demoiselle coud à merveille? » Partant, ma fille, prie ta mère, qui est si généreuse, de t'acheter une jolie quenouille, un joli fuseau ; mouille délicatement le bout de ton doigt, et puis vrrr! et tu me diras *comment les choses tournent*.

Tu penses bien, ma chère Adèle, que je ne suis pas ami de l'ignorance; mais, dans toutes les choses, il y a un milieu qu'il faut savoir saisir : le goût et l'instruction, voilà le domaine des femmes. Elles ne doivent point chercher à s'élever jusqu'à la science, ni laisser croire qu'elles en ont la prétention (ce qui revient au même, quant à l'effet); et, à l'égard même de l'instruction qui leur appartient, il y a beaucoup de mesure à garder : une dame, et plus

encore une demoiselle, peuvent bien la laisser aper-
cevoir, mais jamais la montrer.

Voilà, ma bonne Adèle, ce que j'avais à te dire
sur ce chapitre important; et j'attends de ton bon
sens, de ta volonté ferme et de ta tendresse pour
moi, que tu me donneras pleine satisfaction. Je suis
parfaitement content de toi, mon cher enfant, je
m'occupe de toi jour et nuit, imaginant ce qui peut
perfectionner ton caractère : c'est dans cet esprit
que je t'adresse ce petit sermon paternel. Ainsi
garde-toi de prendre des instructions pour des
reproches.

Jamais, peut-être, le nombre de ces femmes
et filles pédantes que détestait Joseph de Maistre
n'a été si grand qu'aujourd'hui, et, vraiment,
Cathos et Madelon sont de bien insupportables
pécores!

Molière avait deviné le bas-bleu, et, l'incar-
nant dans les filles du bonhomme Gorgibus, il
le livra à la risée de son public de marquis,
lesquels marquis riaient à se tordre des péron-
nelles et d'eux-mêmes, mal déguisés sous les
figures de leurs laquais.

L'histoire ne fait pas toujours aux hommes, dit
M. Barbey d'Aurevilly, qui est l'adversaire déclaré
des bas-bleus et leur a décoché un livre vengeur [1],
l'honneur d'être sévère... Il est des décadences qui
ne méritent que le rire de son mépris. Tomber

---

[1] *Les Bas-Bleus,* 1 vol.

n'est pas toujours tragique. Il y a pour les nations comme pour les hommes des chutes grotesques. Toutes n'ont pas la grandeur du vice, la poésie de la monstruosité. Il y a des petites décadences, disait Galiani. Mais je ne crois pas que, dans l'histoire, il y en ait une plus petite que celle qui nous menace. Je ne crois pas qu'il y en ait de plus honteuse que celle d'un peuple qui fut mâle, et qui va mourir en proie aux femelles de son espèce... Rome mourut en proie aux gladiateurs; la Grèce, aux sophistes; Byzance, aux eunuques; mais les eunuques sont encore des débris d'hommes : il peut rester à ces mutilés une tête virile, comme celle de Narsès, tandis que nous, nous mourrons en proie aux femmes, et émasculés par elles, pour être mieux en égalité avec elles.

Beaucoup de peuples sont morts pourris par des courtisanes, mais les courtisanes sont dans la nature, et les bas-bleus n'y sont pas! Ils sont dans une civilisation dépravée, dégradée, qui meurt de l'être, et telle que dans l'histoire on n'en avait pas vu encore. Jusqu'ici les sociétés les plus avancées comme les plus sauvages avaient accepté ou subi les hiérarchies sans lesquelles les sociétés ne sauraient vivre, et maintenant on n'en supporte plus... C'est la gloire du progrès! L'orgueil, ce vice des hommes, est descendu jusque dans le cœur de la femme, qui s'est mise debout pour montrer qu'elle nous atteignait, et nous ne l'avons pas rassise à sa place, comme un enfant révolté qui mérite le fouet! Alors, impunies, elles ont débordé... Ç'a été une invasion de pédantes au lieu d'une invasion de barbares. Du moins, les barbares apportaient un sang neuf et pur au sang corrompu du vieux monde; mais les pédantes, qui dans la décrépitude de ce monde ont remplacé les barbares, ne sont pas capables, ces bréhaignes! de le féconder.

Et voilà pourquoi votre fille... n'est pas muette!

M. Barbey d'Aurevilly est terriblement dur aux malheureuses qui font argent de leur plume et vaniteux hochet de leur esprit. Cathos et Madelon n'étaient que bêtes et ridicules. Nos bas-bleus sont dangereuses, cyniques, flétries de vanité ; elles débordent de fiel, de colère et d'envie. Mais toutes les femmes qui écrivent ne sont pas des bas-bleus, heureusement, et M. Barbey d'Aurevilly épargne du moins cette angélique Eugénie de Guérin, qui peut n'être pas du goût de tout le monde, mais qui, du moins, n'a pas de tache d'encre aux doigts.

Paul Féval, on a pu le voir dans plusieurs de ses livres, avait également la haine des femmes qui écrivent, et ne laissait passer aucune occasion de les cribler d'impitoyables épigrammes.

Il s'en expliquait ouvertement dans une lettre à Mgr Cartuysvel, recteur de l'université de Louvain, et qui sert de *Préface* à un de mes livres : *les Contes à l'eau de rose.* J'en citerai ce passage :

Nous cherchions tous les deux, Monseigneur, le conteur véritablement catholique, et nous trouvions peu d'hommes sur notre chemin, mais beaucoup, beaucoup de dames, pas mauvaises, pas bonnes, des dames, toujours des dames, en si riche, en si exubérante, en si extraordinaire quantité, qu'il m'é- chappa de vous dire que le roman chrétien tombait en quenouille.

En Angleterre, le roman qui croit en Dieu est protestant, et il subit peut-être encore plus que chez nous cette maladie sucrée, ce diabète de l'*im- berbisme*.

Dans je ne sais lequel de ses livres, Charles Dickens parlait des seize cents demoiselles qui fabri- quaient à Londres le fameux roman-thé, où l'action s'ouvre par l'arrivée de « l'inconnu » à manteau et à bottes molles, qui « distingue » ou « remarque » miss Arabella Fairnose pendant qu'elle beurre la première rôtie, et où la péripétie finale (après d'innombrables *cups*, nuancées de crème ou de rhum, selon les tempéraments) est fournie par le cinquième fils du vicaire dissident Coldraw, toujours prêt à com- battre, soit le cheval vicieux, sujet à lancer le tilbury dans le « précipice », soit le jeune lord « cho- quant »; soit le bon chien, cœur d'or, malheureuse- ment attaqué de la rage.

C'est moral, assurément; car il est bon de pro- pager l'emploi du cinquième garçon du pasteur Coldraw et des muselières; cependant, Monsei- gneur, j'en arrivai à exprimer cette opinion hardie que la romancière ne devait être qu'une délicieuse et sobre exception, faite pour étonner son siècle en le charmant : Mme de Lafayette, par exemple, ou la première Mme de Girardin, ou l'Anglaise qui a écrit *Jane Eyre*, — et que les catholiques de France, comme les protestants d'Angleterre, seraient in- duits quelque jour (vous savez que les fleurs asphyxient aussi parfaitement que le charbon) à fonder des prix pour propager la renaissance du roman mâle, non tricoté par les fleurs.

Je n'ai, Dieu merci, ni journal, ni librairie, ni influence, ni rien, mais j'aime tant ma patrie catholique, que je cherche le roman mâle comme si je possédais tout cela. Il ne faut pas que l'élément efféminé domine trop chez nous, même dans ce qui est pure récréation. Les familles qui voient un danger dans le roman doivent le proscrire, et non point se bercer de cette illusion que le roman sera moins dangereux s'il porte un fichu et une cornette. Je ne crois pas qu'il y ait au monde une plus naïve erreur que celle-là.

Monseigneur, vous me faisiez l'honneur de partager mon avis sur beaucoup de points, tout en trouvant que, sur d'autres, mon opinion était trop tranchée : le fait sur lequel nous tombions d'accord, c'est la nécessité d'attirer du bon côté de la haie les jeunes talents appelés chez nos ennemis par tant de séductions et par le succès si facile. Tout écrivain qui se résout à renier Dieu et à insulter ses prêtres est sûr de réussir, tandis que, dans le champ maigre où se cultive le roman-thé, il y a les seize cents demoiselles qui encombrent.

*
* *

Je voudrais pouvoir transcrire ici quelques-unes de ces causeries, étincelantes de verve, d'où je sortais éperdu, trouvant tout à coup, et après coup, des répliques spirituelles, et me disant que personne généralement n'est plus

bête qu'un homme qui cause avec un homme
d'esprit. Mais je préfère laisser la parole à
M. Oscar de Poli, qui narre en style facile une
des visites qu'il fit à Féval, en son ermitage
de Clignancourt.

J'avais eu, dit-il, le tort de riposter par un coup
droit porté à la modestie de Paul Féval, en lui
donnant dans une de mes lettres le titre d' « illustre
confrère ». Il se vengeait en m'invitant à venir
« manger les patates de l'illustre Bécasson ». Je
courus chez lui. Plus favorisé qu'à ma première visite, j'eus le bonheur de le trouver dans son ermitage, sur la colline des Martyrs, à l'ombre de la basilique nationale, tout près du Sacré-Cœur. « Entre
chrétiens, a dit Poujoulat, se voir, c'est se retrouver. » Féval m'embrassa comme un ami de vingt
ans, comme un ami que l'on a toujours connu, et
sa pieuse compagne et ses enfants me firent aussi
la grâce de m'accueillir comme si nous nous re-
trouvions. Puis il voulut me faire causer; mais je
m'en défendis, en protestant que j'étais venu pour
écouter et pour apprendre. « Et pour dîner? » de-
manda-t-il avec une anxiété souriante. Je répondis que j'adorais les patates. Et, sur ce mot,
voilà le maître en belle humeur, parlant du passé,
du présent, de l'avenir, de Rome, de Frohsdorf, de
sa Bretagne, des lettres de nos amis communs, de
nos adversaires, avec une *furia* de verve qui m'épa-
nouissait et me fascinait. O le grand charmeur! il
voulait évidemment me captiver, me capter; peine
exquise et perdue, car j'étais tout conquis. Lorsqu'il
parla de la religion, ce fut avec une ampleur de
magnificence et de tendresse qui fit vibrer toutes

mes saintes adorations. Il avait encore le génie du
roman ; il avait surtout, à présent, le génie de la
foi. En écoutant avec une attention passionnée ce
causeur hors de pair, ce penseur étincelant, brûlant
de zèle pieux, affamé de faire le bien, de propager
la divine lumière, palpitant de chrétien repentir,
assoiffé d'expiation, je me rappelais cette parole de
Sophocle : « Il n'y a que les grandes âmes qui sa-
chent combien il y a de gloire à être bon. » Le voilà
qui revient à sa chère Bretagne, avec une expression de fier amour et d'intime regret. Je fais chorus,
en lui révélant que l'auteur des *Récits d'un vieux
chouan* eut l'honneur d'être sous-préfet de Pontivy ;
Féval bat des mains, et je lui dis ces vers :

> A chaque pas, dans la campagne,
> Le pèlerin trouve une croix :
> Ce que l'on aimait autrefois,
> On l'aime encor dans la Bretagne.
>
> Oui, c'est la terre des élus !
> L'honneur, la foi, rien ne s'y rouille ;
> Le dur paysan s'agenouille
> S'il entend sonner l'Angélus.
>
> O saint berceau de mon enfance,
> Nul ciel n'est plus pur que le tien,
> Nul ne verse au cœur du chrétien
> Plus de noblesse et de vaillance[1] !

« C'est du Brizeux ! s'écria Féval en me pre-
nant les mains avec une effusion d'enthousiasme.
— Hélas ! non, c'est du Poli ! »
Je crus qu'il allait me broyer les mains, tant fut

---

[1] Oscar de Poli, *Souvenirs de Bretagne,* dans le *Mer-
cure de France,* n° du 24 janvier 1863.

rude son affectueuse étreinte en me disant cette phrase, que je retrouvai dans une de ses lettres : « Ah ! vous avez des raisons d'aimer la Bretagne !...» Puis je le navrai tout à fait en lui insinuant qu'il était probablement d'ancienne souche normande. « Que dites-vous là, mon ami? — Je dis qu'en 1697, Pierre Féval fit enregistrer ses armoiries, *d'azur à trois croissants d'argent*, et que Pierre Féval était procureur à la cour des aides de Rouen. — Ah çà ! vous savez donc tout ? fit-il avec une stupeur souriante. Voilà que vous me blasonnez à présent ! Des croissants !... Quelle est la symbolique héraldique des croissants ? — Un souvenir des guerres saintes, et de préférence un signe ou un espoir de fortune croissante. — Oh ! alors d'Hozier s'est trompé, au moins en ce qui me concerne ; il fallait dire : d'azur à trois *décroissants* d'argent ! » Et de rire, et de quel cœur ! Les heures passèrent trop rapidement dans cette captivante hospitalité ; comme passent toutes les heures heureuses.

*
* *

Paul Féval, qui aurait dû être de l'Académie française, n'en fut point, comme Louis Veuillot, Barbey d'Aurevilly, Théophile Gautier, Paul de Saint-Victor, Charles Baudelaire.

MM. les concierges de Paris ne veulent pas admettre dans *leurs* hôtels les pères de famille qui ont beaucoup d'enfants, dit M. Edmond Biré. De même, à l'Académie, on écarte volontiers les écrivains qui ont fait trop de livres : M. Prosper Méri-

mée, peu chargé de bagages, y est reçu d'emblée ;
Balzac est impitoyablement refusé. « Il est trop gros
pour nos fauteuils, » disait Sainte-Beuve. En 1874,
Paul Féval, comme Balzac et comme Alexandre
Dumas, eut envie d'être de l'Académie. Il s'agissait,
je crois, de remplacer M. Pierre Lebrun, auteur de
la tragédie de *Marie Stuart*. Il commença ses visites, et poussa jusqu'à la neuvième. « Je n'allai
pas plus loin, me disait-il un jour en me racontant
son voyage autour d'un fauteuil ; je m'étais aperçu
à temps que je n'étais pas *académable.* » Aussi
bien il avait mieux à faire que l'éloge de cet excellent M. Lebrun. Qui a écrit un chef-d'œuvre peut
bien se consoler de n'être pas de ceux dont on dit,
faute de mieux : *C'est quelqu'un de l'Académie.*

Pour se consoler de n'avoir pas recherché
quelques-uns des esprits les plus éminents de
cette fin de siècle, il advint qu'un jour l'Académie élut M. Edmond About.

Quel châtiment !

Raymond Brucker est mort dans la tristesse et l'abandon. Celui qui avait été l'orateur attitré de tant d'œuvres de charité, celui qui avait consumé dans ce rude labeur sa voix, ses forces, et la vie même de son intelligence; ce Démosthène qu'on se disputait si fiévreusement, cet apôtre qui ne suffisait pas à tant d'apostolats, ce dompteur d'auditoires rebelles, cet homme à la parole de feu, et qui avait remporté autant de triomphes qu'il avait prononcé de discours, il a été soudain mis de côté, délaissé, oublié. Et cette aventure lui est arrivée le jour où il a été tout à fait à bout de forces et absolument épuisé. Tel est ce phénomène attristant que je me permettrai d'appeler « l'Ingratitude des Œuvres ». Ce n'est pas la première fois que j'y assiste.

On donne son temps, on donne sa vie, on donne son âme. On est recherché, fêté, choyé. C'est charmant, c'est admirable. Mais, un jour, survient quelque maladie qui vous couche sur le flanc : en une demi-minute, l'oubli s'épaissit autour de vous, et vous n'êtes plus rien. Oh! l'ingratitude des œuvres!

On m'a fait observer que c'était providentiel, et

que, dès que nous ne sommes plus bon au service
de Dieu, on fait bien de nous abandonner. Est-ce
que les Hindous se préoccupent de ceux qu'écrase
le char de Jaggernath?

Je persiste à penser qu'il vaudrait mieux être plus
juste et plus reconnaissant, et je trouve que le
pauvre Brucker est mort bien seul... pendant quinze
ans.

Cette page d'observation si douloureuse et si
vraie, que j'ai bien souvent lue et relue dans les
Vingt nouveaux portraits de Léon Gautier, me
revenait en mémoire il y a quelques semaines, le
soir des obsèques de Paul Féval; de Paul Féval,
l'ami de Raymond Brucker, qu'il a si merveilleusement fait revivre dans *Pierre Blot.*

Après sa double ruine, après la mort de l'admirable femme qui fut la joie et la force de sa
vie, Féval, atteint d'une maladie qui lui rendait
tout travail impossible, se remit aux mains de
la charité chrétienne, chez les frères de Saint-
Jean-de-Dieu. C'est là qu'il est mort « bien
seul, pendant cinq ans », presque également
délaissé, sinon oublié, par ses amis et ses enthousiastes d'avant et d'après sa conversion.

Le lendemain de sa mort, un de ses amis,
qui est mort peu de temps après, Albéric Second, écrivait dans le *Gaulois* :

J'ai beaucoup connu Paul Féval. C'est dire que
je l'ai beaucoup aimé. On m'apprend qu'il est mort

hier matin, à quatre heures. Ce dénouement, je le
prévoyais ; j'en étais venu à le désirer..., et pourtant
il me cause une grande douleur.

Ceux qui ont assisté à la représentation de ses
drames, ceux qui ont lu ses romans, les abonnés
même du *Gaulois*, de *Paris-Journal* et du *Figaro*,
qui eurent le délicieux régal de ses articles débor-
dants d'humour et de fantaisie, ne le connaissent
pas tout entier. Jusqu'au jour où le malheur a franchi
le seuil de sa maison et s'est établi en maître à son
foyer, Paul Féval a été non seulement un des plus
spirituels, mais le plus gai, le plus joyeux de mes
compagnons.

Ses lettres intimes, que je me plais à relire aux
heures sombres, ont une intensité comique qui force
l'éclat de rire. Du Labiche de derrière les fagots. A
nos dîners mensuels, fondés et présidés par le baron
Taylor, il improvisait des comédies, sœurs de la
Cagnotte et du *Chapeau de paille d'Italie* ; et il les
jouait avec la verve, le geste et l'accent irrésistibles
d'un Geoffroy ou d'un Sainville.

. . . .

Au début, il s'était nourri de vache enragée, et
encore n'en mangeait-il pas tous les jours ! L'aisance
était venue, puis la fortune. Marié à une femme d'é-
lite, père d'une nombreuse famille, il voulut dou-
bler et tripler cet argent si vaillamment gagné.
N'avait-il pas quatre fils à établir, quatre filles à doter ?
Les spéculations de bourse le tentèrent. Riche, il
était entré dans le temple grec de la rue Vivienne.
Il en sortit ruiné.

Un des premiers je fus informé de son désastre,
et, comme il me voyait très ému, ce fut lui qui me
consola.

« J'ai toujours aimé Dieu et le travail, me dit-il.

11

A dater d'aujourd'hui, je sens que je les aime davantage. »

Sa fortune se rétablissait. Un soir, soir fatal, soir maudit, un misérable, un voisin, pénétra dans son cabinet, et lui offrit de faire fructifier ses capitaux, en l'associant à une affaire donnant déjà des bénéfices considérables. D'honorables ecclésiastiques, il les nomma, avaient eu confiance et s'en félicitaient. Féval donna tout l'argent qu'il possédait, toucha le mois suivant un bon dividende, et, le lendemain, le voleur mit la frontière entre ses victimes et lui. Peu après notre ami était frappé d'hémiplégie.

Les malheurs viennent par troupe. Sa femme meurt, et ce nouveau coup provoque une deuxième attaque.

Tertia solvet! me dit-il, sans avoir la force de me serrer la main, le jour des funérailles, cérémonie qui attira tout Paris littéraire, et à laquelle il eut la douleur de ne pouvoir assister, ses pauvres jambes lui refusant déjà leur service.

Ce fut alors qu'il entra chez les frères de Saint-Jean-de-Dieu, où la Société des gens de lettres et celle des auteurs dramatiques lui assurèrent une existence aussi confortable qu'il pouvait la souhaiter.

J'allai le visiter, pas aussi souvent que je l'aurais voulu, que je l'eusse dû peut-être... Mais la rue Oudinot est si loin du boulevard des Italiens, et cette gueuse de vie parisienne permet si rarement, à ceux qui sont pris dans son engrenage, d'agir à leur volonté et de faire leur devoir.

Pour ce cœur meurtri, c'était une fête que ces visites trop rares de ma part, bien plus rares encore de la part des autres! Il s'en plaignait doucement; car il ne faut pas croire, ainsi qu'on ne manquera pas de le dire, qu'il ne parlait pas.

La parole était lente, difficile ; mais il causait. Ses jambes même avaient repris un peu de vigueur, et, pas plus tard que le dimanche 20 février dernier [1], soutenu par son dévoué petit domestique, appuyé sur mon bras, il a pu faire le tour du jardin, qu'illuminait un radieux soleil. Et, comme je le félicitais de ce qui me semblait quasiment un miracle :

« Souviens-toi de ce que je t'ai dit, répondit-il avec un pâle sourire : *tertia solvet*... Mais qu'importe, ajouta-t-il en regardant la voûte bleue, je suis prêt. »

C'est à ce séjour dans l'hospitalière maison des frères de Saint-Jean-de-Dieu que se rattache une lettre qui nous est confiée, et qu'on ne lira point sans émotion. Elle est datée de Naples et adressée au vicomte de Poli par un de ses amis, le vicomte A. d'A. Le souvenir qu'elle rappelle est bien touchant, et l'esquisse qu'elle trace est d'une douloureuse fidélité.

Naples, rivière di Chiaia,
le 31 juillet 1887.

Cher vicomte et cher ami,

« Je viens de lire, avec une poignante émotion, votre brochure sur Paul Féval. Ce grand écrivain a laissé une empreinte, à son insu, en marge d'une des pages douloureuses du livre humble de ma vie. Voici comment :

Lorsque mon père tomba gravement malade, à Paris, un de nos amis, le comte de L***, eut l'heureuse idée de mener le cher moribond chez les

[1] Le 20 février 1887.

frères de Saint-Jean-de-Dieu. C'est dans la pieuse maison de santé que je retrouvai mon père. Il était au premier, et au rez-de-chaussée habitait Paul Féval. Mon père eut un mieux sensible..., nous le pensâmes sauvé!... Il eut, vous le savez, la force de revenir ici.

Enfin il habitait là-bas, rue Oudinot. Je menais mon pauvre père dans le jardin, ou bien je le plaçais à la fenêtre, sur un fauteuil... Un marcheur obstiné se promenait toujours devant nous. Il allait lourdement, rouge comme un coq, *obstiné*, muet, ce marcheur, suivi par une paysanne bretonne, ou par une sœur de Charité, sa fille. C'était Féval.

Mon père et lui s'étaient connus. Un jour, mon père lui tendit la main. Paul Féval eut un regard soupçonneur, presque terrifié, et continua sa marche... Pendant un mois, le soir, le matin, je vis toujours Féval se traînant péniblement avec une énergie indomptée. Le mot *obstiné* indique seul, à mon avis, le caractère mâle, en même temps que douloureux, imprimé sur la figure, décelé par l'attitude.

Mˡˡᵉ Féval était-elle jolie?. Je ne sais... Elle marchait la tête si basse !....

Pendant la lecture de votre brochure, cher vicomte, j'ai revu avec une terrible netteté le jardin et ses charmilles, le marcheur obstiné, rouge comme un coq, et mon père, tout pâle, mollement appuyé sur la fenêtre.

Tout à vous, et merci,

A. D'A.

Je me réserve de vous écrire à nouveau, dans quelques jours. Ceci n'est pas une lettre, pas même

un accusé de réception. C'est la poignée de main
que l'on demande à un ami, que l'on donne avec
chaleur, parce que je ne sais quoi de triste passe
dans le cœur. »

Le converti avait achevé, à la lumière de la foi,
son œuvre intellectuelle; il avait bien écrit de Dieu,
et Dieu l'en récompensait avec une implacable miséricorde, en l'humiliant dans la puissance de cet
esprit dont le romancier jadis avait eu trop d'orgueil. Depuis son humble et splendide retour au
bercail de l'Église, il avait, avec une ardeur toute
bretonne de loyauté, de repentir, répudié le pesant
bagage de sa gloire littéraire d'antan, qui n'était
plus pour lui, comme dit Chênedollé, qu' « un néant
superbe, une illustre misère ». Ce n'était pas encore
assez pour Dieu. Le « vieux repentif », comme il
s'appelait, devait boire jusqu'à la dernière goutte
l'amer et doux calice de l'expiation. Il disait juste,
lui, l'auteur de deux cents volumes, en m'écrivant
qu'il n'avait fait qu'un livre. Lorsque, sortant des
fanges putrides de la littérature républicaine, la
France recouvrera la pleine possession de sa raison,
de son esprit, de son âme, ce livre, *le Coup de
grâce*, ce beau livre, ce grand livre de la pénitence,
du repentir simple et sublime, apparaîtra tout naturellement à son rang, c'est-à-dire au rang d'honneur des chefs-d'œuvre de la littérature française.
Parlant d'Honoré Courtin, cher à Louis XIV et
comblé de gloire, le duc de Saint-Simon dit qu'à
l'apogée de sa faveur il se retira du monde, « pour
mettre un intervalle entre la vie et la mort. » Épris
de la lutte pour le bien, Paul Féval pensait moins
que jamais à s'isoler des agitations du monde : la
clémence divine lui en imposa l'obligation, je de-

vrais dire le bienfait. Il espérait vaincre dans la vie,
il était chrétiennement sûr de vaincre dans la mort;
sa généreuse espérance fut providentiellement dé-
çue; mais non sa foi vive. A l'heure où la souffrance
avait mûri son âme pour la gloire de la vraie vie,
pour la gloire qui ne meurt pas; elle prit son vol vers
la patrie céleste.

Vous qui l'avez aimé, ne pleurez pas; comme
Marie Madeleine, Paul Féval a eu « la meilleure
part [1] ».

C'est en 1882 que Paul Féval eut une première attaque d'apoplexie. Peu de temps après,
la mort de sa femme acheva la ruine de sa belle
santé. Du jour au lendemain, il ne fut plus
que l'ombre de lui-même.

L'*Univers* publia, à propos de la mort de Féval,
un magistral article de M. Auguste Roussel.
Nous donnons ici cette page éloquente.

Après plusieurs années d'une maladie qui lui
rendait tout travail impossible, Paul Féval s'est
éteint doucement, dans la matinée d'hier, chez les
frères de Saint-Jean-de-Dieu, où il s'était retiré
lorsque les soins dévoués de sa femme, enlevée
avant lui, vinrent à lui manquer. Il avait soixante-
dix ans. Deux jours plus tôt, voyant venir la mort,
il avait, avec une grande piété, réclamé et reçu les
derniers sacrements. Il s'apprêtait ainsi à sortir de
la vie avec l'édification qu'il ne cessa de donner à

[1] O. DE POLI, dans la *Revue du monde catholique*.

tous ceux qui l'ont vu de plus près, depuis qu'il était revenu à Dieu.

En réalité, la foi ne l'avait jamais quitté. Breton d'origine, et, comme tel, solidement instruit des vérités chrétiennes, il avait pu les oublier ou les laisser dormir dans le tourbillon de la vie parisienne; mais du moins jamais il ne se rangea parmi les insulteurs ou les ennemis de la religion.

Ses débuts littéraires furent pénibles. Lui-même les a racontés avec une singulière puissance d'émotion. Venu à Paris comme petit employé, et luttant pied à pied avec la misère, il finit par trouver dans divers journaux l'emploi d'un talent de conteur qui ne tarda pas à prendre des proportions presque inconnues jusque-là. En effet, sa fécondité se jouait avec les sujets les plus divers, et il menait de front la confection des romans les plus étonnamment traversés d'aventures qui se puissent imaginer. Les meilleurs, sans contredit, sont ceux qui lui furent inspirés par le souvenir des légendes bretonnes dont son enfance avait été bercée.

A tant produire, Paul Féval s'était, en peu d'années, fait un nom retentissant, et le succès prodigieux de ses écrits, en le plaçant à la tête des feuilletonistes du temps, lui valait en même temps la conquête d'une assez rapide fortune. Président de la Société des gens de lettres, marié à une femme charmante, père de huit enfants, pour lesquels il entrevoyait un riant avenir, Paul Féval, qui d'ailleurs était le désintéressement même, semblait n'avoir plus humainement rien à désirer, quand le malheur vint l'assaillir. Un jour, l'effondrement des fonds ottomans fit sombrer sa fortune, qui reposait sur eux tout entière, et il se vit complètement ruiné.

D'autres se fussent désespérés. En cette épreuve,

Paul Féval, après s'être replié sur lui-même, se releva plein de confiance en Dieu. Loin de murmurer, il bénit le désastre qui, en lui ravissant les richesses de ce monde, remettait son âme en possession des trésors de la foi. Ce fut de sa part un acte admirable, où parut toute l'élévation de cet esprit foncièrement chrétien. Il n'était pas seulement résigné, il rayonnait.

C'est cet état de son âme qui se trouve décrit avec une grande puissance dans la série d'ouvrages qu'il voulut composer alors pour rendre hommage à Dieu en racontant les *Étapes d'une conversion*. En même temps, il célébrait les *Merveilles du mont Saint-Michel*, et, se jetant avec toute l'ardeur d'un néophyte dans la dévotion au saint Cœur, il écrivait en l'honneur de cette dévotion des pages brûlantes, dont le prix, consacré par lui, d'accord avec son éditeur, à l'érection de l'église du Vœu national, figure, à l'heure qu'il est, dans la liste des souscriptions de la basilique pour près de cent mille francs. Est-il besoin de dire que, de toute sa littérature passée, Paul Féval s'appliquait en même temps à retrancher tout ce qui était périlleux ou trop frivole, faisant résolument le sacrifice de ce qui ne pouvait être admis à corrections?

Grâce à ce prodigieux labeur, poursuivi dans l'esprit de réparation qui l'avait saisi tout entier, Paul Féval s'était fait une vie vraiment nouvelle. Finalement, il avait pu rassembler des économies suffisantes pour lui permettre d'assurer l'avenir de la nombreuse famille qui s'élevait autour de lui, quand un coup nouveau et plus terrible, fruit d'une imprévoyance dont il ne pouvait répondre, le plongea pour la seconde fois dans une misère d'où, vu l'état de ses forces, il ne pouvait plus espérer de sortir.

Il se courba, soumis, devant cette nouvelle épreuve, offrant du même cœur à Dieu ce nouveau sacrifice, qui le touchait pour les siens beaucoup plus que pour lui.

Des épreuves plus douloureuses ne lui furent point épargnées, après les consolations que lui avait données la vocation religieuse de deux de ses filles. Il porta tout avec une résignation sans égale, mais son corps était brisé. Voué dès lors à une lente agonie, il eut le chagrin de voir périr entre ses bras la compagne affectueuse de toute sa vie. Ce fut son dernier holocauste. Ne vivant plus dès lors que dans la pensée de la mort, il se remit aux mains de la charité chrétienne, et c'est au milieu des soins qu'elle lui prodiguait qu'il a enfin trouvé le repos.

Et quand Féval, le 8 mars dernier, dans sa soixante-dixième année, eut « cessé de mourir pour vivre éternellement », comme disaient autrefois les épitaphes funèbres dans une langue admirablement chrétienne, cent cinquante personnes, en tout, parmi lesquelles quelques frères de Saint-Jean-de-Dieu, dans les bras de qui il avait rendu l'âme, ont fait escorte à l'illustre écrivain jusqu'à sa dernière demeure terrestre [1].

[1] Les obsèques de Paul Féval ont eu lieu, hier, à Saint-François-Xavier.

L'assistance était peu nombreuse; la disparition du romancier populaire avait causé une émotion douloureuse; mais ceux qui ont le malheur de se survivre à eux-mêmes sont délaissés après comme avant leur fin.

Remarqué : MM. Jules Clarelie, président de la Société

Dans ce Paris, écrivait le lendemain un des rares amis fidèles, un ami d'après la conversion, le vicomte Oscar de Poli, dans ce Paris qui se targue d'incarner le génie de la France et parfois décerne à des pîtres, à d'abjects exploiteurs de l'insondable bêtise humaine, de pompeuses et colossales obsèques, combien étaient-ils venus pour rendre un suprême hommage à l'un des écrivains les plus populaires du siècle, émule d'Alexandre Dumas par la variété, l'imagination, la fécondité; au romancier puissant, dont les œuvres avaient tant de fois passionné la multitude, et qui avait aimé Paris au point même d'abandonner sa chère Bretagne? Ingrate et frivole multitude ! Combien ils étaient venus? Quelques amis de l'arrière-saison, de la dernière heure, une poignée de gens de lettres, une poussée de curieux, et Paris, « son Paris, » vit passer, d'un regard indifférent comme celui d'une ambitieuse, l'humble convoi du grand homme de lettres qui l'avait aimé jusqu'à l'adoration ! Je n'ai jamais plus clairement, plus profondément perçu que devant

des gens de lettres; Gonzalès, Henri de Bornier, Hector Malot, André Theuriet, Ludovic Halévy, Camille Doucet, Pierre Zaccone, Jules Simon, Auguste Vitu, François Coppée, Calmann Lévy, Ernest Daudet, Calla, l'abbé Roussel, Élie Frébault, etc. etc.

Trois couronnes seulement ornaient le cercueil de l'écrivain : *A notre père; A Paul Féval, son éditeur;* toutes deux en perles noires fort simples, et une autre en immortelles : *A notre grand-père.*

Le deuil était conduit par les deux fils et le neveu du défunt, MM. Paul, Pierre et Auguste Féval.

Au cimetière Montparnasse, deux discours ont été prononcés par MM. Henri de Bornier et Jules Claretie.

(*Le Gaulois*).

cette navrante indifférence le formidable néant de la popularité, de la gloire, de ce que l'homme appelle la vie.

Passons encore sur l'oubli des frivoles que le merveilleux conteur n'avait qu'amusés; mais ceux que le converti et le polémiste chrétien avait édifiés et défendus n'eussent-ils pas dû mieux se souvenir? Hélas! ingratitude des hommes, ingratitude des œuvres! A l'enterrement de Rorhbacher, « nous étions en tout huit personnes, dit Veuillot, et dans ce nombre trois appartenaient à la même maison de librairie et deux au même journal. »

Sur la tombe de Féval, deux discours officiels furent prononcés, au nom de la Société des auteurs dramatiques, par M. Henri de Bornier; au nom de la Société des gens de lettres, par M. Jules Claretie.

DISCOURS DE M. DE BORNIER

Messieurs,

Au nom de la Société des auteurs et compositeurs dramatiques, je viens rendre le dernier hommage à un des hommes qui ont le plus honoré la littérature de notre temps. Paul Féval a été plusieurs fois vice-président de la société; il remplissait ce mandat avec un zèle, un dévouement, une bonne grâce, qui lui valurent parmi nous des amitiés précieuses et du-

rables. L'art dramatique n'était pas cependant le fond
même de sa nature et de son talent; il était né romancier; il n'alla pas tout d'abord vers le théâtre,
ce fut le théâtre qui vint à lui. Frédéric Soulié l'avait
déjà désigné comme son successeur; d'autres maîtres
habiles vinrent ensuite, et trouvèrent dans ses romans des sujets de drames dont le succès retentissant ne sera pas oublié. La gloire de son nom en fut
portée plus haut; son bonheur en fut-il plus affermi?
On aimerait à le croire. Mais sans doute il connut,
comme nous tous, les tristesses, les amertumes, les
frémissements, les fiertés et aussi les désespoirs de
la lutte; il connut cette inexprimable anxiété qui
saisit un homme au moment où il jette, en proie à
la foule, le meilleur de sa pensée, sinon le meilleur
de son âme.

Paul Féval dut souffrir plus qu'un autre, avec sa
nature nerveuse, à la fois mélancolique et vibrante.
Ce n'est pas une bonne défense, une armure assez
solide contre les coups soudains de la destinée. Aussi
résista-t-il difficilement aux assauts injustes de la
mauvaise fortune; ce noble esprit en fut comme
accablé. Il sentit descendre sur lui lentement l'ombre
des jours mauvais; mais il eut le courage de puiser
une nouvelle force dans la lumière mystérieuse de
la foi et des austères devoirs. Le vrai drame de sa
vie est là, dans l'angoisse d'un cœur qui se demande
s'il a fait ici-bas tout le bien qu'il pouvait faire, dans
l'effroi d'un esprit qui cherche s'il ne s'est pas
trompé de route et n'a pas égaré en même temps
ceux qui croyaient en lui.

Que se passait-il dans cette âme, dans ce cœur,
dans cet esprit, à ces heures où l'écrivain interro-
geait ses œuvres passées avec la rigueur et l'impar-
tialité d'un juge? Dieu le sait! Ce que nous savons,

nous, c'est qu'un effort si rare devient presque sublime, tant il prouve de sincérité, de fermeté, de grandeur, de modestie, ce qui est une grandeur encore.

Paul Féval s'est éteint dans la joie intérieure de son âme apaisée, en regardant sans crainte ce qui allait venir : la mort lui a été plus douce que la vie ! Regrettons-le, mais ne le plaignons pas.

DISCOURS DE M. JULES CLARETIE

En politique, toutes les erreurs viennent peut-être de ce qu'on ne se connaît pas les uns les autres ; en littérature, toutes les injustices, de ce qu'on ne lit pas les autres.

Paul Féval, dans un rapport à M. Duruy sur l'état du roman en France, saluait l'avènement de la génération nouvelle des romanciers. Ceux qui l'ont suivi lui devaient, ce me semble, de saluer sa mémoire.

Et ne croyez pas que ce conteur ne fût qu'un improvisateur ! Il y a, dans cet entassement de volumes, une accumulation d'inventions extraordinaires. Mais parfois, comme souvent, Paul Féval s'interrompait dans ses récits d'aventures, et le maître écrivain qu'il y avait en lui se retournait vers ses propres souvenirs, vers son passé et ses amours premières, pour écrire quelque livre simple et puissant comme le *Drame de la jeunesse* ou *Annette Laïs,* et ce livre était une œuvre maîtresse, car il y mettait ce qu'il avait d'aussi grand que son imagination même, je veux dire son cœur.

Le cœur, l'esprit, les larmes, l'ironie, nous retrouvons toutes ces qualités à profusion dans ces livres qui furent la joie de nos vingt ans. Si Féval, en ses inventions tragiques, rappelle la manière forte et noire de Frédéric Soulié, dans sa raillerie et son ironie il fait penser immédiatement à Dickens, son ami. Et il avait l'*humour* de Dickens avant même de l'avoir lu, lorsqu'à ses débuts il écrivait l'histoire étourdissante de *M. Quandoquidem*. J'ai parlé de Dickens; avec son ironie particulière, britannique, si je puis dire, Féval me fait l'effet parfois d'un pamphlétaire égaré dans le roman, d'un Swift qui a écrit le *Fils du Diable* et qui pouvait écrire *Gulliver*.

Le je ne sais quoi de fin, de narquois, d'originalité et de sarcasme dans l'esprit, il faut avoir connu Féval pour savoir à quel degré ce causeur, qui eût fait un journaliste hors de pair, possédait de tels dons. Nous avons tous, nous qui l'avons aimé, nous avons encore dans l'oreille la voix lente, musicale et d'une caresse railleuse de Paul Féval nous contant ses histoires bretonnes. Il était éloquent et il était charmant. Il donnait la vie au moindre mot. Il apportait dans sa façon de plaisanter je ne sais quelle bonhomie rurale et comme socratique. Parti de Rennes pour conquérir Paris, il ne se doutait point qu'il allait à Rome. Il avait toujours eu cependant la foi du Celte; mais avant de la proclamer d'une façon mystique, il l'affirmait d'une façon railleuse. Un jour le vent favorable changea, la tempête vint : Paul Féval jeta l'ancre en haut. Il lui restait pourtant une affection en bas. Il sacrifia tout.

Ce Breton revint à la foi comme son compatriote Lamennais en sortit, violemment. Il faut lire les *Étapes d'une conversion* pour comprendre quelle crise il traversa, voyant, avec l'âge, la nécessité revenir. « Jean, dit-il amèrement au début de son livre, avait eu un salon autrefois, de beaux meubles, des tableaux, des flatteurs, des domestiques et même des amis, ceux de Job ; il avait de l'argent beaucoup, et jusqu'à un peu de gloire... Rien de tout cela ne lui restait. » Féval se trompait : il lui restait des amis, et, s'il les demandait au ciel, c'est sur terre qu'il les trouva. La vie pouvait l'avoir brisé, il pouvait avoir disparu de ce mouvement parisien où un passant remplace un passant, où s'allument et s'éteignent les gloires d'une minute : il était demeuré présent à notre pensée. On lisait toujours ses livres, même ceux qu'il avait le tort de corriger. On applaudissait toujours ses pièces, même celles qu'il prétendait répudier.

Il s'était éloigné de nous, ses confrères, mais nous gardions la mémoire de son dévouement.

Il fut président de la Société des gens de lettres pendant plusieurs années ; il a multiplié ses efforts pour bien servir la Société, et on l'avait vu, un jour, abandonner le livre inachevé pour aller à Genève défendre devant un tribunal les intérêts d'un confrère spolié. Ce jour-là, le romancier s'était souvenu qu'il avait été avocat au barreau de Rennes, et sa conviction fit triompher nos droits. Mais Paul Féval s'est dérangé plus d'une fois pour venir en aide à ses confrères autrement que par la parole.

Il était généreux de toutes les manières, croyant n'avoir rien fait après avoir labouré pendant plus d'un quart de siècle, croyant n'avoir rien donné après avoir passé dans la vie le cœur ouvert et la main tendue.

Paul Féval, Messieurs, aura été un des grands laborieux de ce temps de travailleurs ; il aura été un prodigieux inventeur, un écrivain de probité, un homme d'honneur, un ami sûr, et sa vie, sa destinée, cette ruine de l'homme du rêve accomplie par l'homme du fait, restera comme un roman vécu, douloureux et poignant… Après avoir connu la faim, à vingt ans, je dis la faim, — il a raconté comment on le retrouva, mourant d'inanition, dans un galetas de l'Arsenal, auprès de sa dernière bouchée de pain, — Paul Féval connut la ruine à soixante. Mais entre ces deux épreuves, que de succès, que de renommée, que de bravos, quelle popularité, quelles acclamations! Quelle existence courageuse et militante! Et pourtant, las de tout cela, fatigué de produire, dégoûté d'espérer, découragé de penser, pris de la nausée de la publicité et du tapage, Paul Féval, à la fin, ne demandait plus que l'oubli, ne réclamait plus que le repos.

Il repose maintenant.

Ce repos qui achève tout, qui interrompt à la fois toutes nos rivalités, nos polémiques, nos misères ou nos ambitions, vous l'avez, mon cher parrain, vous l'avez glorieusement et tristement gagné; mais quant à l'oubli, tant que nous serons là pour saluer votre nom et garder votre mémoire, l'oubli que vous vouliez, l'oubli que vous cherchiez, nous que vous avez charmés, nous serions ingrats de vous le donner; cet oubli-là, même dans la tombe, l'oubli de vos confrères et de vos amis, vous ne l'aurez pas!

Dans l'*Ami des livres*, qui a publié ces deux discours; M. Firmin Dangien les fait suivre des réflexions suivantes, qui ont leur éloquence :

La vérité, l'honneur de Paul Féval, sa foi et la nôtre, s'inscrivent contre ces dégoûts, ces désespérances, cette soif de repos que Claretie lui prête.

Dégoût et désespérance des ambitions humaines : oui, parce qu'il avait enfin compris que « nos ambitions humaines ne sont pas si coupables que bêtes », comme il l'a écrit avec le franc-parler que permettent les correspondances intimes. Mais il avait jeté l'ancre en haut, suivant une expression plus juste et plus heureuse du même discours [1].

Il s'est résigné, dans la prière, à l'inaction que la maladie a imposée aux derniers jours de sa vie ; mais il n'avait pas désiré le repos, il avait fait une autre prière, dont la dernière phrase tombée de sa plume est imprimée dans son dernier livre. Les ordres religieux venaient d'être expulsés, — il y avait quatre enfants, deux fils et deux filles, — et, tenant que cela présageait des jours de lutte suprême et de martyre, il s'écriait : « Mon Dieu, quand l'horloge des bourreaux va sonner pour appeler ceux qui confesseront la grande foi dans le sang, accordez-moi l'honneur, donnez-moi le bonheur d'être avec tous les enfants que vous m'avez confiés sur le chemin de gloire qui mène au Calvaire, d'y soutenir le pas des chancelants, s'il en est, d'y presser la marche des forts, et de monter le premier ! »

Et si ce mot : « Ce repos qui achève tout, » avait dans la pensée de celui qui l'a prononcé, — je ne le veux point croire, — ce sens que le repos de la tombe est la fin de tout, sans rien au delà, ce serait, devant Dieu et devant la foi de Féval, un double

[1] Expression qui appartient à Louis Veuillot, disant à Nadar, à la veille d'une de ses aventureuses expéditions en ballon : « S'il y a danger, jetez l'ancre en haut ! »

blasphème. Non, la mort n'est point la fin de tout,
mais, au contraire, le commencement de ce qui
ne doit plus finir. C'est parce qu'il le savait et le
croyait fermement, et non parce qu'il était « dégoûté d'espérer », que Féval accueillit doucement
la mort.

Empruntons encore quelques traits à l'article
de M. Charles Chincholle, dans le *Figaro*.

Il est tombé en Breton. La mort l'a pris solide.
D'après le mot d'un de ses enfants, elle a été comme
un manteau de plomb écrasant une colonne de
pierre.

... La dernière fois que je l'ai visité, il m'a fait une
telle peine, que je me suis promis de ne plus retourner chez les Frères de Saint-Jean-de-Dieu.

Il était à la chapelle, priant à côté des autres pensionnaires. Je l'attendais dans sa chambre, une très
belle pièce, confortablement installée au rez-de-
chaussée de la maison, et donnant sur un vaste
jardin.

Il avait là sa bonne à lui, une Bretonne qui le
servait déjà avant son entrée chez les Frères. Elle
alla le chercher à la chapelle.

Je le verrai longtemps, s'appuyant lourdement
au bras de l'excellente fille.

Il avait bonne mine. La figure toutefois me parut
trop rouge; elle faisait redouter un coup de sang.

Il était mis avec la propreté minutieuse qu'on lui
a toujours connue.

Il parla. Qu'était devenue la voix gouailleuse qui
plaisantait avec tant d'esprit? Il scandait toutes les
syllabes, mettant entre les mots un long intervalle.

« Mes... malheurs... sont... loin... J'ai... tout... oublié. »

Il se plaisait là-bas, se vantant d'être avec Dieu, parlant de Paris comme nous parlerions de la Rome antique.

« Paris... m'a fait... bien pauvre... Je ne laisse-rai... rien... à mes enfants. »

Il se trompait, mais il avait depuis longtemps une sorte de névrose qui lui faisait mal juger ses affaires.

La vérité est, qu'outre quatre pensions que lui faisaient la Société des gens de lettres, celle des Auteurs dramatiques, l'État, etc., il avait encore quatre-vingt mille francs en espèces, et le revenu assez gros de ses pièces et de ses romans. Il est vrai que cela n'était rien à côté de ce qu'il avait dans le passé.

Du temps que nous voisinions aux Ternes, il parlait, non sans orgueil, des six cent mille francs qu'il avait économisés et des quatre-vingt mille francs que lui rapportaient, bon an, mal an, ses ouvrages, alors à l'état de production. Il avait tou-jours un roman, parfois deux, en cours de publi-cation.

On sait comment sa fortune s'est effondrée, une première fois, dans la Banque ottomane, puis, re-constituée à grand'peine, a été dévorée par une affaire industrielle.

Son train de maison, en 1872, était de quarante-huit mille francs par an. Il avait alors huit enfants, quatre garçons, quatre filles : le choix du roi, comme il disait. L'un d'eux, le troisième fils, est mort l'an dernier, presque subitement, d'un chaud et froid, à l'âge de dix-huit ans.

Deux des fils sont employés à Paris, un autre en

Hollande; deux des filles sont religieuses, les deux autres dans l'instruction.

Il a été cinq fois président de la Société des gens de lettres, trois fois vice-président de la Société des auteurs dramatiques.

Personne ne travaillait plus que lui. De sept heures à midi, il était à son bureau, produisant, ne recevant personne. A midi, déjeuner. De une heure à deux, il recevait. Alors il partait vers Paris, allant faire sa récolte intellectuelle, se rendant à ses comités, payant sa dette aux relations très nombreuses. A six heures, il dînait. De sept heures à minuit, il travaillait avec ses collaborateurs, ou corrigeait ses épreuves. Jamais il n'allait au café, jamais au théâtre, jamais dans le monde.

L'un de ses grands bonheurs était de faire, l'après-midi, toutes ses courses à pied. J'ai de lui ce billet : « Le bœuf sortira aujourd'hui, à une heure. » Le bœuf, c'était lui. Il s'appelait ainsi à cause du fameux *bos suetus aratro.* Cela voulait dire : « Venez me prendre. »

Il n'écrivait guère autrement. Il avait en horreur la simplicité de langage. Ses lettres sont de véritables hiéroglyphes. Il en est qui sont aussi difficiles à comprendre que des manuscrits égyptiens.

Il est temps de nous expliquer sur sa fameuse conversion. Jamais mot ne fut plus mal employé. De la vie il n'a cessé d'aller à la messe le dimanche et de faire ses Pâques. Après avoir donné deux sous à un pauvre, il le saluait, parce que c'était son frère en Jésus-Christ.

Paul Féval laisse quatre ouvrages inédits : un roman moral : *le Roman des pauvres;* un roman profane : *Arlequin,* et deux drames. Ces trois derniers ouvrages ont été faits en collaboration. Les

drames sont absolument finis depuis 1877. Jamais
il n'a voulu qu'ils fussent joués.

« Le théâtre, disait-il, est immoral par lui-même.
Je condamne même *Esther*, même *Athalie*, puisque
ces pièces sont faites pour être jouées par des gens
qui n'ont pas les sentiments qu'ils expriment, par
des gens qui prennent un masque. Conséquemment,
le théâtre est l'école du mensonge. »

Et annonçant les discours qui devaient être
prononcés sur la tombe du maître, le chroniqueur termine par ce bel éloge :

Ils diront mieux que nous le labeur effréné de
Paul Féval, sa conscience littéraire, son dévouement
inaltérable aux deux sociétés qu'il a présidées, la
bonté de son cœur, sa loyauté proverbiale. La littérature a perdu une de ses gloires. Tous ceux qui ont
approché Féval perdent un conseiller non moins
affectionné que sage, un modèle d'honneur, un
ami sûr.

Si jamais homme a connu la gloire, c'est celui-là ;
mais aussi les tristesses, les amertumes, les frémissements, les incertitudes, le désespoir de la
lutte.

Avec sa nature nerveuse, mélancolique, vibrante
et douce, ce qu'il dut souffrir et peiner !

On a lu, dans les *Étapes d'une conversion*, par
quelle crise Féval passa, voyant, avec l'âge, la nécessité de revenir au Dieu qui illumina sa jeunesse.

Des journaux, dont la haine de Dieu et l'amour
des ténèbres basses est le guide en toutes choses,

se sont appliqués sournoisement, sans faire semblant d'y toucher, à ternir cette renommée dès le
soir de cette mort douloureuse.

Et nous avons eu le regret de voir des journaux
conservateurs, se disant et se croyant catholiques,
reproduire, sans penser à mal, ces dénigrements,
et épaissir ces ombres vilaines autour de cette
sereine figure.

La vengeance est survenue heureusement, et
sans retard, dès le lendemain. La lumière a rayonné
sur le cercueil où l'on jetait de la boue avec des
pelletées de terre.

Dès 1882, Jules Vallès, le communard, le fon-
dateur du *Cri du peuple*, écrivait, à la nouvelle que
Paul Féval venait de se convertir : « Ils croient tous
en Dieu, ceux qui sont nés au milieu de l'Océan. Il
n'y a de place en ce pays, — désert de granit planté
de vieux chênes, — que pour les pensées d'infini.
La terre et la mer sont trop tristes : ils regardent le
ciel. Parmi ceux même qui ont roulé jusqu'à Paris,
et ont reçu sur leurs scapulaires de village tous les
coups de feu de la vie, c'est rare qu'on trouve un
impie pour de bon. »

Le même Vallès a dit comment, venu de Paris
pour vivre des lettres, Féval s'aperçut bientôt qu'il
n'y avait qu'à en mourir.

Entre ces débuts si âpres, si glacés, et la ruine
deux fois croulant sur sa tête chauve, à soixante et
à soixante-cinq ans, que d'honneurs, que de succès,
que de fortune !

Réduits, acculés à l'impossible, au *far niente*
d'un crépuscule qui est déjà la nuit, Veuillot et
Féval, frappés par le même mal, ont récité leur
rosaire, et il n'est tombé de leurs yeux que des
larmes douces. Ils ont compris cette parole de

L'*Imitation* : « Vanité, de s'attacher à ce qui passe si vite, et de ne pas se hâter vers la joie qui ne finit point. »

Ainsi avait fait Suarez, et il prisait à plus haut prix ses Avé que ses livres [1].

⋆
⋆ ⋆

En arrivant au terme de ce livre, nous ressentons une impression singulière : il nous semble avoir vécu de nouveau une partie de notre vie; avoir, en rebroussant chemin, remonté la pente, et compté çà et là quelques heures heureuses parmi tant de jours de tristesse et d'angoisse.

Il nous semble aussi n'avoir pas dit tout ce que nous avions à dire sur Paul Féval. Nous avons peut-être, en lui, vu trop l'écrivain et pas assez l'homme. Son intelligence, ses brillantes facultés, sa verve, son esprit, nous apparaissent, il est vrai, radieuses d'honnêteté, de puissance, de droiture et d'amabilité. Mais son cœur, nous n'avons pas su le montrer, et, pour tout dire, nous n'avons pas voulu pénétrer dans les secrets de son âme.

Cependant nous avons la présomption de croire que ce livre ne sera pas inutile. Il sera lu par beaucoup de ceux que tentent l'amour

[1] *Tablettes nationales*, de Bruxelles.

des lettres dont il est un reflet, la carrière épineuse dont il trace quelques péripéties, en esquissant quelques silhouettes de littérateurs.

A ceux-là, notre étude sur Paul Féval sera profitable.

Pour moi, ce livre n'est qu'un hommage au grand caractère de l'homme qui fut mon maître, mon guide et mon ami.

FIN

18564. — Tours, impr. Mame.

LETOUZEY ET ANÉ, LIBRAIRES-ÉDITEURS

17, RUE DU VIEUX-COLOMBIER

EXTRAIT DU CATALOGUE

RÉVÉLATIONS COMPLÈTES SUR LA FRANC-MAÇONNERIE, par Léo Taxil, 4 forts volumes in-12 d'environ 450 pages. Prix de chaque volume. . . 3 fr. 50

1° **Les Frères Trois-Points** : organisation, grades et secrets des Francs-Maçons, 39ᵉ édit. 2 beaux vol. in-12 de 430 et 460 pages. Prix. . . . . 7 fr.

SOMMAIRE DE L'OUVRAGE :

I. *Préliminaires.* 1. But de l'ouvrage. 2. Mes démêlés avec le Grand Orient. — II. *Effectif de la Maçonnerie universelle.* Nomenclature des Grandes Loges, Suprêmes Conseils et Grands Orients de tous les pays du monde, avec noms et adresses des hauts dignitaires de chaque nation. Chiffres exacts et détaillés des forces de la secte. — III. *Organisation de la Maçonnerie en France.* 1. Rite français : sa constitution et ses règlements. 2. Rite écossais : sa constitution et ses règlements. 3. Rite de Misraïm et Grande Loge symbolique : aperçu. — IV. *Les Rites et les Grades.* Étude générale explicative. — V. *Grade d'apprenti.* 1. Comment se pratique l'enrôlement. 2. Épreuves et cérémonial de la réception. 3. Catéchisme d'apprenti. — VI. *Grade de Compagnon.* 1. Cérémonial de la réception. 2. Catéchisme du Compagnon. — VII. *Grade de Maître.* 1. Cérémonial de la réception. 2. Catéchisme du Maître. 3. Impressions de l'initié Maître. — VIII. *Le Rose-Croix et les grades capitulaires.* 1. Les premiers grades capitulaires. 2. Le Rose-Croix : sa réception et son catéchisme. — IX. *Le Chevalier Kadosch et les grades philosophiques.* 1. Les premiers grades philosophiques. 2. Le Kadosch : sa réception et son catéchisme. — X. *La Direction suprême.* 1. La Hiérarchie des ateliers. 2. Les Grades supérieurs. 3. L'autorité fictive et l'autorité réelle. — XI. *Les Secrets maçonniques.* Divulgation complète des secrets révélés à chacun des 150 grades pratiqués en France. — XII. *Rôle politique et social de la Secte.* 1. La prétendue bienfaisance maçonnique. 2. L'espionnage fraternel. 3. Tripotages politiques de la Maçonnerie. 4. Comment on se débarrasse des gêneurs. 5. Les infamies antipatriotiques. 6. Les Frères Trois-Points ont-ils des Sœurs? — *Conclusion.* Comment finira la Franc-Maçonnerie.

2° **Le Culte du Grand-Architecte** : solennités des temples
maçonniques, carbonari, juges philosophes, liste des loges
et arrière-loges; 25° édition. Beau volume in-12 de 416
pages. Prix . . . . 3 fr. 50

Solennités des Temples maçonniques : Consécration d'un temple,
Installation d'un Vénérable; baptême d'un Louveteau; reconnaissance
conjugale ou mariage maçonnique; pompe funèbre maçonnique; banquets et agapes, etc. *Nomenclature complète des loges et arrière-loges
de France :* adresse des locaux dans chaque ville; jours et heures des
réunions; noms, adresses et professions civiles des Vénérables et des
principaux chefs inconnus de la maçonnerie française. — *La Maçonnerie forestière :* organisation des Carbonari ou Charbonniers fondeurs,
branche politique occulte de la Franc-Maçonnerie. — *Les Juges philosophes :* régime secret des Kadosch appelés à la direction des ven-
geances maçonniques; leur noviciat; leurs études spéciales; leurs mystères. — *L'Argot des Enfants de la Veuve :* vocabulaire alphabétique
et explicatif de tous les mots et expressions qui composent l'argot de
la secte. — *La Paperasse dite sacrée :* reproduction des principaux
documents officiels maçonniques. — *Appendice :* statuts du rite de
Misraïm; statuts des Chevaliers défenseurs de la Maçonnerie universelle.

3° **Les Sœurs Maçonnes** ou Franc-Maçonnerie des dames;
27° édit. Beau vol. in-12 de 400 pages. Prix . . . 3 fr. 50

Entière divulgation des cérémonies des Loges de Dames. — *Réception aux divers grades :* les Apprenties, les Compagnonnes, les Maîtresses, les Maîtresses parfaites, les Sublimes Écossaises; — les Élues,
les Chevalières de la Colombe, les Fendeuses du Devoir, les Nymphes
de la Rose, etc. — *Banquets et spectacles de la Maçonnerie andro-
gyne :* les Maçons de Cythère, ou Vénus et ses Enfants reçus membres de la Franc-Maçonnerie; principaux cantiques des Frères Trois-
Points et de leurs Sœurs. — *Rites divers de la Maçonnerie des Dames :*
Rite Égyptien, Rite du Mont-Thabor, Rites des Feuillantes, Rite de la
Félicité, etc. — *Clef des Symboles secrets de la Maçonnerie.*

Les Mystères de la Franc-Maçonnerie dévoilés par
Léo Taxil. Beau volume grand in-8° jésus, orné de plus
de 100 grav. dessinées par les meilleurs artistes. Prix. **10 fr.**
Se vend aussi par série à 50 cent. (20 séries).

Cet ouvrage, d'une importance capitale, est certainement le plus clair
de tous ceux qui ont été publiés sur la Franc-Maçonnerie. Il n'est pas
une révélation de l'auteur qui ne soit accompagnée d'un document à
l'appui. Dès ses premières divulgations, en 1885, M. Léo Taxil a montré
qu'il était armé de toutes pièces, et il l'a si bien établi, que pas un
Franc-Maçon n'a osé contester l'existence des rituels reproduits dans
les *Frères Trois-Points,* le *Culte du Grand Architecte* et les *Sœurs
maçonnes,* ni l'exactitude des récits impartiaux de l'auteur. Quelques
journaux, inféodés à la Franc-Maçonnerie, ont crié à la trahison; mais

aucun n'a songé un instant à nier : ils savaient bien qu'en présence d'une lumière aussi éclatante, le moindre démenti ne pouvait être opposé à une publication étayée par les documents les plus authentiques. Aujourd'hui M. Léo Taxil donne à son œuvre une nouvelle forme ; c'est un ouvrage vraiment encyclopédique qu'il écrit au sujet de la Franc-Maçonnerie. Tout est passé en revue, tout est exposé avec une netteté et une précision dont personne n'a approché jusqu'à ce jour. Enfin, ce qui rend cet ouvrage parfait, c'est l'accompagnement du texte par des dessins explicatifs, rendant d'une manière irréprochable la physionomie de tous les incidents mystérieux les plus saillants des loges et arrière-loges.

DIVISION DE L'OUVRAGE

AVANT-PROPOS. — **La Maçonnerie jalouse de ses secrets.**

PREMIÈRE PARTIE. — **Les Loges ou la Maçonnerie bleue.** — *La Loge des Apprentis.* 1. L'enrôlement. 2. Initiation de l'Apprenti (1er degré). 3. Catéchisme de l'Apprenti. 4. Les séances ordinaires. — *La Loge des Compagnons.* 1. Initiation du Compagnon (2e degré). 2. Catéchisme du Compagnon. 3. Les séances ordinaires. — *La Chambre du Milieu ou Loge des Maîtres.* 1. Initiation du Maître (3e degré). 2. Catéchisme du Maître. 3. Impressions de l'initié Maître. 4. Les séances ordinaires. — *Banquets des Loges.* — *Ensemble des secrets de la Maçonnerie bleue.*

DEUXIÈME PARTIE. — **Les Chapitres ou la Maçonnerie rouge.** — *La sélection.* — *Le Chapitre des Maîtres parfaits.* 1. Le Maître secret (4e degré). 2. Le Maître parfait (5e degré). 3. Le Secrétaire intime (6e degré). 4. Le Prévôt et Juge (7e degré). 5. L'Intendant des bâtiments (8e degré). — *Le Conseil des Élus ou Grand Chapitre.* 1. Le Maître Élu des Neuf (9e degré). 2 L'Illustre Élu des Quinze (10e degré). 3. Le Sublime Chevalier Élu (11e degré). — *La Voûte de Perfection.* 1. Le Grand Maître Architecte (12e degré). 2. Le Royal-Arche (13e degré). 3. Le Grand Écossais de la Voûte sacrée (14e degré). — *Le Grand Conseil.* 1. Le Chevalier d'Orient ou de l'Épée (15e degré). 2. Le Prince de Jérusalem (16e degré). 3. Le Chevalier d'Orient et d'Occident (17e degré). — *Le Souverain Chapitre.* 1. Le Rose-Croix (18e degré). 2. La Cène. 3. Catéchisme du Rose-Croix. 4. Les séances ordinaires. — *Banquets des Chapitres.* 1. Banquets des Élus. 2. Banquets des Écossais. 3. Agapes des Roses-Croix. — *Ensemble des secrets de la Maçonnerie rouge.*

TROISIÈME PARTIE. — **Les Aréopages ou la Maçonnerie noire.** — *Le Collège ou Conseil du Liban.* 1. Le Grand Pontife de la Jérusalem céleste (19e degré). 2. Le Grand Patriarche Vénérable Maître *ad vitam* (20e degré). 3. Le Chevalier Prussien Noachite (21e degré). 4. Le Prince du Liban. Royale-Hache (22e degré). — *La Cour.* 1. Le Chef du Tabernacle (23e degré). 2. Le Prince du Tabernacle (24e degré). 3. Le Chevalier du Serpent d'airain (25e degré). 4. Le Prince de Merci (26e degré). 5. Le Souverain Commandeur du Temple (27e degré). *La Grande Loge.* 1. Le Chevalier du Soleil, Prince Adepte (28e degré). 2. Le Grand Écossais de Saint-André d'Écosse (29e degré). — *L'Aréopage ou Conseil.* 1. Le Kadosch, ou Grand Élu Chevalier Kadosch, Parfait initié (30e degré). 2. Catéchisme du Kadosch. 3. Les séances ordinaires. — *Banquets des Aréopages.* — *Ensemble des secrets de la Maçonnerie noire.*

QUATRIÈME PARTIE. — **La Direction Suprême, ou la Maçonnerie blanche.** — *Le Noviciat.* 1. Les Juges Philosophes Grands Commandeurs inconnus. 2. Secrets des Juges Philosophes. 3. Règlement ou régime. — *Le Souverain Tribunal.* 1. L'Inquisiteur Inspecteur Commandeur (31ᵉ degré). 2. La Suprématie judiciaire. — *Le Consistoire ou Grand Campement.* 1. Le Prince de Royal-Secret (32ᵉ degré). 2. La Suprématie exécutive. — *Le Suprême Conseil.* 1. Le Souverain Grand Inspecteur Général (33ᵉ degré). 3. La Suprématie Gouvernementale. — *L'autorité fictive.* — *Ensemble des secrets de la Maçonnerie blanche.*

CINQUIÈME PARTIE — **La Maçonnerie Forestière ou Carbonarisme.** — *Hiérarchie des Ventes.* — *Les Grades Forestiers.* 1. L'Apprenti Bon Cousin (1ᵉʳ degré). 2. Le Maître Bon Cousin (2ᵉ degré). 3. Le Grand Élu Bon Cousin (3ᵉ degré). 4. Le Grand Maître Bon Cousin (4ᵉ degré). 5. Banquets des Ventes. — *Les Carbonari à l'œuvre.* — *Ensemble des secrets de la Maçonnerie Forestière.*

SIXIÈME PARTIE. — **Les Sœurs Maçonnes.** — *Idée-mère de la Maçonnerie des Dames.* — *La Maçonnerie d'adoption.* 1. L'Apprentie (1ᵉʳ degré). 2. La Compagnonne (2ᵉ degré). 3. La Maîtresse (3ᵉ degré). 4. La Maîtresse Parfaite (4ᵉ degré). 5. La Sublime Écossaise (5ᵉ degré). — *La Maçonnerie Palladique.* 1. L'Ordre des Sept Sages. 2. L'Ordre du Palladium : l'Adelphe, le Compagnon d'Ulysse et la Compagne de Pénélope. — *Banquets androgynes.* — *Les Amusements mystérieux.* — *Ensemble des secrets de la Maçonnerie des Dames.*

SEPTIÈME PARTIE. — **La Franc-Maçonnerie dans la Société.** — *La Philanthropie Maçonnique.* — *La Surveillance Fraternelle.* — *Les Francs-Maçons et la politique.* — *Les Francs-Maçons et la Patrie.* — *Les Exécutions maçonniques.*

HUITIÈME PARTIE. — **Cérémonies diverses.** — *Les solennités d'Atelier.* 1. Consécration d'un Temple. 2. Inauguration d'une Loge. 3. Installation d'un Vénérable. — *Les Tenues blanches.* 1. Baptême de Louveteaux. 2. Reconnaissance conjugale. 3. Pompes funèbres maçonniques.

Cours de Maçonnerie pratique, enseignement supérieur de la Franc-Maçonnerie (rite écossais ancien et accepté), par le F∴ Paul Ros, le très puissant souverain grand Commandeur d'un des suprêmes Conseils confédérés à Lausanne. 2 très forts vol. in-12 de plus de 500 pages, ornés de planches explicatives. Prix . . . . 7 fr.

Nous ne saurions trop attirer l'attention sur ce document, d'une authenticité absolue. L'auteur mieux que personne pouvait juger la Franc-Maçonnerie. Pourvu de tous les degrés, il a passé la plus grande partie de sa vie à compulser tous les ouvrages secrets de la secte.

Malgré les horreurs et la perversité que l'on rencontre à chaque ligne, nous n'avons pas hésité à publier cet ouvrage capital, qui jette un jour tout nouveau sur les doctrines immorales et socialistes de la secte.

Du reste, rien ne peut mieux prouver l'exactitude et l'authenticité de ce livre que les articles violents que la *Chaîne d'union*, l'organe le plus accrédité de la Franc-Maçonnerie française, lui a consacré dans six de ses numéros.

Relevons d'abord quelques aveux.

Le F.·. Hubert, 33e rédacteur en chef du journal, nous dit : « Il est des ouvrages qui attirent profondément l'attention quoique profondément hostiles; mais ils sont sérieusement écrits et méritent par conséquent d'être lus. Le *Cours de Maçonnerie pratique* est dans ces conditions... » Et plus loin : « Je l'ai dit, et je tiens à le confirmer : c'est un ouvrage *sérieusement* écrit et qui ne doit pas être passé sous silence. »

Le F.·. Albert Pike, souverain grand Commandeur du suprême Conseil de la juridiction sud des États-Unis, n'a pu rester dans la réserve où il se renferme d'ordinaire. Les qualifications injurieuses n'ont pas fait défaut. Mais ce qui l'inquiète le plus, c'est de savoir comment l'auteur a pu se procurer tous les documents.

La Franc-Maçonnerie sous la IIIe République,

d'après les discours maçonniques prononcés dans les loges par les FF.·. Brisson, Jules Ferry, Albert Ferry, Le Royer, Floquet, Andrieux, Clémenceau, Emmanuel Arago, de Heredia, Caubet, Anatole de la Forge, Paul Bert, etc., par le F.·. **Ad. Leroux**, 33e *souverain grand inspecteur général;* 2e édit. 2 beaux volumes de plus de 650 pages. Prix . . . . 7 fr.

Cet ouvrage, recueil unique de documents indiscutables, est un monument de la haine hypocrite que la Franc-Maçonnerie porte à la religion et à la société. Pris au milieu de mille autres, ces discours ont été groupés avec soin, de manière à faire voir l'unité parfaite qui règne dans tout leur ensemble.

Les orateurs qui ont, en cent occasions diverses, prononcé ces allocutions, dont beaucoup sont parfaitement littéraires, ont tous des noms fort connus en politique ou en Maçonnerie; ce sont évidemment des maîtres dont nul ne saurait contester la compétence ou l'autorité.

Le premier volume contient les discours ayant pour objet la campagne religieuse; le second, ceux ayant trait à la campagne politique que mène la Maçonnerie contre la société.

L'œuvre religieuse, ou, pour dire plus vrai, l'œuvre antireligieuse s'ouvre, comme il convient, par des proclamations ou *appels* contre le cléricalisme; on montre ensuite sa mission, sa philosophie, sa théorie, sa morale et son culte; puis enfin on s'étend sur l'enseignement dont elle entend se servir pour propager ses doctrines.

L'œuvre politique est également complète. Le premier chapitre présente d'abord au lecteur la Loge en grande tenue de cérémonie; puis, après connaissance faite, on entend développer le programme politique que doivent suivre les Enfants de la veuve, raconter l'histoire des temps modernes comme la comprennent les Francs-Maçons, expliquer les principes politiques et les principes sociaux qui dirigent la Maçonnerie; et on la voit enfin joindre la pratique à la théorie et travailler, avec une ardeur et une persévérance dignes d'une meilleure cause, à la réalisation effective du plan qu'ils ont rêvé.

Et cependant ne lit-on pas en tête de ces règlements ces principes : *Elle interdit dans ses ateliers toute discussion politique et reli-*

gieuse ; elle accueille tout profane, quelles que soient ses opinions en
politique et en religion, pourvu qu'il soit libre et de bonnes mœurs.
Mais à quoi bon insister? Relisons avec admiration cet article do sublime
naïveté (Règlements généraux, art. 21) :

Tout maçon est nécessairement un homme fidèle à l'honneur, à sa
patrie, et soumis aux lois.

Ce serait peut-être vrai si c'était le contraire.

« Ce genre de publication, dit le *Polybiblion*, était indispensable pour
mettre aux mains des publicistes et des hommes politiques un véritable
arsenal où ils trouveront les meilleures armes pour confondre les sec-
taires qui sont en train de perdre la France. »

Lumières et ténèbres, lettres à un franc-maçon, par
Em. Cartier. Fort volume in-12 de près de 600 pages.
Prix. 3 fr. 50

L'auteur, sous forme de lettres adressées à un catholique égaré dans
la Franc-Maçonnerie, fait pénétrer la *lumière* de la vérité dans les
ténèbres des Loges, et dévoile le véritable secret de la secte : la haine
do Dieu et de son Église. Il en prouve les hypocrisies et les mensonges,
les impuretés, les doctrines antisociales et immorales par l'historique et
les documents d'une authenticité incontestable. Sa conclusion est qu'on
ne peut être catholique et franc-maçon.

Confessions d'un ex-libre penseur, par **Léo Taxil** ;
40ᵉ édition. Beau volume de 400 pages. Prix.. . . 3 fr. 50

Le succès de cet ouvrage est dû au nom de l'auteur et à la nature
du sujet, l'un et l'autre étant évidemment propres à piquer la curiosité
publique.

L'auteur! un homme encore jeune (il a trente-trois ans), qui fut
pendant dix ans le plus résolu des soldats de l'armée antireligieuse, le
plus entreprenant, le plus audacieux, sinon le plus haineux! Un homme
dont l'effrayante réputation avait franchi même les frontières de son
pays, et qui insufflait jusqu'à l'étranger la haine la plus ardente contre
l'Église et ses ministres. Cet homme, frappé un jour par un coup de
grâce aussi miséricordieux qu'inespéré, regarde d'un œil épouvanté le
chemin parcouru et le mal accompli. Pris de terreur, il songe un instant à s'ensevelir dans une retraite profonde et à faire oublier une renommée dont il a honte en ce jour. Mais une voix autorisée le retient et
lui dit : « Avec cette même arme dont vous vous êtes si indignement
servi contre Dieu, vous défendrez maintenant sa cause. Que votre plume
fasse maintenant autant de bien qu'elle a fait de mal! »

Léo Taxil a écouté cette voix, et il a commencé son œuvre de réparation.

Aux catholiques qui se méfient je ne puis que dire : « Lisez les *Confessions*, et si vous ne sentez pas l'accent de sincérité dans le repentir
qu'elles renferment, je ne me sens pas de force à tâcher de vous con-
vaincre. » (L'*Éclair*, de Lyon, 5 février 1887.)

Biblia sacra juxta vulgatæ exemplaria et correctoria ro-
mana, denuo edidit, divisionibus logicis analysique con-
tinuo sensum illustrantibus ornavit Aloysius Claudius Fil-

lion, presbyter S. Sulpitii, in majori seminario Lugdunensi Scripturæ sacræ professor. Magnifique vol. in-8° de près de 1400 pages, orné de têtes de chapitres et de lettres initiales ornées, imprimé avec des caractères absolument neufs sur beau papier teinté avec filets rouges, par M. Mame, de Tours. Prix. . . . . 10 fr.

En donnant cette nouvelle édition de la Bible, le but de l'auteur a été de rendre la lecture des divines Écritures plus facile et en même temps plus utile, en lui donnant des divisions logiques, et en l'accompagnant de notes marginales analytiques.

Dans la plupart des éditions actuelles, les sommaires sont le plus souvent vagues et défectueux. Aussi n'y prête-t-on aucune attention. Ajoutons à cela que la division en chapitres n'est pas toujours logique.

S'appuyant donc sur l'autorité des meilleurs commentateurs modernes : Bisping, Corluy, Delitzsch, Drach, Ewald, Kaulen, Keil, Knabenbauer, Lange, Rohling, Rosenmüller, Schanz, Vigouroux, etc., M. Fillion a donné les grandes *divisions* sous les rubriques de : parties, sections, paragraphes; les passages les moins importants, tels que événements, discours, etc., sont mis en relief par les notes marginales.

L'auteur a heureusement échappé à deux écueils, également difficiles à éviter : les divisions ne sont ni trop multipliées ni en trop petit nombre.

Afin de faciliter les recherches, le premier et le dernier verset du livre ont été indiqués en haut de chaque page. Les concordances entre les différents livres de l'Ancien et du Nouveau Testament sont rejetées au bas des pages, afin de ne pas gêner la lecture.

L'auteur a conservé aux passages poétiques la structure poétique hébraïque, qui consiste principalement dans le parallélisme des différents membres de la phrase.

Le texte a été corrigé avec le plus grand soin, et collationné sur l'édition du P. Vercellone, édition faite par l'ordre de S. S. Pie IX.

Le Prêtre d'après l'Écriture sainte, les saints Pères et les docteurs de l'Église, par le **P. A. de Molina**, chartreux. 2 beaux vol. in-12. . . . . 6 fr.

Il y a peu d'ouvrages qui aient été plus généralement estimés et qui aient mérité une approbation plus particulière. Rien ne manque de tout ce qui sert principalement à relever le prix et l'excellence d'un livre ; car, soit qu'on le considère par rapport au mérite et à la suffisance de l'auteur, soit que l'on en juge par la dignité des matières qu'il traite et par la manière dont elles y sont traitées, ou même par celle avec laquelle il a été reçu du public, on ne trouvera rien par tous ces différents endroits qui ne conspire à le faire regarder comme un ouvrage excellent en toutes manières.

La Chaire et l'Apologétique au XIXᵉ siècle, études critiques et portraits contemporains, par le **R. P. Fontaine**, de la Compagnie de Jésus. 1 volume in-12. Prix. . . . . 3 fr. 50

La *Chaire et l'École naturaliste*, la *Chaire et les Questions sociales*, la *Chaire et le Concile de Trente*, trois études délicieuses qui remplissent la première partie de ce volume. Au dire du R. P. Fontaine, quelques orateurs ont légèrement amoindri les vérités révélées dans l'espoir de les faire accepter plus aisément. Ils se rattachent à cette école naturaliste qui voudrait, bien à tort, se couvrir du grand nom de Lacordaire. D'autres, dans le louable dessein de venir en aide à cette société chancelante, ont essayé de tirer de l'Evangile des conclusions qui n'y sont point contenues et ont porté dans la Chaire de véritables thèses économiques ; ainsi est née la prédication sociale. L'éminent auteur prétend que la vérité se trouve entre ces deux excès, et, pour délimiter d'une façon exacte la matière propre de la prédication, il propose le Catéchisme du Concile de Trente, qui opéra dans la Chaire, au début du XVII° siècle, une véritable révolution que l'on serait heureux de voir se reproduire de nos jours. Le premier chapitre se termine par une magnifique étude sur le P. Lacordaire. On remarque dans le second des pages pleines d'aperçus élevés sur la prédication du XVII° siècle.

La seconde partie de ce livre offre un intérêt plus actuel encore. C'est tout d'abord la nature de l'apologétique que l'auteur étudie : elle devra être *explicative* et *polémique*. Ici sont passées en revue toutes les formes de la Controverse contemporaine : Controverse philosophique et religieuse ; Controverse politique et religieuse ; Controverse scientifique et religieuse. Viennent ensuite les lois de la haute apologétique et de l'apologétique populaire. On pourra peut-être contester çà et là quelques détails ; mais les grandes lignes dessinées par l'auteur demeurent certainement en dehors et au-dessus de toute atteinte.

Enfin le volume se termine par une étude approfondie sur l'apologétique et les sciences historiques.

Vie de Notre-Seigneur Jésus-Christ, par l'abbé Le Camus, docteur en théologie, directeur du collège catholique de Castelnaudary ; 2ᵉ édition, ornée d'une carte de la Palestine et d'un plan de Jérusalem. 3 volumes in-8°. Prix . . . . 18 fr.

Le même ouvrage, 3ᵉ édit., 3 vol. in-12. . . . 10 fr. 50

Ouvrage honoré d'un bref de Sa Sainteté Léon XIII, et de l'approbation de NN. SS. les archevêques et évêques de Carcassonne, Chambéry, Tours, Rouen, Rennes, Alger, Albi, Cahors, Nîmes, Autun, etc. etc.

Cette *Vie de Notre-Seigneur Jésus-Christ* était à peine en vente, qu'elle prenait déjà le meilleur rang parmi les plus importants travaux qui ont été faits sur la vie de Notre-Seigneur.

En Allemagne et en Angleterre, les protestants et les rationalistes ont sans doute écrit les vies du Sauveur dans le genre de celle-ci. Parmi les catholiques, on ne l'avait pas essayé encore, et M. Le Camus comble cette lacune de notre littérature religieuse.

Etablir, comme ses prédécesseurs, une simple harmonie des Evangiles avec quelques rares commentaires, ne lui a pas semblé suffisamment répondre aux besoins de notre génération. Il a donc médité avec patience, pendant douze ans, les documents évangéliques, il les a envisagés sous tous leurs aspects, d'après les recherches de l'exégèse la plus moderne, et puis, faisant appel à la science historique la plus autorisée et aux relations des voyageurs les plus célèbres, il a écrit une véritable Vie de Jésus.

Théologien éminent, il y aborde les questions les plus hardies du dogme chrétien, de la morale évangélique et même de la plus haute spiritualité. Chaque parole du Maître appelle son attention, et, avec une logique aussi nette que vigoureuse, il y fait entrevoir tout ce que l'Eglise catholique devait en tirer dans la suite des âges.

La presse catholique du monde entier a rendu le témoignage le plus flatteur à cet ouvrage; nous croyons intéressant d'en donner quelques-uns:

Le *Theologisch-Quartal-Schrift* de Tubingue : « L'auteur met en relief l'image du Seigneur avec *l'habileté d'un maître consommé*. Au lieu de se laisser entraîner par une imagination fantaisiste, ou une conception sentimentale et mystique, il s'est astreint à un examen rigoureusement scientifique, et il a réussi à établir son exposition sur le fondement solide de l'histoire et de la théologie. Le clergé trouvera dans ce livre plus de profit et de plaisir que dans tant d'autres œuvres que l'on est convenu d'appeler édifiantes, mais dans lesquelles la piété a beaucoup à faire pour dissimuler l'absence de la théologie sérieuse et d'un travail profond. (Dr KEPPLER.)

Le *Zeitschrift fur kath. theol.* d'Inspruck : « J'ai choisi quelques chapitres de M. Le Camus et les ai comparés à ceux de nos Allemands Scheeg et Grimm. On trouve chez tous les trois l'amour du Maître, l'enthousiasme pour sa cause sainte, l'élévation du langage. Si les travaux allemands sont plus nourris de citations scientifiques, il n'est pas douteux que l'œuvre française *les surpasse tous* en beauté, en agrément, en clarté d'exposition, en pureté de style. »

The Catholic Times : « C'est ici le travail le *plus complet* que nous ayons sur la vie et l'enseignement de Notre-Seigneur. On sent que l'auteur était éminemment préparé à l'entreprendre. Comme réponse à Strauss et à Renan, le livre est d'une grande valeur. Au point de vue littéraire, cette Vie n'est pas moins admirable. C'est là une œuvre que les catholiques doivent hautement apprécier, et dont ils peuvent légitimement *se sentir orgueilleux.* »

The Catholic Mirror de Baltimore : « M. Le Camus a écrit son livre avec *un talent qui fascine et une science qui convainc.* A chacun de ses chapitres il montre avec quel soin extrême il a étudié le fait qu'il raconte, ce qui entoure le fait et doit le mettre en relief, les circonstances qui s'y rapportent, les détails topographiques ou historiques; c'est au milieu de tout cela qu'il nous présente, se détachant avec son auréole divine, la figure du Fils de l'homme. Son œuvre prouve qu'on peut unir à l'orthodoxie la plus sûre la forme artistique la plus parfaite. »

Le Moniteur de Rome : « En nous traçant si vigoureusement le vivant et admirable portrait du Sauveur, M. Le Camus nous fournit aussi la défense la *plus péremptoire* des Évangiles. C'est un double service rendu à la cause de la foi et de la science. »

Revue de la Suisse catholique : « M. l'abbé Le Camus nous donne une Vie de Notre-Seigneur Jésus-Christ qui unit à *l'exactitude* de la théologie les ressources de la *science*, les charmes du *style* et la suave poésie de la *piété* et de la mystique chrétienne. Les prêtres y trouveront d'abondantes ressources pour leurs prédications. Les personnes pieuses y retremperont leur ferveur et leur foi, et tous, après l'étude de cet ouvrage, se sentiront armés contre les attaques de l'incrédulité. »

Le Monde : « M. l'abbé E. Le Camus vient de publier un livre *absolument neuf* sur la vie du divin Rédempteur des hommes. Ce qu'il y a de vraiment admirable dans ce livre, c'est que le Christ y apparaît tout entier : il n'est ni amoindri ni défiguré. L'exécution de l'œuvre est magistrale; aux dons du théologien et de l'exégète, du savant et de l'ecclésiastique profondément pieux, M. le chanoine Le Camus unit ceux de l'écrivain français dans ce qu'il a de plus exquis. »

(Dom PIOLIN.)

L'Univers : « Le présent ouvrage s'adresse à la science et à la piété, non moins à l'une qu'à l'autre. Après de sérieuses études, M. Le Camus a doté notre littérature catholique, si riche à tant de points de vue, *d'un vrai livre nouveau.* Il nous offre le Christ tout entier sans l'amoindrir ni le défigurer. Avec autant de respect que d'amour, il a saisi l'auguste physionomie du Maître et il l'a simultanément placée dans son jour humain et sous son auréole divine. Chaque chapitre est si minutieusement fouillé, que rien n'y manque, et l'on s'étonne, quand on l'approfondit, d'y voir tous les détails mis en lumière sans que la vie générale du livre perde rien à une si complète exposition. Au reste, les ressources littéraires n'ont pas fait défaut à M. l'abbé Le Camus pour donner un attrait particulier aux enseignements théologiques et aux explications de l'exégèse qu'il voulait faire accepter du lecteur. Quand, pour reposer l'attention, il esquisse un tableau, c'est de main de maître, et il a des accents pieux qui nous remuent profondément. »

Mémoires sur les Instruments de la Passion de N.-S. J.-C., par Ch. Rohault de Fleury, ancien élève de l'école Polytechnique, officier de la Légion d'honneur.

Magnifique volume in-4° imprimé en caractères elzéviriens, sur très fort et beau papier vergé; orné de 23 planches sur acier et de nombreux bois dans le texte. Broché, net. 25 fr.

Richement cartonné, toile rouge, dentelles or sur plats, tranches dorées; net . . . . 30 fr.

Demi-reliure chagrin rouge, dentelles or sur plats, tranches dorées; net . . . . 35 fr.

Les reliques de la Passion sont, depuis de longs siècles, l'objet d'une vénération enthousiaste et progressive ; de longues guerres ont été entreprises pour conquérir ce trésor, d'innombrables prières ont été écrites en leur honneur, et de belles fêtes ont été fondées pour la plus grande gloire de ces nobles débris.

Ces saintes reliques, contestées par l'hérésie, le schisme et l'impiété, sont admirablement reconstituées avec des conclusions irréfragables par M. Rohault de Fleury, d'après ses recherches faites dans le monde entier, sous les auspices du Saint-Père, l'aide de l'Episcopat, l'appui de savants et les nouvelles découvertes de la science.

L'auteur y développe la forme et la nature de la *Vraie Croix,* les *Clous,* le *Titre,* la *Couronne d'épines,* la *Colonne de la flagellation,* la *Scala-Santa,* le *Saint-Sépulcre,* les *Saints Suaires,* la *Véronique,* la *Sainte Robe,* la *Lance,* le *Calvaire,* etc. Un grand nombre de pièces justificatives enrichit ce travail, dans lequel 162 auteurs, anciens et contemporains, sont cités ou consultés.

Ce livre s'adresse à l'historien, à l'archéologue, à l'artiste, à tous les fidèles, et même au sceptique. Tous les soins apportés à l'impression de ce beau livre lui donnent place dans la bibliothèque choisie des bibliophiles, et les personnes pieuses y trouveront l'apologie des restes vénérés des reliques de la Passion.

Vie de sainte Catherine d'Alexandrie, par Jean Miclot, secrétaire de Philippe le Bon, duc de Bourgogne; texte revu et rapproché du français moderne par Marius Sepet, de la Bibliothèque nationale. Beau volume in-4°, très richement illustré. Prix. . . . . 20 fr.

Les illustrations confiées à nos plus habiles artistes reproduisent celles qui furent exécutées au xv° siècle par ordre du duc de Bourgogne. Elles offrent un spécimen des plus curieux et des plus instructifs de cet art français avant la Renaissance. Ce volume renferme 12 belles chromolithographies, dont 4 en camaïeu exactement semblables à celles du manuscrit; 14 grandes gravures hors texte imprimées en noir en ton Chine, avec réserve de lumière, et 24 jolies gravures dans le texte. En outre, chaque page est entourée d'ornements variés et de scènes de la vie de la Sainte, formant plus de 400 dessins imprimés en deux couleurs.

La Vallée d'Aoste, description pittoresque, historique et géographique, par Ed. Aubert, chevalier de l'ordre de Saint-Grégoire-le-Grand. Beau volume petit in-folio. Prix. . . . . 20 fr.

Superbe ouvrage orné de 33 magnifiques gravures sur acier, 60 gravures sur bois, 37 sujets d'archéologie intercalés dans le texte, 40 écussons d'armoiries, et 2 mosaïques en chromolithographie et une carte de la vallée d'Aoste.

Pernette, poème illustré de 27 compositions de J. Didier, par Victor de Laprade, de l'Académie française. Beau volume grand in-8°. Prix. . . . . 6 fr.

Ce poème est certainement l'un des chefs-d'œuvre de V. de Laprade. Avec un goût exquis, le poète nous a retracé un de ces terribles épisodes des guerres du premier empire. Il a su faire de son héroïne un type du plus mâle courage et aussi de la plus noble résignation.

Les illustrations sont à la hauteur du poème; J. Didier, avec un véritable talent, a donné la vie aux nobles pensées du poète.

Ajoutons que l'ouvrage a été imprimé avec le plus grand soin.

Désagréments d'un voyage d'agrément, par Gustave Doré; joli album in-4° oblong. Prix. . . . . 3 fr.

Cet album, dû au crayon de Gustave Doré, a eu un véritable succès par la verve et le comique achevé; il a rivalisé avec avantage avec les Topffer et autres. Inutile de dire qu'il peut être mis entre les mains de tout le monde.

De Paris à Naples, ou les Étapes d'un pèlerin en France, en Suisse et en Italie, par l'abbé David. Joli vol. in-12 de près de 500 pages. Prix. . . . . 3 fr. 50

Après les lieux saints, il n'est pas de pays plus fécond en souvenirs religieux que l'Italie, cette terre classique des beaux-arts et des grandes actions, arrosée par le sang de milliers de martyrs. Quand même l'Italie ne renfermerait dans son sein que des villes comme Milan, Florence, Venise, Naples, ne mériterait-elle pas déjà les faveurs du pèlerin ? Mais elle possède Rome, la cité vingt-six fois séculaire, avec les tombeaux des apôtres Pierre et Paul, avec ses touchantes catacombes, avec ses splendides et immenses basiliques. Quel attrait pour le chrétien ! Le lecteur suivra peut-être avec plaisir le récit de cette visite aux villes et aux églises italiennes. Chemin faisant, l'auteur s'arrête aux sanctuaires principaux de la France, de la Suisse et de l'Italie. Les monuments civils, les beautés artistiques, les aspects pittoresques tant recherchés par les touristes ne le trouvent pas indifférent. Toutefois la note dominante de cet ouvrage ce sera la pensée religieuse.

Les Jésuites de la Russie Blanche, par le R. P. S. Zalenski, de la Compagnie de Jésus, ouvrage traduit du polonais par le R. P. **Alex. Vivier,** de la même Compagnie. 2 beaux volumes in-8º. Prix . . . . 12 fr.

L'histoire complète de la Compagnie de Jésus, depuis le bref de Clément XIV jusqu'à la bulle de Pie VII (1713-1814), n'avait pas encore été écrite. L'auteur, abondamment pourvu de documents authentiques, s'est bien acquitté de la tâche qu'il s'était imposée et a comblé cette regrettable lacune. Il a embrassé largement son sujet et mené le récit, non seulement jusqu'en 1814 ou 1821, mais jusqu'à 1875, année où il écrivait encore sous les yeux et comme sous la dictée des derniers survivants de la Russie Blanche.

Pendant les dix années qui ont suivi la publication de l'ouvrage en polonais, la tombe s'est refermée sur la dépouille mortelle des derniers Jésuites de Russie ; aujourd'hui donc cette histoire est close, et le traducteur, tout en respectant le texte du R. P. Zalenski, a pu le compléter en quelques points. Il a de plus donné le catalogue des Jésuites de la Russie Blanche, et enrichi son travail d'un grand nombre de documents tirés, soit d'ouvrages imprimés fort rares aujourd'hui, soit de manuscrits conservés dans les archives du Vatican ou dans celles des Jésuites polonais à Cracovie.

www.ingramcontent.com/pod-product-compliance
Lightning Source LLC
Chambersburg PA
CBHW050311030726
47505CB00003B/657